John Burnside, geboren 1955 in Schottland, gehört zu den bedeutendsten zeitgenössischen Autoren Großbritanniens. Für sein Werk aus Lyrik und Prosa erhielt er zahlreiche Preise, unter anderem den Corine-Belletristikpreis des ZEIT-Verlags, den Petrarca-Preis und den Spycher-Literaturpreis.

Außerdem von John Burnside lieferbar:
Lügen über meinen Vater
Wie alle anderen
Ashland & Vine. *Roman*
Haus der Stummen. *Roman*
Die Spur des Teufels. *Roman*
In hellen Sommernächten. *Roman*

John Burnside

Glister

Roman

Aus dem Englischen von
Bernhard Robbe

PENGUIN VERLAG

Die englische Originalausgabe erschien 2008 unter dem Titel »Glister« bei Jonathan Cape, London.

MIX
Papier aus verantwortungsvollen Quellen
FSC® C014496

Verlagsgruppe Random House FSC® N001967

PENGUIN VERLAG

1. Auflage 2018

Umschlag: Hafen Werbeagentur
Umschlagmotiv: © Nazar Mukhtar / EyeEm / GettyImages
Satz: Greiner & Reichel, Köln
Druck und Bindung: GGP Media GmbH, Pößneck
Printed in Germany
ISBN 978-3-328-10261-8
www.penguin-verlag.de

Dieses Buch ist auch als E-Book erhältlich.

Dann schweig. Wie willst du sicher sein, dass nicht ein ganz eigenes, lebendiges, denkendes Wesen unsichtbar und unantastbar just dort steht, wo du jetzt stehst – und auch, wenn du's nicht willst? In deinen einsamsten Momenten, ist dir nicht manchmal bange, dass jemand dich belauscht?

Herman Melville *Moby-Dick*; oder: Der Wal;
Kapitel 108: Ahab und der Zimmermann

Auf diesem Sarge trieb ich beinah einen Tag und eine Nacht dahin, auf einem weichen Meer, so lind wie eine leise Totenklage. Die Haie, sie glitten harmlos nun vorüber, als wären ihre Rachen fest verschlossen; die wilden Habichte der See, sie schwebten mit verhüllten Schnäbeln über mir. Am zweiten Tage stand ein Segel auf mich zu, kam näher, näher und nahm mich schließlich auf. Es war die umherirrende *Rachel*; auf der Suche nach ihren verschollenen Kindern fand sie nur eine weitere Waise.

Herman Melville *Moby-Dick*; oder: Der Wal,
Epilog

Übersetzung von Matthias Jendis

Das Leben ist größer

Wo ich jetzt bin, kann ich noch die Möwen hören. Alles andere verklingt, wie ein Traum gerade dann verklingt, wenn man aufwacht und sich an ihn erinnern will, nur die Möwen sind noch da, wild und heiser krächzend wie immer. Zu Tausenden wogen sie auf und ab und schreien gellend über die Landzunge, laut und ohne Unterlass, weshalb ich nur sie hören kann, sie und ein letztes, fahles Echo der über die Strandkiesel spülenden Flut, ein beharrliches Grollen, das unter dem Gerufe dieser Geistervögel liegt, die ich kaum wahrnahm in dem Leben, das ich hatte, ehe ich durch den Glister ging. Mehr ist von diesem alten Leben auch nicht geblieben: Vögel, die in lauten Schwärmen hungrig über die Landzungen flirren, kaltes, graues Wasser, das ans Ufer schlägt. Nichts weiter. Kein anderes Geräusch und nichts zu sehen als das weite, reine Licht, in das ich aus freiem Willen immer wieder aufs Neue am Ende einer Geschichte trete, die ich bereits zu vergessen beginne.

In jener Geschichte heiße ich Leonard, und solange sie geschah, dachte ich, das Leben sei eine Sache und der Tod eine andere, aber das dachte ich nur, weil ich noch nichts über den Glister wusste. Jetzt ist diese Geschichte zu Ende. Ich will sie in Gänze erzählen, auch wenn ich schon an einen Ort entgleite, der vor dem Nennen und Vergessen von Namen liegt. Ich will sie in Gänze erzählen, auch wenn ich sie dabei vergesse, um durch das Erzählen und Vergessen jenen zu vergeben, die darin vorkommen, auch mir selbst. Denn *dort* beginnt die Zukunft: im Vergessenen, in dem, was verloren ist. Damals, in Innertown, klebte auf den alten

Sirupdosen, die wir immer im Eckladen kauften, ein Etikett mit einem Bild von einem Löwen, tot und verwesend im Staub, und ein Schwarm Bienen strömte durch die Schwären und Schatten in seinem Fell, um Honig aus seinen Wunden zu ernten. Ich habe dem Bild vertraut. Ich wusste, es *stimmte* – denn es gab eine Zeit, in der die Menschen glaubten, dass dieses dunkle Loch, diese Wunde wirklich der Ort war, von dem der Honig stammte. Sie hatten recht, denn alles wird verwandelt, alles *wird*, und dieses Werden ist die einzige Geschichte, die nie zu Ende geht. Alles wird zu allem anderen, in jedem Augenblick, immerzu. Das weiß ich jetzt – und hier, wo ich bin, gehe ich diese Geschichte immer wieder durch, zähle die Ereignisse auf, an die ich mich erinnere, und kartografiere die Stellen und Schatten, die das Vergessen zurückließ, klammere mich an Strohhalme, als verginge die ganze Welt, als würde nicht nur ich, sondern das Leben selbst in die Vergangenheit entschwinden.

Doch nichts entschwindet, auch ich nicht. Nichts entschwindet in die Vergangenheit, es wird höchstens vergessen und so zur Zukunft. Es existiert weiterhin an jenem Ort, den manche Menschen in Innertown das Nachleben nennen – obwohl sie in ihrem Herzen wissen, dass es kein Nachleben gibt, weil es kein Danach gibt. Immer ist Jetzt, und alles – Vergangenheit und Zukunft, Problem und Lösung, Leben und Tod –, alles ist gleichzeitig hier, in diesem Moment. Der Ort aber, an dem ich bin, hat viele Namen, je nachdem, welche Geschichte man glaubt: Himmel, Hölle, Tir Na Nog oder Traumzeit. Dabei wissen wir alle, es ist weder dieses noch jenes, sondern nur der Ort, an dem Geschichten beginnen und enden. Und jetzt beginnt *meine* Geschichte aufs Neue, ein letztes Mal, noch während sie verglüht. Um mich an sie zu erinnern – um sie zu vergessen – brauche ich mir nur einen Mann im Wald vorzustellen, und schon entfaltet sich die Geschichte wie eine jener Papierblumen, die in dem Augenblick, in dem man sie in eine Schüssel mit Wasser gibt, in einem unfassbar prächtigen Farbenspiel aufgehen: Seeblume, Mondblume, Erdblume, Blumen in den Farben des Himmels, Blumen von der Farbe des Blutes. Ich *kenne* diese Geschichte. Mir ist, als hätte ich sie schon hundertmal erzählt, und jedes Mal, wenn ich sie erzähle, findet ein weiteres kleines Detail seinen Platz. Irgendwann werde ich sie ein letztes Mal durchgehen, und danach verlasse ich diesen Ort. Denn was auch von mir übrig sein mag, es wird eine neue Geschichte beginnen oder, wenn schon keine neue Geschichte, dann doch zumindest eine Variante jener einen Geschichte, die schon immer geschieht.

So wie ich es sehe, hat diese Geschichte ein eigenes Leben. Auch eine eigene Wahrheit, die allerdings nicht jedermann erkennt. Ständig verändert sie sich und entgleitet uns. John, der Bibliothekar, erzählte mir einmal von dieser Idee, die irgendwer gehabt hat, die Idee vom «unzuverlässigen Erzähler». Er fand sie ziemlich lustig. Als wären Geschichten Ansammlungen von Tatsachen, als wäre die Geschichte, die wir leben, bloß eine Aneinanderreihung von Tatsachen: ein A, das ein B ausschließt, ein Y, das ein Z nach sich zieht. John, der Bibliothekar, sagte oft, in Hinblick auf Zuverlässigkeit sollten wir uns weniger um den Erzähler, sondern mehr um den Autor sorgen. Womit er meiner Ansicht nach Gott, das Schicksal oder irgendwas dergleichen meinte. Doch bin ich mir nicht sicher, ob ich ihm zustimme. Vielmehr glaube ich, dass die Geschichte und nicht der Erzähler unzuverlässig ist – außerdem glaube ich nicht, dass es überhaupt so etwas wie den einen Autor gibt. Es gibt nur eine Geschichte, die immer weitergeht. Manchmal hat man etwas zu erzählen, manchmal nicht. Ich glaube, jeder, der mag, kann das Erzählen übernehmen, doch das hat nicht den geringsten Einfluss auf den Verlauf der Geschichte.

Das Leben ist größer. Wenn meine eigene Variation dieser einen Geschichte zum letzten Mal aufs Neue beginnt, kurz bevor sie vergessen wird, könnte sie zur perfekten Version werden, zu einer wahren Geschichte, die ein für alle Mal erzählt wird. Wenn das geschieht, dann wird alles verstanden. Alles wird vergeben. Um wieder zu beginnen, um endlich zu vergessen, brauche ich mir nur einen Mann vorzustellen, der allein in einem vergifteten Wald steht – nicht damals, als ich ihn dort sah, sondern früher, in einem Moment, in dem sein Geheimnis noch gewahrt war. In dieser Geschichte heiße ich Leonard, aber ich bin nicht der Mann im Wald. Ich bin ein Junge, der still aus jener Welt verschwindet, die er kannte und die er bereits aufgehört hat zu kennen, mehr oder weniger absichtlich. Der Mann im Wald ist Morrison, Innertowns einziger Polizist. Ehe ich ihn auf immer vergesse, findet er die Hölle oder seine Erlösung, die Welt aber, wie er sie kennt, wird verschwunden sein. Was nicht weiter schlimm ist, auch wenn dies keiner von uns weiß, als die Geschichte beginnt.

I

Das Buch Hiob

Homeland

Am Anfang arbeitet John Morrison in seinem Garten. Nicht im Garten der Polizeidienststelle, den er schon lange vernachlässigt, auch nicht im kurz nach seiner Heirat gepachteten Schrebergarten, sondern im richtigen, dem einzigen *Garten*, den er im Stillen gern einen Schrein nennt. Ein heiliger Ort, wie etwa der Garten in einem mittelalterlichen Auferstehungsbild. Für jeden zufälligen Passanten sieht er wie eine mit Blumen und unnützem Plunder übersäte Wiese aus, die sich gleich oberhalb der Güterstrecke auf einer Lichtung mitten im vergifteten Wald ausbreitet, doch aus ebendiesem Grund kann auch niemand die wahre Bedeutung des Gartens erahnen. Morrison hat ihn selbst angelegt und kümmert sich seit sieben Jahren darum: ein ordentliches Rechteck mit Mohnblumen und Nelken, hier und da mit geschliffenen Glasscherben und Steinen verziert, die er auf langen Spaziergängen durch Innertown und das umliegende Ödland sammelt, während er vorgibt, seinen Pflichten nachzugehen und doch nur die Taschen seiner Polizeiuniform mit wertlosem Tand füllt. Natürlich hat er eigentlich längst keine Pflichten mehr, jedenfalls keine, an die er glauben kann. Brian Smith hat dafür gesorgt, vor Jahren schon, als Morrison den einen großen Fehler seiner Laufbahn beging – den einen großen Fehler seines *Lebens*, abgesehen von der Heirat.

Das war an jenem Tag gewesen, an dem ihn Smith überredete, den ersten Vermisstenfall in Innertown zu verheimlichen. Mittlerweile werden fünf Jungen vermisst, und Morrison schämt sich fast, auf die Straße zu gehen. Dabei weiß kein Mensch über die Lüge Bescheid, über den Schwindel, den er ihnen aufgetischt hat. Natürlich wollen die Leute wissen, wohin die Kinder von Innertown verschwunden sind, doch an *ihn* stellt niemand besondere Erwartungen, sieht man einmal von den Familien der vermissten Jungen ab. Sie wissen, ihm fehlen die Mittel und die nötige Schulung, die Jungen aufzuspüren, und sie wissen auch, dass sich niemand außerhalb ihres vergifteten Areals voller Industrieruinen und Küstengestrüpp auch nur einen Deut darum schert, was mit den Kindern von Innertown geschah. Selbst die Familien geben nach einer Weile auf, versinken in stumme Verwirrung oder verfallen der Apathie und dem Sherry. Nach mehr als einem Jahrzehnt schwindender Hoffnungen für die Stadt und ihre Kinder sind die Menschen fatalistisch geworden und streben nur noch höchst gleichgültig nach der Zuflucht, die sie einst in eher anspruchslosen und meist recht vagen Vorstellungen von jenem bescheidenen Glück gesucht haben, das ihnen von klein auf in Aussicht gestellt worden ist. Manche ziehen es vor, wenigstens nach außen hin an jene offizielle Interpretation der Ereignisse zu glauben, die Morrison mit tatkräftiger Unterstützung von Brian Smith verbreitet hat. Laut dieser Version der Geschehnisse, einer Geschichte voll praktischer und unwahrscheinlicher Zufälle, haben die Jungen, unabhängig voneinander und ohne irgendwem auch nur ein Wort zu sagen, Innertown aus freien Stücken verlassen, um in der großen weiten Welt ihr Glück zu suchen. Manche finden diese Geschichte glaubwürdig und sagen sich, so sind Jungs nun mal. Andere behaupten, sie klinge weit hergeholt; außerdem halten sie es für höchst zweifelhaft, dass diese fünf aufgeweckten Kinder, Jungen von etwa fünfzehn Jahren mit Familie und Freunden, sich plötzlich und ohne Vorwarnung auf und davon gemacht haben sollen. Innerhalb dieser Gruppe gibt es wiederum welche, die meinen, dass die Jungen ermordet wurden und vermutlich irgendwo inmitten der Trümmer der alten Chemiefabrik zwischen Innertown und dem Meer begraben liegen, dort, wo ihre verstümmelten Leichen rasch verrotten und keine Spuren hinterlassen, die sie von toten Tieren oder sonstigem namenlosen Aas unterscheiden, auf das man dort draußen ständig stößt. Diese letztere Gruppe wird manchmal ruhelos, meist nach einem weiteren Verschwinden. Man verlangt vollständige Aufklärung und will, dass unabhängige Beamte offizielle Ermittlungen durchführen. Briefe werden geschrieben und Anrufe gemacht, aber nichts geschieht.

Gewöhnlich jedoch geht die Stadt ihren eigenen Geschäften nach, auch wenn es dieser Tage den Anschein hat, als wäre der langsame Verfall ihr einziges Geschäft. Morrisons Aufgabe besteht natürlich darin, seine Runden zu drehen, Präsenz zu zeigen und den Eindruck zu erwecken, in Innertown gälten Recht und Gesetz. Das wird von ihm erwartet: gesehen zu werden – aber Morrison hasst es, gesehen zu werden, er wäre gern unsichtbar, würde am liebsten einfach verschwinden; und an diesem warmen Samstagnachmittag Ende Juli ist er draußen in seinem geheimen Garten, rupft und jätet Unkraut, damit die wenigen Blumen, die er letztes Frühjahr gepflanzt hat, nicht von Nesseln und Gras erstickt werden. Anfangs war dieser provisorische Schrein Mark Wilkinson gewidmet, dem ersten Jungen, der verschwand, jenem also, den Morrison selbst gefunden hat. Später dann wurde er ganz allgemein zu einem Denkmal für die verlorenen Jungen, wo immer sie nun auch sein mochten. Niemand sonst weiß von diesem Garten, und Morrison ist immer nervös, wenn er herkommt, fürchtet, ertappt zu werden, oder jemand könnte erraten, was all dies zu bedeuten hat. Der Schrein ist gut versteckt, denn das Ereignis, an das er erinnert, geschah, wie es sich für derlei Vorfälle geziemt, an diesem verborgenen Ort oder doch irgendwo in der Nähe. Einmal hatte man den Garten zertreten und zertrampelt, die Blumen herausgerissen, Glas und Steine verstreut, doch vermutete er gleich, dass es sich bloß um gewöhnlichen Vandalismus handelte. Ein paar Kids aus Innertown waren auf sein Kunstwerk gestoßen und hatten es, ohne auch nur einen Moment nachzudenken, auf jene routinierte Art zerschlagen, in der die Kids von Innertown alles angehen, aber Morrison war sich ziemlich sicher, dass sie gar nicht begriffen hatten, was der Schrein bedeutete, weshalb er ihn einfach wieder aufbaute, Pflanze um Pflanze, Stein um Stein, bis er vielleicht sogar noch schöner war als zuvor. Sooft er kann, kommt er her, um nach dem Rechten zu sehen. Und wenn nachts wieder ein Junge verschwindet, vergrößert er den Garten ein wenig, setzt ein paar weitere Pflanzen ein und verteilt einige neue Häuflein Steine und geschliffenes Glas.

Die besten Steine findet er draußen am Stargell's Point, längst seine Lieblingsgegend, weil niemand sonst da hingeht. Selbst die Kids meiden den Ort. Mittlerweile ist allgemein bekannt, dass das ganze Land unrettbar verpestet ist, vergiftet von unzähligen Sickergruben, von jahrelang fließenden Fabrikabwässern, auch wenn niemand genau weiß, wie schlimm die Verseuchung in manchen Gegenden eigentlich ist – Stargell's Point aber gilt seit jeher als schwarzes Loch, schon in der guten alten Zeit, als man sich noch mit Macht einredete, dass die Chemiefabrik im Grunde genommen doch sicher sei. Das glaubte man, weil man es glauben *musste*: Innertowns Wirtschaft hing fast vollständig von der Chemiefabrik ab. Noch wichtiger aber war, dass es Leute in Outertown gab, oben in den großen Häusern, denen daran lag, dass alles möglichst ruhig und ohne viel Theater ablief. Die Einwohner von Innertown, jene also, die tatsächlich in der Fabrik arbeiteten, waren von Anfang an auf die Vorsichtsmaßnahmen hingewiesen worden, die sie bei ihrer Arbeit zu beachten hatten, doch war ihnen immer wieder gesagt worden – vom Konsortium, vom Sicherheitspersonal, von allen maßgeblichen Stellen –, dass die Gefahr nur minimal sei. Sie hatten sich in Sicherheit gewogen, weil sie nirgendwo anders hinkonnten, und sie wollten den Managern und Politikern glauben, weil sie sonst niemandem trauen konnten. Natürlich gaben sie sich größte Mühe, überzeugt zu sein. In der Anfangszeit schmuggelten einige Leute sogar Tüten mit dem Zeugs nach Hause, das sie in der Fabrik herstellten, um es im eigenen Garten zu verteilen. Es war ein Glaubensakt, vollkommen pervers, doch deshalb, hofften sie, umso mächtiger.

Später, als es schon zu spät war, begriffen sie allmählich, was wirklich vor sich ging. Sie hörten Gerüchte von Bestechungen an hoher Stelle, von anonymen Todesdrohungen gegen mögliche Nestbeschmutzer; sie hörten, dass das Konsortium Beziehungen zu einflussreichen Leuten in den angeblich unabhängigen Firmen pflegte, denen man das Wohlergehen und die Sicherheit der Fabrikarbeiter anvertraut hatte, doch wussten sie nicht, was sie dagegen unternehmen sollten. Einige Jahre nach Morrisons Schulabschluss hatte die Fabrik endgültig die Tore geschlossen, doch stehen ihre Ruinen noch immer draußen auf der Landzunge und säumen die ganze Ostseite von Innertown, Hektar um Hektar nutzloses Bauland, von den leer geräumten Verwaltungsgebäuden an der Kreuzung East Road und Charity Street, an einer Reihe riesiger, widerhallender Brennöfen, Lagerhäuser, Abfallbeseitigungsanlagen und verfallener Produktionsstätten vorbei bis hinab zu den Ladekais am Ufer, wo große Tanker am Rand des schleimigen, öligen Fördewassers verrosten. Überall fallen die Auswirkungen der Fabrik ins Auge: Alleen toter Bäume, schwarz und knochig entlang der alten Schienenstränge und Zufahrtsstraßen; große Haufen schwefelhaltigen Gesteins, um die herum

Pfützen mit Abwasser in der Sonne verdunsten. Ein paar verwegene Fischer haben mutierte Meeresfauna gefunden, die dort an Land gespült worden ist, wo man einst zigtausend Tonnen Gott weiß welchen Inhalts an Bord riesiger Schiffe verlud, und manche Leute behaupten, sie hätten draußen in den letzten verbliebenen Wäldern bizarre Tiere entdeckt, die nicht krank waren und nicht verendeten mit ihren übergroßen Köpfen und aufgequollenen, verrenkten Leibern, die aber auch irgendwie nicht richtig aussahen.

Der überzeugendste Beweis für die unheimlichen Vorgänge auf der Landzunge war jedoch die Tatsache, dass es den Leuten selbst nicht gut ging, solange die Fabrik existierte. Urplötzlich traten unerklärliche Häufungen seltener Krebserkrankungen auf. Kinder litten unter grässlichen Gebrechen und entwickelten seltsame Verhaltensstörungen. Die Zahl seltener oder unheilbarer Leiden wuchs unverhältnismäßig stark an; außerdem verzeichnete man eine unerklärliche Zunahme an Depressionen, eine wahre Blütezeit dessen also, was in alter Zeit der reinste Irrsinn genannt worden wäre. Auch Morrisons Frau wurde krank im Kopf, und selbst heute kann niemand sagen, was ihr fehlt. Sie sei eine Alkoholikerin, lautet die grausamste Erklärung, dabei hat sie auch früher schon getrunken und ist doch immer fit wie ein Turnschuh gewesen.

Heutzutage gibt man allgemein der Fabrik die Schuld an diesen Problemen, doch fehlt den Leuten die Kraft, dagegen vorzugehen. Die Fabrik war ihr Leben, ihre beste Hoffnung gewesen, und alle kannten ihre Geschichte, zumindest die offizielle Version. Jeder konnte erzählen, wie vor dreißig Jahren ein Konsortium – es hatte irgendeinen ausgefallenen Namen, wurde aber immer nur «das Konsortium» genannt –, wie also ein ebenso nationales wie internationales Konsortium agrarwirtschaftlicher und sonstiger

Unternehmen begann, diverse Produkte herzustellen, auch wenn sich heute niemand mehr daran erinnert und damals offenbar auch gar nicht wusste, welche Chemikalien hergestellt und wofür genau sie eigentlich verwendet worden waren. James, Morrisons Vater, hat in der Fabrik gearbeitet und immer darauf bestanden, dass es sich nur um harmlose agrarwirtschaftliche Erzeugnisse handelte: Dünger und Pestizide, Fungizide, Wachstumsbeschleuniger und Wachstumshemmer, komplizierte Molekülketten, die in Wurzeln oder Stängel eindrangen und den Wuchs der Pflanzen beeinflussten, ihre Blütezeit und den Samenansatz. Andere Leute dagegen meinten, es sei viel schlimmer gewesen: Schon möglich, dass der größte Teil dessen, was auf der Landzunge produziert wurde, ziemlich harmlos gewesen sei, doch hätte es spezielle Einrichtungen gegeben, tief in der Fabrik verborgen, in denen chemische Waffen hergestellt oder gelagert worden seien. Schließlich, so behaupteten sie, sei es nicht weiter schwierig, eine Substanz in eine andere zu verwandeln: Man breche hier eine Molekülkette auf, füge dort eine neue Verbindung an, und was ein begrenzt schädliches Herbizid gewesen war, wurde zu einer Kriegswaffe; man ändere die Temperatur, die Struktur oder den Druck, und was man im Haushaltswarenladen kaufen konnte, war in ein Kampfgift verwandelt worden. Bis auf den heutigen Tag behaupten diese Leute, es gebe auf dem Fabrikgelände versiegelte Gebäude, in die man nicht einmal die Sicherheitsinspektoren eingelassen habe.

Als einige Zeit später die ersten Kinder verschwanden, entwickelte man neue Theorien: Die Jungen seien auf eine dieser geheimen Anlagen gestoßen und von einer tödlichen Gaswolke erfasst worden; oder man habe sie für eine Testreihe fortgeholt, von geheimen Regierungswissenschaftlern und manchmal auch von Außerirdischen entführt, die diese Fabrik schon seit Jahrzehnten beobachteten. Morrison weiß natürlich, wie haltlos diese

Spekulationen waren, da er die Wahrheit kennt. Das heißt, er kennt sie bloß in *einem* Fall der verlorenen Jungen, da er das Pech hatte, an einem kalten Herbstabend vor sieben Jahren Mark Wilkinson zu finden, der nur wenige Schritte von dort, wo er jetzt steht, an einem Baum hing. Nur wenige Schritte, mehr nicht, bis zu dieser Parzelle mit Gartenblumen und buntem Glas, auf der er sich neben einem Phantomgrab aufhält und um Worte ringt. Bei seinen Besuchen will er eigentlich nicht beten, sondern nur eine Art Verbindung herstellen: Statt Marks Seele in ein glückliches Jenseits zu befördern, möchte er sie nur so lange aufhalten, dass der Junge ihn verstehen und ihm vergeben kann.

Morrison hat noch nie sonderlich überzeugt, was ihm in der Sonntagsschule beigebracht worden war, dass nämlich Vergebung von Gott komme; er kann nicht einsehen, warum er uns unsere Schuld vergeben soll, wenn er uns doch zu dem machte, was wir sind. An die Vergebung durch die Toten aber hat er schon als Junge geglaubt. Als er noch klein war, nahm ihn die Mutter sonntags zu Spaziergängen auf dem Friedhof an Innertowns Westseite mit, unweit von dort, wo die reicheren Leute wohnten. James Morrison hat sie nie begleitet, er war immer zu beschäftigt, doch seine Frau ging mit John und dessen kleiner Schwester zum Friedhof, und zu dritt setzten sie sich in ihren besten Sonntagskleidern auf eine Bank, um feierlich neben dem Grabstein der Großmutter zu picknicken. Es war ein stilles Mahl, die Stimmung ernst, doch keineswegs morbid. Aus Respekt vor den Toten sammelte Morrison hinterher jeden Splitter Eierschale, jeden geringelten Streifen Apfelsinenschale wieder auf. Die Toten faszinierten ihn durch die Art, wie sie allein in ihren Namen weiterlebten, deutlich voneinander getrennt, und er wollte jede Spur auslöschen, die er oder seine Familie in ihrem einsamen Reich hinterließen. Mit fünfzehn war er einmal mit seiner ersten Freundin auf dem Friedhof gewesen, einem etwas unscheinbaren, aber großmütigen Mädchen namens Gwen. Er hatte nur spazieren gehen wollen, doch kaum hatten sie das Friedhofstor passiert, nahm Gwen ihn am Arm und küsste ihn, gleich dort zwischen den Grabsteinen und den Rhododendren. Mit dem Kuss wollte es nicht recht klappen, weil sie es vorher noch nie probiert hatten und weil beide recht schüchtern waren, außerdem wusste Morrison nicht genau, ob ihm Gwen nur wegen ihres Charakters oder auch wegen ihres Aussehens gefiel. Mag sein, dass er deshalb zögerte, aber in Wahrheit wollte er erst nicht weitermachen, weil ihnen von überall auf dem Friedhof die Toten von ihren diversen Ruheplätzen aus zusahen. Dem Mädchen zuliebe versuchte er es später noch einmal, und diesmal klappte es; wie die Frauen im Film legte Gwen den Kopf in den Nacken, und so kamen sich ihre Nasen nicht in die Quere. Danach hatten sie sich ausdauernd geküsst, bestimmt eine Minute lang, und nicht recht gewusst, wie sie nun wieder aufhören sollten.

Kaum aber hatte er sich von Gwen gelöst, bereitete ihm dieser Kuss einige Sorgen. Er wollte die Toten nicht verärgern oder beleidigen, existierten sie doch allein in ihrer stillen Andersartigkeit – und nur deshalb, begriff er, konnten sie uns auch vergeben. Er hatte nie daran gezweifelt, dass die Toten tot besser dran waren: Sie waren all der kleinlichen Sorgen, trivialen Streitigkeiten und Kümmernisse, mit denen sich die Lebenden herumplagen mussten, enthoben. Sie atmeten mit Gott. So hatte Morrison sie sich als Kind vorgestellt: Gottes Luft atmend, ihn aber niemals sehend, und immer allein. Es lag an ihnen, ein Auge auf uns zu haben und uns leidenschaftslos von fern zu beobachten, nur deshalb vergaben sie so bereitwillig. Es war nicht an Gott, uns etwas zu verzeihen, das war allein ihre Aufgabe. Sie sahen, und sie verstanden, Gott aber konnte nicht verstehen, weil Gott viel zu hohe Maßstäbe anlegte, und weil er immer so verdammt zornig wurde, hier und da und überall vom Himmel herab niederfuhr und zuschlug. Vollkommen, wie er war, hatte er die Toten damit betraut, den Menschen zu vergeben. Dachte man erst einmal darüber nach, war es durchaus logisch. Morrison stellte es sich gern als eine Art Arbeitsteilung vor.

Am Ende einer Kette gewöhnlicher Ereignisse und Vorfälle, die für sich genommen eigentlich zu nichts Ungewöhnlichem hätten führen dürfen, fand er durch Zufall den jungen Wilkinson. Es war Halloween, gegen zehn Uhr abends, und Morrison hielt sich in der alten Pfarrei auf, um einem unbedeutenden Fall von Vandalismus nachzugehen. Er hatte sich zu Fuß auf den Weg gemacht, da er meinte, ein bisschen Bewegung vertragen zu können und weil er damals noch glaubte, die Leute fänden es beruhigend, einen Wachmann seine Runden drehen zu sehen. Das Wetter war ziemlich unangenehm, sehr klar, aber für die Jahreszeit bitterkalt, und als Morrison zum Revier zurückkehrte, um sich eine Tasse Tee zu machen, stieß er auf einen Mann mit zwei Jungen unweit der West Side Road, die zum alten Eisenbahngelände und zu jenem kleinen Wald führte, den man in Innertown nur «den vergifteten Wald» nannte, da die Bäume zwar noch lebten, aber seltsam schwarz aussahen, eine Schwärze, die weder an verkohlte Stämme noch an die Folgen einer Dürre erinnerte, sondern die Vermutung nahelegte, dass dunkler, verseuchter Saft durch die Baumadern aufstieg, schwarz, mit einer Spur von Giftgrün, ein bitteres, urzeitliches Grün wie Wermut oder Galle. Die Jungen sahen verängstigt und unglücklich aus, aber wirkten auch irgendwie verlegen, weshalb Morrison von Anfang an misstrauisch war. Er war noch nicht lange in seinem Job und schützte sich in den meisten Situationen erst einmal mit einer gewissen Skepsis. Ging es denn letzten Endes bei der Tätigkeit eines Ortspolizisten nicht eben darum, Ruhe zu verbreiten und willens zu sein, einen jeglichen Vorfall mit einem Gran Zweifel zu prüfen? Dennoch, diese Kinder hatten Angst, das stand außer Frage, auch wenn er aus ihrer Geschichte anfangs nicht recht schlau wurde und nur verstand, dass es irgendwie um einen Jungen namens Mark ging, um ein altes Versteck beim vergifteten Wald und um eine Rolle Baumwollgarn.

Der Mann, der die Jungen begleitete, ein Witwer mittleren Alters namens Tom Brook, den Morrison durch familiäre Zusammenhänge ein wenig näher kannte, war auch keine große Hilfe. In grauer Strickweste und blauer Kordhose doch trotz Kälte ohne Mantel, machte er den Eindruck eines Mannes, der direkt aus dem gemütlichen Wohnzimmer gestürzt war, um sich die Stiefel überzustreifen und ohne einen weiteren Gedanken in die Nacht hinauszulaufen. Er bot einen Anblick, den Morrison nur zu gut kennenlernen sollte, den Anblick eines durch Zufall – vielleicht auch durch das Schicksal – mitten aus dem alltäglichen Leben heraus Erwählten. Das Problem war, dass Brook bereits eine wirre Version der Geschichte kannte und deshalb Fragen stellte, die Morrison, dem die Zusammenhänge noch unklar waren, nur noch weiter verwirrten.

«Also schön», sagte Morrison schließlich. «Fangen wir noch einmal von vorn an.» Er redete langsam, leise, wie er es sich beigebracht hatte, um andere Leute mit seiner Ruhe anzustecken. Er hatte diese Gelassenheit vor dem Spiegel geübt und in Gedanken dabei Sätze aufgesagt, von denen er glaubte, dass sie beschwichtigend klangen. Er hätte gerne älter ausgesehen. Nun, nicht unbedingt älter, vielleicht nur ein bisschen erfahrener. Die Leute wussten, dass er vor Kurzem noch als einfacher Sicherheitsbeamter – als Nachtwächter, genau genommen – in einer von Brian Smiths Firmen in Innertown gearbeitet hatte. Und bis heute hatte er in seinem neuen Beruf nicht viel gelernt, nur eines wusste er ganz genau – dass man nämlich einem jungen Polizisten kaum etwas zutraute. «Wer ist wann wohin gegangen?» Kaum waren die Worte gesagt, ärgerte er sich über sich selbst. Er hatte gerade gegen eine seiner elementarsten Regeln verstoßen. Immer nur eine Frage stellen. Langsam vorgehen. Ruhe verbreiten. Jedermann beschwichtigen und stets nur eine Person reden lassen.

Tom Brook schaute die Jungen an und schüttelte den Kopf. «Nun», sagte er, «ich weiß, das klingt verrückt. So lange ist er schließlich noch nicht da draußen.» Er wandte sich einem der Jungen zu, der hemmungslos zu weinen begonnen hatte. «Schon gut, Kieran», sagte er. «Jetzt ist ja die Polizei hier. Wir finden ihn …»

«*Wen* finden wir, Tom?» In Gedanken war Morrison schon wieder bei seiner Tasse Tee und den Keksen daheim in der Polizeidienststelle. Vielleicht würde er eine Weile bei Alice bleiben und sich still zu ihr an den Küchentisch setzen, wie damals in jenen Tagen, als es für ihn noch keine Last gewesen war, mit Alice zusammen zu sein. Er spürte genau, dass diese Geschichte hier belanglos war. Auch wenn er neu in seinem Job sein mochte, besaß er doch die Instinkte eines echten Polizisten. Bei dem Vorfall hier handelte es sich jedenfalls bloß um einen Dummejungenstreich oder um irgendein Missverständnis. Deshalb wollte er unter keinen Umständen den Rest der Nacht damit verbringen, im vergifteten Wald umherzuirren und nach einem Ausreißer Ausschau zu halten, der gerade mal anderthalb Stunden verschwunden war.

«Mark Wilkinson», sagte Tom Brook. Er schien sich seiner Sache schon nicht mehr ganz so sicher zu sein. Offenbar war Morrisons angeborener Skeptizismus doch ansteckend. «Sie behaupten, er sei in den Wald gelaufen und nicht zurückgekommen.»

Morrison nahm die Jungen genauer in Augenschein. Seltsam: Sie hatten offenbar wirklich Angst, auch wenn der größere der beiden einen ebenso verschreckten wie verlegenen Eindruck machte. Der Junge, den Brook mit Kieran angeredet hatte, der kleinere also, der ein bisschen untersetzt aussah und ein niedliches, fast mädchenhaftes Gesicht hatte, wirkte völlig verzweifelt, beinahe hysterisch, und er sah von Morrison zu Tom Brook, als wären sie daran schuld, dass sich sein Freund in Luft aufgelöst hatte. «Also», sagte Morrison, «nun erzähl uns mal genau, was eigentlich passiert ist. Und zwar von Anfang an.»

Trotz ihrer unterschiedlichen Gemütsverfassung stimmten die Geschichten der beiden Jungen lückenlos überein. Anscheinend hatten sie draußen im Wald gespielt, und da es sich bei dem Spiel um ein altes Halloween-Ritual handelte, um eines, das vermutlich bis in heidnische Zeit zurückreichte, regte sich in Morrison rasch wieder die Überzeugung, er habe es mit einem Schuljungenstreich zu tun, mit einem ein wenig aus dem Ruder gelaufenen dummen Schelmenstück. Der größere Junge, William, war vermutlich von Anfang an eingeweiht gewesen, nur musste dann irgendetwas passiert sein, was nicht im Drehbuch stand, weshalb er nun zwischen Sorge und Skepsis schwankte – außerdem war ihm das Ganze peinlich, denn das Spiel war eigentlich für Mädchen, eines, von dem Morrison nur durch jenen Hätten-Sie's-gewusst-Artikel erfahren hatte, der ihm letzte Woche in der Zeitung aufgefallen war. Vielleicht hatte Mark oder einer der anderen beiden Jungen denselben Artikel darüber gelesen, wie Mädchen früher eine Garnrolle in die Hand genommen und eine Schnur daran festgebunden hatten. Dann waren sie in den Wald gegangen und hatten die Rolle nach Aufsagen der entsprechenden Zauberformel so weit wie möglich ins Dunkel geworfen, ohne dabei das andere Ende der Schnur loszulassen. Die Rolle flog in den Wald, landete irgendwo und war im Idealfall noch mit der Schnur verbunden, während die Mädchen sie festhielten und auf ein Zeichen warteten – eine Bewegung, ein Zittern, ein heftiges Rucken, das sie hinaus ins

Dunkle rief. In dem Artikel hieß es, wenn diese Heidenmädchen der Garnrolle folgten, glaubten sie, ihren künftigen Liebsten in Geistergestalt anzutreffen und so vielleicht zu erfahren, wen sie einmal heiraten würden, wenn die rechte Zeit dafür gekommen war. Mark hatte vorgeschlagen, dieses Spiel, um es realistischer wirken zu lassen, draußen im vergifteten Wald zu spielen; offenbar hatte er sogar geglaubt, der Zauber könne tatsächlich wirken, und am anderen Ende werde wirklich jemand im Dunkeln auf sie warten.

«Was habt ihr denn geglaubt, wen ihr treffen würdet?», fragte Morrison den älteren Jungen. «Für Frauen seid ihr doch wohl noch ein bisschen jung, wie?»

William wirkte noch verlegener als zuvor. «Wir waren ja nicht auf Frauen aus», sagte er mit unüberhörbarer Abscheu.

Morrison lächelte ihm aufmunternd zu. «Aber wen habt ihr dann erwartet?», fragte er. William schaute auf seine Füße, weil er nicht dümmer dreinblicken wollte, als er sich bereits fühlte. Morrison wandte sich an Kieran, der sich allmählich wieder beruhigte. «Und du?», fragte er. «Mit wem hast du da draußen im Wald gerechnet, mein Junge?»

Kieran warf William einen Blick zu, doch der schüttelte bloß den Kopf, ohne vom Boden aufzusehen. «Den Teufel», sagte er nach einem Moment. «Es war Marks Idee. Er sagte, diese Sache mit den Mädchen und den Männern und so, das sei völliger Quark, eigentlich ginge es bei dem Zauber darum, den Teufel heraufzubeschwören.» Jetzt, da er zu weinen aufgehört hatte, wirkte Kieran wütend. Oder vielmehr empört – und Morrison spürte, dass er zu jenen Jungen gehörte, die sich über eine Welt ärgerten, die ihnen ihre Probleme gelegentlich nicht ersparte.

«Den Teufel?», fragte er im besten Tonfall eines skeptischen Polizisten.

Kieran starrte ihn an. «Klar doch», erwiderte er aufgebracht.

Morrison wandte sich an Tom Brook. Er wollte ein paar beruhigende Worte sagen, wollte ihnen versichern, dass es sich entweder um einen verkorksten Streich oder um eines dieser kleinen Rätsel handelte, über das man später bestimmt einmal lachen würde, aber ehe er etwas sagen konnte, begann Brook zu reden. Der Mann sah zugleich traurig und erleichtert aus.

«Niemand macht sich auf die Suche nach dem Teufel, mein Sohn», sagte er. Beide Jungen schauten zu ihm auf. Er war ein Erwachsener, also hörten sie ihm zu. «Hat man euch das noch nicht gesagt?», fragte er, wandte sich zu Morrison um und verzog das Gesicht zu einem traurigen, aber auch verschwörerischen Lächeln. «Niemand muss in den Wald gehen, um den Teufel zu suchen», fuhr er fort. «Der Teufel findet einen auch so, nicht wahr, Wachtmeister?»

Folgendes war passiert: Während einer Mutprobe, bei der es darum ging, dem Teufel selbst in die Augen zu schauen, hatte Mark Wilkinson seine Rolle ins dunkle Reich des vergifteten Waldes geworfen und war, als nichts geschah, der Schnur allein in die Schattenwelt gefolgt. Ehe er verschwand, hatte er den anderen Jungen gesagt, wenn er nicht gleich zurückkäme, sollten sie nicht auf ihn warten. Dann war er mit einem Lachen aus dem Lichtkreis ihrer Taschenlampen getreten und unter den Bäumen verschwunden. William und Kieran hatten lange auf seine Rückkehr gewartet, waren aber zu verängstigt gewesen, in die Nacht zu gehen, um ihn zu suchen. Stattdessen gerieten sie irgendwann in Panik, rannten davon und ließen nur ihre Taschenlampe zurück. Morrison hörte sich die Geschichte geduldig an und beschloss, es wäre das Beste – das einzig Sinnvolle –, diese Jungen ins Bett zu schicken und dann in den vergifteten Wald zu gehen, um selbst nachzusehen. Zuerst aber würde er bei den Wilkinsons vorbeischauen und fragen, ob Mark nicht vielleicht schon im Bett lag und über den Streich lachte, den er seinen Freunden gespielt hatte, während er sich selbst zur gelungenen Flucht vor dem Teufel beglückwünschte. An dieser Geschichte war nichts dran, sie war bloß ein Kinderspiel, und es verblüffte Morrison, dass die Jungen deshalb so aufgebracht wirkten. Allerdings war der vergiftete Wald nachts eine ziemlich unheimliche Gegend, selbst wenn man nicht allein war und eine Taschenlampe bei sich trug. «Also schön. Wir werden Folgendes machen», sagte er. «Ich gehe in den Wald und sehe mich einmal um. Vielleicht kann ich ja wenigstens eure Taschenlampe wiederfinden. Mark ist wahrscheinlich längst zu Hause und schaut fern. Und ihr beide lauft jetzt auch besser heim, aber macht euch keine Sorgen.» Dann wandte er sich an Tom. «Vielleicht kann euch ja Mister Brook nach Hause bringen.»

Brook nickte. «Ist nicht weit», sagte er. «Und ich habe sowieso nichts Besseres vor.»

Im selben Augenblick fiel Morrison ein, was für ein besonderes Datum diese Nacht für Tom Brook war. Jedermann kannte die Geschichte, die Tom für den Rest seiner Tage stumm mit sich herumtragen würde. Letztes Halloween war Toms Frau Anna an einer riesigen, sich unerklärlich rasch ausbreitenden Hirnwucherung gestorben, die sie zuvor in den Wahnsinn getrieben hatte. Gegen Ende war sie nur noch ein erbärmliches, verzweifeltes Geschöpf gewesen, das im eigenen Bett gelegen und geglaubt hatte, lebendig begraben zu sein. Ehe sie ihren Geist aufgab, hatte sie tagelang verzweifelt an jener imaginären Kiste gekratzt, in die sie sich eingeschlossen wähnte. Als Morrison einmal bei ihr vorbeischaute, um zu fragen, ob er irgendwie helfen könne, musste er an die Geschichte von Thomas von Kempen denken, jenem Heiligen, den man tatsächlich lebendig begraben hatte, was allerdings erst Jahre später bekannt geworden war, als man Thomas nämlich nach seiner Heiligsprechung in ein angemesseneres Grab verlegen wollte. Beschreibungen von Zeitzeugen schildern, dass der Leichnam völlig entstellt und verrenkt gewesen war; die Arme hatten unter dem Sargdeckel geklemmt, als wäre der Autor der *Imitatio Christi* bei dem Versuch gestorben, sich nach draußen zu winden; seine Fingerspitzen glichen Schlafäpfeln voller Splitter und getrocknetem Blut, da er in seiner Verzweiflung am Holz gekratzt und sich die Haut aufgescheuert hatte. Morrison hatte die Geschichte in der Schule gehört, als seine Mutter auf dem Sterbebett lag; nach ihrem Tod war er dann zum Friedhof gegangen, hatte sich aufs Grab gelegt, ein Ohr an den Boden gepresst und gelauscht. Er hatte schreckliche Angst gehabt, seine Mutter könnte da unten noch am Leben sein, zwei Meter Erde über sich, und sie würde kratzen und weinen, weil sie frei sein wollte. Als er die Geschichte von Anna Brook hörte, versuchte Morrison sich vorzustellen, wie es für ihn gewesen wäre, wenn er seine Mutter gehört hätte, die aus blutiger, unterirdischer Dunkelheit seinen Namen rief, und er hätte nichts machen können. Das nämlich war Tom Brooks Los gewesen: zusehen zu müssen, wie seine Frau lebendig begraben wurde, wie sie sich gegen den Sargdeckel stemmte, wie sie um Hilfe schrie, und er musste hilflos danebensitzen. Tom wusste ebenso gut wie Morrison, dass seine Frau in Wirklichkeit nicht lebendig begraben wurde, dass sie sich das nur einbildete, doch war die Qual für sie deshalb nicht weniger real. Es war eine schreckliche Zeit, und Morrison schämte sich, weil er diesen Jahrestag so rasch vergessen hatte. «Danke, Tom», sagte er und wollte noch etwas hinzufügen, etwas, was ihm bewies, dass er an Anna dachte, aber ihm fiel nichts ein. Also drehte er sich zu den Jungen um. «Macht euch keine Sorgen», sagte er. «Alles wird wieder gut.»

Weniger besorgt als leicht irritiert ging Morrison in den folgenden Stunden seiner Arbeit nach. Zuallererst machte er sich auf den Weg zu den Wilkinsons, da er es, wie bereits gesagt, für das Wahrscheinlichste hielt, dass der Junge längst wieder daheim war. Doch als er zu deren Haus kam – es war gerade mal kurz nach elf Uhr abends –, sahen die Wilkinsons fern und schienen es ihm vor allem übel zu nehmen, dass sie bei ihrem Film gestört wurden. Jedenfalls machten sie sich ganz bestimmt keine Sorgen um ihren Sohn. Nachdem sie Morrison ins Wohnzimmer gebeten hatten, wurde der Fernseher keineswegs ausgestellt, nur der Ton ein wenig leiser gedreht. Trotzdem warfen die Wilkinsons während des Gesprächs immer wieder verstohlene Blicke zur Mattscheibe. Das ärgerte Morrison, der es schwierig genug fand, in einem Zimmer mit laufendem Fernseher zu sitzen und sich nicht davon ablenken zu lassen. Er selbst sah daheim nur selten fern, doch hielt er es für einen ziemlich harmlosen Zeitvertreib, und wenn er unterwegs war, leistete der Apparat Alice wenigstens etwas Gesellschaft. An jenem Abend aber haftete den flackernden Bildern und den unablässig redenden Schauspielern etwas Obszönes an, diesem Dialog, der gerade so leise ablief, dass Morrison, den eigentlich nicht kümmerte, was gesagt wurde, die Ohren spitzte, um dem Gespräch zu folgen. Vielleicht fiel deshalb sein Besuch so kurz aus, vielleicht lag es auch am offenkundigen Desinteresse der Eltern. Jedenfalls war der Junge anscheinend noch nicht zurückgekommen, doch ließen die Wilkinsons nicht die geringsten Anzeichen von Sorge erkennen. «Mark ist oft noch spätabends unterwegs», sagte sein Vater und warf wieder einen raschen Blick zum Bildschirm hinüber. Clint Eastwood richtete den Revolver auf irgendwen.

«Er ist schon einige Male die ganze Nacht fortgeblieben», setzte die Frau in seltsam blasiertem Ton hinzu, so als kümmerte es sie nicht sonderlich, was ihr Junge tat oder was mit ihm geschah. Während des Gesprächs dachte Morrison, dass es ihn nicht überraschen würde, wenn Mark draußen im Dunkeln wäre, durch den vergifteten Wald lief und dumme Spielchen trieb, um seinen Freunden einen Schrecken einzujagen. Ja, je länger ihre Unterhaltung dauerte, desto größer wurde seine Abneigung gegen diese Leute. Zugleich war ihm klar, dass er kein Recht hatte, über sie zu urteilen. Schließlich wusste er nichts über ihr Leben. Und man brauchte sie nur anzuschauen, um zu begreifen, dass es kein Spaß sein konnte, mit einem der beiden verheiratet zu sein. «Er verschwindet einfach ohne ein Wort.» Sie wandte den Blick nicht vom Fernseher ab. «Ich glaube, dass ist seine Art, uns eine Lektion zu erteilen.»

«Ich verstehe», sagte Morrison, der manchmal selbst wie ein Polizist aus einer Fernsehserie klang. «Können Sie mir denn einen Grund nennen, warum er Ihnen gerade heute Abend eine Lektion erteilen möchte?»

Die Frau musterte ihn mit scharfem Blick. Sie hatte seine Missbilligung gespürt und war davon nicht gerade angetan. Sie schaute zu ihrem Mann hinüber, aber als der sich nicht regte, wandte sie sich mit einem verbitterten Lächeln wieder zu Morrison um. «Schon möglich», sagte sie. «Bei ihm würde mich nichts mehr überraschen.»

Morrison gab sich große Mühe, sie seine Gereiztheit nicht spuren zu lassen. «Tja», sagte er, «wissen Sie denn vielleicht, wo er hingegangen sein könnte?»

Die Frau schaute ihn nicht an, sondern starrte trotzig auf den Bildschirm. «Vielleicht ist er bei meiner Schwester», sagte sie.

«Ihrer Schwester?»

«Ja», erwiderte sie. «In Salls Haus.»

«Und wo ist das?»

«Ach, *jetzt* wohnt sie da natürlich nicht mehr», sagte die Frau und musterte ihn mit einem seltsam triumphierenden Blick. «Sall ist tot. In ihrem Haus wohnt heute jemand anderes.» Dieser Frau schien der Tod ihrer Schwester so gleichgültig wie das Verschwinden ihres Sohnes zu sein.

«Er geht manchmal nur rüber», warf der Mann ein. «Er hat Sall sehr gern gehabt», fügte er noch hinzu, ein wenig wehmütig, wie Morrison fand.

«Sie hat ihn verwöhnt», sagte die Frau. «Hatte auch keine eigenen Kinder.»

Ihre Antwort weckte das Interesse des Mannes. «Na ja», sagte er, «sie konnte ja auch keine kriegen, oder?»

Die Frau warf ihm einen warnenden Blick zu, und er versank wieder in seinen Dämmerzustand. «Jedenfalls», fuhr sie fort, «treibt er sich manchmal da rum. Weiß der Himmel, weshalb.» Wieder setzte sie ein verkniffenes Lächeln auf. «Ich meine, er *weiß* schließlich, dass sie tot ist.»

Etwa in diesem Moment entschied Morrison, dass es sinnlos war, das Gespräch fortzusetzen, und sobald er sich die Adresse der Tante notiert und noch ein, zwei Höflichkeitsfragen gestellt hatte, erhob er sich. Die Wilkinsons blieben, wo sie waren, nämlich auf dem Sofa. «Tja, ich würde mir keine allzu großen Sorgen machen», sagte Morrison. «Ist bestimmt bloß irgendeine Halloween-Dummheit.»

Die Frau sah zu ihm auf und sagte: «Ja, bestimmt.»

Morrison blieb lange reglos stehen, ehe der Mann sich schließlich erhob. «Ich bringe Sie zur Tür», sagte er.

«Nein, danke», erwiderte Morrison. «Nicht nötig.» Der Mann sah ihn erst überrascht und dann ein wenig erleichtert an. Er setzte sich und wandte sich erneut dem Fernseher zu. Kaum war Morrison an der Haustür, war die Lautstärke wieder auf normal gestellt.

Als er das Gartentor hinter sich zuzog, fragte sich Morrison, ob er die Angelegenheit nicht lieber über Nacht ruhen lassen und erst am nächsten Morgen weiterverfolgen solle – hätte er das getan, wäre er heute zweifellos besser dran. Denn hätte jemand anderes den Jungen gefunden, wäre die Chance groß gewesen, dass die Dinge einen anderen Verlauf genommen hätten, nicht nur in diesem einen Fall, sondern auch in den noch folgenden Fällen. An jenem Abend aber ließ ihm irgendetwas keine Ruhe, nur hätte er nicht sagen können, was es eigentlich war. Also stieg er in seinen Wagen und fuhr zum vergifteten Wald. Trotzdem war er unentschlossen und überlegte aufs Neue, einfach nach Hause zurückzukehren. War es nicht dumm von ihm, sich solche Mühe zu machen? Nicht mal die Eltern glaubten, sagte er sich, dass der Junge in Schwierigkeiten steckte, warum also sollte er das tun? Er hatte jedoch kaum eine halbe Stunde gesucht, da fand er unter den Bäumen so etwas wie ein kleines Schlupfloch, eine natürliche Höhle aus Krüppelbüschen und Steinen, einen Ort, an dem sich ein einsames Kind bestimmt gern versteckte. Kein Platz für eine Bande, eher ein geheimer Bau, in dem ein Junge mit einer lebhafteren Phantasie als seine Kameraden noch spätabends sitzen könnte, um Wildnis zu spielen. Zumindest sah es anfangs so aus, doch bei näherem Hinschauen erkannte Morrison, dass es sich nur um das erste einer ganzen Reihe derartiger Verstecke handelte, um einen ersten winzigen Raum in einer Reihe von Räumen, die einer zum nächsten führten, bis Morrison im vierten schließlich eine seltsam kleine Laube fand, in der jemand eine regelrechte Ausstellung eingerichtet hatte, allerlei glitzernde, bunte Glas- und Porzellanscherben, die Büsche mit Bahnen gestreiften Stoffs bespannt, der Boden hier und da mit etwas bestreut, das wie Glitzer und Lametta aussah. Alles war neu in diesem besonderen Bau, den jemand gerade erst fertiggestellt hatte – eine Laube, ähnlich jenen komplizierten Gebilden, wie sie manch exotische Vögel anlegen, wenn sie eine Gefährtin anlocken wollen. Zugleich erinnerte sie auch an eine Kapelle, an einen besonderen, dem Gebet, der Kontemplation, vielleicht sogar dem Opfer vorbehaltenen Ort – und es war, als lenkte dieser Gedanke, dieser Hauch von einer Idee den Strahl von Morrisons Taschenlampe fort, ließ ihn über den kalten, funkelnden Boden des Verstecks tanzen, über eine Mauer aus Zweigen, zerrissenen Nylonfetzen und alten Vorhängen hinauf zur Leiche eines Jungen, die von einem Ast des höchsten Baumes hing, ordentlich, hell und – das sollte Morrison später am stärksten zusetzen, sollte ihn in Gedanken immer wieder hierhin zurückkehren lassen – eingewickelt wie ein perverses Geschenk, an Hals, Brust und Fußknöcheln mit Lametta und leuchtend bunten Stoffen wie mit dem Baumschmuck einer Weihnachtstanne herausgeputzt, wie zur Dekoration.

Morrison wusste gleich, dass es sich um Mark Wilkinson handelte, obwohl er keinen Grund hatte, sich so sicher zu sein: Das Gesicht war mit Blut und Dreck beschmiert, und Tränenspuren durchzogen den Schmutz auf den Wangen – auch wenn Morrison sich nicht sicher war, dass der Junge geweint hatte; er wirkte seltsam gefasst, obwohl die Augen offen standen und er wie an einem behelfsmäßigen Kreuz im Baum hing. Morrison hätte keinen Grund dafür angeben können, doch ging er davon aus, dass gerade erst zu Ende gegangen war, was immer hier stattgefunden hatte, vielleicht erst vor wenigen Minuten. Trotzdem brauchte er nicht nach dem Puls des Jungen zu tasten, um sicherzugehen, dass er nicht mehr lebte.

Allerdings war es weniger die Tatsache des Todes, die Morrison so zusetzte, als seine eigene Reaktion. Es war so ganz anders, als wenn jemand im Film eine Leiche entdeckt und laut schreit: Er reagierte nicht, er schrie nicht und rannte auch nicht los, um Hilfe zu holen. Schlimmer noch, er hatte vergessen, wer er war, und er fing auch nicht an, sich an seine Arbeit zu machen. Stattdessen verhärtete er gleichsam auf jeder Ebene seines Wesens. Es kam zu einem völligen Stillstand seines Geistes, der Nerven, gar des Blutes, und er war plötzlich bar aller Energie und jeden Willens, versteinert vor lauter Entsetzen wie auch zugleich von dem Gefühl, dass dies alles irgendwie einen Sinn ergab. Wäre er früh genug gekommen, um einschreiten zu können – oder einige Stunden später, etwa am nächsten Morgen –, dann wäre womöglich alles anders gewesen. Er hätte zu tun gehabt, wäre vorgeschriebenen Handlungsabläufen gefolgt; oder alles wäre wie erstarrt gewesen, ohne jede Farbe, ein Tatort, eine Häufung von Indizien, die jemand, wenn auch wohl kaum John Morrison, wie ein offenes Buch gelesen hätte.

Auf den ersten Blick war offensichtlich, dass man den Jungen brutal misshandelt und so absichtlich wie systematisch verletzt hatte, und zwar auf eine Art, die an Folter grenzte. Später jedoch, als die Erinnerung an diesen Ort in jede Faser seiner Knochen und Nerven eingedrungen war, würde Morrison es nicht mehr Folter nennen. Mark Wilkinsons Hände waren mit einem sehr weißen, fast seidenweichen Stück Schnur gefesselt worden – locker, ja, ziemlich locker, fast nur symbolisch –, den Mund verschloss ein hellblaues Klebeband, und bis auf einige wenige Kleidungsstücke hatte man ihn ausgezogen, weshalb er so mager, nackt und kreatürlich aussah, als gehörte er irgendeiner neuen Gattung Tier an und wäre kein knapp fünfzehn Jahre alter Junge. Zwischen den Schnitten und schmutzigen Flecken wirkten die unverletzten Stellen seiner Haut unnatürlich weiß, am stärksten aber traf Morrison der Blick seiner Augen, ein Blick, der keine Angst verriet, zumindest nicht nur Angst, sondern auch ein Wiedererkennen. Das schockierte ihn am meisten: Der Junge hatte einen Blick in den Augen, der andeutete, dass er im Moment des Todes etwas gesehen hatte, was er kannte, etwas, was er wiedererkannte – und Morrison brauchte einen Moment, um zu verstehen, dass das, was er sah, nicht die Folgen einer Folterung waren, sondern von etwas, was ihm weit schlimmer schien.

Da fiel ihm ein Abschnitt aus einem Buch ein, das er einmal gelesen hatte, ein Abschnitt, der beschrieb, wie die Menschenopfer darbringenden Azteken das Herz aus den noch lebenden Leibern schnitten; und ihm fiel wieder ein, wie es ihn bei der Vorstellung geschaudert hatte, dass ein ganzes Volk, eine ganze Kultur, glauben konnte, dies sei die einzige Möglichkeit, ihre Ernte zu schützen oder für den Sieg in der nächsten Schlacht zu sorgen. Es hatte ihn angewidert, dass so etwas tatsächlich einmal geschehen war, dass Menschen wirklich auf diese Weise mit ihren Göttern kommuniziert hatten. An Menschenopfer zu glauben, sie nicht für eine verschwiegene, hässliche, pervertierte, sondern für eine ruhmreiche Tat zu halten, jenen Priestern die höchsten Ehren zuzubilligen, die das lebende Herz herausrissen und der Sonne entgegenstreckten, nicht nur einmal, sondern immer wieder, in Zeremonien, die zehn, vielleicht sogar hundert Opfer und mehr forderten, das war ihm über alles Vorstellbare hinaus obszön erschienen. Zum Glück war das schon lang vorbei, dieser hässliche, absurde Brauch einer primitiven Kriegerrasse. Jetzt aber starrte er in Mark Wilkinsons erschöpftes, schmutziges Gesicht und begriff, dass die Qual des Jungen für den Mörder eine religiöse, gar mystische Bedeutung gehabt haben musste. Er wusste nicht, *wieso*, aber er wusste es einfach. Weder die Schnittverletzungen noch die Brandwunden, auch nicht das Grauen, dem der Junge offensichtlich ausgesetzt gewesen war, verrieten Morrison, was der Mörder empfunden hatte; es ließ sich nicht vernünftig erklären, und er hätte es auch ganz bestimmt nicht in Worte fassen können, wenn jemand in diesem Moment gekommen wäre und ihn danach gefragt hätte. Nein: Es war etwas in der Anordnung der Leiche, das ihn rührte, ein Arrangement, dem er die Verehrung des letzten Augenblicks anmerkte. So unglaublich oder widerlich Morrison dieser Gedanke auch zu jedem anderen Zeitpunkt vorgekommen wäre, spürte er doch einen flüchtigen, entsetzlichen Augenblick lang, dass hier Verehrung am Werk gewesen war, eine grauenhafte, unmögliche Zärtlichkeit für das, was im Moment des Todes verschwand, ein fast religiöser Respekt für jene Wesenheit, die der Körper aufgibt, für dieses Sublime, Präzise, das in seiner Substanz der Präsenz eines jeden Lebewesens genau angemessen war: die geziemende Masse eines kleinen Vogels oder Nagetiers, einer Feldmaus etwa, vielleicht auch eines Finken.

Morrison musste der Versuchung widerstehen, den Leichnam abzuschneiden und damit die Zeremonie rückgängig zu machen, der man den Jungen unterzogen hatte, ihn zu bedecken, damit ihn niemand sonst zu sehen bekam. Er wollte dieses Opfer leugnen, wollte es ungültig machen – dann aber merkte er, dass er den Jungen eigentlich wieder zum Leben erwecken, dass er den Prozess umzukehren wünschte, durch den der Junge gelitten hatte und gestorben war, doch das konnte niemand. Erst in diesem Moment verstand John Morrison mit plötzlicher, brutaler Eindringlichkeit, dass er im Grunde genommen doch kein Polizist war, da er es nicht schaffte, mit dieser Situation umzugehen. Er konnte spüren, wie ein sprödes Konstrukt in seinem Kopf zusammenbrach, denn während er da stand und dieses geopferte Kind ansah, brach alles, was er sich erhofft hatte, als ihm von Brian Smith unverhofft die Stelle eines Stadtpolizisten zugeschustert worden war, wie eine halbgebackene Hochzeitstorte in sich zusammen. Bei seinem Eintritt in die Polizei hatte er nicht damit gerechnet, einmal eine Leiche zu finden. Jedenfalls nicht auf diese Weise. Wie überall starben natürlich auch in Innertown gelegentlich Menschen. Sie starben an Herzinfarkten, an Altersschwäche, an Lungenerkrankungen. Manchmal brachten sie sich auch selbst um oder erlagen irgendwelchen seltsamen Unfällen. Morrison hatte davon schon ein gerüttelt Maß zu Gesicht bekommen, und es war seine Pflicht gewesen, mit den Folgen dieser Ereignisse zurechtzukommen oder sich Notizen zu machen, sich am Rand der Trauer und Bestürzung irgendeiner Familie aufzuhalten und zu tun, als gäbe es einen Grund für seine Anwesenheit. Doch meist starben seine Nachbarn daheim, ganz ohne seine behördliche Präsenz, und Morrison stand ihren Toden so fern wie all ihren übrigen Geheimnissen. Manche starben aus Gründen, die unbekannt waren und es auf immer bleiben würden, da kein Amt auf Erden herausfinden wollte, was das für Gründe gewesen waren. Innertown war der Gesundheit nicht gerade zuträglich, doch hätten die meisten Menschen nicht gewusst, wohin sie sonst gehen sollten. Deshalb starben auch so viele an Gebrechen, die kein Arzt diagnostizierte – an Enttäuschung, Groll, Furcht oder Einsamkeit. Daran, nicht gestreichelt zu werden. Nicht geliebt zu werden. An Stille. Früher sagten selbst hartgesottene Ärzte, jemand sei an gebrochenem Herzen gestorben. Heutzutage musste die Todesursache schon etwas Offizielleres sein. Allerdings war noch nie jemand in Innertown ermordet worden, jedenfalls nicht zu Morrisons Lebzeiten, und darüber wenigstens war er froh. Vielleicht hatte er ja wirklich sein Leben lang Polizist werden wollen, aber er hatte dabei nie an *diese* Sorte Polizisten gedacht, an solche, wie man sie im Fernsehen sah, an Polizisten, die Leichen fanden, Mörder aufspürten und eine Tasse Tee von einer freundlichen, wenn auch leicht verängstigten Frau ablehnten, da sie ihr sagen mussten, dass ihr Kind zu Tode gefoltert worden war. Das mochte fürs Kino angehen oder für Kriminalgeschichten, aber Morrison hatte derlei nie für echte Polizeiarbeit gehalten. Er wollte nur der Wachmann in einer

Kleinstadt sein, seine Runden drehen, für jedermann ein vertrautes Gesicht, ein Mensch, auf den man sich verlassen konnte. Er wollte mit dem Familiären, dem innig Bekannten arbeiten, wollte stets genau wissen können, womit er es zu tun hatte, wollte auf seinem Weg ohne Unterlass lernen, bis er einen Schatz an Wissen und Verständnis gesammelt hatte, den er jenem weitergeben konnte, der ihn dereinst ersetzen würde. Mit anderen Worten, er wollte Teil der Gemeinschaft sein, ein Mann so bekannt und verlässlich wie die Rathausuhr. Wenn er morgens aus dem Haus ging, wollte er ans Barometer klopfen und wissen, ob es an diesem Tag regnete; er wollte montags eine Zeitung kaufen und einen Artikel über das Stadtfest oder über einen kleinen Sieg bei irgendeinem Sportereignis lesen. Aber nicht dies, nicht ein Kind, das wie eine Weihnachtskugel am Baum hing.

Es war dieser Gedankengang, dieses Gefühl, in seinem Kopf würde etwas zusammenbrechen, das ihn den falschen Weg einschlagen ließ. Die Erkenntnis, sich so entschieden zu haben, traf ihn hinterher wie ein Schock, nur eben viel später, als er bereits wieder etwas empfinden konnte, mehr jedenfalls als am Tatort. In jenem Moment aber, angesichts all seiner Verwirrung, seiner Angst und der grässlichen Leere schien es ihm nicht so sehr das Beste als vielmehr das *Einzige* zu sein, was es zu tun galt, seine einzig mögliche Flucht. Gerade erst hatte er eingesehen, dass er zu zart besaitet war, zu weichherzig für den Beruf, den er sich ausgesucht hatte. Gerade erst hatte er begriffen, dass ihm sämtliche Tugenden fehlten, von denen er geglaubt hatte, sie würden ihm im Laufe der Zeit und mit wachsender Erfahrung einfach zufallen, die aber, wie er jetzt wusste, angeboren sein mussten, zumindest in ihrer Anlage. Ein Mann besaß Mut, gesunden Menschenverstand und eine gewisse Undurchdringlichkeit des Geistes – oder er besaß sie eben nicht. Morrison jedenfalls verfügte über nichts dergleichen. Er war schwach, dumm, verängstigt. Und weil er nicht tun konnte, was er am liebsten getan hätte – weil er die Hand nicht ausstrecken und den Jungen wieder zum Leben erwecken konnte –, wollte er die Augen schließen und sich an einem sicheren Ort verstecken, wo man ihn nie wieder auffordern würde, überhaupt irgendetwas zu tun. Wenn er später daran zurückdachte, sah er ein, dass er, schon während er sich in Bewegung setzte, wusste, welch schweren Fehler er beging, aber er verstand auch, dass man ihm höchstens einen Moment der Angst, des bloßen Zögerns vorwerfen konnte. Er hatte nicht gewusst, was er tun sollte: So einfach war das. Er hatte schlichtweg nicht gewusst, was er tun sollte und war deshalb in Panik geraten. Er war kein richtiger Polizist, man hatte ihm diesen Job aufgehalst, als Constable Fox nach einem Sturz vom Rad plötzlich gestorben war. Sein Arbeitgeber, Brian Smith, hatte ihm geraten, sich für die Stelle zu bewerben, sobald sie ausgeschrieben wurde, und er hatte diese unerwartete Gelegenheit beim Schopf gepackt, und jetzt, angesichts der ersten echten Bewährungsprobe, war er vor lauter Angst, einen unverzeihlichen Fehler zu begehen, wie gelähmt. Natürlich redete er sich ein, er suche nur einen Rat. Er tue es bloß aus simpler Höflichkeit, aus Respekt vor dem Mann, der ihn überhaupt erst zum Polizisten gemacht hatte. Er wollte ihn warnen für den Fall, dass dieses tragische Ereignis Folgen haben könnte, auf die er frühzeitig reagieren musste. Das jedenfalls versuchte er sich weiszumachen, doch er wusste im Innersten, dass er sich etwas vorlog. In Wahrheit war er einfach nicht stark genug, um mit einem ermordeten Kind fertig zu werden, und er fürchtete sich vor dem, was geschah, wenn er diesen Fall meldete. Und deshalb, aus lauter Angst vor einem Fehler, lief er zur alten roten Telefonzelle an der Ausfallstraße und beging den schlimmsten Fehler, den er nur machen konnte. Er rief Brian Smith an.

Verbindungen

Einige Tage vor seinem elften Geburtstag entdeckte Brian Smith seine Leidenschaft für Puzzlespiele aller Art, insbesondere für Laubsägepuzzles. Ihm gefiel, wie sie Verbindungen schufen, wie ein großer Haufen von tausend und mehr beinahe beliebiger Teilchen einfach dadurch, dass man sie nach Form und Farbe einander anpasste, in ein perfektes Duplikat der auf dem Kastendeckel gezeigten venezianischen Kanalszene oder in das Bild eines wuchernden, tropischen Gartens verwandelt werden konnte. Seine Eltern, die ihn nicht für besonders intelligent – oder interessant oder auch nur sympathisch – hielten, gewöhnten sich bald an, ihm sämtliche Puzzles zu kaufen, die sie finden konnten, verhalfen sie ihrem wenig liebenswerten und daher eigentlich recht überflüssigen einzigen Kind doch nur allzu gern zu einer Gelegenheit, sich stundenlang zu beschäftigen, da dieses *ihnen* erlaubte, sich den angenehmeren Seiten des Erwachsenenlebens zu widmen, sich etwa einen Drink zu genehmigen oder Bridge mit den Johnstons zu spielen, dem kinderlosen und daher vom Glück äußerst begünstigten Paar, das zwei Häuser weiter in einem der stilleren Viertel von Innertown wohnte. Allem Anschein nach machte es den Smiths überhaupt nichts aus, dass ihr untersetzter, grimmig dreinblickender Sohn kein bisschen mit jenen fröhlichen, belesenen Kindern gemein hatte, die normalerweise Spaß an logischen Problemen haben. Auch bereitete ihnen die Tatsache keine übermäßigen Sorgen, dass Brians Lehrer den Jungen auf seinem Weg durch die Grundschule nicht bloß unterdurchschnittlich, faul und nahezu frei von jeglichem Talent und jeder Phantasie nannten, sondern auch mehr oder weniger unverhohlen durchblicken ließen, dass er bei Kollegen wie Mitschülern gleichermaßen unbeliebt war. Ehrlich gesagt, überraschte Brians Eltern das nicht im Geringsten.

Allerdings stand in jenen Schulzeugnissen kein Wort davon, dass man ihren Sohn verdächtigte, den Kindern seines Jahrgangs eine Vielzahl grausamer und beschämender Streiche zu spielen. Zu Schülerinnen war er offenbar besonders gemein. Immer wieder gelang es ihm, in ihren Schultaschen Kunstblut oder echte Exkremente zu verstecken, oder er spritzte ein bestimmtes Färbemittel in den schwarzen Johannisbeersaft, das ihren Urin hellrot tönte. Er platzierte tote Frösche und Vögel in ihre Schreibtische und verschickte Valentinstag- oder Weihnachtskarten mit ekligen Mitteilungen oder Hinweisen – nie handgeschrieben, immer ausgeschnitten aus Zeitungen oder Zeitschriften –, oder er ließ dem dicksten Mädchen der Klasse, einem aufgequollenen, verzweifelt dreinblickenden Mädchen namens Carol Black, Bilder von stängeldürren Kindern in gestreiften Belsen-Pyjamas zukommen. Er legte Heftzwecken auf Stühle und drückte winzige Glasscherben oder Kupferdrahtstückchen in Äpfel und Schokotoffees. Mehrere Monate lang galt seine besondere Aufmerksamkeit Catherine Bennett, der Klassenschönen, die in regelmäßigen Abständen Pfützen saurer Milch oder klebrige Patexkleckse voller Pferdehaar in ihren Sachen entdeckte. Einmal – am Morgen ihres zehnten Geburtstags, um genau zu sein – fand sie bei der Rückkehr aus der ersten Pause ein Schafsauge und eine Tüte Liebesherzen auf ihrem Tisch. Jeder wusste, wer ihr dies hingelegt hatte, doch wie bei all seinen sinnlos böswilligen Streichen konnte ihm nichts nachgewiesen werden, weshalb man die Eltern des Jungen auch nie benachrichtigte. Die meisten Lehrer wussten, es hätte sowieso nichts gebracht, denn wie so häufig war das Verhalten des Kindes ein nur allzu offensichtliches Symptom elterlicher Gleichgültigkeit.

Brians fieser Charakterzug verschwand, als er die Welt der Puzzles entdeckte. Logische Spiele, Verbinde-die-Punkte, Puzzles, Anagramme, Kreuzworträtsel oder Zahlenspiele waren für ihn weniger Ablenkung als vielmehr eine Art Erlösung. Bei einem Puzzle konnte er sehen, wie *alles* zusammenhing, und er wurde in jene geheime Ordnung eingeweiht, die der alltäglichen Welt zugrunde lag und ihn bislang stets so verwirrt hatte. Ein wirklich schwieriges Puzzle schenkte ihm eine tiefe, fast körperliche Befriedigung, die stunden-, manchmal tagelang anhielt; und in einem Alter, in dem andere Jungen sich mit einer Handvoll Taschentücher und einer eselsohrigen Ausgabe der Zeitschrift *Fiesta* auf der Toilette einschlossen, ging Brian auf sein Zimmer und nahm sich ein Tausend-Teile-Puzzle oder sonst irgendein kompliziertes Laubsägepuzzle vor, das ihm seine Mutter in einem Trödelladen besorgt hatte. In seiner Jugend gab es sogar Momente, in denen er regelrecht zu verschwinden schien, an jenen seltenen Tagen etwa, an denen er einen Ausflug mit seinen Eltern unternahm, oder während der allzu langen Stunden eines Schultags: Da war ihm manchmal, als würde in seinem Kopf etwas abgeschaltet, weshalb er gar nicht den Eindruck hatte, mit Leuten zusammen zu sein, nicht einmal, als wäre er noch anwesend, sondern schlicht, als wäre gar *nichts* – und dafür war Brian dankbar, denn er mochte keine Menschen. Bei den Puzzles kam es allein auf Verbindungen an, auf logische Folgen und eine innere Ordnung, die nur darauf wartete, entdeckt zu werden, bei Menschen aber gab es keine Verbindungen und keine Logik – zumindest nichts Elegantes, nichts Interessantes. Verglichen mit einem Zahlenrätsel oder einem komplizierten Puzzle erinnerten Menschen eher an jene Autoscooter auf einem Rummelplatz, die völlig sinnlos im Kreis herumrasten und krachend ineinanderfuhren.

Und so geschah es, dass er in jenen Jahren, in denen er einsam und verhasst war, von Puzzlespielen vor der Welt gerettet wurde und trotz allem er selbst bleiben konnte. Heute als Erwachsener hat er jedoch keine Zeit mehr für Puzzlespiele. Er sieht zwar noch Verbindungen zwischen dem einen und dem anderen, doch sind die Zusammenhänge größer und im Resultat befriedigender als jene Verbindungen, die er einst fand, als er noch aus kleinen, staubigen Pappstückchen umständlich ein Korallenriff oder eine Militärparade zusammensetzte. Inzwischen haben die Verbindungen nur noch mit Leuten und der gewöhnlichen, alltäglichen Welt zu tun, denn Leute und Ereignisse sind heute jene Stückchen, aus denen sich seine Puzzles zusammensetzen – *heute* ist alles anders, weil die Probleme abstrakt sind. Er hält nichts in der Hand, und es gibt keinen festgelegten Anfang einer Nummernfolge, kein Anagramm, mit dem er arbeiten kann. Heute arbeitet er mit Menschen, und wenn man ignoriert, was Menschen fühlen und wollen, wenn man sie im äußersten Wortsinn als Objekte sieht, dann werden sie zu höchst interessanten Stückchen im faszinierendsten, elegantesten aller Puzzlespiele.

Die Spielregeln gelten nach wie vor. Für jedes Puzzle gibt es nur eine akzeptable Lösung, und Brian Smiths Aufgabe besteht schlicht und ergreifend darin, diese Lösung zu finden. Verbinde alle Punkte. Setze die Stückchen zusammen. Alles ist mit allem verbunden, also ist alles möglich. Wird Schmerz gesucht, findet man Strukturen, die Schmerz ermöglichen; sucht man Liebe, findet man die Liebe zwangsläufig selbst an den unwahrscheinlichsten und gefährlichsten Orten. Wonach Brian Smith sucht, was Brian Smith sehen kann, wo andere nichts sehen, das sind

Strukturen, die zu Geld führen. Genau genommen ist es Brian Smiths Talent, das zu sehen, was andere nicht sehen: dass nämlich *alles* zu Geld führt. Die Tragödie eines Menschen, seine Hölle – jeden Umstand, wie schrecklich auch immer, kann man zu Geld machen, wenn man nur die Verbindungen zwischen den Dingen sieht. Den Beweis liefern uns Tag für Tag die Zeitungen oder das Fernsehen. Krieg. Die grausamen Taten der Terroristen. Naturkatastrophen. Abertausende Menschen sterben oder verlieren ihre Häuser, ganze Städte werden fortgespült oder zu Asche verbrannt, und die Kameras richten sich auf die ergreifenden Geschichten, die Dramen, auf jene Leute, die aus Rauch- und Aschewolken vor das Objektiv laufen, oder auf die Frau, die mitten in der Flut allein auf dem Dach hockt. Erschütternd, sagen die Nachrichtensprecher. Sie sagen immer *erschütternd*, denn das ist gleichbedeutend mit gutem Fernsehen. Im Hintergrund aber, hinter den Kameras und Scheinwerfern, verdient jemand Geld. Jemand, der die Verbindungen sieht, wo alle anderen nur Erschütterungen sehen. Brian Smith findet es faszinierend, dass dem Rest der Welt das Offensichtliche zu entgehen scheint. In seinen umgänglicheren Momenten redet er manchmal darüber mit seinem Angestellten Jenner.

«Was siehst du?», fragt er und blickt von seiner Zeitung oder dem Computer auf. «Was fällt dir ein, wenn du das Wort ‹Afrika› hörst?»

Jenner denkt einen Moment nach, dann schüttelt er den Kopf. Er sieht nicht viel, und das ist seine größte Tugend. Er ist groß, still, todernst, ein Mann der Tat, fast kein Typ ist leichter zu lenken.

«Vor deinem geistigen Auge», sagt Smith. «Welche Bilder siehst du da?»

Jenner gibt sich Mühe. Er blickt in seine reinliche, spartanisch eingerichtete Erinnerung und recht einige alte Dokumentaraufnahmen zusammen. «Kinder», sagt er, «Kinder und Fliegen. Sandwüste. Flüchtlingslager.»

Smith nickt. «Ganz genau», sagt er. Das sieht jeder, der an Afrika denkt. Das oder irgendeinen fidelen, grienenden, unendlich formbaren Schwarzen in knallbunt bedruckten Kleidern. Smith dagegen sieht Geld. Jede Katastrophe, jeder Bürgerkrieg, jede Hungersnot macht Menschen reich. Man kann zu den grienenden, formbaren Ureinwohnern gehören, zu den stängeldürren aidskranken Flüchtlingen auf fliegenumschwärmter Pritsche in einem Übergangslager, oder man kann reich sein. Solange man lebt, ist das für jeden möglich, der die Logik erkennt. Was wiederum natürlich allen logisch erscheint, selbst einem Mann wie Jenner. Mit einem Spezialwissen, einer besonderen Einsicht, die einzig Smith besäße, hat das nichts zu tun. Der ausschließliche Unterschied ist der, dass Smith allein, jedenfalls in seinem unmittelbaren Bekanntenkreis, auch bereit ist, auf diese Logik zu setzen, denn Geld ist für ihn etwas gänzlich Abstraktes. Für ihn existiert nur die Logik des Geldes; der Rest ist unsichtbar.

Und doch hatte er eine Weile gebraucht, die Logik zu erkennen, und noch eine Weile länger, um zu begreifen, dass sie überall, also auch in einer Gegend wie der Landzunge galt. Später gab es Zeiten, in denen er die ersten Jahre seines Erwachsenenlebens bedauerte, eine schlaffe, schlafwandlerische Phase, in der es ihm nicht gelang, sein wahres Potenzial auszuschöpfen. Natürlich verstand er erst im Nachhinein, wie verzeihlich sein Versagen war. In der Zeit, in der er aufwuchs, während all der verregneten Samstagnachmittage und der Winterabende bei staubfahlem Lampenlicht im Esszimmer, hatte er seine Gabe geschult, Verbindungen hergestellt und die Logik im scheinbaren Chaos gesucht, doch alle, die er kannte, Eltern, Lehrer, Klassenkameraden, waren blind für seine besonderen Fähigkeiten gewesen – und das war nicht ohne Wirkung geblieben. Sie hatten in ihm nur noch so ein Arbeitstier gesehen, auf den ein chancenloser Bürojob oder irgendeine mittlere Managementposition in der Fabrik wartete, und eine Zeit lang konnten sie ihn beinahe selbst von diesem traurigen kleinen Szenario überzeugen. So funktioniert ein Ort wie Innertown eben: Er hält seine Brut fest, hält sie fest und zwingt sie in die Knie, und die meisten lassen es sich gefallen und geben sich die größte Mühe, so zu tun, als ob nichts Schlimmes passierte, denn gar nichts – *nichts auf der Welt* – ist so ansteckend wie die Erwartung zu scheitern. So sieht Brian Smith es heute, wenn er zurückschaut. Eine ortstypische Krankheit hatte ihn angesteckt. Er war *vergiftet* gewesen – und die größte Schuld daran trugen seine Eltern. Deshalb bereitete es ihm ein heimliches Vergnügen, an jene Zeit zurückzudenken und zu wissen, dass es seine Eltern waren, die ihn auf den Weg des Geldes geführt hatten. Natürlich ganz gegen ihren Willen; und wenn der junge Brian den tödlichen Unfall vorhergesehen hätte, dem sie beide nach einem Abend mit Sherry und Bridge auf dem kurzen Weg von den Johnstons nach Hause zum Opfer gefallen waren, dann hätte er ihnen einen solchen Tod wohl kaum gewünscht. Nicht etwa, weil er sie liebte, oder auch nur, weil er sie brauchte, sondern weil ihr Tod so ein Durcheinander bedeutete und so gänzlich zufällig geschah. Ein betrunkener Fahrer, zwei beschwipste Passanten, Glassplitter, Blut, ein schreiendes Mädchen. Direkt vor dem eigenen Haus am Abend seines achtzehnten Geburtstags. Niemand konnte sich ein Chaos solchen Ausmaßes wünschen – aber so zufällig und unelegant dieses Ereignis auch gewesen sein mochte, hatte es ihn doch zu dem gemacht, was er heute war. Alles, was er besaß, alles, was er erreicht hatte, verdankte er dem betrunkenen Fahrer und dem Drängen der Johnstons, die nach einer letzten Partie

Bridge darauf bestanden hatten, dass seine Eltern nicht nach ihren Mänteln griffen, sondern noch eine Weile blieben, um ein letztes Schlückchen zu trinken.

Die Höhe der Lebensversicherung überraschte ihn, doch diese Summe, zusammen mit dem Kredit, den er auf das Haus aufnahm, gab Brian Smith das nötige Anfangskapital. Drei Monate nach der Beerdigung seiner Eltern dachte er nicht einmal mehr daran, je wieder für einen Fremden zu arbeiten, und er gründete seine eigene Firma, die Homeland Peninsula Company. Bis heute weiß niemand so genau, was diese Gesellschaft eigentlich treibt, aber das Geschäft gedieh von Anfang an. Erst spielte Smith am Aktienmarkt, um den kleinen Geldbetrag in einen größeren Geldbetrag zu verwandeln, und so war er bereit, als sich die zweite Chance seiner Laufbahn bot – die Schließung der Fabrik. Niemand hatte Lust, hinter dem Konsortium aufzuräumen, aber Brian Smith begriff, dass man dieses spezielle Problem nur mit Geld lösen konnte. Es war schlicht und einfach eine Frage der Politik. Keinen Menschen auf der weiten Welt kümmerten die Leute von Innertown, deren Umwelt oder die Frage, ob weitere Investitionen auf der östlichen Halbinsel zusätzliche Arbeitsplätze schufen, doch war es in jedermanns Interesse, eine Person vor Ort zu haben – jemanden wie Brian Smith –, der eine gute Show daraus machte, diese Gegend mit den zur Verfügung gestellten Fördermitteln und Subventionen zu entwickeln und zu regenerieren. Und so wurde ein wenig Geld für dieses «Problem» locker gemacht, Hauptsache, irgendwer übernahm die Verantwortung. Letztlich floss dann sogar ein ziemlicher Batzen Geld auf die Konten der Homeland Peninsula, aber nicht etwa, weil das Konsortium besonders großzügig gewesen wäre oder ein schlechtes Gewissen gehabt hätte, sondern weil die Politiker den Eindruck erwecken wollten, keineswegs untätig zu sein. Brian Smith wurde allerdings nicht durch das Geld des Konsortiums, sondern durch öffentliche Gelder reich, und das Großartige an öffentlichen Geldern ist, dass sie nie lange öffentlich bleiben. Niemand prüfte, ob die Homeland Peninsula wirklich für ein sicheres, sauberes Innertown sorgte; es kam allein darauf an, dass Brian Smith die Illusion weckte, auf alles vorbereitet und kompetent zu sein. Am wichtigsten war schließlich ein vertrautes Gesicht. Brian Smith kannte die Probleme vor Ort, er hatte den Finger am Puls der Zeit. Und die Menschen brauchten jemanden, den sie kannten, jemanden, dem sie vertrauen konnten.

Es dauerte nicht lange, und Smith hatte bei allem, was am östlichen Ende der Halbinsel geschah, die Finger im Spiel, manchmal ganz ungeniert, manchmal still und heimlich. Plötzlich schien er ungeahnte Verbindungen zur Außenwelt zu besitzen, zu Politikern und großen Wirtschaftsbossen; und er machte Geschäfte mit einer Vielzahl mächtiger und zweifelhafter Leute, doch verließ er nie die Halbinsel, da er meist in seinem neu erworbenen Haus in Outertown blieb, sich um den Garten kümmerte oder nächtelang in seinem Büro mit Erkerfenster und Blick über den ehemaligen Golfplatz zum Meer saß, um Anrufe zu erledigen, Zeitungen zu lesen oder im Internet zu surfen. Er liebte das Internet; für ihn war es wie ein großes Puzzle im Äther, ein abstraktes Reich, in dem, unabhängig von dem, was in *dieser* Welt geschah, eine neue Logik herrschte, eine neue Ordnung, ein Reich, in dem überall Geld und Informationen zu jedem flossen, der genügend Verstand besaß, sie aufzuspüren. Trotz seiner Leidenschaft für diesen abstrakten Raum aber, in dem nichts unabänderlich, also alles möglich schien, wusste Smith auch um den Wert lokaler Verbindungen in der realen Welt. Und kaum hatte er sich selbständig gemacht, knüpfte er Kontakte im eigenen Umfeld und stellte im Geiste eine Liste mit Namen von Leuten zusammen, die sich als nützlich erweisen könnten. Darin war er absolut demokratisch. Niemand, wie abstoßend und heruntergekommen er auch sein mochte, war ihm für seine Zwecke zu schade. Die Armen, die Kriminellen, die Außenseiter – jeder besaß Potenzial. Schließlich war es ein betrunkener Fahrer gewesen, der ihn überhaupt erst ins Geschäft gebracht hatte. Eine kleine Gefälligkeit, die ihn nur wenig kostete, mochte Zeitverschwendung sein, konnte ebenso gut aber auch unverhofften Gewinn einbringen. Dieser Logik war es zu verdanken, dass er Jenner eingestellt hatte, einen Mann, der in seiner Treue bedingungslos war und in kniffligen Situationen weder Skrupel noch Hemmungen kannte; die gleiche Logik hatte ihn auch veranlasst, sich um Morrison und dessen traurige kleine Frau Alice zu kümmern, als sie niemanden sonst kannten, der ihnen in schwieriger Zeit geholfen hätte. Alice Morrison – ehemals Alice Taylor – war früher ein hübsches, etwas verrücktes Partygirl gewesen, auch wenn man das bei dem Anblick, den sie heute bot, kaum glauben mochte. Es hatte allgemein überrascht, als sie John Morrison heiratete, diesen minderbemittelten, selbstmitleidigen Fußabtreter von einem Mann, der sich von Job zu Job hangelte, ehe er schließlich als Wachmann bei einer von Brian Smiths Firmen endete, doch war Alice bald zu ihrem früheren Leben zurückgekehrt, um weiterzusaufen und mit ihrer alten Clique durch die Gegend zu ziehen, um all die verrückten Geschichten zu treiben, die Kleinstadtmädchen nun einmal treiben, wenn sie keine nennenswerte Zukunft haben und sich niemand besonders für sie interessiert, während Morrison arbeiten ging. Irgendwann aber war sie in einen heiklen Vorfall mit Alkohol am Steuer verwickelt gewesen, auf den die ganze Stadt aufmerksam geworden wäre, wenn Smith sich nicht eingemischt hätte. Der frühere Stadtpolizist Constable Fox erwies sich kurzzeitig zwar als Problem, doch stürzte er so unglücklich vom Rad, dass ihn seine Familie im

Sarg zurück nach Strabane holen musste. Ein wenig verwirrt vom glücklichen Ausgang der ganzen Sache, saß Alice unterdessen daheim und blieb auch dort, traurig und einsam, aber mehr oder weniger ehrbar und respektabel, während die Party ohne sie weiterging. Als dann die Stelle des Polizisten frei wurde, sorgte Smith dafür, dass man Morrison zu Fox' Nachfolger ernannte, denn ihm gefiel der Gedanke, es so weit gebracht zu haben, dass er den einzigen Polizisten der Stadt in der Tasche hatte, auch wenn das unmittelbar keine Vorteile brachte. Das eben war ja das Besondere am Potenzial, es ließ sich in seiner Wirkung nie vorhersagen und blieb verborgen, bis es sich nach seiner ureigenen Logik von selbst und manchmal auf höchst überraschende Weise zeigte.

Daher war Smith auch nicht sonderlich überrascht, als seine bescheidenen Investitionen an jenem Abend unerwarteten Gewinn abwarfen. Seit einiger Zeit schon lief es für ihn ziemlich gut, aber die von Morrison entdeckte hässliche kleine Szene im Wald hätte sich durchaus als Bremsklotz erweisen können. Das Letzte, was Smith wollte, war Öffentlichkeit, eine gründliche Untersuchung durch die Polizei, die Presse oder irgendwelche öffentlichen Ermittlungen. Es hatte Zeiten gegeben, im letzten Jahr etwa, in denen er daran gedacht hatte, von Morrison auf unbedeutende Weise Gebrauch zu machen, doch hatte er sich immer wieder zurückgehalten und den Polizisten für später aufgespart. Dank seiner Geduld sollte sich der geringe Einsatz von Zeit und Mühe nun auf das Großartigste lohnen, und Smith empfand unwillkürlich einen kleinen Anflug von Stolz, als er den Hörer auflegte und sich zu Jenner umwandte. «Ich habe da eine kleine Aufgabe für dich», sagte er und lehnte sich in seinem Sessel zurück.

Jenner nickte. «In Ordnung», sagte er und versuchte, nicht allzu erfreut dreinzusehen, was ihm aber nicht ganz gelang. Er versuchte es allerdings immer wieder aufs Neue, da er Arbeit für eine ernsthafte Angelegenheit hielt und fand, es wäre unpassend, Smith wissen zu lassen, wie sehr er es genoss, seine zweifelhafteren Aufträge zu erledigen. Smith fand sie liebenswert, diese leichten Skrupel, dieses wahre Merkmal eines Mannes der Tat. Noch liebenswerter aber fand er Jenners Beflissenheit, seine Art, die deutlich zu verstehen gab, dass er willens war, in Smiths Diensten einfach *alles* zu tun. Manchmal spürte Smith, wie sehr es Jenner enttäuschte, dass er bislang noch nicht aufgefordert worden war, jemanden zu töten – jemanden wirklich mit den eigenen Händen zu töten –, doch diese Enttäuschung, wenn auch bloß im Ansatz spürbar, wurde immer von der unausgesprochenen Vereinbarung gemildert, dass es nur eine Frage der Zeit war, bis sie in ihrer Zusammenarbeit an diesen Punkt gelangten. Zumindest war es eine Perspektive, die Smith nicht nur nicht ausschloss, sondern aus gewissen Gründen sogar höchst befriedigend fand. Vorläufig aber, auch wenn Jenner noch so beflissen wirken mochte, musste Smith ihre Vereinbarung respektieren, weshalb er eine entsprechend ernsthafte Miene zog. «Die Sache muss *diskret* erledigt werden», sagte er. Himmel, was für ein Privileg es doch war, Brian Smith zu sein. Das schiere Vergnügen, einem Mann wie Jenner einen Auftrag zu erteilen, dessen Erledigung ihm Spaß machte, dazu dieses absurd ans Kino erinnernde Gerede davon, wie «diskret» die Sache erledigt werden musste. Einen gefährlichen Moment lang hätte er sich beinahe ein zufriedenes, wenn auch ironisches Lächeln gestattet – doch hätte das für Jenner den Augenblick zerstört, schließlich freute er sich so auf seine schmutzige Arbeit, wie immer sie auch aussehen mochte.

Morrison

Später sagte sich Morrison, dass er, als er Smith anrief, nur eine simple, einmalige Fehlentscheidung getroffen habe, doch das war bloß die halbe Wahrheit. Fehler geschehen nicht in einem einzigen, entscheidenden Moment, sie entwickeln sich langsam während eines ganzen Lebens. Sie wachsen unsichtbar unter der Oberfläche, breiten sich jahrelang wie die Wurzeln eines geduldigen Pilzes im Dunkeln aus, bis irgendwas an die Oberfläche durchbricht, ein schleimiger, feuchter, Frucht tragender Leib voll düsterer Sporen, die der Wind mitreißt, so dass sie viele Kilometer zurücklegen und alles anstecken, womit sie in Berührung kommen. So verhielt es sich auch mit Morrison: Sein größter Fehler war es, überhaupt etwas mit Brian Smith zu tun zu haben, doch hätte er das unmöglich verhindern können. Es stimmte einfach, dass er mit Smith auf eine Weise verbunden war, die er noch nicht einmal im Ansatz begriff, weshalb er an jenem Abend, den er nur noch *jene schicksalsträchtige Nacht* nannte, nichts anderes tat als das, was Smith von Anfang an von ihm erwartet hatte. Er gehorchte seiner Natur.

Ein Mann nahm den Hörer ab, aber Smith war nicht am Apparat. Morrison kannte Smiths Stimme, und dieser Mann war ihm fremd, jemand, der in leisem, ausgesucht höflichem Ton sprach, ganz anders als Smith und dessen herzliche, joviale Art. Morrison kannte ihn nicht, aber wer er auch war, er fungierte als Puffer zwischen Smith und der Außenwelt, weshalb der Polizist darauf drängen musste, durchgestellt zu werden. Während er wartend dastand und im Hintergrund Stimmen hörte, aber nicht erkennen konnte, was sie sagten, erinnerte er sich daran, wie Smith ihn einmal besucht hatte, gleich an jenem ersten Abend, an dem er ins Haus der Polizeidienststelle eingezogen war. Smith, der Mann aus dem Ort, der Mann, der es geschafft hatte, legte sein übliches, freundliches Gebaren an den Tag, doch wusste Morrison, dass die mitgebrachte Flasche Whisky und die vielen Aktivitäten, die er hinter den Kulissen entfaltet hatte, erst, um Alice' Problem zu beseitigen, und dann, um Morrison zum einzigen Kandidaten für die Polizistenstelle zu machen, Gefälligkeiten waren, die irgendwann zurückgefordert werden würden. So funktionierte es nun mal, und das war Morrison ebenso klar wie die Tatsache, dass Bettler nicht wählerisch sein konnten. Wenn man es in Innertown zu etwas bringen wollte, musste man jede sich bietende Hilfe annehmen, wer immer sie auch anbot – und das war meist Brian Smith. Außerdem blieb ihm keine andere Wahl, als nett zu lächeln und den Whisky zu akzeptieren – obwohl Smith bestimmt wusste, dass er nicht trank, da er seit der Geschichte mit Alice keinen Tropfen mehr anrührte – und mit dem Whisky die Einladung anzunehmen, die damit überbracht wurde. Nicht dass irgendwelche Worte in diesem Sinn gefallen wären. Smith bat um keine Gefälligkeiten, er bot sie an. Dennoch waren nur ein Lächeln und ein freundlicher Händedruck vonnöten, um Morrison wissen zu lassen, dass seine Seele eingefordert wurde und es keinen Weg zurück gab, wenn er die Flasche Whisky erst einmal in Händen hielt und das schmeichlerische Lächeln erwidert hatte. Natürlich war es auch kein Zufall, dass Smith ein Geschenk machte, mit dem Morrison überhaupt nichts anfangen konnte.

«Sie können mich jederzeit anrufen», hatte Smith gesagt, als er mit Morrison im Flur des Polizeireviers stand. Er war auf dem

Heimweg von einer Sitzung auf einen Sprung vorbeigekommen. Zumindest behauptete er das.

«Danke», hatte Morrison erwidert und sich dabei wie ein Zwerg neben diesem großen Mann in seinem schicken schwarzen Mantel und den teuren Schuhen gefühlt. «Obwohl ich eigentlich keine Geschenke annehmen darf …»

«Unsinn», hatte Smith gesagt. «Wir halten zusammen, und gemeinsam arbeiten wir dafür, das Leben in dieser Stadt zu verbessern. Geschäfte, Schulen, die Polizei. Wir sollten füreinander Freunde und Kollegen sein. Und wie könnte man eine Freundschaft besser als mit einem kleinen Geschenk besiegeln, zur Gratulation und», dann hatte er gelächelt, da er die Schwachstelle seines einstigen Wachmanns aufgespürt hatte, «aus gegenseitigem Respekt.»

Jetzt, angesichts einer Krise, von der man kaum erwarten konnte, dass er allein damit fertig werden würde, musste Morrison darum betteln, zu seinem angeblichen Freund und Kollegen durchgestellt zu werden. «Es ist ein Notfall», sagte er. «Eine polizeiliche Angelegenheit. Ich kann gar nicht genug betonen, wie dringend und wichtig sie ist.»

Der Mann schwankte kurz und beriet sich dann mit seinem Boss. Morrison hörte die Stimmen in dem weit entfernten Zimmer, wartete und fragte sich, wie viel Kleingeld er noch hatte. Endlich kam Smith an den Apparat.

Der große Mann brauchte nicht lange, um die Situation zu erfassen. «In Ordnung», sagte er. «Es ist gut, dass Sie mich angerufen haben. Damit haben Sie klaren Verstand bewiesen. Warten Sie einfach an Ort und Stelle; ich schicke jemanden vorbei.»

«Sie schicken jemanden vorbei?»

«Wir müssen die Angelegenheit in aller Stille bereinigen», sagte Smith. «Weiß der Himmel, was passiert, wenn die Geschichte rauskommt. Wir dürfen nicht zulassen, dass unser großes Ziel dadurch infrage gestellt wird. Jedenfalls wollen wir bestimmt nicht, dass die ganze Welt über uns hereinbricht. Denken Sie bloß an die Eltern des Jungen. Für sie ist es doch auch am besten, sie glauben, ihr Junge sei von zu Hause fortgelaufen, statt in diese schreckliche …» Wie ein Pressemensch, der nach der richtigen Vokabel suchte, zögerte er einen Moment, «… in diese schreckliche, schreckliche Tragödie verwickelt zu sein. Meinen Sie nicht auch, Constable?»

Morrison wusste nicht, was er sagen sollte. Er meinte, aus dem Ton, in dem Smith die Frage gestellt hatte, einen Hauch von Ironie herausgehört zu haben. *Constable.* «Ich meine», begann er und wollte sagen, dass man *dies* öffentlich machen sollte, dass es gar keine andere Möglichkeit gab, dass man natürlich Ermittlungen anstellen musste, damit nicht noch ein Kind ermordet wurde. Er wollte protestieren, wollte den Anruf ungeschehen machen. Er wollte schreien. Aber er stand bloß stumm da, unfähig, auch nur einen einzigen Laut hervorzubringen. Er war kein Polizist, er war ein Angestellter von Homeland Peninsula, statt einer Polizistenuniform hätte er ebenso eine Livree tragen können.

Rasch brach Smith das Schweigen. «Eine groß angelegte Untersuchung können wir zu diesem Zeitpunkt einfach nicht gebrauchen», sagte er. «Die Menschen von Innertown haben bereits genug gelitten, machen wir ihnen nicht auch noch die Hoffnung auf das Homeland-Projekt zunichte. Das wäre nun wirklich das Allerletzte.» Er schwieg einen Moment, horchte auf den weit entfernten Morrison und versuchte, die Stille auszuloten. «Ich denke, wir sind uns einig, wie wir den Fall am besten regeln», sagte er. «Sie bleiben vor Ort. Mein Mann ist gleich bei Ihnen.»

Zwanzig Minuten später kam in einem schwarzen Lieferwagen ein Mann, in dem Morrison Jenner zu erkennen meinte. Er trug

Schlips und Anzug, sah mit seinen riesigen Händen und der flachen Nase aber wie ein Straßenarbeiter aus. Er stellte den Wagen vor der Telefonzelle ab und stieg aus. «Sie müssen Morrison sein», sagte er in jenem Ton berechnender Leutseligkeit, der einem zu verstehen gab, dass man selbst oder sonstwer ihm scheißegal war.

Morrison nickte. «Ich hatte angenommen, dass Mr. Smith …»

Jenner lachte. «Mr. Smith gibt sich mit so etwas nicht ab», sagte er. «Deshalb hat er schließlich Leute wie uns.» Dann musterte er Morrison im Dämmerlicht von oben bis unten. «Na ja», sagte er dann, «zumindest Leute wie mich.»

Morrison war nicht beleidigt. Ihm war längst unwohl, da er allmählich zu begreifen begann, was er getan hatte. Von einem Straßenarbeiter beleidigt zu werden, war nun wirklich das Geringste seiner Probleme. «Hören Sie», sagte er. «Vielleicht sollten wir das Ganze noch einmal überdenken …» Jenner packte ihn am Arm. «Alles in Ordnung», sagte er. «Zeigen Sie mir einfach, wo der Junge ist, und ich kümmere mich darum.»

«Aber was sollen wir seiner Familie sagen?», fragte Morrison und versuchte, sich von ihm loszureißen.

Jenner verstärkte den Griff. «Wir sagen niemandem ein Wort», erklärte er. «Mr. Smith hat mich gebeten, es Ihnen sehr, sehr deutlich zu machen, dass diese Geschichte strikt *entre nous* bleibt.» Er beugte sich vor. Morrison konnte jetzt sein Rasierwasser riechen, und ihm war so übel wie nie zuvor. «Ist das jetzt sehr, sehr deutlich?», fragte er.

Morrison nickte. Er versuchte, sich zu erinnern, was *entre nous* bedeutete. «Klar doch», sagte er schließlich und entriss dem Mann seinen Arm gerade in dem Moment, als der ihn freigab.

«Gut», rief Jenner erfreut. «Und nun: Wo ist die Leiche?»

Nachdem Morrison ihm das Versteck zwischen den Bäumen gezeigt hatte, sagte Jenner zu Morrison, er werde nicht länger gebraucht, und so ging der einzige hauptberufliche Polizist der östlichen Halbinsel in einem Nebel aus Erschöpfung und Vorwürfen wieder hinauf zur Straße, ohne sich noch einmal umzusehen. Zwei Tage später rief er Smith an, weil er wissen wollte, was er als Nächstes tun solle, aber die Sekretärin sagte ihm, Smith sei geschäftlich unterwegs.

«Wann ist er zurück?», fragte Morrison. Er wusste, dass sie log, und er wusste, dass sie wusste, dass er es wusste.

Es folgte ein kurzes Zögern am anderen Ende der Leitung, ehe die Frau schließlich antwortete. Ihre Stimme kam ihm vertraut vor, sie war jemand, den er von der Schule her kannte, aber er musste einige Sekunden nachdenken, ehe ihm der Name einfiel. Elaine Harris, ja genau. Ein unscheinbares Mädchen mit auffälligen, gräulichen Sommersprossen auf den Armen und im Gesicht. «Er meldet sich bei Ihnen, sobald er zurückkommt», sagte Elaine mit flacher, harter Stimme. Ihrem Ton merkte Morrison an, dass sie zu jemandem hinüberblickte – vermutlich nicht zu Smith, aber vielleicht zu Jenner – und auf Anweisungen wartete.

«Es ist ziemlich wichtig», sagte Morrison. «Eine polizeiliche Angelegenheit.» Er kam sich bei diesen Worten so blöd vor, als stieße er eine leere Drohung aus, und sah sich zugleich in einer Rolle, für die er nicht der Richtige war.

«Er ruft Sie bestimmt an, sobald er wieder da ist», sagte Elaine Harris und hatte aufgelegt, noch ehe Morrison einfiel, was er darauf sagen konnte.

Noch lange danach wollte Morrison kündigen. Seine kleine Welt war zerbrochen, in Einzelteile zerfallen wie eines dieser komplizierten Puzzles, die man im Geschenkladen kaufen konnte, und er wusste nicht, wie sie sich wieder zusammensetzen ließ, weil es da immer dieses eine Stück gab, das nicht passen wollte. Er hatte sich einzureden versucht, dass er nur einer Tradition folgte, die mit seinem Vater begonnen hatte, als er immer wieder sagte, dass die Chemiefabrik harmlos sei, aber es klappte nicht. Er fühlte sich, als wäre nachts jemand in seinen Körper eingedrungen und hätte alles auf die unterste Stufe runtergeregelt: sein Blut, sein Herz, sein Nervensystem – sie funktionierten kaum mehr, tickten nur noch. Hin und wieder, wenn er allein war, am Schreibtisch saß oder mitten in der Nacht wach lag, allein, obwohl Alice gleich neben ihm war, dachte er, dass er vielleicht noch dreißig oder vierzig Jahre so leben und dann sterben würde, ohne dass jemand Notiz davon nähme. Er verlor jegliches Interesse an seiner Arbeit, seinem Garten, an Alice. Sie schien ihm helfen zu wollen, fand es aber unmöglich, wie sie immer wieder betonte, wenn sie nicht wusste, was das Problem war, und er wagte nicht, ihr davon zu erzählen. Stillschweigend und mit nur ein wenig Verbitterung manövrierten sie sich so nach einer Weile in eine Pattsituation, die überraschend lange andauerte, ehe Alice schließlich wieder zu trinken begann. Bald darauf hatte sie ihren ersten kleinen *Vorfall*, wie sie es nannte.

Unterdessen verschwanden weitere Jungen, einer nach dem anderen, in Abständen von etwa achtzehn Monaten. Der Erste, der ging, war William Ash, jener Junge, der in der Halloween-Nacht mit Mark zusammen gewesen war. Danach verstrichen zwei Jahre, bis Alex Slocombe verschwand, bald gefolgt von einem kleinen schottisch-italienischen Kid namens Stewart Riva. Und erst wenige Monate zuvor war Liam Nugent zu einem Spaziergang aufgebrochen und nie zurückgekehrt, allerdings hatte man ihn mit einer Sporttasche über der Schulter gesehen, und sein schwieriges Verhältnis zu seinem Vater, einem Trinker, war allgemein bekannt, weshalb es Smiths Leuten leichtfiel, der Öffentlichkeit einzureden, der Junge habe einfach aufgegeben und sei davongelaufen. Bei jedem neuen Fall beschloss Morrison, an den Anfang zurückzukehren, noch einmal zu beginnen. Er sagte sich, wenn dieser Albtraum nur endlich aufhörte, würde er sich auch mit der Strafe für seinen Anteil an der Vertuschung abfinden. Und doch hatte er nichts unternommen, vor allem wohl deshalb, weil er genau wusste, dass er von Smith – oder Jenner – aus Outertowns vornehmer Schattenwelt heraus beobachtet wurde. Allmählich, in Abstufungen, die im jeweiligen Moment kaum zu spüren gewesen waren, hatte Morrison es sich in seiner kleinen, umwölkten, durch nichts zu erschütternden Vorhölle eingerichtet. Nur der Schrein war ihm geblieben, und selbst der war nicht offiziell, war das Geheimnis eines Schuldigen. Währenddessen musste er bei den jeweiligen Eltern sitzen und Vermisstenberichte ausfüllen, musste Leuten etwas vorlügen, wenn sie ihn fragten, was seiner Meinung nach mit ihren Kindern geschehen war. William Ash, Alex Slocombe, Stewart Riva und Liam Nugent. Man fand keine Spur von ihnen, weshalb es leichtfiel zu behaupten, sie seien durchgebrannt und hätten ein aussichtsloses Leben gegen die glitzernden Lichter der Großstadt eingetauscht. Die Belohnung für Morrisons anhaltendes Schweigen, falls man denn von Belohnung reden konnte, bestand darin, dass er gleichsam ehrenhalber in Smiths unterste Kreise aufgenommen wurde, nicht als gleichberechtigter Partner, sondern als Mietling, als jemand, der jene kleinen Jobs erledigte, die Jenner ihm auftrug: der lächelnde, ironisch grinsende Jenner, der genau wusste, dass die Jobs nur zur Beschwichtigung dienten, dass sie Morrison nur bei Laune halten und gleichzeitig seine Treue testen sollten. Er wusste, wenn er auch nur einen einzigen dieser kleinen Jobs ausschlug, würde Jenner auf ihn losgelassen werden, und er zweifelte keinen Augenblick daran, wohin das führen würde.

Jetzt, acht Jahre später, steckt er immer noch in der Vorhölle und hat sich fast daran gewöhnt. Sein kleiner Garten ist alles, was ihm bleibt, drei Quadratfuß Blumen, zerbrochenes Porzellan und Glasscherben. Wenigstens etwas, also besser als nichts und beinahe ehrenhaft, wenn auch zu spät, viel, viel zu spät. Innertown ist für Morrison seit jeher trotz all ihrer Probleme nur eine altmodische Stadt mit einem Polizeirevier und einer Bücherei gewesen, mit milden Altweibersommern voller Herbstlaub und Mädchen, die im Nebel Hockey spielten, mit Sommerfesten und weißen Weihnachten, mit Kindern, die aufwuchsen und selbst wiederum Kinder bekamen. Es ist eine Stadt, die sich ihrer Toten erinnert, eine Stadt, in der sich alle gemeinsam erinnern, die ihre Vorfahren in ihrer uralten Einsamkeit schützen, lange nachdem sie selbst sich vergessen glauben. Es ist, mit anderen Worten, eine gute Stadt, eine Stadt, in der die Menschen genaue und sorgsam gehegte Erinnerungen haben. Hier schneidet eine ältere Frau an einem Vormittag der Woche Blumen im Garten, um sie in der Einkaufstüte zum Friedhof zu bringen, wo sie den Strauß auf das Grab einer längst verstorbenen Schulfreundin legt. Eine schlichte Geste der Erinnerung, mehr nicht: Sie wird nicht lange bleiben, wird vielleicht kurz innehalten, um Bonbonpapier aufzuheben oder den Kies zu rechen, ehe sie heimkehrt zu Radio und Backofen. Oder ein Mann in mittleren Jahren, Ehemann und Vater, liest an einem klammen Oktoberabend die banale Inschrift des Grabsteins einer jungen Frau, die er in der Schule gekannt hat. Er weiß nicht genau, warum er dort ist; man könnte gewiss von Nostalgie reden, von Gefühlsduselei oder einer Midlife-Krise, aber die Erklärung wäre viel zu simpel. Die junge Frau, an die er sich jetzt erinnert, hat nie existiert; während der meisten Jahre ihres Lebens hat er sie kaum wahrgenommen; oder vielleicht müsste man genauer sagen, dass sie ihn kaum wahrgenommen hat – nur einmal, an einem warmen Sommerabend nach dem Ball in der Stadthalle oder an einem diesigen Winternachmittag am Ende des Semesters hat sie ihn angelächelt, und sie waren ein Stück zusammen gegangen oder hatten im Eingangsbereich der Universität eine Weile miteinander geredet, und da hatte er gemerkt, wie wunderbar sie war. Zwei Tage später war sie tot: ein Tumor, eine seltene Infektionskrankheit, ein Loch im Herzen. In Innertown war es nicht ungewöhnlich, dass man in jungen Jahren starb, doch diese Frau hatte lange genug gelebt, um einen Eindruck zu hinterlassen, um sich in seiner Phantasie einzunisten. Ihn heimzusuchen. Ihretwegen trauert er nun und feiert, was das Leben ihm versagte, all die Schönheit, all den Zauber. So ist es eben: Die Toten gehen in ihre Einsamkeit, nur die jungen Toten bleiben bei uns, kolorieren unsere Träume, lassen uns darüber staunen, dass wir so unglücklich, so unbeholfen oder so ausgesprochen gewöhnlich sein können, ohne sie weiterleben zu wollen.

Doch mehr noch als jeder andere dieser freundlichen Einwohner der Stadt ist Morrison Experte in Sachen Trauer – auch wenn er gar nicht genau weiß, um was er eigentlich trauert. Um die Jungen, gewiss, doch trauert er nicht so sehr, dass er um ihretwillen Gerechtigkeit suchte. Er trauert um seine Ehe, vor allem jetzt, da er und Alice sich voneinander abgewandt und fast geräuschlos ihre separaten, stumm verzweifelten Leben aufgenommen haben. Er versteht es nicht. Heute mag es wie ein Klischee klingen, aber als er Alice zum ersten Mal traf, hatte er gewusst, dass sie die einzige Frau war, die er je lieben würde. Sie hatte dieses gewisse Etwas, wie es manche Menschen besitzen, wenn auch nicht für alle, so doch wenigstens für den einen, magischen anderen, ein Etwas, das das Leben selbst zu einem Versprechen machte. Anfangs war sie ihm sehr nah gewesen, ebenso Freundin wie Gattin, auch wenn sie nie viel miteinander geredet hatten. Damals hatten sie kein

Verlangen danach gespürt. Sie war da, er war da. Sie waren zusammen. Später jedoch, als er berührt werden wollte, als er sich in einem Nebel unausgesprochenen Verlangens zu ihr vortastete – in der wortlosen Sehnsucht, berührt zu werden, auf dass die heilende Berührung eine Sünde verzieh, die er nicht gestehen konnte –, da fiel sie innerlich einfach in sich zusammen wie eine jener empfindlichen Pflanzen, die in der Schule gezüchtet wurden, weshalb dann nichts mehr da war, kein Berührungspunkt. Als stellte er mit seinen Blicken eine unmögliche Forderung, ertrug sie es nicht mal, wenn er sie zu lange ansah. In solchen Momenten konnte sie klinisch präzise, fast grausam analytisch sein: «Ich kann dir nicht helfen», sagte sie dann, «wenn du mir nicht sagst, was los ist.» Als ob er *Hilfe* gewollt hätte.

Sooft sie das tat, sooft sie derart in sich zusammenfiel, musste er an die Pflanze in der Schule denken. *Mimosa pudica* hieß sie. Blassgrün, mit leichtem Flaum, empfindlichen, fingrigen Blättern und perfekten Stängeln, die bei jeder Berührung einfach in sich zusammensanken, bis sie gleichsam abwesend waren. Ein leichtes Anstupsen mit der Fingerspitze, mit dem Füllfederhalter, sogar ein Tropfen Wasser genügte. Mehr war nicht nötig, um die ganze Pflanze in sich zusammensacken zu lassen. Eine einzige Berührung, und alles fiel von ihr ab, bis sie nur noch eine gleichgültige, unendlich geduldige Abwesenheit war. Manchmal spürt Morrison, dass er eben darum am stärksten trauert, dass dies der wahre Quell seines Kummers ist. Er hatte erwartet, gestreichelt zu werden, hatte gedacht, dass Verheiratete dies füreinander tun: sich streicheln. Sie heilten einander mit solch einfachen Gesten. Und er hatte nie verstanden, warum Alice nicht ebenso empfand. Mittlerweile hat er seit Jahren niemanden mehr gestreichelt und war auch nicht mehr gestreichelt worden. Als Alice anfing, ihre Vorfälle zu haben, hatte er gehofft, dass es anders werden würde, dass sie sich endlich einander anglichen, zumindest in ihrer Bedürftigkeit, dass sie noch einmal von vorn beginnen konnten. Heute kommt es ihm beinahe lächerlich vor, dass er je so dumm gewesen war.

Alice

Im Haus der Polizeidienststelle hat Alice immer wieder den gleichen Traum: rosige Fische mit filigranen, begehrlichen Mäulern umschweben träge ihr Gesicht, stupsen Lippen und Augen an, tasten sie ab, knabbern sie ab, Zelle um Zelle, während sie halb nackt und allein in dem liegt, was eigentlich ihr Ehebett sein sollte. Nur ist es kein Traum, da sie nicht schläft, und sie ist auch nicht ganz davon überzeugt, wirklich allein zu sein, denn seit einigen Minuten hat sie das Gefühl, jemand sei da, im Zimmer, jemand oder etwas; wie ein Kind kommt es ihr vor, das in irgendeiner Ecke, die sie nicht finden kann, Gebete spricht. In der Nacht ist ein Unwetter niedergegangen, doch hat sie kaum etwas davon mitbekommen, hat von Wodka und Tabletten eng umschlungen im Bett gelegen. Sie hat sie gut versteckt, den Wodka und die Tabletten, weshalb sie ausnahmsweise einmal nicht von Morrison gefunden wurden – sie nennt ihn nur noch beim Nachnamen, selbst wenn er nicht da ist, sogar jetzt, stumm in Gedanken, da sie nie zulassen würde, dass ihre Verachtung für ihn verkümmert oder versiegt. Sie hat nicht vor, ihm irgendwas durchgehen zu lassen: weder die Jahre der Gleichgültigkeit noch die Kompromisse, die er mit den Oberen von Outertown eingegangen ist, auch nicht die Rolle, die er in dem gespielt hat, was sie selbst mittlerweile nur noch ihre unheilbare Krankheit nennt. Sie nämlich ist das zentrale Symptom, diese allmähliche Einsicht, die ihr zuteil wird, als sie zu sich kommt und die rosigen Fische hinter den Dunstschleier ihres Geistes zurückweichen, die Einsicht, dass ihr Wachtraum und die leise, kindliche Stimme, die aus einem fernen Winkel des Hauses kaum hörbar zu ihr durchdringt, die ersten Signale dessen sind, was sie und Morrison ihr «Schlottern» nennen. Mit diesem Wort, das eigentlich von Morrison stammt, bezeichnen sie ihre Delirien; sie weiß noch, wie er es zum ersten Mal benutzte, und es ärgert sie noch heute, dass es sich durchsetzen konnte. Wenn sie jetzt was trinkt, und sei es nur ein kleiner Schluck, packt sie das Schlottern, jedes Mal, trotzdem bringt sie es nicht über sich, damit aufzuhören. Meist muss sie die Fläschchen mit Tabletten, die Flaschen mit Alkohol verstecken, wenn Morrison zu Hause ist, und sie nutzt jede erdenkliche Möglichkeit, sie geschickt zu verbergen, auch wenn sie die meiste Zeit verzweifelt daran denkt, damit aufzuhören, sich einzuschließen und mit ein wenig Hilfe von irgendwem oder irgendwas ernstlich zu versuchen, das Unheilbare zu heilen.

So oft wie möglich bleibt Morrison daheim und behält sie im Auge, wartet vermutlich nur auf ein Wort, das es ihm erlaubt, ihr zu helfen. Gestern Abend war er noch bis spät in der Nacht draußen gewesen, was bestimmt mit dem Unwetter zu tun hatte; irgendwelche kleinen Erledigungen, für die ihn Smith und Konsorten nützlich finden und die er nur allzu gern auf sich nimmt. Er weiß, nachts ist es für sie am schlimmsten, und er tut, was er kann, obwohl ihr seine Aufmerksamkeit unangenehm ist. Da die Vermisstenfälle aber noch ungelöst sind – fünf Jungen mittlerweile, aber keine Erklärung für ihr plötzliches Verschwinden – und auch im Hintergrund allerhand geschieht, bleibt er neuerdings oft lange aus, in polizeilichen Angelegenheiten, wie er es nennt, was nur heißt, dass er manchmal nach Hause kommt und sie überrascht, wenn sie in ihrem Kopf Stimmen hört oder auf etwas starrt, von dem *er* genau weiß, dass es gar nicht existiert. Seltsam bloß, dass sie ihn wegen seiner Normalität verachtet, wegen der Tatsache, dass er zweifelsfrei zu wissen behauptet, alles, was sie in solchen Momenten sehe und höre, seien Halluzinationen. Es kümmert sie auch nicht, dass er sie bewusstlos antrifft, wenn er nach Hause kommt, oder sie dabei ertappt, wie sie sich hinten auf der Veranda, da, wo es kühl ist, einen letzten Schluck gönnt. Sie hat gelernt, auf die flüchtigen Gelegenheiten zu warten, auf den günstigen Augenblick. Dennoch macht es ihr etwas aus, wie leichthin er jene Phantome abtut, die ihre Welt bevölkern, Phantome, die für ihn doch mindestens ebenso real sein sollten. Schließlich sind sie auch seine Kinder, die einzigen Kinder, die ihre Ehe hervorgebracht hat.

Morrison behauptet, der Alkohol und die Tabletten seien schuld am Schlottern, daran gebe es nichts zu deuteln, aber Alice ist sich da nicht so sicher. Wer will schon sagen, ob das Schlottern nicht erst auf eine stille, heimliche Weise kommt und sie zwingt, sich diese Dinge selbst anzutun, nur um mit sich in Frieden zu sein? Sie mag es nicht, wenn sie vom Alkohol bewusstlos wird, sie wollte mit ihrem Leben etwas anderes anfangen. Und sie erinnert sich an die Zeit, als sie Morrison kennenlernte, wie süß und fürsorglich er war und wie er so seine eigene Art hatte, bevor er sich auf Brian Smith einließ. Früher einmal wollte er seinen Job nach eigenen Maßstäben machen und war fest entschlossen, noch einmal neu anzufangen. Wenn er nicht arbeitete, werkelte er im Garten, ließ Dinge wachsen und hatte ein kindliches Vergnügen daran, das er auch gar nicht zu verbergen suchte, wenn er frisches Gemüse hereinbrachte und auf den Küchentisch legte, feste, apfelsinenrote Karotten, an denen noch dunkle Erdkrumen und helles, krauses Grün hingen, Radieschen, Rüben, Salat; immer war es ein kleines Fest für ihn, den seine Arbeit so glücklich machte, und das Grünzeug sah gut aus, sauber, und schmeckte prima, obwohl es hier gewachsen war. In jenen Tagen war Morrison ein Optimist, und obwohl Alice nicht recht glauben konnte, dass er mit seiner

Ansicht über die Chemiefabrik recht hatte, wollte sie ihn dafür lieben. Eigentlich hatte sie ihn schon lange lieben wollen, nur war es ihr nie geglückt. Auch schon bevor er ihr fremd wurde und sich mit Smiths Leuten einließ, konnte sie ihn nicht lieben. Er war zu wenig, zu gewöhnlich. Es gab schlichtweg nicht genug von ihm, um ihn wirklich lieben zu können.

Nun will sie hinaus in die Welt gehen und verschwinden. Das heißt, eigentlich will sie nicht hinaus in die Welt, sondern einfach nur gehen, wenn auch ohne Gefühl für die Richtung. Eines Tages wird sie zu viele Tabletten schlucken, oder ihr Körper wird einfach aufgeben, und sie wird sterben, während Morrison irgendwo da draußen Brian Smith zu Diensten ist. Sie wird allein sterben in dieser klaustrophobisch kleinen Polizeidienststelle, und niemand wird sich von ihr verabschieden, doch falls man Morrison Glauben schenken darf, stirbt sowieso jeder Mensch allein, denn unabhängig davon, wer bei einem ist, wenn man diesen letzten Gang antritt, muss man den letzten Schritt allein tun, und auch das Ziel der Reise – was immer es denn sein mag – kann man nur allein erreichen. Was aber, wenn es anders war? Denn was hat es mit diesen Geschichten von Leuten auf sich, die in einen strahlend hellen Lichtkreis treten und Gesichter um sich herum sehen, nette Gesichter, Menschen, die sie begrüßen, sie heimführen? Was, wenn man stirbt, ohne dass die ultimative Einsamkeit beginnt, die ultimative Trennung, wenn man in einen anderen Zustand zurückkehrt, einen Zustand, den man schon einmal gekannt hat? Was, wenn der Tod doch nichts Einsames ist, sondern nur ein Punkt, von dem aus alle, die sich je getrennt haben, alle, die ihr Leben lang auf Wanderschaft gewesen sind, zwar jeder für sich, aber dennoch im steten Versuch, sich irgendwie mit jemand anderem, mit etwas anderem, zu verbinden, wenn sie also zu jener schimmernden, allgemeinen Singularität zurückkehren, aus der sie hervorgegangen sind, winzige Splitter aus Bewusstsein und Licht, die mit dem Ganzen verschmelzen? Alice hat davon gelesen; es gibt Menschen – Millionen Menschen in Asien oder sonst wo –, die daran glauben, die davon überzeugt sind, dass es nur einen einzigen Geist gibt, von dem wir alle ein Teil sind, und dass wir im Tod zu ihm zurückkehren, um dann nicht länger allein und getrennt zu sein, sondern an dem einen einzigen, ewigen Gedanken teilzuhaben, den wir alle denken und der wir sind. Dieser Gedanke ist das Universum oder das Sein, etwas Ähnliches jedenfalls. Es sind Buddhisten, meint Alice sich zu erinnern, die daran glauben – vielleicht auch Hindus –, die derlei für eine Tatsache halten, so wie andere Menschen an die Schwerkraft glauben. Manchmal überzeugt Alice die schiere Masse der Anhänger dieses Glaubens fast davon, dass sie recht haben, und einige Minuten lang sitzt sie dann wie betäubt da und fragt sich, ob irgendwer unter diesen vielen Millionen wirklich begreift, was für eine schreckliche Vorstellung dies eigentlich ist.

Et in Arcadia

Ego.

Noch da und zugleich weg. Hier und da, verloren und gefunden in der ewig währenden Gegenwart.

Mir will der Gedanke nicht aus dem Kopf, dass lieben muss, wer am Leben bleiben will. Ich hatte mal einen Freund, einen Jungen namens Liam Nugent, und ich glaube, den habe ich geliebt, aber jetzt ist er fort, und ich weiß nicht, ob es noch jemanden gibt, den ich liebe. Dad nicht, das steht fest. Irgendwann früher einmal, ja, jetzt aber nicht mehr, weil er nicht mehr richtig *da* ist. Er liegt im Bett, stumm, weit weg, und mir kommt es vor, als wäre er schon tot. Elspeth könnte ich vielleicht lieben, nur finde ich das nicht besonders wahrscheinlich. Manchmal glaube ich kaum, dass ich sie mag, aber dann stellt sie irgendwas Lustiges an oder sagt was Unglaubliches, und ich denke, ich könnte in sie verliebt sein, so wie man in eine Gestalt aus einem Buch verliebt sein kann. Allerdings behauptet alle Welt, es gebe einen großen Unterschied zwischen *verliebt sein* und tatsächlich jemanden *lieben*. Da wird es also schwierig, und ich mag es nicht, wenn irgendwas ohne besonderen Grund schwierig wird. Kompliziert, ja, mit kompliziert werde ich fertig. Die Welt ist kompliziert, ständig laufen vielerlei Dinge ab. Und manche Bücher sind richtig kompliziert. Aber die Liebe ist sicher gar nicht so kompliziert, sie ist bloß schwierig. Und vielleicht ist «Liebe» in diesem Fall sowieso das falsche Wort, zumindest wenn es um Leute geht. Leute sind schwer zu lieben, selbst wenn man Sex hat oder gute, lustige Gespräche führt wie die, die Elspeth und ich manchmal haben. Leute sind schwierig, aber so ist das eben.

Trotzdem, wenn man am Leben bleiben will, was in einer Gegend wie dieser gar nicht einfach ist, muss man *irgendwas* lieben, und ich, ich liebe die Chemiefabrik. Na ja, die und Bücher. Ich liebe Bücher. In einer Gegend wie dieser klingt das fast so irre, als würde man sagen, man liebt die Fabrik, trotzdem ist das vergleichsweise normal. Jedenfalls ist man definitiv *nicht* normal und definitiv *irre*, wenn man die Fabrik liebt.

Okay, ich weiß, dass alle sagen, sie sei gefährlich, dass sie krank mache, dass sie schon seit Jahren abgerissen gehöre und man die ganze Osthalbinsel räumen, statt einfach nur verkommen lassen solle – es stimmt, ich weiß es, aber trotzdem muss man doch zugeben, dass sie schön ist. Vielleicht gibt es Gegenden in Kanada oder Kalifornien, die auf den ersten Blick viel schöner sind, Gegenden mit Gärten und Parks, sauberen Seen und wirklich lebendigen Bäumen mitsamt Herbstlaub und all dem, was man auch im Fernsehen sieht, aber wir haben so etwas nicht. Wir haben nur die Fabrik. Um die sollen wir zwar einen Bogen machen, und ich schätze, die meisten Kids halten sich auch daran, aber es gibt jede Menge, die gehen doch hin.

Allerdings glaube ich nicht, dass irgendwer so viel Zeit dort verbringt wie ich. Wenn ein Gewitter kommt, gehe ich raus, stelle mich an den Eingang zu einem der alten Brennöfen und sehe dem prasselnden Regen zu. Oder ich hocke hoch über dem Hafenbecken auf einem rostigen Kran und schaue über das Wasser auf eine Stelle am Horizont, die nicht nur einem anderen Ort, sondern auch einer anderen Zeit anzugehören scheint, der Vergangenheit vielleicht, vielleicht auch einer Zukunft, in der die verfallenen Gebäude in sich zusammensinken und das Gift in der Erde, das Gift, das kein Mensch sehen kann, auch wenn alle sagen, es sei da, in der dieses Gift also seine todbringende Macht verliert. Ich soll nicht hingehen – niemand soll das –, aber die Fabrik macht mir keine Angst, auch einigen der anderen Kids nicht, denn manchmal sehe ich sie da draußen, wie sie schattengleich durch die Ruinen huschen und nicht entdeckt werden, aber auch nicht wahrhaben wollen, dass außer ihnen noch jemand da draußen ist. Ich denke mir, sie gehen aus den gleichen Gründen zur Fabrik wie ich: weil es dort friedlich ist und die Ruine niemandem gehört, vielleicht auch, weil sie das einzig Schöne ist, das sie kennen. So was zu behaupten klingt sicher merkwürdig, aber dort ist es wirklich sehr, *sehr* schön, fast so, wie diese alten Horrorfilme schön sind, die im Fernsehen gezeigt werden, oder wie Annette Crowley aus der 4b schön ist mit ihrer weißen Narbe quer über Hals und Wange, dort, wo ihr bei einem Autounfall das Gesicht aufgeplatzt ist.

Dieser schöne Ort heißt die Chemiefabrik, weil es hier einmal eine Fabrik gab, bloß sind es jetzt nur noch einige hundert verfallene Gebäude und ein Netz aufgegebener Gleise, die am Rand von Innertown vorbei zu dem führen, was vom alten Hafen übrig blieb. Wollte man eine Karte von diesem Teil der Halbinsel zeichnen, käme zuerst die Outertown mit ihren pseudoelisabethanischen Häusern und den Villen im Ranchstil, umgeben von Hecken und großen, wunderbar grünen Rasenflächen. Gleich danach kommt der ehemalige Golfplatz, der praktischerweise so liegt, dass er die Reichen in ihren hübschen Häusern von den Gespenstern und ungehobelten Proleten der Innertown trennt, jener Stadt, die heute lediglich noch ein Ghetto für vergiftete, abgewrackte Arbeiter wie meinen alten Herrn ist. Daran schließt sich eine industrielle Brache an, in der sich früher die Fabrik befand, weshalb praktisch nichts mehr zwischen ihr und dem eigentlichen Wohngebiet liegt. Die Gegend heißt die Chemiefabrik, weil es nie einen anderen Namen dafür gab, sogar das Land, auf dem die Gebäude stehen, ist beinahe namenlos, ein Streifen Nirgendwo, der manchmal «Landzunge» heißt, auch wenn die Erwachsenen nur selten darüber reden, und wenn, dann nennen sie die Gegend meist bloß *da draußen*. Will man einigen betuchten Wichtigtuern in der Stadt glauben, gilt die ganze Fläche als ein einziges Grundstück, das sie seit Kurzem *Homeland* nennen, und sie haben damit Großes vor, etwas, das «Regenerationsprogramm» heißt. Allerdings fällt die Angelegenheit in Brian Smiths Metier, weshalb kein Mensch in Innertown viel auf das Gerede gibt.

Die Chemiefabrik ist schön, auch wenn sie Angst macht und man spürt, wie traurig es hier aussieht, denn noch kann man einen Glimmer dessen erhaschen, was einmal war – der Wald, die Bucht, die Strände –, und es lässt sich erahnen, wie herrlich es gewesen sein muss, damals, in der guten alten Zeit. Manchmal überkommt einen auch heute noch dieses Gefühl. Zum Beispiel früh an einem Sommertag: erstes Dämmerlicht, Ruinen, die aus den Schatten auftauchen, Eulen, die sich ein letztes Mal von Hecke zu Hecke zurufen, drüben am alten Farmweg, der am Ostwald vorbei ans Wasser führt. Eine Stunde später, und schon sieht es völlig anders aus. Schnurgerade wie ein Stecken und aschweiß liegt der Farmweg da, gespenstisch zu dieser Stunde, weich und ungewiss, als hätte er sich vom Mondlicht noch nicht recht erholt. Die Hecken sind mit fahlen, tapfer blühenden Blumen betupft. Gelegentlich kann man auf dem Kanal ein Schiff sehen, weit draußen auf dem Wasser, und manchmal ist es sogar ein Passagierdampfer, nicht nur einer der üblichen Lastkähne, die endlos hin- und herschippern und Industrieabfälle oder abgebrannte Brennstoffe zu den glücklicheren Städten weiter unten auf der Halbinsel transportieren. An Deck ist niemand, doch sieht das Schiff gut aus und weist über die ganze Länge kleine runde Bullaugen auf, die womöglich zu Kabinen gehören. Vielleicht schlafen die Passagiere noch oder sitzen in fröhlichen kleinen Runden im Speisesaal, genießen ihr Frühstück und schmieden Pläne für den Tag. Diesen Zipfel der Halbinsel würden sie allerdings nicht sehen wollen, nicht mal aus bloßer Neugierde. Sollten sie irgendwann nach draußen schauen – sagen wir, ein Stück weiter die Halbinsel hinunter, irgendwo jenseits der letzten Betonmolen –, sehen sie möglicherweise Qualm aus dem Ostwald aufsteigen, dünne, gelbliche Schwaden, die wie Rauchsignale in einem alten Western aus dem Blätterdach dringen. An dem Qualm könnte ich schuld sein oder sonst ein Junge aus Innertown, der die ganze Nacht dort draußen hockt, weil er es nicht erträgt, dem keuchend im Nebenzimmer liegenden Vater zuzuhören, jeder Atemzug ein Schritt Abstand von vollständiger Abwesenheit, ein Grund zur Angst, ein Grund zu feiern.

Es gibt viele Orte, wohin man auf der Landzunge gehen kann; in den vergifteten Wald, zu den Hafenbecken, den Lagerhäusern, den Brennöfen oder zu einer alten Aufbereitungsanlage, in der es so entsetzlich stinkt, dass man meint, die eingeatmeten Gifte schmecken zu können. Es gibt Orte, an die man gehen, aber auch Orte, an die man nicht gehen kann, Räume in Räumen, von denen man nicht ahnt, wo oder wofür sie sind, auch wenn man weiß, dass *irgendwas* dort ist. Ich mag die Übergänge von einem zum anderen Ort sowie all die Plätze, an denen man sich aufhalten kann, ohne je einem Menschen zu begegnen; ich mag den Schlick- und Ölgeruch am äußersten Rand, die alten Verladestellen mit ihren rostigen Kränen und dem ausrangierten Schiff, jahrelang von Wind und Salzwasser zerfressen, verlassen, natürlich, obwohl mir immer ist, als wäre jemand dort, kein Geist oder dergleichen, auch kein Mensch, zumindest kein Mensch aus einer Gegend, die *ich* kenne. Es muss einmal beeindruckend gewesen sein, dieses Schiff, jetzt ist es nur noch ein geborstener Rumpf mit abgetakeltem Deck, die untere Hälfte ein Chaos aus halb verfallenen, gefährlich unter meinen Füßen schwankenden Treppen und Gängen, die hinab ins rötliche Dunkel führen, dorthin, wo die riesigen, fauligen Tanks liegen, nickelschwer und salzverkrustet. Hier unten spricht alles vom Einst: die Straße, die Gleise und Wege, die allein dem Zweck dienten, riesige Schiffe wie dieses mit unvorstellbaren Mengen an Gift und Düngemitteln zu beladen, ölige Brühen, die im versiegelten Rumpf halb um die Welt geschickt wurden, während um sie herum gewaltige Ozeane brandeten. Falls eines dieser anonym aussehenden Schiffe an Felsen zerbarst oder in schwerer See kenterte, konnte man sich denken, wie die Regierungsmenschen, die Pressefritzen sich daheim Beschönigungen ausdachten, Lügen, die sie erzählen konnten, während sie sich fragten, womit sie unbeschadet durchkämen und was sie gefahrlos abstreiten dürften. Unterdessen sank das Schiff tiefer hinab ins Wasser, das von all den Stars aus dem Film *Der blaue Planet* nur so wimmelte, sank zu Boden, zerplatzte wie eine Kokosnuss und erbrach Liter um Liter seiner giftigen Fracht.

Manchmal denke ich, die Landzunge ist im Winter am schönsten, wenn alles, was man während des übrigen Jahres für selbstverständlich hält und kaum eines Blicks würdigt, jene versteckten Ecken und Winkel, die unsichtbaren Rohre und Schuttfelder, wenn also all das wie neu erscheint, vom Schnee hervorgehoben und zugleich vervollkommnet, abstrakt wie eine Welt in Blaupause. Alles wirkt enger beieinander, und zugleich scheint es mehr *Raum* zu geben als im Herbst. Wenn der erste Schnee fällt, sieht man plötzlich bislang ungesehene Dinge, und man begreift, wie vieles in der Welt unsichtbar oder doch nur unmittelbar vor dem Sichtbarwerden ist, könnte man ihm nur die angemessene Aufmerksamkeit schenken, so als drehte man am Radio den Knopf und stellte den richtigen Sender ein, auf dem alles deutlicher klingt und jemand in einer Sprache spricht, die man gleich versteht, auch wenn man weiß, dass es keine Sprache ist, die man zu kennen glaubte. Nicht zu vergessen, wie alles verwandelt wurde, wie alles so unschuldig scheint, als könnte es einem in einer Million Jahre nichts anhaben, diese vielen Tonnen mit verkrustetem, geronnenem, radioaktivem Abfall, die Gruben mit den dauerhaften Giftspuren und Strahlenresten oder was immer die Behörden dort sonst noch zusammen mit der gefährlichen Masse unserer verseuchten Leiber unter Verschluss halten wollen. Im Schnee sieht alles rein aus und ist selbst dann noch schön, wenn ein blutiger Rostfleck durchsuppt oder ein Hauch Grünspan, eine Spur Kobaltblau durch einen Zoll Schneeweiß aufsteigt. Ehrlich, man sollte einen Künstler herschicken, keinen zimperlichen Künstler, aber auch keinen, der mit dem Vorschlaghammer malt. Vielleicht einen Kriegskünstler. Denn wenn dies hier überhaupt Ähnlichkeit mit irgendetwas hat, dann mit einem Kriegsgebiet. Ist schließlich nicht auch ein Kriegsgebiet schön, wenn man es nur aus dem richtigen Blickwinkel sieht?

Vor Jahren verlief entlang der Küste noch eine Bahnlinie, auf der Güterzüge Rohstoffe brachten, nachts, wenn die Menschen schliefen, so dass ihre Träume vom Lärm der Frachtzüge und umspringenden Weichen begleitet wurden, von einer Unterströmung rangierender Züge und gellender Lokpfeifen, die bis in den Tag hinein anhielt und sie daran erinnerte, dass sie zu diesem Ort gehörten, dass er ihnen im Blut und in den Nerven lag. So habe ich es mir jedenfalls stets vorgestellt, doch solange ich lebe, ist die Fabrik bereits geschlossen – nicht nur geschlossen, nein, sie ist verflucht, ein Bereich, der laut amtlicher Bestätigung unwiderruflich vergiftet wurde, weshalb ihn offiziell auch kein Mensch betreten darf. Allerdings gibt sich niemand große Mühe, uns davon fernzuhalten. Das würde zu viel Interesse erwecken, und irgendwer würde sich wieder über das aufregen, was dort draußen sein könnte. Was aber genau dort draußen ist, weiß man eigentlich nicht. Das macht es ja gerade so spannend für mich und für andere wie mich: Seit ich denken kann, liegt die Fabrik leer und still da, ein riesiges Labyrinth von Korridoren und verlassenen Räumen, manche zum Himmel offen, andere von Glas- oder Metalldächern geschützt, und über jedem Brennofen – wir nennen sie Brennöfen, obwohl es keine zweifelsfreien Hinweise darauf gibt, wofür sie tatsächlich benutzt wurden – steigen gewaltige Schornsteine in die Wolken auf, breite Ziegelschornsteine, die sich in den feuchten Monaten mit mächtigen Regenwasserkaskaden füllen, so wie die Glasdächer und die Wellblechlagen der Lagerschuppen dann eine Musik erklingen lassen, die beim ersten Hören monoton wirkt, aber bald ein unendlich komplexes Muster schwacher Obertöne und leiser Harmonien verrät, das von einem Moment zum nächsten nie ganz identisch ist. Vielleicht sollte man also lieber einen Musiker statt einen Maler herschicken. Mach Musik daraus. Das wäre doch was. Ich stell mir geschniegelte Leute in Fabriklofts vor, Leute, die in irgendwelchen Presseabteilungen arbeiten und auf Gebetsmatten sitzen, um beim Klang des Regens zu meditieren, der auf das Wellblech der alten Speicherhäuser trommelt, die Töne sorgfältig abgemischt und durch hundert Synthesizer oder dergleichen gefiltert, dazu noch ein paar tibetische Klangschalen und ein Zimbal.

Heutzutage geben sie sich kaum noch Mühe, keine Leute mehr aufs Gelände zu lassen, aber das ist ja auch unnötig, nicht wahr? Anfangs gab es einige Plünderer und Schrottsammler, die nach Verwertbarem suchten, aber die haben bald aufgegeben. Mittlerweile kommt niemand mehr her, höchstens noch einige Jugendliche, und ich weiß, wir empfinden ganz ähnlich, wenn wir da draußen allein auf der Halbinsel sind. Hin und wieder bin ich einigen von ihnen zufällig begegnet und habe gespürt, wie etwas zerbrach, nicht allein in mir, sondern auch in ihnen: das Gefühl, Teil der Stille zu sein, außerhalb der Zeit, und – was noch schwerer in Worte zu fassen und jemand anderem unmöglich zu vermitteln ist –, ein Gefühl der Ehrfurcht für diesen Ort, ob nun für die Inseln aus Gras und wilden Blumen, die mitten zwischen Schutt und Glasscherben wuchern, oder dafür, wie still es an einem Sommernachmittag sein kann – so still, als wenn nichts je geschehen wäre, hier oder irgendwo sonst. So still, als ob nie jemand existiert hätte und die Zeit gerade erst beginnen wollte. Vielleicht klingt es blöd, von Ehrfurcht zu reden, aber dieser Komplex von Ruinen und stillgelegten Eisenbahnstrecken, die in alle Richtungen verlaufen, soweit ich auch gehen kann, ob nun entlang der Küste oder landeinwärts durch buschigen Wald und Ginsterbrachen, dieser Komplex ist alles an Kirche, was wir haben, und ich weiß, wenn ich jemandem dort draußen begegne, einem Jungen mit einem Drachen, einer Schachtel Streichhölzer oder einem Mädchen, das ich von der Schule kenne, dann weiß ich, dass ich bei etwas störe, nicht bei irgendeinem Kinderspiel oder einem dieser Vorfälle von angeblichem Vandalismus, über den die Erwachsenen sich ständig beklagen. Nein: Eine heimliche Zeremonie habe ich vereitelt, ein privates Ritual. Und wenn es dazu kommt, dann spüre ich, dass die anderen, ob Mädchen oder Junge, unruhig werden und verstört reagieren, als wären sie auf irgendeine Weise ertappt worden: Vielleicht bleiben wir stehen und reden, tauschen ein paar belanglose Worte aus, ehe wir uns wieder auf den Weg machen, doch meist wechseln wir nur scheue, fast schuldbewusste Blicke und stehlen uns dann fort, hasten zurück in die Sicherheit des hohen Grases oder eines klammen Lagerschuppens, raus aus dem Fluss der Zeit und fort von den Blicken fremder Menschen.

Ich bin oft mit Liam hergekommen. Früher, ehe er verschwand – ehe er *fortging*, wie die Erwachsenen sagen, obwohl ich weiß, dass sie was verheimlichen. Ich weiß, mit ihm ist irgendwas Schlimmes passiert, so wie ich weiß – wie wir *alle* wissen –, dass mit den anderen, die verschwunden sind, was Schlimmes passiert ist. Fünf mittlerweile: Jungen in meinem Alter, mit Eltern, Freunden und Schreibtischen, in Luft aufgelöst, ohne mehr als zerwühlte Laken oder ein aufgeschlagen auf dem Nachtschränkchen liegendes Buch zu hinterlassen, als wollten sie bloß andeuten, dass sie einmal da gewesen sind. Fünf Jungen aus Innertown, einem Ort, der keiner Seele am Herzen liegt, eine verpestete, ausgeblutete Stadt am äußersten Ende einer Halbinsel, von der die meisten Menschen nicht einmal wissen, wo sie auf der Landkarte zu finden ist. Fünf Jungen: Mark Wilkinson, William Ash, Alex Slocombe, Stewart Riva – und Liam Nugent, der Letzte, der verschwand, der irgendwo zwischen seinem Zuhause und der Sporthalle verloren ging, aber nichts, was verrät, wohin er gegangen ist und wann er zuletzt hier war. Kein Hinweis, keine Spur, keine Anzeichen für einen Kampf, kein Abschiedsbrief, kein Indiz dort, wo er sich umgedreht hat und fortgegangen ist – falls er denn, wie uns die Erwachsenen sagen, sich wirklich selbst dafür entschieden hat zu gehen, aus freien Stücken, so müde wie die anderen Jungen, müde der sterbenden Stadt am Ende einer desolaten Halbinsel, einer Gegend, in der niemals etwas Gutes passiert, in der Jungen wie Liam, Alex oder Stewart nichts hatten, worauf sie sich freuen konnten. Liam war mein bester Kumpel, ein hoch aufgeschossener, schlaksiger Junge, ein guter Schwimmer, nicht gerade hübsch, aber die Mädchen fanden ihn sympathisch. Ehrlich gesagt, er war völlig durchgeknallt und besaß auch kein nennenswertes Familienleben, aber das hat ja kaum einer von uns. Sein Dad war und ist der größte Säufer der Halbinsel, dessen Leben durch Liams Verschwinden kaum verändert wurde, nur bekommt er in seinem Klub jetzt manchmal aus Mitleid einen Drink spendiert, den er vorher vielleicht nicht bekommen hätte. Der alte Schisser hat die Trauer zu höchster Kunst verfeinert; bescheiden, stoisch, im Grunde genommen aber am Boden zerstört, so sitzt er an der Bar und wartet darauf, dass irgendein leichtgläubiger Kunde vorbeikommt. Als Liam noch da war, hat sein Vater nie etwas Gutes zu ihm oder über ihn zu sagen gewusst. Sogar das Zeitungsgeld hat er ihm geklaut, um sich Wodka kaufen zu können. Liam war deswegen stinksauer, und er hätte dem alten Mistkerl am liebsten alles abgeknöpft, was nicht niet- und nagelfest war, aber wenn er wirklich geplant hätte, eines Tages zu verschwinden, dann hätte er mir davon erzählt. Verdammt, er hätte gewollt, dass ich *mit* ihm komme. So standen die Dinge zwischen uns: Ich kann mich an keinen Tag erinnern, an dem wir nicht zusammen waren; wir hatten Geheimnisse, die kein Mensch außer uns kannte; alles haben wir gemeinsam gemacht. Falls er also wirklich fortgehen wollte, hätte er das auf keinen Fall ohne mich getan.

Aber er ist nicht fortgegangen. Niemand geht von hier fort. Die Kids reden zwar ständig davon, aber eigentlich weiß keiner von uns, wie es da draußen wirklich ist, zwanzig, fünfzig oder hundert Meilen die Küstenstraße entlang, weil keiner von uns je so weit fort gewesen ist. Die Bewohner von Innertown verlassen ihre Stadt nicht, sie fahren nicht mal in Urlaub oder besuchen ihre Verwandten. Natürlich reden sie ständig davon, eines Tages fortzugehen, aber sie gehen nie. Als die Erwachsenen daher verbreiteten, dass Liam losgezogen sei, um wie die anderen Jungen draußen in der Welt sein Glück zu suchen, da wusste ich, dass irgendwas nicht stimmte. Liam war nicht aus Innertown fortgegangen, er war nicht irgendwo weiter südlich auf der Halbinsel und spazierte durch den Abendregen, er stand an keiner Straße hundert Meilen von hier, um zu einer Stadt zu trampen, die er nur aus dem Fernsehen kannte. Er war gänzlich aus dieser Welt verschwunden. Verloren gegangen. Das wusste ich, weil ich es spüren konnte. Es war, als würde der Schnee schmelzen, und man ahnt plötzlich, dass irgendwas fehlt. Ein wesentlicher Bestandteil des Weltgefüges, eine notwendige Präsenz, die über Nacht verschwunden ist im leisen Geplätscher des Regens, im Wind, der durch die zerbrochene Fensterscheibe auf dem Treppenabsatz pfeift. So fühlte es sich für mich an, als Liam verschwand: Etwas Wichtiges fehlte, und es schien nicht richtig, dass alles wie zuvor einfach weitergehen sollte. Ich vermisste seine Stimme und die Art, wie er im Spiegel des Umkleideraums Grimassen zog, so wie mir der weiße, funkelnde Schnee auf dem Geländer vor der öffentlichen Bibliothek fehlte: Es war ein und dasselbe, der gleiche Makel in der Welt, der eigentlich das ganze System zum Einsturz bringen müsste. Ständig denke ich an ihn, und ich weiß, er wäre ohne mich nicht fortgelaufen. Mag sein, es ist eine komische alte Welt, wie mein Dad immer sagte, als er noch mit mir redete, aber *so* komisch ist sie nun auch wieder nicht.

Wenn ich behaupte, dass die Fabrik schön ist, will ich damit nicht sagen, dass sie der Stadt gutgetan hat. Ich weiß, sie hat Menschen krank gemacht, und ich kann mir nicht vorstellen, dass die vielen Stunden, die ich da draußen verbracht habe, gut für mich sein werden, wenn ich einmal älter bin. Aber wer weiß schon, ob ich überhaupt älter werde. Manche Jugendliche schaffen es nicht einmal bis zu ihrem zwanzigsten Lebensjahr, und wenn sie sterben, weiß niemand, was mit ihnen nicht gestimmt hat. Also muss ich realistisch sein. Vierzehn Jahre habe ich hier draußen gelebt. Vierzehn und zwei Drittel. Mehr als fünftausend Tage habe ich diese Luft geatmet, mehr als sieben Millionen Minuten lang die Rußflocken, den verpesteten Staub und den dreckigen Regen dieser Halbinsel eingeatmet. Wie viele Atemzüge sind das? Wie viele Gläser Wasser? Wie viele Scheiben Brot? Wie viele Eier? Mit jedem Atemzug nehme ich die Welt in meine Lungen auf, mit jedem Schluck nehme ich nicht nur Nahrung und Getränke zu mir, sondern auch alles, was sie enthalten, allen Ruß, alle Reste und Verunreinigungen, all die Spuren von Kupfer, Nickel, 2,4,5-T und wer weiß, was noch. Man sagt, wir sind, was wir essen, die Zukunft sei uns ins Blut geschrieben – und man muss zugeben, vor der Chemie gibt es kein Entrinnen. Ich glaube nicht, dass man dem widersprechen kann, wer einmal da draußen gelebt hat.

Die meisten Leute, die in der Fabrik in der Produktion gearbeitet haben, sind mittlerweile krank oder tot. Mein Dad, zum Beispiel. Mein Dad ist fast schon so lange krank, wie ich denken kann. Ich glaube, er hat nie viel geredet, aber jetzt sagt er gar nichts mehr, kein einziges Wort. Natürlich reden die Leute von Innertown sowieso nicht viel, falls sie nicht gerade Lehrer sind, aber sie grüßen sich wenigstens, ein «Guten Morgen» hier, eine Bemerkung über das Wetter dort, diese kleinen Kinkerlitzchen der Konversation, die es den Menschen erlauben, friedlich miteinander auszukommen. Selbst damit gibt sich mein Dad nicht ab. Als er krank wurde, saß er anfangs oft in der Küche und hörte Radio, oder er ging in den Garten, wenn es warm war, und sah dem Unkraut beim Wachsen zu. Doch als meine Mutter ging, brach er einfach in sich zusammen. Jetzt bleibt er meist nur auf seinem Zimmer und lebt in völliger Stille. Manchmal schläft er den ganzen Tag, oft liegt er auch nur auf dem Bett und starrt die Decke an. Steht er doch mal auf, setzt er sich gewöhnlich bloß in die Küche und wartet darauf, dass das Wasser kocht. Es kocht aber nie, weil er immer vergisst, den Kessel anzustellen. Wenn Elspeth vorbeikommt, gehen wir auf mein Zimmer und spielen unsere Spiele, die wir erst im Spielen erfinden, doch sind wir dabei so leise, dass er uns nicht hören kann. Ich glaube, wenn er wüsste, was wir tun, würde ihm das nicht gefallen. Nur nehme ich nicht an, dass er irgendwas vermutet; außerdem mag er Elspeth. Manchmal lächelt er sogar, wenn er sie sieht. Es ist schön, wenn er lächelt. Ich wünschte mir, er würde es öfter tun, und noch schöner wäre, er würde nicht nur lächeln, wenn meine hübsche Freundin kommt.

Andererseits sollte ich vielleicht auch froh sein, dass er kein Wort redet, denn wenn er es täte, würde er doch bloß endlos von meiner Mutter erzählen, und wie unglücklich es ihn machte, dass sie gegangen war. Oder noch schlimmer, wie sehr er sie liebte und wie großartig sie war. Ich weiß, genau das würde er tun. Dabei hatte meine Mutter nicht besonders viel für uns übrig, als sie noch da war, jedenfalls nicht, soweit ich mich erinnern kann, auch wenn sie damals wenigstens bei uns war. Ich weiß noch, als sie ging, setzte sie mich an den Küchentisch und versuchte, mir ihre Absichten zu erklären. Meinem Dad hat sie nichts zu erklären versucht, hat einfach ein paar Sachen in ihre Tasche gestopft und sich aus dem Staub gemacht, solange er oben noch schlief, aber für mich hat sie sich einige Minuten Zeit genommen, um mir begreiflich zu machen, wie schwierig es für sie war.

«Ich werde eine Weile fort sein», sagte sie. «Deshalb musst du für mich ein Auge auf deinen Dad haben.» Sie redete mit mir in diesem Ton, den ich kannte, seit ich zwei Jahre alt war, nur war ich schon zehn, und ich wusste genau, was sie vorhatte. «Kannst du das für mich tun?», fragte sie. «Kannst du eine Weile nach deinem Dad sehen, bis ich zurückkomme?»

Ich schüttelte den Kopf. «Du kommst nicht zurück», sagte ich.

Sie zog ein Gesicht. Wahrscheinlich hatte sie gehofft, ich würde es ihr nicht schwerer machen, als es sowieso schon war. «Warum sagst du das?», rief sie empört.

«Weil du nicht wiederkommst», sagte ich. «Du gehst für immer.»

Da fing sie an zu weinen. Mann, es war so *verdammt* schwer für sie, sich die ganze Zeit um meinen Dad und um mich zu kümmern und keine Zeit für sich selbst zu haben. Schließlich war sie noch jung, hatte noch ein Leben vor sich. Vor dem Supermarkt habe ich sie das einmal zur Mum von Jenny Allison sagen hören, und ich wusste genau, was sie im Schilde führte. «Tu ich nicht», sagte sie. «Ich muss bloß mal für eine Weile hier raus.» Sie lächelte unter Tränen. «Das verstehst du doch, nicht wahr?», sagte sie.

Ich lächelte nicht zurück. «Klar», sagte ich.

Sie nickte und legte eine Hand auf meine Schulter. «Natürlich verstehst du das», sagte sie.

«Ich meine», erwiderte ich, «du bist noch jung. Du hast das ganze Leben noch vor dir.» Im selben Moment begann ich mich zu fragen, wie alt sie war. Ich glaube nicht, dass ich es wusste.

Sie sah mich an, als hätte ich sie geschlagen. «Was?», rief sie und tat ganz unschuldig. «Wo hast du *das* denn her?»

«Von dir», antwortete ich und sah ihr in die Augen. Da hörte sie auf zu weinen und lächelte auch nicht länger. Sie stand auf. Jetzt geht es los, dachte ich. Zeit für die harte Tour, frei nach dem Motto «Was hat denn Liebe damit zu tun?» Diese Frau konnte innerhalb von dreißig Sekunden vom bittersüßen Salztränengesicht zu stahlharter Miene wechseln.

«Na ja», sagte sie, «ich dachte, du würdest das verstehen. Ich meine, du bist schließlich kein kleines Kind mehr»

«Das war ich nie», gab ich zurück. «Du bildest dir das nur gern ein.»

Daraufhin sagte sie nichts. Ihr Koffer stand vor der Tür, und sie ging jetzt auf den Flur, dieses eiskalte Miststück; niemand verstand sie, also tat sie, was sie zu tun hatte. Sie streifte sich den Mantel und die schicken Lederhandschuhe über, die Dad ihr gekauft hatte, öffnete dann die Haustür und griff nach dem Koffer.

Das Letzte, was sie sagte, ehe sie auf immer verschwand, war: «Lass deinen Dad schlafen. Er braucht seine Ruhe.»

Soll heißen: Weck ihn nicht auf, den Mistkerl, bis ich weit weg bin; ich will nicht, dass er mir nachrennt und eine Szene macht. Genau das wollte ich auch nicht. Ich wollte nicht, dass er sich zum Narren machte, weder auf der Straße noch vor irgendwelchen Leuten. Nicht für diese selbstsüchtige Zicke. Sie hat nicht einmal die Tür hinter sich zugemacht, ist einfach auf die Straße gegangen, und das war's. Hab sie seither nicht mehr gesehen.

Das Problem ist, wenn ich an sie denke, erinnere ich mich, wie sie aussah, als sie in der Tür stand, und mir fällt wieder ein, dass sie schön war. So schön wie kaum je zuvor. Sie hatte Lippenstift aufgelegt und trug diesen wunderbaren Wintermantel, der mich an Ewa Krzyzewska in *Asche und Diamant* denken ließ. Außerdem hatte sie ihr Haar hochgesteckt und sah einfach verdammt gut aus. Ich muss zugeben, in dem Moment war sie wirklich jemand Besonderes. Eine junge Frau, die den Rest ihres Lebens noch vor sich hatte. Wäre sie nicht meine Mutter gewesen, hätte ich definitiv etwas für sie übrig gehabt. Aber sie *war* meine Mutter; sie ging zur Tür hinaus, und ich wusste, ich würde sie nie wiedersehen. Dabei konnte ich nur daran denken, wie schön sie war, dieses eiskalte Miststück. Als sie ging, habe ich kein Wort gesagt. Ich wollte nicht, dass sie glaubte, ich wäre irgendwie damit einverstanden. Nachdem ich die Tür geschlossen hatte, begann ich in Gedanken, Sachen zu packen, um weiterzuziehen. Man muss immer weiterziehen. Die Schränke ausräumen, klar? Nach einem Augenblick erhob ich mich vom Küchentisch und trat ans Spülbecken. Auf dem Abtropfbrett stand Geschirr und ein Aschenbecher mit einem lippenstiftverschmierten Stummel. Offenbar hatte sie vergessen, ihn abzuspülen, ehe sie ihre Sachen packte. Und ich stand da, starrte das Häuflein Asche an, den roten Lippenstiftfleck, und mir fiel der Text eines alten Lieds ein. Ich weiß nicht, wo ich ihn schon einmal gehört hatte.

Es ist Lauras Gesicht im nebligen Licht,
Schritte, die über den Flur hallen,
Ein Lachen weht durch die Sommernacht,
An das man sich nie ganz erinnern kann.

So hieß sie: Laura. Verdammt, wie ich sie hasste.

Kurze Zeit später ging ich nach oben, um nach Dad zu sehen. Er schlief wie ein Baby, und ich wollte mich schon wieder abwenden, als ich auf der Kommode den Briefumschlag entdeckte. Ganz leise und selbst in Gedanken wie auf Zehenspitzen, schlich ich hin und nahm den Brief. Ich wusste nicht genau, was ich damit wollte, auf jeden Fall aber wollte ich nachsehen, was drinstand, ehe Dad ihn zu Gesicht bekam. Ich ging zurück nach unten und schloss hinter mir die Tür, damit er ungestört weiterschlafen konnte. Kaum wieder in der Küche, öffnete ich behutsam den Umschlag. Bevor Dad aufwachte, könnte ich den Brief problemlos in einen neuen Umschlag stecken, dachte ich, aber als ich las, was sie geschrieben hatte, wusste ich mir nicht anders zu helfen: Ich zerriss das dumme Ding in lauter kleine Stücke. Auf dem Zettel stand: *Bin weg, weiß nicht, wohin. Ich schicke jemanden, der meine Sachen abholt.* Das war alles. Zwei kümmerliche kleine Sätze. Sie hatte nicht einmal den Anstand besessen, ihm einen ganzen Absatz zu gönnen.

Es heißt, ich sei zügig auf die Welt gekommen, und es sei schon alles vorbei gewesen, ehe man die gute Laura auch nur in den Kreißsaal bringen konnte. Das überrascht mich nicht. Sobald mein kleines Babyhirn begriff, in welchem Bauch es steckte, beschloss es offenbar, so rasch wie möglich daraus zu verschwinden und sein Glück lieber in der wilden kalten Welt zu suchen. Das Problem ist nur, dass man es in der wilden kalten Welt vor allem mit zweierlei zu tun bekommt, womit ich nicht besonders gut klar komme, nämlich mit anderen Kindern und der Schule. Ich meine, die Kinder machten mir eigentlich nicht so viel aus, bloß das ewige Hin und Her war verdammt langweilig. X ist mit Y befreundet, kann aber Z nicht ausstehen, und Z wiederum ist Ys Kumpel. Cathy möchte mit Tommy zusammen sein, aber der will mit Kerry gehen, die wiederum Cathys beste Freundin ist. Kerry wäre ja gern mit *ihm* zusammen, will aber Cathys Gefühle nicht verletzen. Der Himmel allein weiß, warum überhaupt irgendwer mit Tommy gehen möchte, da der dumm wie Bohnenstroh ist, aber was will man machen, so sind sie eben. Kleine Erwachsene, lauter falsche Rücksichtnahme und verletzte Gefühle. Und später dann drehen sie plötzlich alle durch, jeder treibt es mit jedem, prügelt sich mit jedem, und ehe man es sich versieht, gibt es eine Geschichte mit allen möglichen Leuten, denen man nicht mal guten Tag sagen würde, wenn es sich vermeiden ließe.

Das ist jedenfalls meine Ansicht. Allerdings kann ich mit Jugendlichen sowieso nicht viel anfangen. Mr. O'Brien hat mal behauptet, ich sei ein Misanthrop, und alle Schüler haben gelacht, obwohl ich nicht glaube, dass die kleinen Schisser überhaupt verstanden haben, wovon die Rede war. Ich weiß nicht mehr, warum er das gesagt hat oder was ich getan oder gesagt habe, um einen solchen Ausbruch zu provozieren. Meistens war er ja schrecklich positiv, bei ihm war stets nur die Rede von der FREUDE DES ENTDECKENS, von ERSTAUNLICHEN TATSACHEN und davon, wie VERDAMMT SCHÖN DIE NATUR doch ist. Ironischerweise war ich der einzige Schüler in der Klasse, der ihm in all diesen Punkten beipflichtete, wenn auch nur bis zu einem gewissen Maß.

«Du bist ein ekliger, kleiner Misanthrop, Wilson», sagte er, beugte sich über mich und schaute mir plötzlich mit überraschendem Widerwillen ins Gesicht. Ich war ziemlich verblüfft. «Weißt du denn überhaupt, was ein Misanthrop ist, Wilson?» Das war seine Marotte, immer nannte er unseren Namen am Ende eines Satzes, wenn er eine Frage stellte, am Anfang, wenn er wollte, dass wir mit irgendwas aufhörten. Er war ein hochgewachsener Mann mit strähnigem, grauem Haar und einem lang gezogenen, nachdenklich wirkenden Gesicht, fast wie ein schwedischer Schauspieler, etwa wie Max von Sydow als Ritter in *Das siebte Siegel*. Nur der Akzent fehlte.

Ich nickte und sagte: «Misanthrop. Jemand, der aus gutem Grund nicht allzu viel von der menschlichen Rasse hält, ein Menschenfeind also. Letzteres ist auch der Titel eines Theaterstücks des französischen Dramatikers Molière.»

Mr. O'Brien schnaubte verächtlich. «Das du natürlich gelesen hast», sagte er.

Ich gab den Oberklugscheißer. «Natürlich.»

«Nun», sagte er. «Wir sind heute mal wieder richtig schlau, nicht wahr, Wilson?»

«Nein, ich bin jeden Tag schlau», erwiderte ich. Einige meiner Mitschüler begannen zu lachen. Aus den Augenwinkeln sah ich Liam, der den Kopf schüttelte und sich mit dem Finger über die Kehle fuhr.

«Was du nicht sagst», fuhr O'Brien fort. «Nun, wenn du wirklich so schlau bist, Wilson, kannst du mir ja einen schönen langen Aufsatz über – mal sehen –, über die ‹*Großen Philanthropen der Geschichte*› schreiben. Na, wie gefällt dir der Titel, Wilson? *Ich* finde, er hat so einen ganz gewissen Beiklang, meinst du nicht?»

«Wenn Sie wollen», sagte ich und griff nach meinem Stift.

O'Brien ließ ein klägliches, trockenes Lachen hören. «O nein», sagte er. «Nicht während meines Unterrichts. Ich muss mich schließlich um die weitere Ausbildung deines ach so hochentwickelten kleinen Hirns kümmern.» Er lächelte herablassend. «Du kannst ihn mir morgen geben», sagte er. «Spätestens in der Mittagspause.»

Er sah sich um. «Weiß denn irgendwer von euch, was ein Philanthrop ist? Cunningham?» Er ging zum kleinsten Jungen in der Klasse und baute sich vor ihm auf. Das ist typisch für Lehrer: Kaum hatten sie mit irgendwem Streit, gehen sie schnurstracks zum schwächsten Glied in der Kette. Auf diese Weise stellen sie die Ordnung wieder her. Genau wie Hyänen.

Cunningham blickte hoffnungsvoll zu ihm auf. «Das ist ein Briefmarkensammler, nicht?», sagte er.

Erst wusste ich nicht, was ich in dem Aufsatz für O'Brien schreiben sollte. Ich hatte keine Lust, das zu tun, was von mir erwartet wurde, nämlich irgendwelchen Mist über Andrew Carnegie und Konsorten zu schreiben. Ich wollte das Nötige erledigen, um mir keine weiteren Strafarbeiten einzuhandeln, aber ich wollte auch etwas Zusätzliches einbringen, irgendwas Indirektes. Und dann fiel mir die alte Geschichte von den drei Brüdern ein. Vielleicht waren es auch sieben. Wie sie einer nach dem anderen, der älteste zuerst, Heim und Hof verlassen und in die Welt hinausziehen, um auf der Suche nach Ruhm und Glück den nach Ginster duftenden Wegen zu folgen und einen Vogel mit goldenen Federn oder ein Pferd zu suchen, das schneller als der Wind laufen kann. Die älteren Brüder sind stark und selbstbewusst, können die Prüfung aber nicht bestehen. Fast wäre es ihnen gelungen, vielleicht fangen sie sogar den Vogel oder finden heraus, dass das Pferd sich in einem fernen Tal versteckt, in das kein Mensch je auch nur einen Fuß gesetzt hat, doch die älteren Brüder haben alle einen entscheidenden Fehler, weniger Laster als Mangel an Aufmerksamkeit, eine Neigung, durch den Lärm eines gut beheizten und besuchten Wirtshauses oder durch das Lächeln eines hübschen Mädchens vom Weg abgelenkt zu werden. Nur der Jüngste kommt durch. Er ist kleiner und schwächer als seine Brüder, aber er ist gewitzt und bescheiden und weise genug, um zu wissen, dass das Glück sich meist jenen Begegnungen verdankt, die am wenigsten zu verheißen scheinen. Trifft man ein sprechendes Tier, dann weiß er, dass man sich besser anhört, was es zu sagen hat. Er weiß, wie man die Tür eines Wirtshauses passiert, ohne hineingelockt zu werden; und er weiß auch, wie man mit hübschen Mädchen anbandelt und unbeschadet weiterzieht. Am Ende der Geschichte fängt er den goldenen Vogel, und er behält das Zauberpferd; manchmal heiratet er sogar die Prinzessin – und wegen der Gewitztheit, die er bewiesen hat, sowie wegen seiner Bereitschaft, das Glück anzunehmen, das die Welt jenen bietet, die bereit sind, es mit beiden Händen zu ergreifen, hilft er seinen ungeratenen Brüdern. Den einen schleift er aus dem liederlichen Gasthaus, den anderen befreit er aus dem Verlies des Königs, er begleicht Schulden, beschwichtigt aufgebrachte Väter, und am Ende bringt er seine Brüder heim, damit sie sein Glück mit ihm teilen. Was denen überhaupt nicht gefällt. Sie fühlen sich gedemütigt, wollen ihm die Prinzessin stehlen und fragen sich, warum der Winzling ihrer Familie das ganze Glück einheimst. Vielleicht versuchen sie, ihn zu betrügen, doch scheitern sie, und er vergibt ihnen auch diese Sünde, so wie er ihnen alle anderen Sünden bereits vergeben hat. Vergeben ist das, was er für sich *selbst* tun kann, alles andere ist eine Gabe: Er wurde klein, klug und bescheiden geboren, und während er die gleichen Abenteuer durchlebte, die seine Brüder ins Verderben führten, blieb er letztlich bloß seiner Natur treu. Von ihm selbst kam allein, dass er vergab. Es war schlicht und einfach eine

Gnade. Eine Gnade, die seine Brüder aus dem einen oder anderen Grund nicht teilten.

Darüber also schrieb ich. Über Gnade. Dann streute ich noch ein bisschen über Innertown ein, über die Probleme der Stadt und die selbst ernannten Philanthropen von Outertown, die auch nicht viel tun, um uns zu helfen. Ich schilderte, wie die Menschen, die hier leben, gefangen sind, wie sie sich ein anderes Leben gar nicht vorstellen können. Ich fasste die Geschichte des Ortes ein wenig zusammen: Dass hier vor zwei Generationen noch kaum etwas war, nur ein paar Bauernhöfe und einige kleine Häuser am Strand. Dass die meisten Menschen, die hier leben, die Kinder oder doch die Enkel von Menschen sind, die von woandersher kamen. Ich erzählte, dass es eine vergleichsweise junge Gemeinde ist, dass Constable Morrison zum Beispiel erst der vierte Polizist ist, der in der Polizeidienststelle wohnt. Wir sollten also auf vielfältige Weise mit der Außenwelt verknüpft sein, sind es aber nicht. Innertown ist eine junge Siedlung, die vor ihrer Zeit alt wurde, alt und müde, denn nicht die Arbeit bindet die Leute ans Land, nicht ihre Familie oder eine unbestimmte Liebe für Licht und Wetter, sondern schiere Trägheit. Ich gab sogar noch ein wenig Mystik hinzu, schrieb, dass man manchmal meinen möchte, die Halbinsel besitze eine Art geheime Kraft, die alle Menschen an sich zieht und für eine Zeit an sich bindet, die uns ewig vorkommt. Als ich zum Ende kam, klang es, als wäre Innertown die Hölle. Trotzdem war es kein schlechter Aufsatz, und ich glaube, er hatte manches zu sagen. Natürlich nicht über Philanthropie, von solchem Blödsinn halt ich nichts. Typen, die ihr ganzes Leben damit verbrachten, möglichst reich zu werden, lieben keine Menschen. Für die gibt es nur Steuererleichterungen und Eigenwerbung. Aber was der Aufsatz auch zu sagen hatte, wie fehlerhaft meine Argumentation auch gewesen sein mag, O'Brien gab ihn mir nie zurück. Als ich ihn ablieferte, ließ er irgendwelchen heuchlerischen Sermon darüber vom Stapel, dass ich eine Lektion gelernt hätte, auch wenn ich mir nicht sicher war, welche Lektion ich seiner Meinung nach denn gelernt haben sollte. Er zensierte ihn auch nie. Eigentlich sagte er überhaupt nichts weiter dazu. Was nicht schlimm ist, nur bin ich eben neugierig. Es würde viel über Lehrer aussagen, wenn sie einem Schüler so einen Aufsatz aufbrummen, bloß weil sie ihn wegen einer frechen Bemerkung bestrafen wollen, um das Geschriebene dann einfach in den Müll zu werfen. Als hätte er mich herausgefordert, nur um sich der Herausforderung dann nicht gewachsen zu zeigen. Als wäre er nur ein blöder Wichser, also ehrlich, und dieses ganze Gequassel von der FREUDE DES ENTDECKENS ist nichts als gequirlte Scheiße. So was konnte einen Jungen jedenfalls für den Rest des Lebens zum Zyniker werden lassen. Machte mir allerdings nichts aus. Schließlich hatte ich meinen Teil unserer Abmachung eingehalten.

Auch wenn Kids sonst nichts tun, kann man sich doch darauf verlassen, dass sie miteinander reden. Bei uns in der Gegend unterhält man sich über den üblichen Schwachsinn, aber auch darüber, was mit den vermissten Jungen passiert sein könnte, und man stellt Vermutungen über ihren Verbleib an. Dann werden die Jungen ganz hellhörig, und die Mädchen sprechen nur in sentimentalen Tönen über die Verschwundenen. Andere streiten sich pausenlos darüber, wie man dieser kleinen Giftstadt entkommen kann. Vor seinem Verschwinden hatten Liam und ich den gleichen Streit: Er legte mir irgendwelche verrückten Pläne dar, wie wir in die große weite Welt entkommen und unseren Weg machen könnten, aber ich schüttelte meist nur den Kopf und lachte, während er fortfuhr, mir eine unglaubliche Geschichte nach der anderen darüber aufzutischen, was die Außenwelt uns alles zu bieten habe, wenn wir es nur wagten, von hier zu fliehen. Ehrlich gesagt, meist deprimierten mich seine Geschichten ein bisschen. Ich verstand nicht, wie er an einen derartigen Unsinn glauben konnte, an so dummes Zeug, wie man es oft im Fernsehen sieht.

«Wir können nirgendwohin», sagte ich dann. «Jedenfalls nicht ohne Geld.»

«Wir könnten Geld verdienen», war seine Antwort.

«Und wie?»

«Wir könnten Leute bitten, uns zu helfen», sagte er dann vielleicht. «Wie bei diesen gesponserten Fahrradtouren. Sie könnten uns Geld geben, weil sie wissen wollen, wie weit wir es schaffen.» Er dachte einen Moment nach und entschied, dass ihm die Idee gefiel. «Genau», sagte er, «eine gesponserte Flucht. Wir könnten von Tür zu Tür gehen, Plakate aufhängen, die ganze Chose.» Er faltete die Hände. «Sponsert ein neues Leben!», rief er. «Schickt diese Jungs in die Welt hinaus und seht, wie sie ihr Glück machen.»

Ich ermunterte ihn. «Ermöglicht das Unmögliche.»

«Macht das Mögliche unmöglich», gab er zurück.

«Macht das Wahrscheinliche unwahrscheinlich», sagte ich.

Er stutzte und fragte dann: «Was, zum Teufel, soll das denn heißen?»

«Keinen blassen Schimmer», sagte ich. «Aber man kriegt die Sponsorengelder sowieso erst hinterher. *Vorher* muss man die Sache mit dem Fahrrad erledigen, so läuft das nun mal. Erst die Arbeit, dann das Geld.»

«Tja, aber das bringt's nicht», sagte er. «Können wir's nicht andersherum machen?»

«Das ist dann aber eigentlich kein Sponsoring mehr», antwortete ich. «Wie sollen die Leute denn wissen, ob du jemals tust, wofür sie dich gesponsert haben?»

«Aber warum sollten wir es nicht tun?», sagte er. «Wozu bräuchten wir sonst das Geld?»

«Das weiß ja keiner.» Ich schaute ihn an. Er wirkte ehrlich verzweifelt, so als hätte die Idee funktionieren können und ich hätte sie ihm jetzt zerstört. «Das kann doch wirklich keiner wissen, nicht?»

Einen Augenblick blieb er stumm, dann schüttelte er den Kopf. «Weißt du», sagte er, «manchmal betrachte ich dich voller Staunen und Wunder.» Das war ein Zitat aus «*... und das Leben geht weiter*», einem Fernsehfilm. Ein kleiner Scherz, der sich durch den ganzen Film zieht, ein Scherz der Mannschaft des Seuchenkontrollzentrums, gespielt von Matthew Modine und Saul Rubinek, einem meiner Lieblingsschauspieler. Liam und ich hatten diesen Spruch übernommen. Meist klang er lustig, aber diesmal wirkte er irgendwie ein bisschen traurig. Einige Wochen später war Liam verschwunden.

Trauer war es, was ich fühlte, als er verschwand. Aber diese Trauer fing nicht mit seinem Verschwinden an, die begann lange vorher, vielleicht schon damals, an jenem Tag, oder bei einem früheren Gespräch darüber, dass wir von hier fortmussten. Nach seinem Verschwinden wollte ich, dass etwas getan wurde, dass etwas sichtbar wurde, dass man etwas sagte, was nicht längst vorgegeben war. Zugleich konnte ich all das öffentliche Theater nicht ausstehen. Denn öffentliches Theater ist keine Trauer, und niemandem ist damit geholfen. Es ist keine Trauer, es ist keine Wut, man tut nur als ob, tut nur, was man glaubt, tun zu müssen. Wut hätte vielleicht etwas Neues hochkommen lassen, hätte vielleicht einen Unterschied gemacht, aber was jetzt geschah, verdankte sich bloß der Unsicherheit, war ewiges Orakeln, und man wurde den Eindruck nicht los, jemand müsse für diese ganze üble Geschichte verantwortlich sein, jemand, an dem man gerade auf der Straße vorbeiging, irgendein Perverser möglicherweise, der nur wie ein ganz erbärmlicher Sack aussah oder wie ein völlig normaler Typ, möglicherweise wie einer von den Leuten aus Outertown, jemand mit Frau und Kindern, einem fetten Auto und einem Büro irgendwo. Brian Smith vielleicht. Denn man muss sich doch fragen, wie so ein Widerling vorgeht. Jeder, der mit solchem Dreck derart lange unbeschadet davonkommt, muss entweder verdammt clever sein, oder er hat Macht. So läuft es nun mal auf der Welt. Die Bösen gewinnen, und um das Gesicht zu wahren, gibt der Rest vor, nichts gewusst zu haben. Niemand gesteht sich gern ein, dass er machtlos ist, aber man wird sich an den Gedanken gewöhnen müssen. Dafür sind die Schulen schließlich da. Sie trainieren uns in der lebenswichtigen Disziplin, machtlos zu sein.

Das Gegenteil von Schule sind natürlich Bücher. Ich, ich liebe Bücher, nur kann ich sie mir nicht leisten. Das kann hier keiner, höchstens ein paar Geschäftsleute drüben in Outertown. Allerdings gehen die Kids von Outertown alle irgendwo aufs College, weshalb sie wahrscheinlich sowieso nicht lesen. Ich habe gehört, dass Suzie Wie-hieß-sie-gleich jetzt Betriebswirtschaft studiert, was immer das auch sein mag, und der kleine Steven Arschgesicht, dessen Dad diesen irre nachtblauen Mercedes fährt, ist auf irgendeiner schnieken Schule, wo man pausenlos in irgendwelchen komischen Klamotten rumläuft und den ganzen Tag Muffins toastet. In beiden Fällen gehe ich nicht davon aus, dass viel gelesen wird. Ist doch mal wieder typisch dafür, wie es auf der Welt zugeht: Die Leute, die Bücher lieben, können sie sich nicht leisten, während die Leute, die genügend Geld haben, Betriebswirtschaft studieren, damit sie noch mehr Geld einsacken und dafür sorgen können, dass die Buchleser auch in Zukunft machtlos bleiben. Dem armen Volk bleibt nur die öffentliche Bibliothek. Immerhin lese ich hin und wieder in den Zeitungen, dass Brian Smith und andere hohe Tiere säckeweise steuerlich absetzbares Geld für die Bibliothek spenden, weshalb ich vermute, dass das Gießkannenprinzip tatsächlich funktioniert und ein Teil des Reichtums auch am unteren Ende der Gesellschaft ankommt. Ich meine, es vergeht kaum ein Tag, an dem ich meinem Glücksstern nicht dafür danke, dass die Brian Smiths dieser Welt ausreichend Geld haben, um davon abgeben und die öffentliche Bibliothek von Innertown unterstützen zu können. Dafür aber vergeht auch kaum ein Tag, an dem sich die Menschen nicht fragen, wie die Brian Smiths dieser Welt all das Hartverdiente überhaupt in ihre Finger bekommen; doch um sicherzugehen, dass wir *das* nicht herausfinden, gibt es eine ganze Ökologie von Buchhaltung und Cashflow. Und um uns bei Laune zu halten, werden Bibliotheken errichtet und Wohltätigkeitsorganisationen gegründet.

Deshalb also baute man eine neue öffentliche Bibliothek, gleich neben der alten Snookerhalle – und gemessen an den Maßstäben von Innertown ist es ein prächtiges Gebäude. Ich glaube, dafür wurden sogar ein paar neue Bücher angeschafft, nur habe ich lange keines davon gesehen. Die meisten Bücher in der Bibliothek sind Schund, Liebesgeschichten, Thriller und Wildwestromane, denn die Einwohner von Innertown lieben dieses dumme Zeugs über Cowboys, Nonnen und Spione, diese alten, abgewetzten Schwarten. Die neuen Bücher sind sogar noch schlimmer: bescheuerte Ratgeber oder Romane über Reiche, die unglaublich leidenschaftliche Affären mit ihrem Tennistrainer haben und ähnlichen Schwachsinn, Bücher für Heimwerker – echt wichtig für uns Leute von Innertown, die wir doch alle so viel Bares übrig haben –, Anleitungen für traditionelle Saumstickerei und was weiß ich. Wie man eine Flickendecke aus alten Pullovern macht. Romane von ehemaligen Politikern, die Flickendecken aus alten Pullovern machen. Romane von ehemaligen Politikern, die nie besonders gute Politiker waren, oder von Fernsehsternchen, die Nebeneinnahmen brauchen, um für ihre Unterhaltszahlungen aufkommen zu können. Kochbücher von Models und fast vergessenen Rugby-Stars, Bücher von abgehalfterten Schauspielern über Pilates, Bücher über Reisen auf Esel oder Motorrad durch Frankreich oder Bolivien, Bücher über Schönheitsoperationen, Bücher darüber, wie es dazu kommen konnte, dass man sich selbst hasst, und warum man sich lieben sollte, falls man, wie der gefeierte Autor, von Kokain abhängig wurde und einen siebenstelligen Schuldenbetrag angehäuft hat. Davon handelt die Mehrzahl der Bücher in Innertowns Bibliothek, denn so etwas lesen Schwachköpfe wie wir nun einmal gern. Das sind die Themen, über die wir mehr wissen wollen. Wie irgendeine Berühmtheit zehn Jahre lang Beruhigungsmittel mit Wodka runterspülte und dann Erleuchtung fand. Wie irgendein blöder Millionär zu seinem Geld kam. Wie ein Minister sich aus Innertown freikämpfte, um jetzt mit den übrigen Großkopferten Bestechungsgelder einstreichen zu können.

Die Mehrzahl, aber nicht alle. Seit einiger Zeit gibt es nämlich einen phantastischen Bibliothekar namens John, einen großen dicken Kerl mit entsetzlicher Frisur und grausamer Brille, der manchmal ein paar gute Bücher unter dem Radar durchschmuggelt. Als ich John kennenlernte, mochte ich ihn nicht. Mittlerweile finde ich, er ist in Ordnung – obwohl ich glaube, dass es ihm guttäte, wenn er in den nächsten fünfzig Jahren oder so mal mit einer Frau ins Bett gehen würde. Ich meine, ich liebe Bücher, aber John ist ein neurotischer Dauerleser, was bedeutet, dass er morgens oft mit Eigelb auf dem Schlips zur Arbeit geht, Haare wie Godzilla, und er merkt es nicht mal. Erst habe ich gedacht, er sei selbst für Innertown zu zugeknöpft, aber inzwischen mag ich ihn irgendwie. Er liebt Bücher, und er weiß einfach alles, was es über Musik zu wissen gibt. Das ist sein Leben.

Allerdings muss ich zugeben, dass er mir bei unserer ersten Begegnung ziemlich auf den Keks ging. Ich hatte die Regale durchstöbert, nach was Neuem gesucht und nichts gefunden. Dostojewski hatte ich gelesen, das ganze verdammte Gesamtwerk in irgendeiner Uraltausgabe mit rot-gelbem Einband, der sie wie eine Schachtel mit billigem Konfekt aussehen ließ. Ich kannte Virginia Woolfs *Zum Leuchtturm*, ihr einziges Buch, das von der Bibliothek angeschafft worden war. Darin passierte nicht viel, aber mir gefiel die Art, wie sie die Dinge sah, und ich hätte gern mehr von ihr gelesen. Ich hätte natürlich auch gern gewusst, was sie von Innertown gehalten hätte, das wäre bestimmt ein unglaubliches Buch geworden. *Nostromo* kannte ich, auch *Herz der Finsternis* und *Lord Jim*, und ich versuchte mir vorzustellen, wie es wäre, mit Joseph Conrad befreundet zu sein oder ihn, wenn man selbst noch ein Kind war, zum Onkel zu haben. Ich hatte von F. Scott Fitzgerald *Der große Gatsby* gelesen und am Ende fast geweint, ungefähr an der Stelle, an der Gatsbys Vater auftaucht. Ich kannte vom verdammten Hemingway *In einem anderen Land* und fragte mich, warum nie irgendwer daran gedacht hatte, dem Kerl ein Wörterbuch zu kaufen. Ich kannte *Diary of a Nobody* und alles, was von Charles Dickens vorrätig war, den ich einfach großartig fand, nur mit Trollope konnte ich mich nicht anfreunden. Ich hatte den Sammelband Lyrik von 1400 bis 1945 gelesen, ein paar Geschichtsbücher, einige Biographien und ein Buch über englische Folkmusik, das aussah, als hätte es fünfzig Jahre lang als Türstopper herhalten müssen. Als John in der Bibliothek begann, ging mir allmählich mein Lesefutter aus, blieben mir also höchstens Klebstoffschnüffelei und Jugendkriminalität. Oder, noch schlimmer, die Memoiren irgendwelcher Berühmtheiten.

Und dann entdeckte ich Marcel Proust.

Es war eine herrliche Ausgabe, fast brandneu und in hübschen

Farben, jedes Buch broschiert und nach Druckerschwärze riechend. Der Einband war blau, als handelte es sich um ein französisches Chanson über *la mer*. Merkwürdiger Titel. Kaum entdeckte ich die komplette Ausgabe im Regal, hätte ich vor Freude fast geweint, so schön sah sie aus. Ich schnappte mir die ersten vier Bände, mehr durfte ich mir an einem Tag nicht ausleihen, und trug sie zum Schalter. Das war der Moment, in dem ich John kennenlernte. Er hatte erst vor Kurzem angefangen und die Stelle jener hochnäsigen Kuh übernommen, die bislang Bibliotheksleiterin gewesen war; was ihm an Mitteln zur Verfügung stand, setzte er zum allgemeinen Wohl ein. Denn das ist ja das Wunderbare an Eigenbrötlern: Sie sind Enthusiasten. Wer selbst kein Leben hat, kann irgendwas leidenschaftlich lieben, und kein Mensch macht einem deshalb Vorhaltungen. Hin und wieder kann man das eine oder andere sogar weitergeben.

Als ich bei dieser ersten Begegnung mit meiner Beute unter dem Arm an den Schalter trat, sah John mich ein wenig herablassend an. Ich glaube, er ist ein kleiner Snob; wahrscheinlich findet er, ein grausames Schicksal sei daran schuld, dass er Bibliothekar in Innertown geworden war. «Die solltest du dir lieber eins nach dem anderen vornehmen», sagte er und griff nach dem ersten Band mit dem faszinierenden Titel *Unterwegs zu Swann*. «Man muss sie langsam lesen, aber Prousts Romane sind eine sehr befriedigende Lektüre. Jedenfalls kein Vergleich zu Rider Haggard.»

Natürlich hatte ich noch nie von Rider Haggard gehört, auch wenn es ein ziemlich toller Name für einen Schriftsteller war. Fast zu toll. Vielleicht hatte er ihn sich nur ausgedacht. «Sind sie gut?», fragte ich.

«Gut?» Er sah mich über die wacklige Brille hinweg an. «Ja. Sie sind gut. Allerdings sind sie auf Französisch noch besser.»

«Auf Französisch?»

«Ja.»

«Kann ich sie mir auch auf Französisch ausleihen?»

«Warum?» Er lächelte verhalten. «Kannst du Französisch?»

«Eigentlich nicht», sagte ich. In der Schule hatten wir zwar Fremdsprachen, doch war ich mir ziemlich sicher, dass der Französischunterricht bei Miss Lemmon mich nicht ausreichend auf *das* hier vorbereitet hatte. «*Un petit peu*», setzte ich hoffnungsvoll hinzu.

«Das dürfte kaum genügen», sagte er.

Darüber ärgerte ich mich ein bisschen. «Und?», fragte ich, «haben Sie den Roman etwa auf Französisch gelesen?»

Er nickte. Eingebildetes Arschloch.

«Was? Alle Bände?»

«Ist eine wirklich fesselnde Lektüre.»

«Ich dachte, Sie hätten gesagt, man müsse es langsam lesen?»

«Kommt darauf an, was man unter fesselnder Lektüre versteht», sagte er und grinste dann. Plötzlich wusste ich, dass er mich nur auf den Arm genommen hatte, und von diesem Augenblick an mochte ich ihn irgendwie. Schließlich verdankte ich es John, dass ich noch einmal zu Herman Melville griff. Ich kannte eine überarbeitete Fassung von *Moby Dick* aus der Kinderbücherei, nicht aber den eigentlichen Roman. Irgendwelche allgewaltigen Mächte hatten aus irgendeinem unerfindlichen Grund schon vor vielen Jahren beschlossen, dass sich *Moby Dick* als Kinderbuch eigne, woraufhin allerlei seltsame Ausgaben herausgebracht worden waren, samt und sonders gekürzt und illustriert und auf das bloße Skelett einer Abenteuergeschichte reduziert. Schlimmer noch, man hielt Melville für jemanden, der nur ein einziges Buch geschrieben hatte, weshalb ich, bis John kam, nichts von *Maskeraden* wusste, von *Bartley, der Schreiber* oder *Billy Budd*. Niemand aber sollte je den ewigen Dank vergessen, den er jenem Menschen schuldet, der ihn zum ersten Mal dazu bringt, den wahren Herman Melville zu lesen. Laut John zählte der ungekürzte *Moby Dick* ebenfalls zur fesselnden Lektüre – und er hatte recht, so wie er mit Proust und all den anderen Autoren recht hatte. Fesselnde Lektüre sollte eigentlich solcherart definiert werden, dass jede Seite in einem Buch so gut ist, dass man sie gar nicht umblättern mag, aber dann kommt doch die nächste Seite, und sie ist gleichermaßen erstaunlich wie die vorhergehende. Irgendwas in diese Richtung zumindest. Doch sosehr John auch in allen literarischen Dingen recht hatte, sosehr irrte er sich natürlich in so ziemlich allen anderen Dingen.

Nach unserer ersten Begegnung verbrachte ich möglichst viel Zeit in der Bibliothek. Damals, als John noch nicht dort arbeitete, hatte ich meist nur die Regale durchsucht, mir meine vier Bücher genommen, sie abstempeln lassen und war zurück nach Hause gelaufen. Eine Frau, die ungefähr im Alter von meinem Dad war und genau die gleiche graue Haut hatte, auch wenn sie sich noch aufrecht hielt und sogar ganz allein umherlaufen konnte, stempelte meine Bücher ab und zog dabei eine Miene, als würde sie lieber die Polizei rufen, statt mir gerade diese verdammten Bücher mitzugeben. Einmal hielt sie mitten in einer Bewegung inne und sah mir, vermutlich zum allerersten Mal, direkt ins Gesicht.

«Findest du Henry James denn wirklich gut?», fragte sie.

Ich nickte. «Kann gar nicht genug davon kriegen», erwiderte ich.

«Aber du weißt, dass wir ein paar tolle Bücher in der Jugendbuchabteilung haben?»

Ich schüttelte den Kopf. «Nein, das ist nichts für mich.»

Dann runzelte sie die Stirn und stempelte mir meine Ausgabe von *Die Drehung der Schraube* ab. «Ich hoffe, es gefällt dir», sagte sie. «Henry James könnte noch ein bisschen früh für dich sein.»

Ich lächelte zufrieden. «Ach was», sagte ich. «Ich lese ihn doch sowieso nur wegen der Sexszenen.»

Daraufhin meinte ich, den Ansatz eines Lächelns erkennen zu können, aber es blieb beim bloßen Ansatz.

Daher war ich ziemlich froh, als die alte Kuh endlich in Pension ging und John aufkreuzte. Ich versuchte, mir sein Leben vorzustellen: Wo er wohnte, was er trieb. Ich dachte, vielleicht schreibt er in seiner Freizeit Bücher. Wenn ja, glaube ich kaum, dass sie gut waren. Schließlich hatte er Bücher viel zu gern, auch wenn ich mich manchmal fragte, warum er sie eigentlich mochte. Da war zum Beispiel dieser eine Abend: Ich kam spät, und John saß am Tisch und las ein Buch mit einem bunten, knalligen Cover. Es war still, und er war ganz und gar in seine Lektüre vertieft. Das machte mich neugierig, also ging ich zu ihm und versuchte, einen Blick auf den Einband und den Titel zu erhaschen. Doch kaum hatte John mich entdeckt, legte er das Buch offen auf den Tisch und begann, laut daraus vorzulesen.

«*Im Kampf Mann gegen Mann*», sagte er, «*steht stets das Leben auf dem Spiel. Es gibt dabei nur ein Ziel, und das lautet, den Gegner zu töten. Stell dich nie einem Gegner mit dem Gedanken, ihn nur bewusstlos zu schlagen. Dann nämlich stehen die Chancen extrem gut, dass er dich seinerseits töten wird. Falls keine Waffe verfügbar ist, muss man auf das Arsenal der natürlichen Waffen zurückgreifen. Und die natürlichen Waffen sind …*» Er blickte zu mir auf. «Na, welches sind die natürlichen Waffen, Leonard?»

Ich schüttelte den Kopf, da ich ihn nicht unterbrechen wollte.

John schüttelte daraufhin seinerseits den Kopf und fuhr fort. «*Eins*», las er, «*die Handkanten. Zwei: Die im zweiten Glied oder zweiten Knöchel gebogenen Finger. Drei: Der gekrümmte Mittelknöchel des zweiten Fingers. Viertens: Der Handteller.*» Er warf mir einen erstaunten, glücklichen Blick zu. «Ist das nicht unglaublich, Leonard? Dieses Buch verrät dir tatsächlich, wie man einen Menschen mit bloßen Händen umbringen kann.»

«Was, zum Teufel, lesen Sie da?», fragte ich.

«*Das anarchistische Kochbuch*», sagte er. «Hör zu.» Er las mir weiter vor. «*Auf den Angriff kommt es an. Kein Kampf wurde je durch bloße Verteidigung gewonnen. Attackiere mit aller Kraft. Irgendwann kommt immer ein Augenblick oder eine Situation, in der dir der Körper des Feindes eine Angriffsfläche bietet.*» Er hatte offenbar schon eine Weile in dem Buch gelesen und blätterte weiter, um dann fortzufahren. «Das hier ist wirklich gut», sagte er. «*Der Körper bietet viele Angriffsflächen. Wir werden sie nun nacheinander abhandeln: Augen: Spreize die Finger zum V und greife mit zustechender Bewegung an. Nase: (extrem empfindlich) Schlage mit der Handkante auf den Nasenrücken, und Nasenbeinbruch, scharfer Schmerz sowie zeitweiliges Erblinden sind die Folge; ist der Schlag kräftig genug, führt er zum Tod. Oder schlag mit dem Handteller in einer Aufwärtsbewegung zu, so dass der Nasenknochen ins Hirn getrieben wird, was den sofortigen Tod verursacht. Adamsapfel: Meist gut geschützt, aber wenn sich die Chance bietet, schlag hart mit der Handkante zu. Damit dürfte die Luftröhre durchtrennt werden, und in wenigen Minuten ist alles vorbei.*» Er grinste mich an. «Und so weiter und so weiter», sagte er, «ist das nicht irre?»

«Aber wieso?», fragte ich.

Er schaute mich an. «Dieses Buch lehrt dich, wie man Menschen umbringt oder verstümmelt», sagte er. «Ich meine, das ist doch endlich mal ein nützliches Buch.» Er zitierte erneut: «*Ohren: Nähert man sich dem Feind von hinten und schlägt ihm beide Hände gleichzeitig auf die Ohren, kann ihn das auf der Stelle töten. Die Vibrationen lassen das Trommelfell platzen und verursachen innere Blutungen im Gehirn.*» Er war wirklich begeistert. «Das habe ich nicht *gewusst*», sagte er. «Hast du das gewusst, Leonard?»

Ich sagte nichts. Ich hatte nicht geahnt, dass John ein derart tiefes und nachhaltiges Interesse daran hatte, jemanden endgültig fertigzumachen.

«Das hier ist gut», sagte er. «Hör zu: *Es gibt noch weitaus mehr Möglichkeiten, einen Feind zu töten oder zu verletzen, doch die hier aufgeführten Methoden sollten für den Durchschnittsmenschen genügen. Dies ist nur als Information gedacht, und ich kann bloß abraten, bei einem simplen Schulhofstreit davon Gebrauch zu machen. Man sollte diese Methoden nur dann anwenden, wenn nach eigener Auffassung Lebensgefahr droht, denn jede dieser Methoden kann einen anderen Menschen ohne Weiteres töten oder ihm nachhaltigen Schaden zufügen.*» Er war so glücklich. «Dieser Typ erzählt dir erst, wie man Menschen umbringt, und dann sagt er dir, man soll es sein lassen.»

«Tja», sagte ich. «Ist doch sehr *verantwortungsbewusst.*»

John schnaubte verächtlich. «Blödsinn, das macht nicht den geringsten Unterschied», sagte er. «Hat man so was erst einmal in den Fingern, will man es auch ausprobieren, klar?»

«Ich weiß nicht», sagte ich. «An wem wollen Sie denn üben?»

Er lachte. «Na ja», sagte er. «Ich habe eine Liste angefangen. Mittlerweile stehen siebenundzwanzig Namen drauf.»

«Meiner auch?»

John sah mich verletzt an. «Warum sollte ich dich denn umbringen wollen, Leonard?», sagte er. «Ich meine, *gerade dich*? Den einzigen anderen Bibliophilen dieser Stadt?»

«Edmund Hillary», antwortete ich. Ehrlich gesagt war ich ziemlich grimmiger Laune.

«Edmund Hillary?» Er sah mich verblüfft an.

«Weil ich da bin», erwiderte ich. Natürlich wusste ich, dass es nicht darauf ankommt, was man in einem Buch liest, weil man keinen Menschen umbringt, wenn man nicht den nötigen Willen dazu hat, und diesen Willen kann man sich nicht anlesen. Es kommt auch gar nicht darauf an, welche Techniken man lernt, da man innerlich zum Töten bereit sein muss. Wenn man aber bedenkt, wie sehr wir uns alle hassen, ist es doch ziemlich verblüffend, dass die meisten Menschen eben nicht dazu bereit sind. Selbst wenn sie ständig daran denken, bringen sie es nicht fertig. Das ist ja gerade der entscheidende Unterschied. Allein diese Tatsache bestimmt auf einer unausgesprochenen Ebene alles, was zwischen uns geschieht. So einfach ist das. Selbst dort, wo man sich streng an die Gesetze hält, besteht der entscheidende Unterschied darin, dass der eine Mensch zum Töten bereit ist, der andere nicht. Man stecke die beiden in ein Zimmer, und es wird völlig unwichtig, was sonst noch ins Spiel kommt. Der einzige Unterschied bleibt allein der zwischen scheißegal und nicht scheißegal. Den meisten Menschen ist immer noch irgendwas wichtig, wie schlimm es auch kommt. Das macht sie ja so verdammt traurig, und das macht sie so schön. Nichts aber ist schön, wenn einem alles egal ist. Ich habe John von alldem kein Wort gesagt. Ich habe nur auf seine Antwort gewartet.

«Dich würde ich nie umbringen, Leonard», sagte er und sah dabei so unglücklich drein, als hätte ihn meine Frage beleidigt.

«Dann ist ja alles in Ordnung», sagte ich.

Er grinste mich schief an. «Dieses verdammte *anarchistische Kochbuch.*»

«Ich halt mich da lieber an das Kochbuch von *Mrs. Beeton.*»

Er nickte. «Ja, Mann», sagte er. «Die soll ein echt gutes Rezept für Rhabarberkuchen kennen.»

Ich verzog das Gesicht. «Na, das ist auch eine Art, jemanden umzubringen.»

Letzten Endes also ein ziemlich dubioser Charakter, ein kunterbuntes Gemenge. Dennoch hatte ich es teilweise John zu verdanken, dass ich Elspeth kennenlernte. Seit er da war, besaß ich die Erlaubnis, mich stundenlang in der Bibliothek herumzutreiben, und genau das habe ich oft getan, zum einen, weil John mich neugierig machte, hauptsächlich aber, weil es überall irgendwelche verborgenen Geheimnisse gab, in Hinterzimmern oder halb vergessenen Kisten, die John irgendwo hervorzog und durchkramte. Manchmal war er zu beschäftigt, um sich mit mir zu unterhalten, aber wenn er frei hatte, holte er mir was aus den Archiven oder aus der Abteilung für Nachschlagewerke. Bei anderen Gelegenheiten zog er manchmal auch bloß einen Stapel Bücher vor und ließ mich darin herumstöbern, während er seine Arbeit machte. Eines Nachmittags sitze ich nach der Schule so da, den Kopf gesenkt, und blättere schon eine ganze Weile in einem Lexikon der Zitate – manchmal genau die richtige Art Lektüre, kleine Happen, die Sushi-Variante des Gedankenfutters –, als ich plötzlich aufschaue und merke, dass es bereits Abend geworden ist. Ich kann das weiche Grün der Abendbäume sehen, die orangefarbenen Tupfer zwischen den Blättern, und bei dem Gedanken, dass all dies – der Park, die Straßenlaternen, die kleine Tankstelle an der gegenüberliegenden Ecke – gerade aus dem Nichts aufgetaucht ist, so als existierte es nur vorübergehend, gleichsam wie eine Filmkulisse, überkommt mich ein unglaubliches Gefühl, eine Art stilles Glück. Als dann mein Blick auf den Platz gegenüber fällt, sehe ich sie: ein Mädchen in meinem Alter, aber älter wirkend, in Jeans und knapper Lederjacke, das Haar kurz wie bei einem Jungen, die karierte Bluse gerade so weit aufgeknöpft, dass ich die dünne Goldkette um den Hals erkennen kann. Gleich darauf ertappt sie mich dabei, wie ich sie anstarre, und wirft mir einen fragenden Blick zu. «Kann ich helfen?», will sie wissen. Das ist nicht frech gemeint, eher als eine Art Herausforderung, was mich vermuten lässt, dass sie mich ihrerseits angesehen hat, ehe ich sie sah, und nur darauf gewartet hat, dass ich sie endlich wahrnahm.

«Wie spät ist es?», frage ich. Was Besseres fiel mir auf die Schnelle nicht ein.

Sie dreht sich zur Uhr an der Wand um, dann wieder zu mir. «Tja», sagt sie, «der große Zeiger steht auf der sechs, und der kleine …»

«Schon gut.»

Sie lacht. «Probleme?», fragt sie. «Musst du irgendwohin?»

Ich schüttle den Kopf. «Nein, muss ich nicht», antworte ich und versuche, sie einzuordnen. Ich finde, sie sieht wie ein Mädchen von der Schule aus, eine aus der neunten, wirkt aber irgendwie ganz anders. Dann fällt es mir wieder ein. «Du warst mit Jimmy van Doren zusammen», sage ich. Es klingt wie ein Vorwurf.

Sie lächelt. «Oje», sagt sie, «hab ich eine bewegte Vergangenheit.»

Daraufhin muss ich lachen, sage aber nichts.

«Tja», sagt sie, «ich bin aber nicht mehr mit Jimmy van Doren zusammen. Der ist *Vergangenheit.*»

«Ach ja?»

«Ach ja.»

«Und was suchst du hier?» Genau besehen eigentlich eine unverschämte Frage, aber ihr scheint sie nichts auszumachen.

«Ich sehe dir beim Lesen zu», antwortet sie.

«Muss ja interessant sein.»

«Ist es auch», sagt sie. «Mir gefällt, wie du die Lippen bewegst, wenn du zu den schwierigen Worten kommst. Richtig rührend.»

«Ha, ha.»

«Selber ha, ha», sagt sie. «Und? Wo du jetzt weißt, dass ich Single bin und so, willst du da nicht mit mir gehen?»

«Warum sollte ich?»

«Weil ich sexy bin und sehr, sehr schön.»

«Was du nicht sagst.»

«Hundertpro», antwortet sie. «Also? Was meinst du?»

«Ich weiß nicht.»

«Du *weißt nicht*, ob du mit mir gehen willst?»

«Nur nichts überstürzen.»

«Wir können hierbleiben, wenn du magst», sagt sie. «Ich bin nicht wählerisch.»

«Ich hab doch gesagt: nichts überstürzen.»

«Tja», erwidert sie, «ganz wie du willst.»

«Eben.»

«Du weißt ja nicht, was dir entgeht.»

«Ich kann's mir vorstellen.»

«O nein, das kannst du nicht», sagt sie und sieht mich mit einem derart strahlenden Lächeln an, dass ich weiß, ich vergeude nur meine Zeit damit, ihr etwas vorzuspielen.

«Ich habe schließlich nicht Nein gesagt. Nur, dass wir nichts überstürzen sollen.»

«Tja, du solltest dich trotzdem lieber rasch entscheiden», sagt sie, «sonst wirst du es ewig bereuen.»

«Ach ja?», frage ich. «Woher willst du das wissen?»

«*Glaub* mir», sagt sie. «Ich weiß es.»

Ich kann mir ein Lächeln nicht verkneifen. Sie ist hübsch, dass muss man ihr lassen.

«Also?», fragt sie. «Was ist jetzt?»

Ich antworte nicht. Vielleicht bin ich gerade jetzt wirklich verliebt. So richtig romantisch, meine ich.

«Wenn du willst, blase ich dir einen», sagt sie.

Ich bin ein bisschen fassungslos, schaffe es aber irgendwie, mir nichts anmerken zu lassen. Jedenfalls nicht allzu viel. «Ach ja?», sage ich und versuche, möglichst lässig zu wirken.

«Sicher doch.»

«Wann?» Mir ist ganz flau, fast so, als hätte mir jemand die Gedärme von innen nach außen gestülpt.

«Jetzt», sagt sie.

«Wo?»

«Wir können nach draußen gehen», sagt sie. «Hinter die Bibliothek», und sieht zu John hinüber, der vorgibt, Bücher in die Heimwerkerregale einzuräumen, uns dabei aber nicht aus den Augen lässt. «Da, wo John immer seine Joints raucht», sagt sie gerade so laut, dass er es hören kann.

Inzwischen ist sie sich ziemlich sicher, mich an der Angel zu haben, und das hat sie auch, wenn auch nicht aus dem Grund, den sie vermutet. Sie glaubt, mir hätte noch nie jemand einen geblasen, aber das stimmt nicht. Eine alte Frau hatte mich einmal angehalten, als ich über die West Side Road zum Strand ging. Sie saß im Auto, hielt einfach neben mir und fragte mich, ob ich nicht Lust auf eine kleine Spritztour hätte. Ich hatte sie noch nie zuvor gesehen, sie nicht und auch ihr Auto nicht, was ziemlich seltsam war, da kaum Touristen über die West Side Road fahren. Also fragte ich sie, was sie eigentlich meinte, und sie sagte, sie würde mir zehn Pfund geben, wenn ich mir einen blasen ließe.

Ehrlich gesagt, ich war mir nicht ganz sicher. Sie war ziemlich alt und sah auch beim besten Willen nicht gerade gut aus, gar nicht wie eine Frau, eher wie ein Typ, mit jeder Menge Make-up im Gesicht und dunkelrotem Lippenstift. Aber dann dachte ich mir, zehn Pfund sind zehn Pfund, also stieg ich in den Wagen, und sie fuhr mich an den Strand, wohin ich sowieso wollte. Es dauerte auch nicht lang, und hinterher schien sie zufrieden zu sein. Sie sagte, ich sei ein netter Junge, und gab mir die zehn Pfund. Dann gab sie mir noch mal fünf. «Das ist für deinen kleinen Bruder», sagte sie. «Du hast doch einen kleinen Bruder, oder?»

Ich hatte keinen kleinen Bruder, aber das habe ich ihr natürlich nicht gesagt. «Klar», antwortete ich. «Ich hab zwei.»

«Wie schön», sagte sie. «Und wie heißen die beiden?»

«Liam und Benny», erwiderte ich und nannte die erstbesten Namen, die mir einfielen.

«Schöne Namen», sagte sie, gab mir aber kein Geld mehr, und ich muss sagen, um den kleinen Benny tat es mir ein wenig leid. «Nun gut, ich hoffe, es ist dir recht, wenn ich dich hier absetze.»

Ich nickte. «Ist schon in Ordnung», sagte ich.

«Danke, mein Lieber», sagte sie, wartete, bis ich ausstieg, und lächelte unablässig, während sie einen Gang einlegte und dann davonfuhr. Ich habe sie nie wieder gesehen.

Natürlich ist mir erst hinterher der Gedanke gekommen, dass ich vielleicht besser nicht ins Auto eingestiegen wäre und dass die Frau durchaus etwas mit den verlorenen Jungen zu tun gehabt haben könnte. So nannte man die vermissten Jungen in der Stadt, «die verlorenen Jungen». Wie in *Peter Pan*. Ich weiß zwar nicht, ob hier sonst wer das Buch gelesen hat – das Buch gelesen meine ich, nicht den Film gesehen –, aber ich glaube, da läuft auch nicht alles so, wie es vielleicht sollte. Dieser ganze Blödsinn mit Wendy als Mutter der Jungen, das ist doch ein bisschen krank, wenn man mich fragt. Und dann diese vielen Leute, die da rumirren und sich gegenseitig umbringen, ohne dass man jemals irgendwelche Einzelheiten erfährt, weshalb man auch immer glaubt, dass das nicht ganz echt ist. Wie in *Rotkäppchen*, wenn der Jäger den Wolfsbauch aufschnippelt und Oma frisch wie die Morgensonne daraus hervorschlüpft und nur darauf wartet, die nächsten Maschen stricken zu dürfen. Ich meine, worum geht's da eigentlich? Man sollte Kindern doch wirklich keine Geschichten erzählen, in denen was Schlimmes passiert und am Ende alles wieder in Ordnung ist, nur weil Mami ein Küsschen aufs Aua gedrückt hat. Man sollte ihnen lieber erzählen, wie es wirklich in der großen weiten Welt zugeht: Bist du angeschissen, dann bist du eben angeschissen. Eine Art *Anna Karenina* für die Kleinsten.

Jedenfalls glaube ich nicht, dass Elspeth wirklich meint, was sie sagt, aber sie zieht es durch. Gleich hinter der Bibliothek, direkt neben den Abfalltonnen. Und sie macht es gut, wirklich gut, nicht wie die alte Frau. Danach will ich noch mehr, aber sie lacht nur und sagt, ich müsse mich bis zum nächsten Mal gedulden. Und deshalb sind wir jetzt zusammen. Nicht gerade romantisch, aber für Romantik haben wir auch nicht viel übrig. Überhaupt sollte man sich Romantik meiner Meinung nach für später aufsparen, wenn man alt genug dafür ist. Bis dahin vögeln wir lieber. Darin sind Kids sowieso besser als in Romantik und diesem ganzen schwierigen Kram.

Jetzt sind wir schon seit einigen Monaten zusammen, und ich kann nur sagen, mir sind die Augen aufgegangen. Ich hatte zwar vorher schon mit ein paar Mädchen gevögelt, aber die waren kein Vergleich zu Elspeth. Sie und ich, wir spielten Spiele, alles Mögliche, von dem ich noch nie was gehört hatte. Meist ist Elspeth diejenige, die sich die Sachen ausdenkt, weil das eigentlich nichts für mich ist. Ginge es nach mir, würde sie mir nur ständig einen blasen, und wir würden rammeln wie verrückt, denn in Herzensdingen bin ich ziemlich eingleisig. Trotzdem gefallen mir die Spiele, meist jedenfalls. Manchmal wirken sie vielleicht ein bisschen gestellt, aber wenn sie gut sind, dann sind sie phantastisch, und wenn sie wirklich gut sind, sind sie unheimlich.

Es fing mit kleinen Dingen an, aber dann las Elspeth in einem Pornomagazin einen Artikel über das, was französische Jugendliche so miteinander trieben, und sie fand, wir könnten es auch ausprobieren. Es hieß *jeu du foulard*, was sich ungefähr mit «Schalspiel» übersetzen lässt. Beim ersten Mal versteckte sie den Schal in ihrer Tasche, bis wir wohlbehalten an Dad vorbei und in meinem Zimmer waren; es war ein langer, fast seidenweicher Schal, mohnrot und dunkelblau, den sie im Schrank ihrer Mutter gefunden hatte. Von mir wurde erwartet, dass ich ihn straff um ihren Hals zuzog, bis sie das Bewusstsein verlor. Es müsse ein unglaubliches Gefühl sein, sagte sie. Ich fand, es klang ein bisschen gefährlich, aber auch aufregend, und wir machten es zweimal, erst ich bei ihr, dann sie bei mir. Und es ist wirklich ein irres Gefühl, wenn man in Ohnmacht fällt, ganz anders, als ich es erwartet hatte, weil man nämlich nicht nur bewusstlos und alles um einen herum schwarz wird, sondern auch, weil ich dieses erstaunliche Licht sah, rein und weiß, das in meinem Kopf aufflammte, kurz bevor ich besinnungslos wurde. Die eigentliche Bewusstlosigkeit dauerte nicht lang, und es war etwas unangenehm, wenn der Schal zugezogen wurde, aber Elspeth wollte, dass ich es bei ihr gleich noch einmal machte, und nach dem zweiten Mal hatten wir anschließend Sex. Das war phantastisch. Wir ließen den Schal um ihren Hals, während wir es miteinander trieben.

Mit Elspeth hatte ich immer gern Sex. Ich glaube, als wir anfingen, fand ich es erst nicht so toll, aber seither ist es mit ihr wirklich schön, sehr aufregend und äußerst lustvoll. Sie hat gern Sex, wo auch immer, meist in meinem Zimmer, aber auch draußen, im Wald oder bei der Fabrik. Oft trägt sie ein weites Kleid, und dann setzt sie sich einfach auf mich und breitet ihr Kleid über uns, damit keiner sieht, was wir tun, falls uns zufällig jemand begegnet. Einmal, bei einem Spaziergang im Wald, schob sie einfach ihr Kleid hoch und zeigte mir, dass sie nichts drunter trug. Sie hielt es um die Hüften hoch und streckte mir ihren Hintern hin, blickte sich um und lächelte mich so allerliebst an, als könnte sie kein Wässerchen trüben. «Wenn du magst, kannst du ihn mir in den Arsch stecken», sagte sie. Ich fand das ein bisschen riskant, weil wir doch auf dem Waldweg waren und so, aber wir haben es trotzdem eine Weile probiert, ehe wir es dann aufgaben. Später haben wir dann herausgefunden, wie es besser ging, und seither machen wir es manchmal.

Würde Dad irgendwas ahnen, wäre er sicher stinksauer. Bestimmt hielte er uns für zu jung, oder er hätte Angst, dass Elspeth schwanger werden könnte, aber da wäre er im Irrtum. Wir haben es oft getan, auf jede erdenkliche Weise, aber nie ist etwas passiert. Elspeth meint, es könne daran liegen, dass die meisten Männer in dieser Gegend längst keine fruchtbaren Spermien mehr haben, wegen des ganzen Mülls, der rund um die Fabrik in der Erde steckt. Sie meint, ich gehöre bestimmt dazu, was bedeuten würde, dass ich niemals Kinder bekäme, aber das finde ich in Ordnung, wenn man bedenkt, wie beknackt hier alles läuft. Sie macht mir außerdem unmissverständlich klar, dass sie für Liebe und dergleichen nichts übrig hat. Womit ich auch kein Problem habe, zumindest nicht, wenn sie es sagt. Ich dagegen, ich denke manchmal, dass die wahre Kunst darin besteht, so was wie Liebe und dergleichen möglichst abstrakt zu halten. Abstrakt kann kompliziert sein, aber schließlich und endlich ist es nie allzu schwierig.

Ich weiß nicht, ob es stimmt, was Elspeth über die kleinen weißen Zellen gesagt hat, aber irgendwas könnte dran sein. Die Behörden geben sich jedenfalls größte Mühe, uns einzureden, dass alle, die noch in der Nähe der Fabrik wohnen, nichts zu befürchten haben, auch wenn sie trotzdem immer wieder diverse Tests machen lassen – zum Beispiel, wenn man zum Arzt geht. Manche Leute, so wie Dad, sind krank, obwohl kein Mensch den Grund kennt, dabei hat er alle möglichen Untersuchungen über sich ergehen lassen. Gut eine Woche, nachdem Elspeth und ich das Schalspiel für uns entdeckt hatten, bekam ich einen Brief vom Gesundheitsamt mit drei hölzernen Spateln, die wie schmale Eisstiele aussahen, dazu einen laminierten Umschlag, auf dem STRENG VERTRAULICH stand, HALTEN SIE SICH GENAU AN DIE ANWEISUNGEN, eine Karte mit farbiger Beschriftung und eine gedruckte Ratgeberfibel, die erklärte, wie man dem eigenen Stuhl einige Proben entnehmen könne. Die einzelnen Schritte waren genau aufgeführt, und die Sendung war an mich adressiert, nicht an Dad, weshalb ich annahm, dass irgendwo irgendwer saß und mich für einen Risikofall hielt. Eine Weile habe ich mir deshalb Sorgen gemacht, da dies vermutlich hieß, dass sie etwas wussten, was sie uns vorenthielten. Dad habe ich davon nichts gesagt, weil ich ihn nicht aufregen wollte. Den Test habe ich aber auch nicht gemacht. Ich war zwar ein bisschen neugierig, aber als ich die Anweisung: VORSCHLÄGE, WIE SIE DIE PROBEN ENTNEHMEN KÖNNEN: MIT EINEM MEHRFACH GEFALTETEN STÜCK TOILETTENPAPIER, MIT DEN HÄNDEN IN EINER KLEINEN PLASTIKTÜTE ODER SONST EINEM PROBLEMLOS ZU BESEITIGENDEN HANDSCHUTZ las, konnte ich einfach nicht weitermachen.

Jetzt frage ich mich allerdings, ob nicht doch was in mir brütet. Lauert. Irgendeine Chemikalie, ein Krebs. Denn nachdem ich per Post die Testutensilien erhalten hatte, entwickelte ich jede Menge kleinerer Symptome: plötzliches Nasenbluten, taube Finger, geschwollene Knöchel, blutendes Zahnfleisch, Darmbeschwerden. Es war, als hätte mein Körper nur auf die Andeutung einer möglichen Krankheit gewartet, und kaum kam diese Andeutung, war auch die Krankheit schon da und begann, sich auszubreiten.

Natürlich habe ich Elspeth von alldem nichts erzählt. Sie scheint der Ansicht zu sein, dass wir ohne Ausnahme auf die eine oder andere Art betroffen sind und nichts dagegen tun können. Wir haben zwar nicht alle die gleiche Krankheit, doch gibt es auffällige Häufungen, behauptet Elspeth – seltene Problemgruppen, statistisch gesehen, bei denen es meist um das Nervensystem, das Atemsystem oder um Darmkrebs geht. Einige von uns sind noch gesund, doch sei dies nur eine Frage der Zeit. Allerdings scheint sie sich deswegen keine großen Sorgen zu machen. Sie redet sehr sachlich darüber, fast, als ginge es bloß um eine Erkältung. Ich nehme an, sie sieht die meisten Dinge in ihrem Leben so. Nichts scheint sie aufzuregen, doch ist sie auch anders als die anderen Menschen. Sie ist kerngesund, und der Rest kümmert sie einen feuchten Kehricht. Sie will so viel Leben wie möglich in die Zeit pressen, die ihr bleibt, und was danach kommt, ist ihr schnuppe, so oder so. Und sie ist keine Spur sentimental, was ich, ehrlich gesagt, manchmal ein bisschen vermisse. Kurz und gut, sie ist so knallhart, so nüchtern, dass ich mich frage, ob sie überhaupt irgendwelche Gefühle hat, sieht man einmal davon ab, dass sie fast immerzu geil ist. Nicht dass ich mich deshalb beschweren würde. Ich wünsche mir bloß, sie wäre ein wenig sanfter, jedenfalls dann und wann.

Egal, man muss die Gaben annehmen, die einem die Welt gibt. Für Leute wie unsereins gibt es nichts Schlimmeres als Undankbarkeit.

Nach Liams Verschwinden war Elspeth eine Zeit lang der einzige Mensch, der mir nahestand. Da ich mich schon seit ewigen Zeiten um meinen Dad kümmern musste, hatte ich mich daran gewöhnt, mehr oder weniger allein zu sein. Und wenn man jemanden wie Liam verloren hat, wird man ein bisschen vorsichtig, was neue Bekanntschaften angeht. Schließlich will man sich nicht mit irgendeinem Schwächling zusammentun und alles noch mal von vorn durchmachen müssen. Einige Male hatte ich draußen bei der Fabrik oder bei der Deponie ein paar Kids gesehen und war neugierig geworden. Allerdings kannte ich davon nur Jimmy van

Doren, Elspeths früheren Freund, und den kannte ich auch nur flüchtig. Soweit ich wusste, ging er als Einziger mit einer Gruppe zur Fabrik. Der Rest seiner Gang gab nicht viel her, aber auf Jimmy war ich neugierig, da ich wusste, dass er mit Elspeth Sex gehabt hatte. Es ist immer schwierig, sich das Mädchen, das man vögelt, mit jemand anderem vorzustellen, selbst wenn das in grauen Vorzeiten gewesen ist. Irgendwie hat es was von schlechtem Geschmack, so als hätte sie nicht auf den Besten warten können und sich die Zeit, bis man selbst auftauchte, mit Zweitklassigen vertreiben müssen.

Jimmy habe ich übrigens auf folgende Weise kennengelernt. Wir hatten Schulversammlung, als dem Direktor, Mr. Swinton, plötzlich das Blut zu Kopf stieg und er das Buch Hiob zur Hand nahm, um dann völlig auszurasten und uns direkt aus der Bibel vorzulesen, was immer ein Fehler ist, denn wenn es ein Buch gibt, das geradezu darum bettelt, dass Kids sich drüber lustig machen, dann ist es die Bibel. Vor allem die King-James-Ausgabe. Jedenfalls schwafelt der alte Swinton also über Hiobs tote Kinder, seine bösen Schwären und davon, wie Gott ihm einfach dem Teufel überlassen hat, damit der ganz nach Belieben mit ihm umspringt, obwohl Hiob doch immer ein mächtig heiliger Josef gewesen ist. Kein Wunder also, dass man sich zu fragen beginnt, was Gott eigentlich für ein Schisser ist, zumindest an seinen freien Tagen.

Wie auch immer, ich verdrücke mich, um mir diesen Mist nicht länger anhören zu müssen, gehe so vor mich hin, fühle mich ein bisschen durcheinander und frage mich, ob Mr. Swinton vielleicht in einer Midlife-Crisis steckt, als ich Jimmy van Doren entdecke, der im Gleichschritt neben mir herläuft, Kopf gesenkt, das genaue Spiegelbild meiner selbst in nachdenklicher Haltung. Also bleibe ich auf der Stelle stehen und wappne mich für das, was jetzt kommt – vielleicht will er sich wegen Elspeth mit mir anlegen, auch wenn er damit ziemlich lang gewartet hat –, aber er geht einfach zwei, drei Schritt weiter, ehe er sich umdreht und mich anlächelt. Unterdessen taucht ein zweiter Junge an seiner Seite auf, kleiner, nicht ganz so breitschultrig, aber Jimmy doch so ähnlich, dass man sie auf den ersten Blick für Brüder halten könnte. Das sind sie übrigens nicht, und wenn man genau hinsieht, entdeckt man auch, dass die Ähnlichkeiten bloß ziemlich oberflächlich sind. Ich ignoriere den kleineren Typen und konzentriere mich auf Jimmy, aber der lächelt nur.

«Mann, dieser Hiob», sagt er schließlich, immer noch lächelnd. Während er redet, fallen mir zwei weitere Kids auf, die plötzlich links und rechts neben ihm stehen. Das Mädchen kenne ich ein bisschen, den Jungen habe ich vielleicht schon mal irgendwo gesehen. Die, die ich kenne, ist schlaksig, sieht zigeunerhaft aus und wird von aller Welt nur «Eddie» genannt. In dieser Gegend kennt eigentlich jeder Eddie, man sagt ihr nach, dass ihre kleinen grauen Zellen höchstens halb gar sind. Der Typ dagegen gehört eher zur fetten, hässlichen Sorte und wirkt nicht allzu helle. Jimmy merkt, dass ich seine kleine Bande abchecke, obwohl ich mich ziemlich bedeckt halte, doch redet er einfach weiter, freundlich wie eh und je. «Tja», sagt er, «*dem* Typen hat Gott wirklich gezeigt, wo der Hammer hängt.»

«Und ihm dann damit eins übergebraten», wirft der kleine Typ neben ihm ein. Er lächelt nicht. Er sieht aus, als würde er lieber ein paar heikle Operationen an meinen edelsten Teilen durchführen.

«Der hatte es schlimmer, als es hier ist», sagt Jimmy.

«Wenigstens müssen wir uns nicht auch noch mit Gott dem Allmächtigen rumschlagen», sagt der kleine Typ.

Die anderen Kids sagen nichts, sie sind bloß Zuschauer. Man sieht ihnen an, dass sie absolutes Vertrauen zu Jimmy haben. Er spricht für sie. Wahrscheinlich würden sie alles für ihn tun, egal, was er sagt und wie bescheuert es auch sein mag. Und das für einen Jungen mit diesem Witznamen. Er heißt Jimmy van Doren, weil sein Vater den ursprünglichen Namen durch eine einseitige Erklärung ändern ließ. Patrick O'Donnell, halb Ire, halb Zigeuner, aber da er diese kleine Landschaftsgärtnerei hat, ließ er den Namen in «Earl van Doren» ändern, weil das vornehmer klang. Er ließ Briefe damit bedrucken und verschickte sie über die ganze Halbinsel in der Hoffnung, irgendwer würde das Earl in seinem Vornamen für einen Grafentitel halten und glauben, er gehöre dem niederen Adel an. Offenbar haben Adlige in der Landschaftsgärtnerei einen besonders guten Ruf, was auf jede nur erdenkliche Weise so traurig ist, dass ich gar nicht weiter drüber nachdenken will. Aber der Name hat Jimmy zweifellos zu dem gemacht, was er ist. Er sucht mit jedem Streit, riskiert mehr als irgendwer sonst und ist der geborene Anführer; mit ihm legt man sich besser nicht an. Mit ihm ist es ein bisschen wie mit dem Jungen in *A Boy Named Sue*, diesem Song von Johnny Cash.

Erstaunt sieht er jetzt zu dem kleinen Typen hinüber, als verblüffe ihn nicht nur, wie witzig und geistreich seine Bemerkungen sind, sondern überhaupt die Tatsache, dass er sprechen kann. Jimmy van Doren blickt ihn lang genug an, um ihn wissen zu lassen, dass er wahrgenommen wurde, dann dreht er sich wieder zu mir um. «He», sagt er mit gespielter Überraschung, als wäre ich ihm gerade erst aufgefallen, «ist dein Dad nicht der Typ, der an einer Krankheit leidet, von der kein Mensch weiß, was es ist?»

Er fixiert mich mit den Augen und grinst mich an. Ich grinse zurück. Ich weiß, sie spielen bloß mit mir. Sie machen mir auch keine Angst, denn obwohl sie zu viert sind, zählt eigentlich nur Jimmy, und mit dem könnte ich es notfalls aufnehmen. Also warte ich ab und harre der Dinge, die da kommen mögen. Kurz denke ich sogar, dass mir ein bisschen Übung eigentlich nicht schlecht täte. «Ja», sage ich, «das ist mein Dad.»

«Aha.» Er sieht sich um, als wollte er ein großes Geheimnis verraten. «Geht ein Mann zum Irrenarzt. Sagt der Irrenarzt: ‹Mensch, freu dich. Passiert schließlich nicht jeden Tag, dass eine Krankheit nach einem selbst benannt wird.›»

Die Kids lachen, alle, nur der kleine Typ nicht. Er schnaubt bloß verächtlich und wirft Jimmy einen empörten Blick zu. «Mann, glaubst du wirklich, du hättest dir den selbst ausgedacht?», fragt er.

«Habe ich, Tone», sagt Jimmy. Offenbar heißt der kleine Typ so. Was für ein verdammt unpassender Name für diesen blöden Hosenscheißer.

«Scheiße, nein, hast du nicht», sagt Tone. «Ich habe den im Witzbuch von meinem Bruder gelesen.»

«Dein Bruder hat ein Buch?»

«Klar doch», sagt Tone. «Wenn er brav ist, lese ich ihm manchmal sogar was draus vor.»

So machen sie weiter, Jimmy und Tone, spielen sich die Worte wie Pingpongbälle zu. Jimmy gibt sich gutmütig und versöhnlich, während Tone ausprobiert, wie viel er ihm durchgehen lässt, und ich stehe einfach nur da und sehe und höre zu, genau wie die anderen. Plötzlich aber, mitten in diesem Geplänkel, verstummen sie, und die ganze Gang sieht mich an.

«Nun, Leonard», fragt Jimmy, «was hältst du von dieser Sache mit Hiob?»

«Ist nur eine Geschichte», sage ich.

«Scheiße, nein», sagt Tone aufgebracht. «Das ist die *Bibel*, Leonard. Gottes gottverdammtes eigenes Wort.»

Ich blicke ihn ernst an. «Tja», sage ich. «Wenn das so ist, hat er eine Menge zu verantworten.»

«Ach ja?»

Ich nicke. «Ja», sage ich. «All diese Plagen. All diese Qualen.»

Jimmy gibt sich beeindruckt, fast, als hätte ihm meine bloße Belesenheit die Sprache verschlagen. «Das muss man ihm lassen», sagt er schließlich und dreht sich Bestätigung heischend zu den anderen Kids um, «der Junge kennt seine Bibel.»

Tone nickt. «Das tut er wirklich», sagt er. «Erzähl mal, Leonard. Hast du die Heilige Schrift auch von vorn bis hinten gelesen?»

Ich erwidere sein Nicken, sage aber nichts und blicke nur auf Jimmy.

Tone sieht in die Runde und wendet sich dann wieder an mich. «Mann, Leonard», sagt er dann. «Wach auf und leb!»

Sie lachen, wissen aber, dass Tones Antwort ziemlich lahm klang, und ich mustere ihn nur unverwandt, so als wäre er etwas Seltsames, was ich in meiner Toilettenschüssel entdeckt hätte. «Genau mein Plan», sage ich und starre ihn weiter an, wenn auch in unbekümmerter, netter Geb-einen-Dreck-drauf-Manier. «Jedenfalls sobald ich mir den Mist von den Stiefeln gewischt habe.» Wieder lacht die Gang. Tone zieht ein wütendes Gesicht.

Jimmy kommt auf mich zu und legt mir eine Hand auf die Schulter. «Bist schon in Ordnung, Leonard», sagt er, ganz der filmreife Kumpel. «Wie wär's, hast du keine Lust, unserer Gang beizutreten?»

Ich lächle. «Nein, eigentlich nicht.»

Jimmy grinst wie verrückt, ein irres Mel-Gibson-nach-dreifachem-Wodka-Grinsen. «Okay», sagt er, «dann bis später.»

Mit diesen Worten dreht er sich um und verschwindet in Richtung West Side, der Rest seiner Truppe schlurft gehorsam hinterdrein – nur seine beiden engsten Kumpel, Eddie und der Dicke, drehen sich immer wieder um und winken mir zu, als würde eine Ach-wie-kummervoll-ist-aller-Abschied-Szene gedreht. Tone blickt sich ebenfalls noch einmal nach mir um, winkt aber nicht.

Ich fürchte, wenn ich nicht aufpasse, müssen wir beide später noch mal eine ziemlich fiese Geschichte miteinander klären. Im Moment aber kann ich solch trivialen Trouble überhaupt nicht gebrauchen, und wenn irgendwelcher Mist zu klären ist, würde ich es lieber mit Jimmy ausmachen, um die Sache gleich hinter mich zu bringen. Aber so weit ist es nicht gekommen. Noch nicht. Und weise ist, wer weiß, wann er Frieden halten sollte. Immer besser, den Frieden zu wahren, zumindest wenn irgend möglich. Und wenn nicht, dann schlag zu, schnell und hart, ist schließlich ein Kampf jeder gegen jeden, nicht?

Ich erzähle Elspeth nichts von meinem Treffen mit ihrem Ex – darum ging es ja letztlich bei unserer Begegnung, nehme ich zumindest an –, also läuft das Leben weiter wie bisher. Wir vögeln, wir reden, wir machen uns unmissverständlich klar, dass wir nicht ineinander verliebt sind. Ich schlage keinen Bogen um Jimmys Gang, bin aber auch nicht gerade auf der Suche nach ihr, weshalb ich sie das nächste Mal erst gut eine Woche später auf dem Fabrikgelände treffe. Was mich nicht sonderlich überrascht, da ich sie, wie gesagt, schon einige Male hier gesehen habe. Trotzdem ist es immer ein bisschen enttäuschend, wenn so etwas passiert. Es wäre viel besser, die Leute blieben, wo man sie zurückgelassen hat, und tauchten nicht da auf, wo sie nichts verloren haben. Ich fände es besser, es bliebe auf dem Fabrikgelände, wie es bislang war: keine Gangs, nur der eine oder andere Einzelgänger, der sich in die Büsche verdrückt, sobald er merkt, dass er Gesellschaft hat, oder der stumm an einem vorüberzieht, verstohlen und betreten wie ein trauriges Tier. Einige Tage nach der ersten Begegnung treffe ich dann die ganze Gang an einer Stelle unweit der alten Müllkippe, einer der wenigen Plätze, von denen ich bislang geglaubt habe, sie würden mir und nur mir allein gehören. Als läge hier mein geheimer, privater Garten, auch wenn es darin nur Rohre gibt, Schutt und Kamille statt Rosen. Sie sind alle da, hocken um ein Feuer und stochern mit Stöcken nach irgendetwas in den Flammen. Am liebsten wäre ich weitergelaufen, aber Jimmy blickt auf und entdeckt mich, also bleibt mir keine Wahl. Ich verdrücke mich nicht, da ich weiß, dass er mich gesehen hat, und gehe zu ihm rüber, ganz lässig, aber nicht besonders freundlich.

Jimmy heißt mich mit einem breiten Lächeln willkommen, dann dreht er sich zu Tone um. «He, Tone», ruft er, «dein Buddy Leonard ist da.»

Tone richtet sich zu ganzer Größe auf, schaut sich um und sieht wie eine dieser Meerkatzen in einem Film von David Attenborough aus. Als er mich entdeckt, steckt er sich sein widerliches, tückisches Kumpelgrinsen ins Gesicht. Wartet auf den rechten Augenblick, auf ein Zeichen vom Rudelführer. Je länger er das macht, desto lächerlicher wirkt er. Er ist ungefähr so furchterregend wie ein Haufen Hundescheiße.

«He, Leonard», sagt Jimmy. «Läufst du mir etwa nach?»

«Nee, ich besuche nur einen kranken Verwandten.»

Jimmy grient gefährlich. «Ich dachte, du hättest schon einen davon zu Hause.»

Ich lächle. «Man kann nie genug kranke Verwandte haben», sage ich. «Nur um die Gesunden muss man sich Sorgen machen.»

Jimmy lacht, was nett von ihm ist. Ich selbst fühle mich ehrlich gesagt ziemlich schlaff. Gestern war ich die halbe Nacht auf, um *Die sieben Säulen der Weisheit* zu lesen. Ein verdammt großartiges Buch, wenn man erst mal reinkommt. Ich bin zur Fabrik gelaufen, um etwas Ruhe und Frieden zu finden, nicht um mit Jimmy und seinen Pfadfindern herumzuulken. Jimmy blickt in die Runde. «Ich glaube, wir haben uns noch gar nicht richtig vorgestellt», sagt er. «Ich bin Jimmy. Das ist Tone. Der Typ da drüben, der wie ein Mädchen aussieht, heißt Eddie. Und der, der an einen Krieger aus *Jason und die Argonauten* erinnert, sieht verdammt ernst aus, nicht?»

Daraufhin quiekt der Dicke: «Bin ich aber gar nicht.» Er hat seltsame Brauen, die eine schwarz und haarig wie eine an die Stirn genähte Raupe, die andere fast unsichtbar, wodurch das ganze Gesicht irgendwie schief aussieht.

Jimmy lacht. «Ich hab ja auch nicht gesagt, dass du es *bist*, nur dass du so *aussiehst*. Kannst du denn nicht ein wenig fröhlicher aus der Wäsche glotzen?» Er dreht sich wieder zu mir um. «Wir haben gerade zu Mittag gegessen», sagt er. «Ein bisschen ist noch übrig, falls du Hunger hast.»

Ich sehe zum Feuer hinüber. Da liegt irgendwas in den Flammen, etwas, was einmal pelzig gewesen ist und jetzt ganz verkohlt aussieht, die Haut schmutzigbraun, Knochen ragen aus versengtem Fell. Vielleicht eine Katze, schwer zu sagen.

«Nein, danke», antworte ich. «Ehrlich gesagt, für Nouvelle Cuisine hatte ich noch nie viel übrig.»

Jimmy sieht mich erstaunt an. «Na schön», sagt er. «Ganz wie du meinst.» Er wirft einen Blick zu Tone hinüber. «Wir gehen jetzt auf Jagd», sagt er. «Tone hier hat sich gefragt, ob du nicht vielleicht Lust hättest, uns zu begleiten.»

Ich nicke. «Gern», sage ich. Das könnte ein Fehler sein, aber mir bleibt keine Wahl. Wenn ich kneife, steht mir «Waschlappen» auf die Stirn geschrieben. Um gar nicht erst von weiteren Beleidigungen und Ungerechtigkeiten zu reden, die Tones Feuer entfachen könnten.

Ich habe allerhand Geschichten über die Jagd gehört. Meist Jägerlatein, den üblichen Kokolores, aber noch ehe wir zu unserem Ziel aufbrechen, weiß ich, dass es für diese Gang kein Spiel ist.

Ich glaube, von Jimmy hätte ich auch nichts anderes erwartet. Er nimmt sich schrecklich ernst, das will ich ihm ruhig zugestehen. Wir brechen in östlicher Richtung auf; Jimmy führt.

Eddie ist diejenige, die mich aufklärt. Während wir mit großen Schritten zur Mülldeponie eilen, läuft sie neben mir her. «Meist geht es um Ratten», sagt sie. «Aber nicht immer. Manchmal erwischt man auch eine Möwe, aber die sind oft zu schnell. Und manchmal erwischt man auch was ganz Besonderes.» Sie fischt eine große Haarnadel hervor, so eine, wie alte Frauen sie früher hatten und wie man sie heutzutage in Trödelläden findet. «Das ist deine», sagt sie. «Meine Glücksnadel.» Sie meint es ernst. Ich sehe es ihrem Gesicht an. Sie erweist mir eine besondere Ehre. «Mit der habe ich ein paar verdammt große Biester erlegt.»

Ich werde ein wenig langsamer und schaue sie an. Ich bin gerührt. «Aber ich will dir nicht deine Glücksnadel nehmen», sage ich.

Sie grinst. «Deshalb gebe ich sie dir ja», sagt sie, «weil es eine Glücksnadel ist. Für dein erstes Mal.» Plötzlich wird sie so ernst, als wäre ihr gerade klar geworden, was ihr bislang entgangen war. «Aber nur dieses eine Mal», sagt sie. «Hinterher will ich sie wiederhaben.» Sie bleibt stehen und sieht ein bisschen besorgt drein.

Ich bleibe auch stehen. Etwas schrecklich Trauriges geht von diesem Mädchen aus, etwas, was mich an die Kranken in der Klinik erinnert, die ich gesehen habe, wenn Dad seine Untersuchungen machen ließ. «Ist doch klar», sage ich und greife nach der Nadel. Plötzlich tut sie mir leid. Vielleicht mag ich sie sogar ein bisschen. Sie ist schlaksig, ziemlich empfindlich und sicher grenzwertig beknackt, aber von Nahem sieht sie gar nicht mal so übel aus. Nur sollte sie sich nicht mit Jimmy und seinen Jungs abgeben, sondern lieber zu Hause bleiben, sich die Wiederholungen von *Dr. Kildare* ansehen und für Richard Chamberlain schwärmen. Auch wenn ich mir überhaupt nicht vorstellen kann, dass sie für irgendwen schwärmt, und den Gedanken finde ich seltsam angenehm. Ich riskiere ein Lächeln. «Danke», sage ich.

Ihre Miene hellt sich auf, und jetzt sehe ich, dass sie tatsächlich ganz hübsch ist. Auch sexy. Ich meine, ich mag Elspeth und so, aber falls es dazu käme, hätte ich nichts gegen einen Quickie mit Eddie einzuwenden. Sicher sieht sie mir an, was ich denke, denn plötzlich lächelt sie ganz glücklich und läuft rot an. Dann zückt sie eine zweite Nadel – ein langes, kupferig schimmerndes Etwas – und eilt dem Rest der Truppe hinterher zur Deponie. Zum Jagdgrund.

Die Deponie ist offiziell keine Deponie. *Offiziell* ist sie gar nichts. Hier draußen gab es vor langer Zeit einmal einen Bauernhof. Johnsfield Farm. Das Wohnhaus und ein paar Ställe stehen noch, jedenfalls mehr oder weniger, obwohl schon seit Jahrzehnten niemand mehr da lebt. Auf den Feldern ist nur Unkraut und Schutt, dazwischen liegen ein paar alte Gerätschaften, die zwischen Brennnesseln und verdorrten Weidenröschen vor sich hinrosten. Das Haus selbst steht übrigens südlich von uns, eine Ruine unter Ruinen, die von keinem Menschen mehr betreten wird, und wenn doch, dann so, dass niemand es merkt. Ich war ein paarmal da, aber im Haus ist es klamm und eklig, selbst im Sommer, weshalb ich nie lang geblieben bin. Es gibt auch nichts zu sehen. Nichts zu entdecken. In Innertown erzählt man sich die Geschichte von ein paar Kerlen, die ein Mädchen mit Rum betrunken gemacht und hierher ins alte Bauernhaus abgeschleppt haben, um ihr was anzutun, aber ich glaube, das wurde nur erfunden, um kleine Kinder zu erschrecken. Es heißt, das Mädchen wurde stundenlang vergewaltigt und gefoltert, ehe es starb. Und der Geist des Mädchens wandert angeblich im Haus umher, weint und bettelt um Gnade, aber das klingt zu sehr nach Horrorstory, um wirklich wahr zu sein. Wenn jemand dieses Garn spinnt, braucht man nur nach dem Namen des Mädchens zu fragen oder danach, wann genau das denn passiert sein soll und was hinterher aus den Kerlen geworden ist, und schon kriegt man meist keine Antwort mehr.

Trotzdem mag diese Geschichte etwas damit zu tun haben, dass aus Johnsfield eine inoffizielle Mülldeponie wurde, da die Leute offenbar glaubten, Vergewaltigung und Mord gäben ihnen die Erlaubnis, hier zu tun, wonach ihnen der Sinn stand, und natürlich haben sie Johnsfield zugrunde gerichtet. Früher ist es vielleicht mal ein netter, kleiner Bauernhof gewesen, aber nach dieser Schreckensgeschichte fingen die Leute schon vor Jahren an, kaum waren die Tore der Fabrik geschlossen, ihr Zeugs auf dem letzten Feld am Ende des Sandwegs nach Ness abzuladen. Sie kommen nicht tagsüber, nur nachts, da ihr Tun offiziell verboten ist. Auch wenn ich mir nicht vorstellen kann, dass die Behörden jemals mit der ganzen Härte des Gesetzes gegen sie vorgehen würden, weil sie Müll an einem Ort abgeladen haben, der bereits randvoll mit Gift und Abfällen ist. Lieber hier als anderswo. Ich weiß nicht, ob die wilden Müllentsorger aus unserer Gegend oder von außerhalb kommen, aber wer sie auch sind, sie wissen, dass nicht weiter wichtig ist, was sie hier tun. Nichts ist wirklich wichtig. Diese Leute sagen sich bestimmt, dass es in dieser Gegend auch nicht mehr drauf ankommt, trotzdem ist immer wieder überraschend, was sie hier draußen mitten unter gewöhnlichem Haushaltsmüll entsorgen: verrostete Vogelkäfige voller Kalk und Hirse, tote Tiere, Tüten mit Nadeln und Plastikspritzen, Tupfer, altes Elektrowerkzeug, Leichenteile. Es ist eine ziemlich offene Gegend hier in Johnsfield, keine Gruben, keine Zäune, nur eine lange, stachlige Hecke, die bis tief in den Sommer hinein schwarz bleibt, ehe sie einige schmale, schmerzlich zarte Blätter austreibt, wundersamerweise sogar hin und wieder eine süß duftende Blüte. Einmal habe ich ein Bild von einem dieser alten Wunschbäume gesehen, an die man früher glaubte, eine knorrige, verwachsene Eberesche, behängt mit Zetteln, Karten und billigem Baumschmuck, der mit irgendwelchen Stoffresten oder Ballenband an die Zweige gebunden wurde. Jedenfalls sieht die Grenzhecke aus wie eine lange Reihe von Wunschbäumen, vom Wind verziert mit Plastikfetzen, Lumpen und Streifen von etwas, das nach Hunde- oder Katzenfell aussieht. Das Ganze macht einen beinahe fröhlichen Eindruck und könnte an Weihnachten im Einkaufszentrum erinnern – wenn wir denn ein Einkaufszentrum hätten.

Genau dort sind wir jetzt, das ist unser Revier. Das sind unsere Spiele. Ich habe viel fürs Hier und Jetzt übrig, und deshalb beschließe ich, da ich mich nun mal auf diese verrückte Geschichte eingelassen habe, sie auch zu genießen. Und vielleicht Eddie ein bisschen besser kennenzulernen. Natürlich fängt es mit einem ziemlich sinnlosen Herumgepirsche an. Jimmy und seine Mannschaft – für die Dauer des Spiels gehöre ich dazu, auch wenn ich genügend Abstand wahre, damit keiner glaubt, ich sei einer von ihnen –, wir alle, gemeinsam und doch jeder für sich, streifen ziellos durch die Abfallhaufen, sinken ein, springen hoch, tapsen manchmal in ein ekliges Loch voller Schleim und giftiger Dämpfe, schlichte Waffen in der Hand und auf der Suche nach Anzeichen von Leben. Wir können jedes beliebige Werkzeug benutzen, die Haarnadel ist allerdings *de rigeur*. Sie gilt als Waffe der rechten Hand, und man hält sie fest umklammert, um sie im allgemeinen Durcheinander nicht zu verlieren, aber außer mir hat jeder auch eine Waffe in der Linken: Eddie hält ein zweischneidiges Messer in der Faust, Ernest, oder wie immer er heißt, trägt eine lange, offenbar mit Teflon beschichtete Gabel, wie man sie zum Grillen benutzt. Tone schwingt einen fies aussehenden, sorgsam scharf geschliffenen Schraubenzieher, und ich sehe ihn vor mir, wie er mit viel Liebe, Hingabe und Vorfreude in seinen stilleren Stunden daran arbeitet. Das Beste aber ist Jimmys chinesisches Klappmesser mit einer vierzehn Zentimeter langen Klinge, zweischneidig, aus gehärtetem, dunklem Stahl. Er behauptet, es sei ein Flensmesser, aber das stimmt nicht.

Da ich unvorbereitet bin, ist meine Linke natürlich leer, aber das ist mir egal. Eigentlich will ich auch gar keine kleinen Pelztiere mit einer Hutnadel und einem getürkten Flensmesser jagen, dafür bin ich zu alt. Außerdem werden wir sowieso nichts Essbares fangen. Im Müll leben Ratten, Möwen, Igel, vielleicht auch ein paar wilde Katzen, aber Letztere würde ich, ehrlich gesagt, lieber in Ruhe lassen. Sie vermehren sich hier seit Jahren, diese Katzen. Wenn man abends herkommt, hört man sie, die rolligen Weibchen, die kämpfenden Kater, und man sieht sie umherstreifen mit ihren zerschundenen Visagen und hässlichen Narben, den fehlenden Ohren, dem zerrissenen Fell. Einige Kids kommen zur Deponie, um ganz ähnliche Spiele wie das zu spielen, das wir gerade angefangen haben; sie stiefeln auf und ab und suchen nach Tieren, um sie mit Messern, Streichhölzern und Spiritus zu quälen. Der einzige Unterschied ist der, dass diese Kids ihre Opfer mit Fallen und Netzen fangen, während wir sie *jagen.* Trotzdem finde ich unser Spiel ziemlich kindisch, vor allem die Hutnadel, und das Ganze ist mir ein bisschen peinlich.

Schließlich entdeckt Eddie eine große Ratte, und wir machen uns alle an die Verfolgung. Ernest ist dabei keine große Hilfe, er hüpft bloß auf und ab, fuchtelt mit seinen Waffen herum und schreit Horrido!, aber Eddie beweist wirklich Einsatz, krabbelt über den Müll, sticht mit der Hutnadelhand nach dem kleinen pelzigen Leib – und dann sind da plötzlich noch viel mehr, eine ganze Rattenfamilie, große und kleine, prall und fett, gut genährte

Leiber voller Blut und Organe, die nur darauf warten, aufgespießt zu werden. Bloß sind sie zu schnell, und niemand kommt auch nur in ihre Nähe. Sie verschwinden einfach in all dem Gerümpel, und wir stürzen hinterher, werden dreckig vom Matsch und nassen Müll, bleiben an alten Bettgestellen und ausrangierten Kinderwagen der Marke Silver Cross hängen und ziehen uns gefährliche kleine Schnittverletzungen an Knöcheln und Handgelenken zu. Ich will schon bald aufgeben, aber Eddie macht weiter, und ihre Begeisterung gleicht mehr als aus, was ihr an Jagdgeschick fehlt. Dann hechtet sie nach vorn und sticht ihre Hutnadel mitten durch etwas hindurch, was quiekt und zappelt, dann schlaff herabhängt, sauber durchbohrt, noch zuckend, aber stumm jetzt, und das Leben entrinnt ein wenig zu rasch. Sie besieht sich, was sie erlegt hat, dann zeigt sie es mir.

«Ist bloß ein Baby», sagt sie. Ich begutachte das Tier, bin mir aber nicht sicher, *was* es ist. Von Nahem sieht es fahl und falsch aus. «Noch ziemlich klein», sagt Eddie und wirkt traurig, doch weiß ich nicht, ob aus Mitleid oder aus Enttäuschung.

«Viel Fleisch ist jedenfalls nicht dran», sage ich.

«Igitt!» Sie sieht mich an, als wäre ich verrückt. «Das würde ich niemals *essen.*» Dann grinst sie und hält mir ihre Beute hin. «Willst du?», fragt sie, und ich kann spüren, wie etwas anfängt, fast, als würde eine Katze einen gefangenen Vogel oder eine Maus bringen. Ein Zeichen der Zuneigung.

«Und?», sage ich. «Was fangt ihr hier draußen sonst noch so? Einmal abgesehen von Babyratten?»

«Wie meinst du das?»

«Du hast doch gesagt, du würdest manchmal was Besonderes fangen.»

«Ach so.» Sie zieht ein Gesicht. «Alles Mögliche», sagt sie.

Sie sieht mich merkwürdig an, und ich frage mich, ob ich sie mit den Babyratten beleidigt habe. Da ich aber nicht will, dass sie glaubt, ich würde ihr Angebot ablehnen, frage ich in einem etwas sanfteren Ton: «Was denn zum Beispiel?» Doch wie mir die Worte aus dem Mund kommen, klingen sie immer noch wie eine Herausforderung, also muss ich mich stärker zurücknehmen. «Nein, ehrlich», sage ich. «Das interessiert mich wirklich.»

Sie hat unterdessen nachgedacht; froh und aufgeregt fällt sie mir jetzt ins Wort: «Einmal habe ich ein Mondkalb erwischt.»

«Ein was?»

«Ein Mondkalb», wiederholt sie, ist sich aber nicht mehr sicher, jetzt, wo sie mir tatsächlich davon erzählt, auch wenn ein Teil von ihr es gern möchte, und so wird sie ganz bockig. «Es war riesig. Mit großen Untertassenaugen und einer spitzen Schnauze.» Liebevoll erinnert sie sich an das, was sie einmal gefangen hat – und ich glaube ihr auf der Stelle, dass sie die Wahrheit spricht. Sie ist viel zu gefühlsselig und aufgeregt, deshalb bin ich mir absolut sicher, dass sie *irgendwas* erlegt hat.

«Was hast du damit gemacht?», frage ich.

Sie denkt einen Moment nach, dann schüttelt sie den Kopf. Es ist, als würde Luft aus einem Ballon entweichen. «Ich habe es getötet.»

«Wirklich?»

«Eigentlich *wollte* ich es nicht, ich …»

«Ein Mondkalb?»

«Ja.» Sie sieht mich traurig an. «Genau das war's», sagt sie. «Hier am Ufer gibt es überall Mondkälber.» Sie sieht mich erwartungsvoll an. Als ich darauf nichts erwidere, blickt sie wieder traurig drein. «Das sauge ich mir nicht aus den Fingern.»

Ich schüttle den Kopf. «Ich weiß.» Jeder hat hier eine Theorie über die geheime Fauna der Halbinsel. Man erzählt sich so allerhand Geschichten über tatsächliche oder bloß eingebildete Begegnungen: Herden seltsamer Tiere werden gesichtet, Blicke auf Teufel, Kobolde oder Feen erhascht, oder man steht plötzlich von Angesicht zu Angesicht grauenhaft entstellten oder engelhaft aussehenden Mutanten aus alten Science-Fiction-Filmen oder spätabendlichen Fernsehsendungen gegenüber. Und es sind nicht immer nur Tiere. Man hört auch so allerlei über mysteriöse Fremde: einsame Gestalten, die durch die Wälder streifen, Männerbanden, die nachts umherziehen, Kriminelle, die von der Uferseite kommen, um zu sehen, was sich in der Fabrik stehlen lässt, Unruhestifter und Zigeuner, Perverse und Terroristen. John, der Bibliothekar, meint, die Gebäude unten an den Kais seien ideale Verstecke für Guerillakämpfer, um Versammlungen abzuhalten und Waffen zu lagern. Vielleicht sind es auch Antiguerillakämpfer, sagt er mit einem Augenzwinkern: Revolutionäre, *agents provocateurs*, Terroristen, Antiterroristen – wer will das schon wissen? Und was machte das auch für einen Unterschied?

«Es gibt sie in Büchern», sagte Eddie. «Früher waren sie überall, aber jetzt verstecken sie sich dort, wo kein Mensch mehr hingeht. Genau wie die Eichhörnchen.»

Ich nicke.

«Bei Shakespeare gibt's die auch.»

Ich strecke eine Hand aus und fasse sie am Arm. «Ich weiß», sage ich sanft, da ich möchte, dass sie glaubt, ich würde ihr glauben, aber ich glaube nicht, dass sie es tut.

Wir haben Jimmy schon eine Zeit lang nicht mehr gesehen. Ernest und Tone haben sich auf eine sichere Insel mitten im Müll zurückgezogen, stehen am höchsten Punkt und suchen ihren engen Horizont ab, während ich wieder an den Meerkatzenfilm denken muss. Endlich taucht Jimmy auf, und aufgespießt auf seinem chinesischen Messer hängt eine riesige Ratte. Er schwenkt sie triumphierend und grinst uns dabei an. «Der Meister zielt, schießt und gewinnt», sagt er. Dann sieht er neugierig erst Eddie und dann mich an. «Auch was gefangen?», fragt er mich, und ich ahne, dass er keine Ratten meint.

Ich gebe keine Antwort.

«Ich habe eine erwischt», sagt Eddie. «Ist aber nur ein Baby.»

«Egal», sagt Jimmy. «Wenigstens hast du *etwas* gefangen.» Er mustert mich mit amüsiertem Blick.

Nachdem wir aufgehört haben, irgendwelche Viecher zu killen, verschnaufen wir auf der grasbewachsenen Böschung, und Tone und Ernest machen sich daran, wieder ein Feuer anzuzünden. Jimmy ist zurück ins Müllmeer und sucht nach größerer Beute. Ich ahne, dass er auf was Besonderes aus ist, vielleicht auch nur auf einen besonders widerlichen Fund zur Feier meiner ersten Jagd, aber er hat kein Glück. Ich setze mich neben Eddie. Zweierlei ist mir an ihr aufgefallen: Erstens, ihr Mund ist wirklich sexy, echte Blow-job-Lippen, trotzdem ganz süß, und zweitens: Ihre Beine sehen in diesen engen schwarzen Jeans unglaublich lang aus. In einem Bildband von John Singer Sargent habe ich einmal ein Porträt von einem Mädchen gesehen, das auch so lange schlanke Beine hatte, und sie ist mir tagelang nicht aus dem Kopf gegangen. Trotzdem mache ich keinen Druck auf Eddie. Ich glaube nicht, dass es klug wäre, sie zweimal an einem Tag zum Erröten zu bringen. Stattdessen versuche ich es mit der Unterhaltungsmasche. Spiele das gute alte Fang-dich-Spiel.

«Was ist eigentlich mit Ernest passiert?», frage ich. Er hilft Tone beim Feuer und ist gerade außer Hörweite.

«Wer ist *Ernest*?», fragt sie und hat offenbar schon vergessen, wie wir uns vorgestellt wurden. Ich zeige mit einem Kopfnicken auf den Dicken. «Ach, Mickey», sagt sie. «Der heißt nicht Ernest, sondern Mickey.» Sie wirft mir einen verwirrten Blick zu.

Auch gut, denke ich. Nicht gerade das hellste Köpfchen, aber dafür wirklich süß. «Und?», frage ich. «Was ist nun mit *Mickey* passiert?»

«Wie meinst du das?» Ein bisschen besorgt sieht sie zu dem Typen hinüber, als fürchtete sie, ihm hinge der halbe Arm herunter und sie hätte es nur noch nicht bemerkt.

«Seine Augen», sage ich. «Ich nehme nicht an, dass er so geboren wurde.»

«Ach so.» Sie legt eine Hand vor den Mund und kichert, einfach goldig. Eigentlich müsste man sich fragen, ob sie so etwas nicht absichtlich tut. «Er hat sich eine Braue und die Wimpern abgefackelt», sagt sie. «Mit einem Silvesterknaller. Die Haare sind nur noch nicht wieder nachgewachsen.»

«Wie hat er das denn geschafft?»

«Ach, er hat bloß so rumgespielt.» Sie wirft einen Blick zurück auf die Seite in ihrem Kopf, die mit Silvester markiert ist. Es ist kein dickes Buch, aber dafür ist jedes Blatt ordentlich beschriftet. «Er hat einen Kracher angezündet und auf Tone geworfen, aber passiert ist nichts. Also geht er hin, hebt ihn auf und hält ihn sich vor die Nase, als wollte er nachsehen, was damit nicht stimmt. ‹Ein Blindgänger›, sagt er, und dann – PENG!» Sie grinst glückselig. «Wir haben alle geglaubt, das Ding hätte ihm die Augen rausgesprengt.»

«Wie nett», sage ich.

Sie setzt sich und sieht ein bisschen enttäuscht aus. «Aber nichts da», sagt sie. «Er hat sich bloß die Wimpern versengt. Und eine Augenbraue.» Sie denkt einen Moment nach. «Die ist allerdings noch nicht wieder nachgewachsen.»

Ich nicke. «Das hattest du schon gesagt.»

«Vielleicht wächst sie ja nie wieder nach», sagt sie, hängt ihren Träumereien nach und scheint mit dem Gedanken zu spielen.

Nur zeitweilig eine schwarze Augenbraue zu haben, könnte ja ganz okay sein, aber wenn das für immer so bliebe, wäre das ihrer Meinung nach offensichtlich etwas völlig anderes.

«Wie hast du ihn kennengelernt?», frage ich. «Mickey, meine ich.»

«Mickey?» Wieder sieht sie mich verwirrt an.

«Ja», sage ich sanft. «Mickey.»

«Na ja.» Sie schüttelt den Kopf. «Er ist mein Bruder.»

«Ehrlich?» Ich will nicht, dass sie es mir anmerkt, aber ich frage mich wirklich, ob sie da nicht was durcheinanderbringt.

«Halbbruder, genauer gesagt.»

«Kein Scheiß?»

Sie sieht mich an und grinst. Dann wird sie wieder rot. «Verarsch mich bloß nicht», sagt sie.

«Tu ich nicht.»

Sie mustert mich einen Moment lang. Plötzlich wirkt sie wieder ganz ernst.

«Wirklich nicht?»

«Wirklich nicht.»

Sie ist zufrieden. Ich glaube, ich habe sie glücklich gemacht. Wie rührend. Dann quiekt sie und springt auf. «Kommt», ruft sie in die Runde. «Killen wir was!»

Als ich abends nach fröhlicher Jagd heimkehre, beginne ich mich zu fragen, wohin dies eigentlich führen soll. Ich habe mich bereits ermahnt, mich nicht allzu sehr auf Jimmy und seine Gang einzulassen, muss mir aber gestehen, dass ich Eddie mag, und Jimmy ist für mich eine Art Herausforderung. Trotzdem wäre es besser, ich hielte Abstand. Sollte ich mit Eddie vögeln, kriegt Elspeth das irgendwann spitz, und dann wäre sie nicht nur stinksauer, es würde auch ein breites Grinsen in Jimmys Gesicht zaubern.

Könnte natürlich sein, dass es genau darum geht. Ich will ja nicht behaupten, dass Jimmy tatsächlich zu Eddie gesagt hat, sie solle was mit mir anfangen, das müsste er schon ein bisschen subtiler einfädeln. Vielleicht wollte er mich zuerst nur abchecken, aber dann hat Eddie nach unserem ersten Treffen vielleicht irgendeine Bemerkung von sich gegeben, und er hat gesagt, sie könne sich ruhig an mich ranschmeißen. Oder irgendwas in der Richtung. Aber was auch abgeht, ich halt lieber die Augen offen. Ich muss an Paul Newman denken, der mal gefragt wurde, ob er denn je versucht gewesen wäre, seine Joanne zu betrügen, bei all den Frauen, die sich ihm doch bestimmt jeden Tag an den Hals werfen, und er hat gesagt: «Warum sollte ich einen Burger wollen, wenn zu Hause ein Steak auf mich wartet?» Was damals bestimmt eine ziemlich coole Antwort auf eine doch etwas fiese Frage war, aber viel Sinn ergibt sie trotzdem nicht. Man kann schließlich nicht jeden Tag Steak essen, außerdem heißt es, Abwechslung bringe die Würze ins Leben. Und auch wenn Elspeth das Steak ist, macht das Eddie noch lange nicht zum Burger. Ehrlich, für mich wäre sie viel eher ein Pudding. *Angel Delight* etwa, *Crème brulée* oder *Tiramisu.* Jedenfalls ganz bestimmt kein Grießbrei.

Herr im Himmel, sage ich mir, hör auf damit, ich muss auf andere Gedanken kommen, mich ablenken. Nachdem ich bei Dad reingesehen habe, gehe ich auf mein Zimmer und versuche, an der Stelle weiterzulesen, an der ich mit den *Sieben Säulen der Weisheit* aufgehört habe, kann mich aber nicht konzentrieren. Immer wieder muss ich an Eddies Beine denken und an ihren süßen Kussmund. Irgendwann döse ich ein, liege auf dem Bett, Buch über dem Gesicht, und bis zum nächsten Morgen habe ich die erstaunlichsten Träume, doch kommt kein einziges Kamel drin vor.

Das Schicksal aber meint es gut mit uns, auch wenn wir uns größte Mühe geben, seine gelegentlichen Wohltaten zu ignorieren; am nächsten Tag nämlich bekomme ich schon die Ablenkung, die ich brauche. Der Mottenmann ist da, und ausnahmsweise bin ich – wie es in den Selbsthilfebüchern heißt – *bedingungslos* glücklich. Das Gefühl wird nicht lang anhalten, aber es ist etwas Reines und nichts, was man besonders häufig erlebt, wenn man in Innertown wohnt.

Das nämlich ist das große Problem mit dem Leben an einem Ort wie Innertown: Es gibt durchaus mehr als nur die schlimmen Tage, an denen man sich fragt, wann der nächste Junge verschwindet, da schon eine Weile nichts mehr passiert ist, weshalb, einer Logik zufolge, die wir alle kennen, es also bald wieder passieren muss. Und es gibt auch nicht nur jene Tage, an denen wir alle wie gelähmt vor Angst und Wut sind, weil wir letztlich doch der Versuchung erlagen und geglaubt haben, die schlimme Zeit sei endgültig vorbei, nur um dann zu erfahren, dass wieder eine Seele verloren ging, ein Junge, den man zumindest dem Namen nach gekannt hat, jemand, der Trompete spielte, während der Schulversammlung in der Nase bohrte oder gern badete. Natürlich kann man sich einreden, dass er wie im Märchen eines Morgens einfach das Haus verließ, um in der weiten Welt sein Glück zu suchen. Man kann sich sagen, wenn die Polizei diese Geschichte verbreitet, müsse doch etwas dran sein, aber im Innersten weiß man, dass es mit dem Jungen vorbei ist, dass er vermutlich an irgendeinen geheimen Ort verschleppt und getötet wurde, dass ihm bestimmt sogar Schlimmeres widerfahren ist. Vielleicht lebt er ja noch und wartet darauf, dass ihn wer findet; vielleicht harrt er in irgendeiner Grube in der Fabrik aus oder liegt angekettet und hilflos in einem Abwasserkanal. Und dann, selbst wenn es in dieser Hinsicht eine Weile ruhig gewesen ist, besteht immer noch die Chance, dass gerade mal wieder jemand an einer Krankheit starb, von der kein Mensch je gehört hat. Von einer unbekümmerten Jugend kann hier draußen in Innertown also wirklich keine Rede sein.

Vielleicht wäre es also besser, es gäbe kein Aufatmen, keine glücklicheren Tage. Was mich an *Tom Sawyer* erinnert, der sich fragt, ob Sonntage im Vergleich zu den gewöhnlichen Wochentagen mit Schule und all den lästigen Aufgaben nicht nur eine besondere Form von Sadismus sind. Jede Woche bekommt man einen Tag frei, bloß damit man daran erinnert wird, wie fürchterlich die übrigen sechs Tage sind – und selbst dieser eine kostbare Tag wird durch den Morgen in der Kirche ruiniert, wo man aus dem Fenster hinaus in den Sonnenschein schaut, während irgend so ein alter Furz was über Gott vor sich hinbrabbelt. Wenigstens haben wir hier mit Kirche nicht allzu viel am Hut.

Trotzdem wäre es vielleicht besser, sich weiterhin an die übliche Routine zu halten, daran, dass mein Dad krank ist und ich die Schüssel ausspülen muss, die an seinem Bett steht, die Kotze, Galle und Blutflocken, die ins Abwasser fließen, in das Wasser, das ich eines Tages, nachdem es gefiltert und aufbereitet wurde, trinken werde, denn Wasser bleibt im Kreislauf und kommt immer wieder, ständig dasselbe Wasser: dasselbe und doch anders. Wasser ist überall. Man kann ihm nicht entkommen. Ich weiß noch, als Miss Golding uns im Religionsunterricht erklärte, Gott sei omnipräsent, da dachte ich, während sie den Einfaltspinseln in meiner Klasse das Wort *omni-präsent* erklärte, dass Gott Wasser sein müsse. Selbst später, als ich der Vorstellung längst entwachsen war, hatte ich noch Angst vor Wasser, das heißt, ich fürchtete mich vor dem, was im Wasser enthalten sein mochte. Einmal fand ich draußen auf der Deponie eine Zeitschrift mit einem Artikel von irgendeinem Franzosen, der die Theorie aufstellte, dass Wasser ein Gedächtnis besitze: Es bewahrt eine Erinnerung an alles, womit es je in Berührung gekommen ist, schreibt sie ein in seine Molekularstruktur, eine Geschichte der Pisse, des Erbrochenen, der Insektizide, festgehalten in einer submikroskopischen, unleserlichen Schrift, die erst nach Jahrhunderten wieder verblasst. Alles folgt seiner eigenen Zeit, hat seine eigene Lebensspanne: Sterne, Hunde, Menschen und Wassermoleküle. Wir Menschen kennen nur eine Version der Zeit, doch gibt es mehrere Tausende, all die parallelen Welten, die sich in unterschiedlichem Tempo entfalten, schnell und langsam, spontan oder in Sternenzeit.

Was auch passiert, normalerweise ist uns hier jedenfalls kein bedingungsloses Glück vergönnt. Immer wird es von irgendwas geschmälert, von Sorgen, Ängsten oder einfach nur von dem bescheuerten Gefühl, man hätte es nicht verdient, weshalb es eine Falle sein müsse. An diesem Tag aber bin ich schlicht und einfach glücklich – denn der Mottenmann ist gekommen, und ich freue mich, wenn der Mottenmann kommt. Ich hatte ihn nicht erwartet, da sich nie vorhersagen lässt, wann er auftaucht. Sein Kommen und Gehen richtet sich nach Gesetzen, die nur ihm allein verständlich sind, und ich weiß erst, dass er zurück ist, wenn ich seinen Lieferwagen sehe, den er meist direkt auf der Ostseite der Straße unweit vom Tor zu den alten Weiden parkt, manchmal auch weiter in Richtung Strand, seinen kleinen grünen Lieferwagen, auf den Seiten einen verblassten Schriftzug vom Vorbesitzer, einem Typen namens Herbert, der irgendwelche Wartungsarbeiten ausgeführt hat. Als ich den Wagen zum ersten Mal sah, hielt der Mottenmann gerade am Weidentor, und ich beobachtete, wie er seine Sachen hinten aus dem Lieferwagen holte, die Netze, die Beleuchtungsausrüstung und das winzige, eisblaue Zelt, das er mitten auf der Weide aufbaute, den Rucksack voller Kochutensilien und den uralten Campingkocher. Ein Zaubertrick, dachte ich, wie er da sein Zeug aus dem winzigen Lieferwagen holte, mehr und immer noch mehr, bis er eine richtige kleine Siedlung um sich aufgebaut hatte, die vielen Instrumente, die Scheinwerfer und die Netzhaufen. Er sagte in all der Zeit kein Wort, obwohl er doch wusste, dass ich ihm zusah. Erst als er fertig war, drehte er sich zu mir um und schaute mich fragend an. Gesagt hatte er aber immer noch nichts.

Wenn ich mich richtig erinnere, war ich damals dreizehn und für ihn bestimmt nur irgendein zufällig aufkreuzender Bengel, ein Bursche aus dem Ort, ein Zuschauer, wie er sie vermutlich ständig sah. Ich wollte nicht, dass er das von mir dachte, also fragte ich: «Wofür ist denn der ganze Scheiß?» Machte ganz auf großer Junge, cool wie ein Eiswürfel.

Er lachte. «Was glaubst du wohl?»

«Keine Ahnung. Sind Sie so was wie ein Fotograf?»

«Nee.»

«Wissenschaftler?»

«Schon eher.»

«Na ja, wenn Sie die Luftverschmutzung messen wollen, brauchen Sie aber mehr Geräte», sagte ich.

Wieder lachte er und schüttelte den Kopf. Dann berichtete er mir von der Lepidoptera-Zählung und davon, was Häufigkeit und Vielfalt diverser Schmetterlinge und Motten über eine Gegend auszusagen vermögen. Anschließend verstummte er und sah mich an, als wollte er sich vergewissern, ob er mich auch nicht langweilte. «Und du?», fragte er schließlich. «Wie heißt du?»

«Leonard», sage ich. «Leonard Wilson.»

Er nickt und speichert den Namen in seinem Kopf, verrät mir aber nicht, wie *er* heißt. Stattdessen holt er irgendwas aus einer Tüte und fängt an, sein Mittagessen zuzubereiten. Während er damit beschäftigt ist, fragt er mich, ob ich hungrig bin. Ich sage, das bin ich, und so fange ich an, ihm zu helfen, dies und das zu holen, bis alles beisammen ist. Schließlich setzen wir uns, essen gekochte Bohnen mit Würstchen, und er sieht mich an. «Manche

Leute behaupten, es gebe keine Geheimnisse mehr», sagt er. «Was meinst du, Leonard Wilson, haben sie recht?»

Erst sage ich gar kein Wort. Er behandelt mich ein bisschen zu sehr wie einen kleinen Jungen, aber das macht nichts. Später werde ich ihn wissen lassen, dass ich Bücher lese und dass er ganz normal mit mir reden kann. Sonst muss ich immer Dads Essen kochen, seine Medizin zubereiten, das Haus sauber halten oder Einkaufen gehen, deshalb tut es gut, eine Zeit lang mal wieder Kind zu sein. Nur deshalb spiele ich mit, wenigstens vorläufig. «Glaub schon», antworte ich.

Der Mann grinst. Vielleicht fängt er an, mich auszuhorchen, aber was er angefangen hat, wird er auch zu Ende führen. «Glaubst du wirklich?», fragt er. «Okay. Was ist mit dem Baum da drüben? Was für einer ist das?»

Ich bewege nicht mal den Kopf, werfe nur einen Blick in die angegebene Richtung. «Eine Platane», sage ich. Ziemlich blöde Frage: Hier wachsen überall nur Platanen.

«Okay», sagt er. «Also kein Geheimnis.»

«Nee.»

«Okay, aber wie ist der Baum dahin gekommen?»

Ich weiß schon, worauf das hinausläuft, denke ich. Jeden Augenblick fängt er jetzt mit Gott und diesem ganzen Mist an, mit dem Göttlichen Handwerker, so wie Mr. O'Brien, wenn er auf seinem GEHEIMNISSE-DER-NATUR-Trip ist, seiner die WOHLTAT-DER-GÖTTLICHEN-ORDNUNG-Masche. Trotzdem spiele ich mit. Mir gefällt seine Stimme. Sie ist sanft, abgerundet und freundlich, bleibt aber dennoch für sich, dringt nicht in mich ein. «Weiß nicht genau», sage ich. «Aber ich könnte mir denken, dass der Wind einen Samen hergeweht hat und ...»

«Und wie ist der Wind hierhergekommen?»

«Was?»

«Wie ist der Wind hergekommen? Wie bist *du* hergekommen?» Darauf wollte er hinaus, aber seine Stimme ändert sich nicht. Er tönt nicht wie der alte Mr. O'Brien lauthals von der FREUDE DES ENTDECKENS. «Wieso ist überhaupt *irgendwas* hier?»

Ich schüttle den Kopf. Jetzt kommt er mir bestimmt mit Gott. «Woher soll ich das wissen?», sage ich.

«Da liegt also das Geheimnis», sagt er, bleibt sitzen und lächelt bloß vor sich hin.

Er sitzt da, lächelt, dann sieht er zum Blattwerk über seinem Kopf auf, als gälte es, dort etwas zu überprüfen, was er vergessen hatte, ehe er sich wieder zu mir umdreht. «Gehen wir», sagt er, springt mit rascher Bewegung auf und geht hinüber zu den Bäumen, um mir zu zeigen, was ihm so enorm wichtig ist. Ich meine, er ist jemand, der die Landschaft *lesen* kann. Ein bisschen hatte ich ja auch über die Halbinsel zu wissen geglaubt, weil ich doch so oft herkomme und manches in der Bibliothek nachschlage, in Pflanzen- und Tierführern über Vögel und Blumen und so, aber eigentlich sehe ich mir nur Bilder an, während dieser Typ das Kleingedruckte zu lesen weiß. Im Verlauf der nächsten Monate, in denen der Mottenmann in unregelmäßigen Abständen kommt und geht, zeigt er mir die unterschiedlichsten Dinge, manchmal nur belangloses Zeug, dann wieder ein wahres Wunder der Natur. Er zeigt mir, wie man eine Blume bricht, um den Nektar aus ihr zu schlürfen. Er zeigt mir, wie Bilsenkraut aussieht, und erzählt, Hexen hätten es gern geraucht, wenn sie Zahnschmerzen hatten. Und er erzählt mir unglaublich viel über seltene Mottenarten, mehr, als ich jemals wissen wollte. Ich merke ihm an, dass er Kinder mag, und er hört zu, wenn man was sagt. Manchmal kann er sich allerdings zu sehr für etwas begeistern. Wenn das der Fall ist, redet er stundenlang ohne Punkt und Komma. Und manchmal kehrt er zu sehr den Erwachsenen raus, aber ich spüre einfach, wie wichtig ihm seine Arbeit ist und dass er sein Wissen mitteilen will, nicht weil er Eindruck schinden möchte, sondern weil ihm wirklich etwas dran liegt. Manchmal finde ich, dass er zu einsam lebt, da er wohl kein richtiges Zuhause hat; allem Anschein nach fährt er in seinem Lieferwagen von Ort zu Ort, zeltet auf den Weiden, spannt seine Netze und hat als Gefährten nur die Motten, die er einfängt und wieder freilässt, sowie einige neugierige Kinder wie mich, die sein Treiben unterwegs anlockt. Sicher kann so ein Leben ganz schön sein, irgendwo eine Weile wild zu campen, dann wie ein Nomade weiterzuziehen, an keinem Ort länger zu bleiben und überall daheim zu sein. Nur scheint er keine Frau zu haben, auch keine Freundin, und manchmal frage ich mich, wie er es mit Sex hält. Vielleicht kennt er irgendwo ein Flittchen, bei dem er unterwegs mal vorbeischaut, vielleicht kennt er auch mehrere. Aber ich glaube, im Grunde ist er mit seiner Arbeit verheiratet. Was vermutlich bedeutet, dass Innertown nicht zu seinen bevorzugten Gegenden gehört, da die Ergebnisse, die er hier bekommt, kaum allzu befriedigend sein dürften. Nicht dass er nichts fangen würde, im Gegenteil: Jede Nacht fängt er sicher mehrere tausend Motten, aber sie gehören alle zur selben Sorte, kleine, lebhafte Kreaturen, die so bereitwillig ins Netz taumeln, als ob sie sich mit Absicht fangen ließen.

In gewisser Weise ist er also selbst ein kleines Rätsel, doch ich mag ihn. Schon am ersten Tag wusste ich, dass er mein Freund sein würde, obwohl er ziemlich alt ist, mindestens um die vierzig, vielleicht auch ein bisschen jünger. Er hat von Motten und Rätseln geredet, über seine Arbeit, und dann ist ihm aufgefallen, dass es schon spät geworden war. «Hör mal, Leonard Wilson», sagt er. «Es ist sicher höchste Zeit, dass du heim zu deiner Familie gehst. Du hast doch eine Familie, oder?»

«Nur noch meinen Dad», sage ich.

«Ach?»

«Meine Mum ist fort», sage ich. «Als Dad krank wurde, ist sie abgehauen und hat uns sitzen lassen.»

Er schüttelt den Kopf. «Da steckt bestimmt noch mehr dahinter», sagt er.

«Kann sein», erwidere ich. Auch wenn ich es nicht glaube, werde ich deshalb keinen Streit mit ihm anfangen und uns die Stimmung verderben. Ich habe selbst deswegen lang genug mit mir gehadert. «Und?», sage ich. «Was ist mit Ihnen?»

«Mit mir?»

«Na ja», sage ich. «Ich nehme doch an, dass Sie auch eine Familie haben, oder?»

Er lacht. «Nein, eigentlich nicht, aber ich bin ja auch schon groß. Ich kann für mich selbst sorgen.»

«Das kann ich auch.» Ich mag ihn, aber wenn er auf erwachsen macht, kann er ziemlich verletzend sein; zwar tönt er noch nicht gerade nach FREUDE DES ENTDECKENS, doch bewegt er sich auf ziemlich schmalem Grat.

«Wo ist denn Ihr Dad?», frage ich, nur um wieder für bessere Stimmung zu sorgen, aber dann sehe ich seinem Gesicht an, dass ihn der Gedanke an seinen Dad überhaupt erst so traurig gemacht hat.

«Er ist schon tot», sagt er.

«Oh», sage ich betreten. «Tut mir leid» – danach fühle ich mich erst recht verlegen und komme mir obendrein auch noch reichlich blöd vor. Warum sollte mir etwas leid tun? Was macht das für einen verdammten Unterschied?«

«Muss es nicht», sagt er. «Er war nicht mehr der Jüngste und zum Schluss auch nicht mehr er selbst.» Er wendet den Blick ab und sieht dann zu den Bäumen hinüber, als versuchte er, sich etwas vorzustellen.

Einmal, in einem wirklich schrecklichen Buch, habe ich gelesen, dass man mit Leuten über so etwas reden soll. Ich weiß nicht, warum, aber ich nehme mal an, den Toten tut es gut, wenn man sich an sie erinnert. Vielleicht nicht gerade daran, wie sie krank daniederlagen, eher an die Zeit vorher, als sie noch jung waren, glücklich oder so. Die Logik dahinter kann ich begreifen. Es macht mir nämlich was aus, dass ich mich an Dad vor seiner Krankheit nicht erinnern kann. Und bestimmt wäre es nützlich, wenn ich wüsste, wie er als junger Mann gewesen ist – sagen wir, wie er getanzt oder Fußball gespielt, wie er seine Mannschaft angefeuert hat. Oder wie er an einem warmen Sommertag im Pub saß, gleich nachdem es aufgemacht hat, ganz allein, bevor die ersten Leute kamen, mit einem Blatt Papier und einem Glas Bitter, der bläuliche Rauch der ersten Zigarette des Tages, der in einer langen, dünnen Spirale durch das golden hereinfallende Licht aufstieg. Das wäre gut, und vielleicht täte es dem Mottenmann auch gut, wenn er an etwas Ähnliches dächte. Also versuche ich es. «Und?», sage ich. «Wie war er so, Ihr Dad?»

Er sieht mich an, diese Art Blick, die fragt: Willst du das wirklich wissen, oder versuchst du nur, höflich zu sein? Ich bin mir nicht sicher, ob ich es selber weiß, aber ihn scheint zufriedenzustellen, was er sieht. «Mein Dad war Ingenieur», sagt er. «Er hat seine Arbeit über alles geliebt und damit auch seinen Lebensunterhalt verdient. Deshalb ist er hergekommen, nämlich um einen Job zu erledigen. Als er dann später zurückkam, war er schon pensioniert. Eine Menge war hier zwischen seinem ersten und seinem letzten Besuch geschehen.»

«Und was ist mit ihm passiert?»

«Mein Dad war ein großherziger, naiver Mann», erzählt er. «Ein Enthusiast, und das hat ihn zugleich auch ein bisschen zum Narren gemacht. Er hat den Menschen vertraut, was eigentlich nicht schlecht ist, aber er war zu offen, zu leichtgläubig. Außerdem hat er gern einen über den Durst getrunken. Am Ende ist er dann nur noch ziellos durch die Welt gestolpert, gegen das Mobiliar gestoßen und ständig hingefallen, aber er ist jedes Mal wieder aufgestanden. Manchmal habe ich mir gewünscht, er würde einfach aufgeben und liegen bleiben.»

Ich höre zu. Ich habe keine Ahnung, wovon er da eigentlich spricht, aber ich sehe ihm an, wie traurig es ist. Trotzdem überrascht mich, wie er über seinen alten Herrn redet. Es ist, als erzählte er von jemandem, den er kaum gekannt hat, oder von einer Gestalt aus einem Buch.

«Dein Vater hat in der Fabrik gearbeitet», sagt er nun.

«Ja», antworte ich und bin verblüfft über die neue Richtung, die unser Gespräch nimmt. «Bis man sie geschlossen hat. Dann wurde er krank.»

«Mein Vater half, die Fabrik aufzubauen. Er hat an der ersten Anlage mitgearbeitet, damals, in der Anfangszeit, als noch eine ganze Reihe von Firmen für das Konsortium tätig war und sich die ersten, höchst lukrativen Verträge teilten, Arnoldsen etwa, Nevin oder Lister. Mein Dad kannte sie alle, sie waren für ihn wie eine Familie. Wenn er über diese Zeit redete, zählte er manchmal ihre Namen auf, und man merkte, wie viel sie ihm bedeuteten. Sie schienen ihm so vertraut wie die Worte, die er bei seiner Arbeit benutzte, all die technischen Details, über die er endlos reden konnte, selbst wenn er wusste, dass niemand ihn verstand. Diese Namen aber, die waren für ihn was Besonderes. Sie waren seine Litanei. All die bedeutungsschweren Worte, die er so sehr liebte, wie manche Menschen die Worte eines Gebets oder eines alten Liedes lieben.» Er verstummt und blickt in seinem Kopf dahin zurück, wo sein Dad ist und seine private Litanei aufsagt.

«Aber was ist schiefgelaufen?», frage ich, obwohl ich nie erwartet habe, diese Frage zu stellen, doch als ich es tue, ist es, als hätte ich jahrelang nur darauf gewartet, jemandem genau diese Frage stellen zu können.

Er fährt aus seinen Träumereien auf und schaut mich an. Meine Frage scheint ihn zu verstören, doch gibt er sich größte Mühe, mir eine Antwort zu geben. Nicht die Antwort, nach der ich suche, aber eine annähernde Antwort, eine gut geratene Antwort. «Dad war stolz auf das, was er hier geleistet hatte», sagt er. «Damals waren die meisten Menschen noch stolz auf die Fabrik. Selbst später erinnerte man sich gern an den Tag, an dem der alte George Lister nach Ende der ersten Bauphase höchstpersönlich herkam und offiziell die Fabrik eröffnete, dabei stimmt das überhaupt nicht. Leute wie mein Dad – und deiner – haben *diese* Menschen nie zu Gesicht bekommen. *Die* haben ihr Geld aus der Ferne gemacht, und sie haben es auch weit fort von uns für Dinge ausgegeben, die sich die Arbeiter nicht einmal hätten vorstellen können.» Er schaut ins Unbestimmte, und ich denke, ich habe ihn wieder verloren.

«Dann ist der Boss», sage ich, «also gar nicht zur Eröffnung gekommen?»

«Nein», sagt er. «Er hat vermutlich nur einen Stellvertreter geschickt oder einen seiner jüngeren Söhne. Er hatte vier Söhne, wenn ich mich recht erinnere.»

Er sieht mich neugierig an. «Jetzt aber los», sagt er. «Es wird Zeit für dich. Dein Dad macht sich bestimmt schon Sorgen.»

Ich schüttle den Kopf. «Würde mich verdammt wundern, wenn er überhaupt wach ist», sage ich, und er schüttelt seinerseits in gespieltem Entsetzen den Kopf darüber, dass ein junger Mensch schon so fluchen kann.

Das war das einzige Mal, das wir je über solche Sachen geredet haben. Später ging es immer nur um seine Arbeit, um Geschichten von den Orten, an denen er gewesen war, oder um kleine Tipps, wie man die Welt bereist, ohne dass es einem allzu schlecht dabei ergeht. Und so steht es nun um uns. Er kommt nicht sehr häufig, vielleicht alle zwei Monate, und ich weiß nie, wann ich mit ihm rechnen kann. Als ich daher an diesem Morgen einen Blick auf seinen Lieferwagen erhasche, halb versteckt hinter der großen Hecke drüben bei den Weiden, bin ich glücklich. Nur will ich nicht, dass er das sieht, also schlendre ich fast beiläufig dorthin, wo er arbeitet, und beobachte ihn. Er selbst macht auch kein besonderes Aufheben. Er baut ein großes Netz auf, ein hohes Etwas, größer als er selbst, und das Netz korrekt auszurichten erfordert offenbar seine ganze Aufmerksamkeit. Trotzdem nimmt er sich die Zeit, meine Anwesenheit zu registrieren. «Leonard Wilson», sagt er. Und ich meine aus der Art, wie er meinen Namen sagt, heraushören zu können, dass er sich freut, so als hätte er nur darauf gewartet, mich wiederzusehen. Einen Moment schweigt er und sieht mich von der Seite an. «Wie geht es dir?», fragt er dann.

«Mir geht's gut», antworte ich. Und es freut mich, dass es beinahe wahr ist. Jedenfalls wahr genug, um es sagen zu können, ohne dabei das Gefühl zu haben, mir etwas vorzumachen.

«Das ist prima», antwortet er. «Willst du rüberkommen und mir helfen, dieses Ding aufzubauen?»

«Klar doch.»

Er nickt. «Na, dann los», sagt er, und sorgsam, kompetent und gut gelaunt machen wir uns an die Arbeit, als hätten wir unser Leben lang nichts anderes getan. Gemeinsam brauchen wir nicht lang, und kaum sind wir fertig, schickt er mich, um Holz für das Feuer zu sammeln, doch als ich zurückkomme, die Arme mit Zweigen und abgefallenen Ästen beladen, sitzt er auf einem großen Holzstamm an einem Feuer, das offensichtlich schon eine ganze Weile brennt, und in den Flammen köchelt ein kleiner

Topf so schwarz und verkrustet von jahrelanger Hitze wie ein Hexenkessel im Kleinformat. Sobald er mich hört, sieht er auf und lächelt mir zu, ein breites Lächeln, das eine Welt geteilter Geheimnisse und eine Zukunft andeutet, über die nur er und ich Bescheid wissen.

«Du bist zurück», sagt er und zeigt auf den Baumstamm neben sich. «Setz dich, ich mache dir gerade meinen Spezialtee.»

Ich lache. Mich ärgert auch nicht, dass er mich völlig überflüssigerweise losgeschickt hat. «Ach ja?», sage ich. «Was soll denn daran so speziell sein?»

Er lächelt und rührt behutsam im Topf herum. «Wirst schon sehen.»

Es dauert eine Weile, bis der Tee soweit ist, wie er ihn haben möchte. Das Gebräu riecht grässlich, ein bisschen wie die grünen Schleimspuren, die eine Raupe hinterlässt, wenn man sie zu lange in ein Weckglas oder eine Streichholzschachtel einsperrt, oder wie die schmierigen Klumpen verfaulter Kohlstängel auf einem regennassen, von Maschinen abgeernteten Feld. Doch dem Mottenmann scheint der Gestank nichts auszumachen; er beugt sich über den Topf, rührt um, atmet in tiefen Zügen ein, summt gedankenverloren vor sich hin und wirkt ganz versunken in die Alchemie seines Tuns und Treibens. Endlich ist er zufrieden, sieht zu mir rüber, setzt sein breites Grinsen auf, nimmt eine Tasse, hält sie sich kurz unter die Nase und schüttet den Inhalt dann rasch in sich hinein. Ich mache es ihm nach; das Zeug schmeckt widerlicher, als es riecht, doch schlucke ich den Tee, ohne würgen zu müssen. Der Mottenmann lacht, dann lässt er sich nach unten gleiten, sitzt auf der Erde und lehnt sich mit dem Rücken an den Holzstamm. Ich halte es wie er. Lange – bestimmt zehn Minuten oder noch länger – sitzen wir einfach nur da, zwei Camper im Wald am Feuer, die Zwiesprache mit der Natur pflegen oder ähnlichen Blödsinn treiben. Doch nach einer Weile fühle ich mich seltsam, irgendwie von innen her warm, aber nicht fiebrig, und die Welt kommt mir verändert vor. Die Bäume sind detaillierter, die Farben subtiler, alles sieht komplexer aus und wirkt doch zugleich sinnvoller, scheint aus ganz bestimmtem Grund zu existieren. Nicht wie geplant, ich rede hier keinen Stuss von wegen, wie wundervoll die Natur doch sein kann. Ich meine – sie ist da und muss nicht großartig erklärt werden, sie ist gut, wie sie ist, und jederlei Ding wird gut sein. Ich schaue mich um. Das Grasgrün wirkt wie bei Platon, jeder Zweig, jedes Blatt ist perfekt, mehr noch, die Dinge, die ich sehe, scheinen mir nicht nur vollkommen klar, logisch und selbstverständlich, da ist noch etwas anderes, noch viel mehr. Von meinem Sitzplatz aus zeigt sich mir die ganze Umgebung in makellosem, beinahe schwindelerregendem Detail, aber ich kann auch spüren, wie das eine mit dem anderen zusammenhängt und dieses wiederum mit dem, was danach kommt, nein, nicht so sehr mit ihm zusammenhängt, als vielmehr eins mit ihm ist. Alles ist eins. Es geht nicht um Verbundenheit, sondern um Unteilbarkeit. Um Einheit. Ich kann spüren, wie sich die Welt um mich herum in alle Richtungen ausweitet, die Welt und alles, was darin lebt, jede Knospe, jedes Blatt, jeder Vogel und Frosch, und Fledermaus und Pferd und Tiger und Mensch, Farn und Bärlapp, Fisch und Geflügel, jede Schlange, all der Saft und das Blut, von der Sonne gewärmt, alles, was das Licht berührt oder sich in der Dunkelheit verbirgt. Alles ist eins. Es gibt kein Ich, kein Nichtich. Alles ist ununterbrochen eins, und ich bin lebendig mit allem, das da lebt.

Und dann, beinahe noch ehe sie da ist, zerbricht diese Einheit, und ich sehe jemanden. Einen Jungen. Vorher war er nicht da, aber jetzt ist er es, steht am Rand der Lichtung, als wäre er gerade aus dem Wald gekommen, und starrt mich an, kein bisschen überrascht, eher, als hätte er erwartet, dort zu sein, und versuchte nun, mich auf sich aufmerksam zu machen, meine Aufmerksamkeit mit stechendem Blick auf sich zu lenken. Er hat etwas Eigenartiges an sich, das ich nicht recht zu fassen weiß, etwas in seinem Gesicht, das mir vertraut vorkommt, wenn es auch nicht so sehr sein Gesicht als vielmehr sein Gesichtsausdruck ist; mir scheint, als würde ich diesen Ausdruck zuinnerst kennen, einen Ausdruck, den ich selbst einmal probiert, ihn dann aber wieder aufgegeben habe, so wie ein Schauspieler eine Rolle einstudiert und sich dabei auf gewisse Weise im Spiegel betrachtet, um sich in einen glücklichen, weisen oder verstörten Menschen hineinzuversetzen, indem er sein Mienenspiel auf die eine oder andere Weise verändert. Der Ausdruck des Jungen ist geistesabwesend, nein, nicht so sehr abwesend als vielmehr weit fort, nicht stolz, nicht kühl oder beleidigt, viel simpler, fast, als wollte er mich rufen, hätte vorübergehend aber seine Stimme verloren. Ja, genau, er will mich rufen, und der Ausdruck in seinem Gesicht kommt daher, dass er sich mir nicht verständlich machen kann. Er will rufen, vielleicht um Hilfe, vielleicht auch, weil er glaubt, dass ich Hilfe bräuchte – und seinen schlichten Appell habe ich gespürt, ehe ich den Jungen selbst sah, habe den Blick gespürt, den er mir, kurz bevor ich mich umdrehte, zuwarf, obwohl ich glücklich war, oder wenn schon nicht glücklich, dann doch so überaus lebendig, restlos mit allem um mich herum verbunden, mit all dem eins, was ich sehen und nicht sehen konnte, mit Wald und Himmel, dem warmen, verwaschenen Licht der Scheinwerfer, die an der Küste entlang oder fort über die Hügel zum dahinterliegenden Leben gleiten, den Straßen und Städten, den Lichtern in Bürogebäuden, den Gemälden in Museen und Galerien, den flämischen Höfen, die ich in Kunstbüchern gesehen habe, den Piazzi und Kanälen, den Reisfeldern und schneebedeckten Bergen, der Himmel von eben jenem Blau, das ich seit Jahren aus Bildbänden kenne, aber nie im wahren Leben, niemals hier gesehen habe: ein Blau, so tief wie das Vergessen, das kühle Blau des Raums, in dem die frisch Verstorbenen von ihren Namen und Erinnerungen erlöst werden. Doch kaum sehe ich ihn, bin ich plötzlich wieder *zurück*: ein hiesiges, isoliertes Wesen im Wald, eine kleine Kälte in der eigenen Haut, gefangen im langsamen Fluss der Zeit wie ein Schwimmer, der gefangen ist in einer Strömung, der er nichts entgegenhalten kann, die selbst zum Wassertreten zu stark ist – und einen Moment später erkenne ich, was so merkwürdig an ihm ist. Sein Gesicht, ja, aber nicht der Gesichtsausdruck, sondern die Ähnlichkeit. Einen Augenblick lang meine ich nämlich, einen der verlorenen Jungen vor mir zu sehen, doch erst in der letzten Sekunde, kurz bevor er zurück in den grünen Schatten unter der Erle weicht, dreht er sich um und wirft mir einen langen, fragenden Blick zu – und er sieht nicht wie Liam aus, auch nicht wie sonst einer der Jungen, die ich kenne. Ich starre ihn an, eine lange Zeit, so zumindest kommt es mir vor, und ich versuche, seinen Blick zu halten, aber er ist verschwunden, ehe ich mir in ebenso vielen Worten auch nur klarmachen kann, dass, wenn er denn überhaupt Ähnlichkeit mit jemand Bekanntem hat, er noch am ehesten aussieht wie *ich*. Dasselbe Gesicht sehe ich jeden Morgen im Spiegel: die gleiche Miene, der gleiche fragende Blick, der gleiche Zweifel in den Augen, der gleiche Trotz. Er sieht aus wie ich. Er hat mich angestarrt, und ich habe ihn angestarrt, und jetzt ist mir, als wäre ich zweigeteilt, als wäre die ganze Welt geteilt, der eine Teil strömt fort zu den Häfen und Städten, die ich gerade eben noch in meinen Visionen gesehen habe, der andere Teil ist starr, kalt, schicksalsbestimmt.

Einen Augenblick später verschwindet dieses Ich/Nichtich im Wald, und als ich mich zum Mottenmann umdrehe, sehe ich, dass er mich ebenfalls anstarrt, wenn auch mit einem freundlichen, leicht fragenden Blick – fragend, doch mit dem leichten Anflug eines Lächelns, eines liebevollen Lächelns, glaube ich, eines Lächelns, das besagt, dass alles in Ordnung ist. Ich vermute, mein Blick verrät ihm, dass ich etwas gesehen habe, was mir zu schaffen macht, und er sieht in die Richtung, in die ich noch einen Moment zuvor geschaut habe. Rasch sucht er die Bäume ab, dann wendet er sich wieder mir zu, sagt aber kein Wort. Meine Miene ist bekümmert, das kann ich spüren, so wie ich spüren kann, wie ich für ihn aussehe, traurig eben, vielleicht verängstigt, die Miene von jemandem, der zu etwas aufbrach, was sich wie ein großes Abenteuer anfühlte, der aber dann plötzlich Angst bekam. Wie ein Kind bei der ersten Achterbahnfahrt, das zu spät merkt, wie sehr es sich vor der Höhe fürchtet. Seltsam ist nur, dass ich überhaupt nicht traurig bin, dass ich keine Angst habe; ich bin bloß zu rasch in den normalen Zeitstrom zurückgefallen, nachdem zuvor diese wundersame Starre und Stille geherrscht hatte. Ich bin zu abrupt zurückgekehrt, und einige Sekunden lang bin ich dermaßen enttäuscht, dass ich am liebsten weinen würde.

Dann aber ändert sich wieder alles, und die Miene des Mottenmannes erhellt sich, als wäre ihm ein Licht aufgegangen und er hätte verstanden, was für einen dummen Fehler ich gemacht habe, doch verurteilt er mich deshalb nicht, er macht mich auch nicht auf meinen Fehler aufmerksam, er sieht einfach die lustige Seite des Ganzen, und er lacht, ein stummes, liebevolles Lachen *mit* mir in all meiner Narretei, denn er weiß, sobald mir die Erkenntnis kommt, werde ich einsehen, wie falsch es war, mich zu fürchten, mir Sorgen zu machen oder traurig zu sein, dass alles gut und Anlass zum Feiern ist, egal, wie verwirrend oder schrecklich die Dinge auch scheinen mögen.

Die Neuigkeit wird an einem Freitag bekannt, spät am Nachmittag. Diesmal sind es die Eltern von Tommy O'Donnell, die das Zimmer ihres Sohnes am Morgen leer vorfinden, das Bett unbenutzt, der Junge fort. Er musste irgendwann in der Nacht verschwunden sein, denn Mike O'Donnell – Jimmy van Dorens Onkel – hatte am Donnerstag noch gegen zehn Uhr abends den Kopf durch die Tür gesteckt, um nach seinem Jungen zu sehen, und da hatte Tom am Schreibtisch gesessen, die Kopfhörer seines Walkmans über den Ohren. Mike hatte Tommy gefragt, ob er seine Hausarbeiten erledigt habe, und ihm die Antwort nicht geglaubt, es aber auch nicht über sich gebracht, ihn deswegen zur Rede zu stellen. Dann war er früh zu Bett gegangen, während seine Frau sich unten einen Dokumentarfilm über plastische Schönheitschirurgie ansah und sein einziger Sohn wohlbehütet in seinem Zimmer saß und sich unbekümmert um seine Schularbeiten drückte. Nein, es gab keinen Grund für Tommy, so spät noch aus dem Haus zu gehen; er kannte die Regeln, an die er sich halten musste, wenn er abends wegwollte, und hätte er tatsächlich irgendwohin gewollt, hätte er nur zu fragen brauchen, und Mike hätte ihn gefahren. Mike O'Donnell arbeitete in der Landschaftsgärtnerei seines großen Bruders, war aber kein Geschäftspartner. Allgemein ging man davon aus, dass Earl van Doren sich im Laden als Graf Koks aufspielte, während Mike die ganze Arbeit erledigte, weshalb er abends oft ziemlich erschöpft nach Hause kam. Nur hätte Tom das nicht daran gehindert, ihn um einen Taxidienst zu bitten, und Mike wäre es nie in den Sinn gekommen, ihm diese Bitte abzuschlagen. Alle wussten, was Mike O'Donnell für ein guter Kerl war: fleißig, pflichtbewusst und seinem Bruder über die Maßen loyal ergeben, der gütige Ehemann einer ziemlich undankbaren Frau und ein Vater, der seinen Sohn abgöttisch liebte – ehe er seinem Sohn etwas abschlug, wäre er lieber gestorben. Jetzt ist der Junge verschwunden, doch da es keine Anzeichen für ein gewaltsames Eindringen gibt, auch keinen sonstigen Hinweis, der nahelegt, dass Tommy nicht einfach fortgelaufen ist, wissen wir alle, dass dies wieder einer jener Fälle ist, die still und heimlich zu den Akten gelegt werden, während die Behörden, die Polizei eingeschlossen, ihrem eigentlichen Interesse frönen, nämlich Reklame für Brian Smiths Homeland-Projekt zu machen.

Danach, am Montag, soll eigentlich wieder Schule sein, aber kein Mensch geht hin. Das ist nur eine der kleinen Gesten, die uns zur Verfügung stehen: Am Tag, nachdem wieder einer von uns verschwunden ist, gehen wir nicht zur Schule, sondern streifen durch Stadt oder Fabrikgelände, stehlen, was irgendwie wertvoll aussieht, und zerschlagen den Rest. Es verrät das schlechte Gewissen der Behörden, dass unser Treiben keine Folgen hat. Sie fühlen sich schuldig, weil sie wissen, dass sie uns im Stich lassen. Vielleicht sollten wir das Rathaus abfackeln oder die Polizeidienststelle, damit sie endlich Farbe bekennen, aber so weit gehen wir nicht. Wir schlagen Fensterscheiben ein. Wir stehlen billigen Wein aus dem Supermarkt. Wir gehen zur Fabrik, schnüffeln Kleber und besaufen uns mit dem geklauten Wein, dann verziehen wir uns nach Hause, sitzen, jeder für sich, in unseren Zimmern, stöpseln uns in unsere Musikanlagen ein, heulen uns die Seele aus dem Leib oder sitzen einfach nur auf der Fensterbank, vielleicht auch irgendwo auf einem Dach, und starren in den Himmel. Einige von uns – die Einsamen, die Außenseiter – gehen zum Fabrikgelände und überlegen sich, was sie Gefährliches tun können, irgendeine todesverachtende Tat, die kein Mensch bezeugt, aber immer bleiben wird, im Fleisch und im Geist, ein lebendiges Testament dafür, wie bereitwillig wir die Welt aufgeben würden.

Nach dem Verschwinden seines Vetters beginnt Jimmy, gegen Andrew Rivers zu sticheln. Rivers wohnt allein in einem alten Häuschen am vergifteten Wald; und es wird allgemein behauptet, dass er Kinder belästigt, weshalb einige der Jungen auch Angst vor ihm haben, aber in meinen Augen ist er nur ein trauriger Unangepasster, der es vorzieht, allein zu leben, was in Innertown durchaus kein ungeschickter Schachzug ist. Trotzdem kann Jimmy sich den Gedanken nicht aus dem Kopf schlagen, dass dieser Typ irgendwas mit den verlorenen Jungen zu schaffen hat, also redet er seiner Gang ein, dass endlich mal jemand was unternehmen müsse. Ich bin mir ziemlich sicher, dass er sich irrt, denke aber, es könnte nichts schaden, ihn reden zu lassen. Soll er ruhig ein bisschen Dampf ablassen. «Ständig ist er da draußen und treibt sich irgendwo in den Wäldern rum», sagt Jimmy. Ich mache mir nicht die Mühe, ihn darauf hinzuweisen, dass ich auch ziemlich oft da draußen bin; ich habe Rivers sogar schon in seinem Garten gesehen und manchmal, wie die Gardinen in seinem Wohnzimmer zuckten. Einige Male bin ich direkt an ihm vorbeigelaufen, und mir ist aufgefallen, wie er mich anschaut, aber er hat sich nie irgendetwas herausgenommen. Ich meine, so viel hat es nun wirklich nicht mit dem Kerl auf sich. Vielleicht ist er ein bisschen pervers, aber wahrscheinlich sieht er nur gern zu. Außerdem kann ich mir nicht vorstellen, wie der irgendwen überwältigen will. Jedenfalls ganz bestimmt keinen Jungen so groß wie Liam. Trotzdem sage ich kein Wort, lasse Jimmy einfach weitermachen. Und er macht weiter. «Dieser perverse Arsch hat bestimmt nur auf den richtigen Augenblick gewartet», sagt er.

Tone hält dies für sein Stichwort. «Er ist ein stadtbekannter Pädo», sagt er, «sein Name steht bei den Bullen auf der Liste der Sexualtäter und was weiß ich wo noch.»

«Ach ja?», sage ich. «Wer hat dir das denn erzählt?»

Tone wirft mir einen drohenden Blick zu. «Das weiß doch jeder», sagt er. «In seinem Haus liegen haufenweise Schwulenpornos rum. Er sitzt den ganzen Tag bloß da und blättert diese kranken Hefte durch; er geht auch nie raus und hat keine Freunde oder so.»

«Tja, Tone», sage ich, «das macht ihn zu einem traurigen und einsamen Mann, aber deshalb ist er noch lange nicht gefährlich.»

In dem Moment mischt Jimmy sich wieder ein. «Kommt manchmal auf das Gleiche raus», sagt er. «Der Scheißer denkt dran, bis er es nicht mehr aushalten kann. Vielleicht kommt auch Vollmond, oder es passiert was weiß ich; jedenfalls zieht er dann los und schnappt sich irgendwen.»

«Ich kann mir nicht vorstellen, dass dieser Typ sich irgendwen schnappt», sage ich. «Ich habe an einem Furz schon mehr Muskeln gesehen.»

Jimmy schüttelt den Kopf. «Bestimmt hat er Chloroform oder irgend so ein Zeug.»

«Wofür soll das denn gut sein?», fragt Mickey.

Jimmy wirft ihm einen ungeduldigen Blick zu. «Das ist ein Betäubungsmittel», erklärt er. «Man tröpfelt es auf ein Tuch, das man jemandem bloß drei Sekunden an den Mund halten muss, und schon geht ihm das Licht aus.»

«Ehrlich?» Mickey findet das großartig. «Ist das genau wie das Zeug, das in Pflanzen vorkommt?»

Jimmy gerät in Rage. «Was redest du denn bloß für einen Scheiß, Ernest?»

Mickey sieht beleidigt drein. «Na ja, das gibt's doch auch in Pflanzen», sagt er. «Chloroform, haben wir jedenfalls in Bio gelernt.»

«Das ist Chloro*phyll*», sagt Jimmy. «Chloro*phyll*, nicht Chloro*form*, Blödmann.»

Mickey sagt kein Wort. Er sieht einfach nur eingeschnappt aus, schließlich kann jedem mal so ein Irrtum unterlaufen, oder nicht? Klingen ja auch fast gleich. Chlorophyll, Chloroform – wie soll er denn mithalten können, wenn wir es ihm so schwierig machen?

«Egal», fährt Jimmy fort, «wie gesagt, wir sollten uns diesen Typen mal vorknöpfen, diesen Andrew Rivers.»

Gleich schrillen bei mir die Alarmglocken, doch ich muss vorsichtig sein, denn hier läuft irgendwas Merkwürdiges ab, frei nach dem Motto: Bist du nicht für uns, bist du gegen uns. Und das nicht bloß mit Jimmy, sondern mit der ganzen Stadt. Jeder will irgendwas *tun*. «Was meinst du, wenn du sagst, wir sollen uns ‹den Typen mal vorknöpfen›?»

Jimmy sieht mich nur an, gibt mir aber keine Antwort. Stattdessen dreht er sich zu Eddie um, die während der ganzen Zeit einfach nur ohne ein Wort dagesessen hat. Was nicht unbedingt heißen muss, dass sie uns zuhört. «Was meinst du, Eddie?», fragt er.

«Wie?» Sie grient, als hätte sie die Pointe eines Witzes verpasst.

«Meinst du, wir sollten uns diesen Typen, diesen Rivers, mal vorknöpfen?»

Eddie denkt einen Augenblick scheinbar ganz ernsthaft nach und blickt dabei kurz zu mir herüber. Ich sehe ihr an, dass sie keine Ahnung hat, wovon wir eigentlich reden. Dann nickt sie und grinst. «Unbedingt», sagt sie.

Jimmy spitzt die Lippen und schaut sich um. «Okay», sagt er. «Eddie ist dabei. Wer noch?»

Tone zögert keine Sekunde. «Klaro», sagt er.

Jimmy nickt und wendet sich dann an Mickey. «Was ist mit dir, Ernest?»

Mickey ist immer noch beleidigt, sieht aber jetzt eine Chance, sich dem Rudel wieder anzuschließen. «Machen wir ihn fertig», sagt er.

«Na schön», sagt Jimmy und dreht sich zu mir um. Natürlich hat er mich absichtlich bis zum Schluss aufgespart. Bestimmt denkt er, dass ich kneife. Mir entgeht nicht, dass Eddie mich jetzt ebenfalls aufmerksam mustert.

«Wir knöpfen ihn uns vor, okay?», sage ich und will irgendeine klare Ansage, damit die Sache nicht völlig aus dem Ruder läuft. Was zwar sowieso passieren wird, aber ich will trotzdem eine etwas eindeutigere Ansage.

«Genau», sagt Jimmy.

«Fragen ihn, was er weiß», sage ich.

«Fragen ihn, was er weiß», sagt Jimmy, den Blick fest auf mich gerichtet.

Ich denke eine Sekunde lang darüber nach, aber eigentlich steht mir nur noch eine einzige Möglichkeit offen. Es ist völlig dämlich, und das weiß ich, aber ich will sie nicht ohne mich losziehen lassen. Vor allem Eddie nicht. «Okay», sage ich.

Aber Jimmy will die zweifelsfreie Bestätigung. «Du bist dabei?», fragt er mit leiser, aber fester Stimme.

Ich werfe einen Blick zu Eddie hinüber. Sie schaut mich voller Hoffnung an, so als wollte sie nicht, dass ich irgendwas vermassle. Wie eine Mutter beim Schulsport, die ihrem kleinen Herbert beim Eierlaufen zusieht. Ich kann sie nicht im Stich lassen. «Ich bin dabei», sage ich.

Jimmy nickt, Eddie grinst zufrieden. Tone ist sich nicht sicher, ob ihm gefällt, was er gehört hat. Bestimmt wäre es ihm lieber gewesen, ich hätte gekniffen. Ich sehe Mickey an. Er sitzt links von Jimmy und leckt immer noch heimlich seine Wunden, doch mustert er mich mit so merkwürdiger Miene, als hätte er gerade eine Möglichkeit entdeckt, die er bislang noch gar nicht in Betracht gezogen hatte. Es ist ein wirklich beängstigender Augenblick, das muss ich schon sagen.

Denn als ich Mickey sehe, wie er da mit diesem merkwürdigen Ausdruck im Gesicht im Dämmerlicht hockt, überkommt mich das beklemmende Gefühl, dass etwas Schlimmes passieren wird. Und ich liefere mich dem auch noch völlig aus, unterschreibe dafür auf der gepunkteten Linie, obwohl ich keine Ahnung habe, warum ich das eigentlich tue. Ich weiß nur, wenn man erst mal dabei ist, gibt es kein Zurück mehr.

Als ich mich am nächsten Tag mit Elspeth treffe, bin ich mieser Laune. Wir gehen nicht zu mir, weil irgend so eine Profischwester da ist, um für meinen Dad zu sorgen, eine dieser Pflegerinnen-Haushilfe-Sorte, die ihm wegen seines Zustands von der Sozialhilfe oder sonst wem geschickt wird. Deshalb können wir jedenfalls nicht zu mir, und zu Elspeth können wir aus ebendem Grund nicht, aus dem wir nie zu ihr können, weil nämlich ihre Eltern da sind, und sie hasst ihre verfluchten Alten. Außerdem passen sie auf wie die Schießhunde und wüssten sofort, was wir im Schilde führen. Also machen wir uns zum Fabrikgelände auf, aber es regnet, und es ist nass, weshalb wir uns in einem der Lagerhäuser verkriechen, in dem ein alter Tisch und ein paar Kisten herumstehen. Hier ist es trocken, auch wenn auf der gegenüberliegenden Seite der Regen durch ein Loch in der Decke tröpfelt, und besonders warm ist es auch nicht. Also sitze ich bloß da, ziehe einen Flunsch und versuche nicht mal, was in Gang zu bringen.

«Was, zum Teufel, ist denn los mit dir?», fragt Elspeth.

«Nichts.»

«Klar», sagt sie, «sieht auch aus wie nichts.»

«Ich bin müde», sage ich. «Ich musste das ganze Haus für diese Jenny putzen, oder wie die heißt.»

Sie kommt zu mir und lehnt sich an mich. «Müde? Abgespannt? Unfähig, dich zu konzentrieren?», sagt sie mit ihrer Fernsehstimme.

Ich nicke.

«Eine kleine Stärkung gefällig?»

«Schon möglich.»

Sie weicht zurück und sieht mich verletzt an. «Mann, überschlag dich bloß nicht.»

Ich antworte nichts. Ich könnte eine Stärkung gebrauchen, bin aber nicht in der Stimmung für ihre Sorte Stärkungsmittel. Ich will mehr – weiß nur nicht, was. Was Persönliches. So wie gestern, als ich mit Eddie geredet habe, nur reden und rumalbern.

Elspeth gibt sich allerdings nicht so leicht geschlagen, das muss man ihr lassen. Sie wartet einen Augenblick, um ihren Standpunkt klarzumachen, dann lehnt sie sich wieder an mich und fährt mir mit einer Hand unter das Sweatshirt. Sie fühlt sich kalt an, was aber ganz angenehm ist, streichelt mit langsamen Bewegungen meine Brust und lässt die Hand dann an meinem Bauch hinuntergleiten. Schließlich rückt sie noch ein bisschen näher und knabbert an meinem Ohr. Ich muss zugeben, sie hat wirklich ein ganz besonderes Talent. Eine Gabe. Elspeth steckt die Zunge in mein Ohr und rückt gleich darauf wieder ein bisschen von mir ab. «Widerstand ist zwecklos», flüstert sie und beißt mich dann, sehr sanft, in die weichste Stelle an meinem Hals.

Und so enden wir auf dem Boden, werden staubig und klamm und rammeln wie die Karnickel. Es ist wirklich unglaublich, aber so ist es immer mit ihr, wie abstoßend der Ort auch ist. Nur hinterher, als wir aufhören und uns ein wenig voneinander lösen, ist mir, als wäre sie meilenweit fort, und alles kommt mir so dumm und sinnlos vor. Ich setze mich auf und ziehe die Hose hoch.

«Wo willst du hin?», fragt sie. «Ich bin noch lange nicht mit dir fertig, mein Lieber.»

«Ich gehe nirgendwohin.»

Sie richtet sich ebenfalls auf und will etwas sagen, zweifellos irgendeine schlüpfrige, spitze Bemerkung, wird aber abgelenkt von dem, was sie auf der anderen Seite des Raums entdeckt. Ich folge ihrem Blick und kann es jetzt auch erkennen: irgendein Tier, das auf dem Boden liegt und sich kaum rührt, obwohl wir sogar von hier sehen können, dass es atmet oder doch mühsam nach Luft ringt. «Scheiße», sagt sie, «habe ich mich erschreckt.»

Ich stehe auf und gehe rüber zu dem Tier. Es ist ziemlich groß, trotzdem habe ich keine Ahnung, was es sein könnte. Etwas Ähnliches habe ich noch nie gesehen. Es ist ungefähr so groß wie ein kleiner Hund mit Schweinchenkopf und riesigen Glotzaugen. Offenbar geht es ihm nicht allzu gut, denn als ich näher komme, rührt es sich nicht. Es bleibt einfach liegen, starrt mich nur an und jappst nach Luft.

«Was ist los mit ihm?», fragt Elspeth. Sie ist auch aufgestanden, hält sich aber ein wenig abseits. «Ist es krank?»

«Schlimmer. Ich glaube, es stirbt.»

Sie stößt einen seltsamen kleinen Schrei aus und wendet sich ab. «Oh, Scheiße», flucht sie dann und dreht sich wieder um, die Hände halb vor dem Gesicht. «Leonard», sagt sie, obwohl sie doch sonst fast nie meinen Namen ausspricht. Gut möglich, dass sie mich sogar zum ersten Mal so anredet. «Du musst was tun.»

«Was denn?», frage ich. «Ich kann ihm nicht helfen. Ich bin doch kein Tierarzt.»

«Erlöse es von seinen Qualen.»

«Warum?»

«Weil es *leidet*».

«Woher willst du das wissen?», frage ich. Ich weiß, wie grob das klingt, aber es kommt mir einfach falsch vor, etwas zu töten, nur weil es zufällig in Elspeths Nähe stirbt. Das Tier wimmert nicht, jault auch nicht vor Schmerz, es liegt einfach da und versucht zu atmen. Vielleicht sagt es der Luft Lebewohl oder schließt gerade Frieden mit dem Gott seiner kleinen Welt. Ich habe keine Ahnung, was in ihm vorgeht, aber ich denke gar nicht daran, es umzubringen, nur weil Elspeth plötzlich zimperlich wird.

«Nun mach schon, Leonard», sagt sie. «Tu was.»

Ich schüttle den Kopf. «Nein.»

Sie zittert. «Verdammt!», schimpft sie. «Es hat bestimmt die ganze Zeit da gelegen, während wir miteinander gevögelt haben.»

«Schon möglich.»

«Mistkerl», schreit sie und wirkt jetzt wirklich ziemlich aufgebracht.

«Schon möglich», sage ich. Ich weiß, ich führe mich ziemlich dämlich auf. Und dass es nur ein Vorwand ist, das ist mir auch klar.

Elspeth reicht es jedenfalls. «Wenn du nicht sofort etwas unternimmst, gehe ich», sagt sie.

«Von mir aus», erwidere ich, beobachte das Tier und versuche herauszufinden, was es sein könnte. Sicher keine einheimische Art. Vielleicht ist es aus dem privaten Zoo irgendeines blöden Wichsers geflohen. Manchmal hört man ja solche Geschichten: Irgendein Penner legt sich eine ganz Sammlung exotischer Tiere zu, dann vergisst er eines Abends abzuschließen, und die Gegend wird überschwemmt mit Boas und Luchsen. Vielleicht handelt es sich hier um einen solchen Fall. Während ich versuche, mehr über das Tier herauszufinden, versuche ich gleichzeitig, eine Aura des Mitleids und des Mitgefühls zu verbreiten, da ich nicht möchte, dass dieses Wesen sich fürchtet. Es wäre besser, wenn Elspeth ginge. Im Moment macht sie ihm nur Angst.

«Das war's dann», sagt sie und stürmt in möglichst großem Bogen um das sterbende Tier herum zur Tür. «Übrigens, Leonard Wilson, mit uns ist Schluss!»

Ich reagiere nicht. Im Augenblick ist sie mir ziemlich gleichgültig. Während das Tier langsam stirbt, stehe ich einfach da, in einigen Schritten Abstand, und ich weiß, ich bilde mir das vermutlich nur ein, aber ich glaube, zum Ende hin wusste es, dass ich ihm nichts Böses wollte. Ich denke, es wusste, dass ich ein Freund war, und ich denke, es war vielleicht sogar froh, dass ich bei ihm blieb und ihm in diesen letzten Minuten Gesellschaft leistete. Denn um die Augen war da etwas, eine Freundlichkeit, eine Sanftheit, die ich zu verstehen meinte. Es war wie mit dem Gesicht eines Menschen, der lächelt: An den Augen erkennt man, ob es ein echtes Lächeln ist. Nicht dass das Tier gelächelt hätte, aber es hatte diesen Blick in den Augen. Den Blick, der ein Lächeln echt werden lässt. Auch wenn es ein Tier ist und nicht lächeln kann. Na ja, vielleicht meine ich ja bloß, dass ich nie erkennen könnte, was dieses Tier macht, wenn es etwas unserem Lächeln Entsprechendes tut, da ich nur ein menschliches Lächeln erkennen kann.

Als ich sicher weiß, dass es verendet ist, gehe ich nach draußen. Ich nahm an, Elspeth sei längst kilometerweit fort, ist sie aber nicht. Sie steht keine zehn Schritte entfernt bei den Weidenröschen. Ich gehe zu ihr, und sie sieht mich mit tränenverhangenem Blick an. «Wie geht es ihm?», fragt sie.

«Es ist tot.»

Da beginnt sie zu weinen. Einen Moment lang denke ich, sie will mich wieder einfach stehen lassen, stattdessen aber wirft sie sich an mich, weint sich an meiner Brust aus und erwartet, von mir umarmt zu werden. Fast wie die junge Elizabeth Taylor in einem ihrer Filme, in denen sie so unfassbar schön aussieht, etwa in der Szene, in der ihr Pferd gerade gestorben ist, sie zu irgendeinem Kerl geht und ihre Körpersprache ihn stumm anfleht: «Halte mich.» So halte ich sie jetzt. Natürlich nicht Elizabeth Taylor. So viel Glück habe ich nicht. Die junge Elizabeth ist nicht mehr, und solche wie sie werden, so sagt man doch, gar nicht mehr geboren. Also wird auch wohl niemand mehr *so* viel Glück haben.

Ich wollte Eddie irgendwie vom Rest der Gruppe fortlotsen. Es lief gut mit uns beiden, aber ich mochte den nächsten Schritt nicht tun, während die anderen uns zusahen. Vielleicht war es ja genau das, worauf Jimmy wartete. Und dann, einige Tage nach dem Vorfall mit dem Tier im Lagerhaus, erhielt ich ein Geschenk. Manchmal ist das so. Die Welt dreht sich und gibt dir ein Geschenk, und dann bleibt dir nichts anderes übrig, als es anzunehmen. Auch wenn Geschenke manchmal Konsequenzen haben, auf die man gern verzichtet hätte.

Ich sitze bei Dad im Wohnzimmer. Wie immer ist er stumm wie ein Stein, sitzt im Sessel am Kamin und schaut sich ein Modemagazin an, das er irgendwo aufgetrieben hat, eine ziemlich alte Zeitschrift mit verblichenen Fotos, die aussehen, als hätte man sie im Regen liegen lassen. Mir ist schleierhaft, wo er das Heft gefunden hat. Aber so ist er nun mal, streift durchs Haus und sucht alten Kram, der ihn an früher erinnert. Das Gesicht im nebligen Licht und so. So etwas ist ungesund. Mir wäre am liebsten, er könnte die angeblich so schöne Vergangenheit einfach vergessen und das Beste aus dem machen, was ihm geblieben ist.

Er hängt so sehr seinen Erinnerungen nach, dass er nicht einmal aufsieht, als es an der Tür klingelt. Ich schaue ihn an. «Jemand ist an der Tür, Dad», sage ich, aber er blickt immer noch nicht auf. Ich warte ein paar Sekunden. «Könnte für dich sein», sage ich. Immer noch nichts. Also stehe ich leise auf und gehe zur Tür nachsehen.

Es ist Eddie. Sie sieht ziemlich gut aus, so als hätte sie sich extra zurechtgemacht und ihr Haar nicht ganz so stachlig frisiert. Sie trägt eine weiße Bluse über einem ziemlich kurzen Faltenrock, fast wie eine Schuluniform zum Tag der Preisverleihung. «Hi», sage ich.

«Hi.» Sie steht vor der Tür und schaut mich an, ein liebes, aber irgendwie abwesendes Lächeln im Gesicht.

«Willst du reinkommen?»

«Klar», sagt sie und tritt ins Haus, aber ich rücke kaum beiseite, so dass wir mit einem Mal ziemlich eng nebeneinander stehen und ich ihr Haar, ihre Haut riechen kann. Ich schließe die Tür, und jetzt sind wir beide allein, allein im Flur. «Ich habe eine Nachricht von Jimmy», sagt sie.

Ich schüttle den Kopf. «Nein, hast du nicht», sage ich.

Eine Sekunde lang schaut sie mich verwirrt an, dann kapiert sie, dass ich sie auf den Arm nehme. «Habe ich doch», sagt sie und grinst.

Ich lege ihr die Hände auf die Schultern. «Überbring sie mir später», sage ich. Und dann küsse ich sie. Erst reagiert sie gar nicht, dann aber erwidert sie meinen Kuss, feucht und willig, ganz anders als bei Elspeth. Ich meine, ich mag Elspeth, und sie ist wirklich in vielerlei Hinsicht ganz phantastisch, trotzdem geht was ziemlich Hartes von ihr aus. Etwas zu Zielstrebiges, als würde sie ständig planen, statt den Dingen auch einfach mal ihren Lauf zu lassen. Mit Eddie ist es sanft, feucht und schön, sogar ein bisschen unbeholfen, und mir ist, als fielen wir ineinander. Ich könnte den ganzen Tag da stehen und sie einfach nur küssen, aber ich denke an Dad. Er sitzt gleich hinter der Tür, und ich will ihn nicht stören. Ich bin nicht allzu scharf auf seinen Nostalgietrip, gönne ihm aber auch sein kleines Vergnügen. Im Augenblick könnte er zwar gerade Jahrzehnte weit fort in seiner Vergangenheit herumstromern, aber das heißt nicht, dass er nicht urplötzlich daraus auftauchen und auf dem Weg ins Bett an uns vorbeilaufen könnte. Also löse ich mich für einen Augenblick von Eddie. «Lass uns nach oben gehen», sage ich.

«Was ist mit deinem Dad?»

Mit einem Kopfnicken zeige ich auf das Wohnzimmer, und sie zieht eine «Aha»-Miene, dann lächelt sie. «Du willst mich doch wohl nicht vom rechten Weg abbringen, wie?», sagt sie, wartet meine Antwort aber nicht ab. Wir gehen einfach die Treppe hinauf, sehr leise, und schließen hinter uns die Tür. Dad kommt nie in mein Zimmer, also habe ich Eddie nun doch noch ganz für mich. «Endlich allein», sage ich. Sie kichert, und wir fangen wieder an, uns zu küssen. Die Welt versinkt, Dad, Jimmy, die Fabrik, die Stadt, die verlorenen Jungen, alles, und einen Moment lang glaube ich, ich bin verliebt. Genau wie im Kino.

Während der nächsten drei Stunden finde ich so manches über Eddie heraus. So ist sie zum Beispiel längst nicht so dumm, wie sie gern tut, nur die Art, wie sie denkt, unterscheidet sich von der Art, wie andere Leute denken. Etwa darin, dass sie sich nicht besonders gut konzentrieren kann, weshalb alles immer in alle Richtungen auseinanderdriftet. Fängt sie mit einem Gedanken an, begibt sie sich gleich darauf an eine andere Stelle ihrer inneren Welt und findet oft nicht an den Ausgangspunkt zurück. Eine schlichte kleine Frage kann sie dermaßen durcheinanderbringen, dass sie am Ende nur vor einem großen, komplizierten Etwas steht und einfach aufgibt. Sie stößt so ein kleines Quieken aus, wenn sie glücklich ist, und ein glucksendes, kleines Lachen, das die Leute glauben lässt, sie sei nicht ganz richtig im Kopf. Was sie vielleicht auch nicht ist. Aber dumm ist sie ganz sicher nicht.

In mancher Hinsicht ist sie mir gar nicht so unähnlich. Wir sind beide Einzelkinder, nur ist ihre Mum daheim, nicht ihr Dad. Richtige Geschwister hat sie keine; Mickey, ein Kind aus der ersten Ehe ihres Vaters, ist ungefähr gleich alt, nur ein paar Monate jünger. Folgendes war passiert: Ihr Dad hatte seine erste Frau sitzen lassen, um mit Eddies Mum anzubandeln, die den schönen altmodischen Namen Dorothy trägt. Ich habe Eddies Mum nie gesehen, jedenfalls nicht, dass ich wüsste, aber ich muss unwillkürlich an die Schauspielerin Dorothy Lamour denken und werde ihr Bild nicht wieder los. Sicher hat Eddies Mum überhaupt keine Ähnlichkeit mit Dorothy Lamour, aber ich genieße es, mir ihre Mutter so vorzustellen, denn dann wäre ich im Bett mit Dorothy Lamours Tochter, und das finde ich verdammt sexy. Ihr Dad also, offenbar ein richtiger Schwerenöter, schwängerte Dorothy, traf danach aber seine Exfrau wieder, und um der alten Zeiten willen turtelten die beiden ein bisschen herum. Dies geschah nur wenige Wochen später, noch ehe Dorothy überhaupt wusste, dass sie mit Eddie in anderen Umständen war, weshalb es für Dad ein kleiner Schock gewesen sein dürfte, als er von beiden Frauen zu hören bekam, dass winzige Strampelfüße im Anmarsch waren. Während Eddie erzählt, muss ich unentwegt an Groucho Marx' Bigamie-Sketch denken und kann mir nur mit größter Mühe das Lachen verkneifen, denn jetzt tragen Groucho Marx und Dorothy Lamour die ganze Chose aus, zu Beginn mit der ersten Frau – ich denke dabei an Maureen O'Hara – und ihrer großartigen Alles-schon-erlebt-Miene. Jedenfalls beschließt Groucho, dass er bei Dorothy bleiben will, aber beide Kinder behalten möchte, und Maureen O'Hara hat nichts dagegen, da sie über die erste Ehe schon zu viel erfahren hat und deshalb sowieso keine allzu enge Beziehung mehr zu Groucho möchte. Was nach Dorothys Dafürhalten zwar nicht gerade untadelig, aber doch durchaus verständlich ist, nur ändert Groucho erneut seine Meinung und verdünnisiert sich mit einer dritten Frau – sagen wir, Veronica Lake –, woraufhin Dorothy mit beiden Kindern sitzen bleibt. Maureen O'Hara hat sich inzwischen ebenfalls aus dem Staub gemacht und wurde zuletzt auf der West Side Road gesehen, als sie mit einem Pappkoffer in der Hand und einer Hutschachtel unter dem Arm davonspazierte. Wie Eddie mir all dies erzählt, das ist wirklich zum Schießen, und sie reiht die ganze Geschichte so aneinander, dass sie wie ein mächtig bescheuertes Drehbuch klingt. «Daher kommt es also», sagt sie schließlich, «dass ich einen Bruder in meinem Alter habe.»

«Ernest», sage ich.

Sie lacht. «Mickey», sagt sie. «Nach seiner Mutter.»

«Was? Seine Mutter hieß Mickey?» Macht nichts, wenn ich recht drüber nachdenke, ist das durchaus okay. Eigentlich ändert es sogar überhaupt nichts. Ich kann mir Mauren O'Hara gut als eine Mickey vorstellen, etwa in einem Film von John Ford, in dem sie irgendeinen schönen Wildfang spielt, der auf den Traummann wartet, John Wayne zum Beispiel.

«Nein», sagt sie. «Michaela. Mickey ist nur eine Abkürzung.»

«Ach», sage ich. «Und wofür ist Eddie die Abkürzung?»

Sie sieht mich an, als wäre das eine Fangfrage. «Wie meinst du das?», will sie wissen.

«Na ja, wieso wirst du ‹Eddie› genannt?»

Sie denkt darüber nach. «Keine Ahnung.»

«Ist das denn keine Abkürzung?»

«Ich glaube nicht.»

«Du glaubst nicht?», frage ich. «Willst du damit sagen, deine Eltern haben dich Eddie getauft?»

«Sicher».

Ich glaube ihr nicht. Sie verheimlicht mir etwas. «Das ist bestimmt eine Abkürzung», sage ich.

Sie zuckt mit den Achseln und sieht ein wenig besorgt drein, sagt aber nichts.

«Edwina?»

Das entlockt ihr ein Quieken und ein halb angewidertes, halb ungläubiges Lachen.

«Edina», sage ich.

Sie schüttelt den Kopf

«Edaline? Edwardiana? *Edition Gallimard*?» Letzteres sage ich mit meinem besten französischen Akzent, und sie rollt mit den Augen.

«Das hast du gerade erfunden», sagt sie, ist aber nicht verärgert.

«Theodora?»

«Nein.»

«*F*andra?», frage ich lispelnd.

«Nein.»

Ich mache einen Luftsprung. «Ich weiß, ich weiß!», rufe ich.

Sie sieht mich so aufgeregt an, als könnte ich ihr verraten, was sie schon ihr Leben lang wissen wollte. «Was denn? Sag schon!»

«*Rumpelstilzchen*!»

Da boxt sie mich auf den Oberarm, und sie schlägt hart zu. «Blödmann.» In der nächsten Sekunde lachen wir, und eine Minute später vögle ich aufs Neue mit Dorothy Lamours Tochter, und es ist genau wie beim ersten Mal, schön, ganz salzig, sehr nah und persönlich, genau wie beim ersten Mal, nur noch besser. Hinterher, als ich denke, so könnte es für immer weitergehen, stützt sie sich auf einen Ellbogen und sieht mich an. «Wusstest du», sagt sie ganz ernst und schulmeisterlich, «dass einem Zwergpinscher die Augen aus den Höhlen springen, wenn du ihn am Nackenfell hochhebst?»

Als ich Eddie wieder aus dem Haus schmuggle, sitzt Dad noch im Wohnzimmer, nur hat er jetzt das Radio angestellt, was eigentlich kein schlechtes Zeichen ist, denn so hört er sich wenigstens etwas an. Ich meine, irgendwas dringt in seinen Kopf vor. Manchmal sieht er fern, doch dreht er den Ton immer leise oder ganz ab, und man sieht seinem Gesicht an, dass er eigentlich nicht begreift, was er sieht, dass er zwischen seinen Nickerchen nur Farben und Bewegungen betrachtet. Deshalb ist Radio gut. Er hört Radio 4, irgendeine Kultursendung, in der ein neuer, junger amerikanischer Regisseur über einen Film redet, den er gedreht hat oder noch drehen will, einen Film, in dem Janet Leigh und er – er selbst spielt auch mit – in einer Wüste eine Skulptur aus magnetischen Felsbrocken errichten wollen. Nur werden sie dabei immer wieder gestört, weil irgendein Typ mit einem riesigen Silbermesser hinter ihnen her ist, und dann ist da auch noch eine Bande Lederjacken mit Schnappmessern, die ihnen auf den Pelz rücken, weshalb sie ständig fliehen und von vorn anfangen müssen, immer wieder, nur er und Janet allein gegen den Rest der Welt. Ich stehe da und höre eine Weile zu, aber dann gebe ich es auf, mir einen Reim darauf machen zu wollen. Der Mann hat offensichtlich zu viele Filme gesehen. Ich schaue Dad an und frage mich, was er mit alldem anfängt. Er sieht ganz verzückt aus, den Kopf auf die Seite gelegt, wie ein Vogel, sitzt einfach in seinem großen Sessel und hört zu.

Ich beschließe, nach oben zu gehen und aufzuräumen. Ich hatte gehofft, dass Eddie länger bleibt, aber sie sagte, sie müsse gehen. Kurz bevor wir uns verabschieden, frage ich sie nach der Nachricht.

Sie schaut mich verwirrt an. «Was für eine Nachricht?»

«Die Nachricht von Jimmy.» Ich grinse sie an. «Weißt du nicht mehr?» Ihr Gesicht zeigt völlige Verständnislosigkeit. «Als du gekommen bist, hast du mir doch gesagt, du hättest eine Nachricht für mich. Von Jimmy.»

Sie schüttelt den Kopf. «Keine Ahnung», sagt sie. «Muss ich vergessen haben.»

Ich lache. «Auch gut», erwidere ich. «*So* wichtig kann sie dann ja nicht gewesen sein.» Bei Eddie lässt sich schwer sagen, ob es eine

Nachricht gab, die sie vergessen hat, oder ob sie sich die Sache mit der Nachricht nur ausgedacht hat, um mich zu sehen. Wie auch immer, ich bin froh, dass sie gekommen ist, und traurig, dass sie gehen muss.

Dabei hatte ich Glück, dass sie ging, denn zwanzig Minuten, nachdem ich mit dem Aufräumen fertig bin, kommt Elspeth vorbei. Und sie ist ganz und gar nicht glücklich. «Wo, zum Teufel, bist du gewesen?», fragt sie, sobald ich die Tür aufmache.

Verzweifelt gestikuliere ich, dass sie leise sein soll, aber sie beachtet mich gar nicht.

«Ich habe auf dich gewartet, du Arsch», sagt sie. Ich werfe einen Blick auf die Tür zum Wohnzimmer und fürchte, Dad wird jeden Augenblick auftauchen und nachsehen, was los ist. Denkste. «Hast du's vergessen oder was?», fragt Elspeth.

«Komm rein», sage ich. «Lass uns nicht streiten. Dad ist im Zimmer und braucht seine Ruhe.»

«Hört sich an, als würde er fernsehen», sagt sie.

«Nee», sage ich, «er hört Radio. Aber wir sollten ihm wirklich seine Ruhe lassen.» Sie wirft mir ihren Ich-bin-stinksauer-Blick zu, nur bezweifle ich, dass er noch ernst gemeint ist. Ich glaube, ihr ist gerade wieder eingefallen, dass ich erstens noch nie besonders gut im Einhalten von Terminen war und mich zweitens um meinen Dad kümmern muss. Und drittens – na ja, sie mag mich eben, okay? «Wie wär's», sage ich, «wollen wir spazieren gehen? Wir können dabei über alles reden.»

Sie sieht mich fassungslos an. «Spazieren gehen?»

«Klar, spazieren gehen.»

«Du willst *spazieren* gehen?»

«Warum denn nicht?»

«Ich gehe doch nicht *spazieren*», sagt sie. «Ich bin viel zu wütend, um einen blöden Spaziergang zu machen.» Sie stiefelt nach oben, ohne sich auch nur zu vergewissern, dass ich nachkomme. Was natürlich heißt, dass wir vögeln werden. Danach ist dann alles Weitere verhandelbar. Wir sind kaum durch die Tür, da dreht sie sich um und macht sich an meiner Jeans zu schaffen. «Komm schon», sagt sie, «ich brauche jetzt unbedingt einen guten Fick.»

Ich stehe einfach da und lasse sie machen. «Du geiles Luder», sage ich.

Sie sieht auf und lächelt. «Genau das bin ich», sagt sie. Und dann liegen wir auch schon auf dem Bett, treiben es angezogen, und ich habe ein schlechtes Gewissen wegen Dorothy Lamours Tochter, aber nur ein bisschen. Tiramisu und Steak an einem Tag. Bloß die Reihenfolge stimmt nicht. Dann, als wir wieder ein wenig zur Ruhe kommen und die Sache etwas langsamer angehen, sieht sie mich an und lacht. «*Spazieren* gehen», sagt sie. «Er wollte mit mir einen verdammten *Spaziergang* machen.»

Wie sich herausstellte, hatte Eddie tatsächlich eine Nachricht für mich, doch da sie ihr nicht wieder eingefallen war, fand ich das erst am nächsten Nachmittag heraus, als Tone mir vor der Bibliothek über den Weg lief.

«Jimmy will wissen, ob du heute Abend nun mitkommst oder nicht», fragt er und kann seine Abneigung kaum verhehlen.

«Wie?», frage ich. «Was ist denn heute Abend?»

Tone grinst höhnisch. «Habe ich mir doch gedacht, dass du dich drückst», sagt er. «Ich wusste, du würdest einen Rückzieher machen.»

«Worum geht es denn überhaupt?»

Ehrfürchtig und verwundert starrt Tone mich an. «Sag nicht, du willst jetzt behaupten, dass du die Nachricht nicht gekriegt hast.»

Endlich fällt der Groschen. «Ach so», sage ich. «Eddie hat

gesagt, sie hätte eine Nachricht für mich, nur ist sie ihr nicht mehr eingefallen.»

«Na klar doch.»

Ich verpasse ihm einen Blick, der ihm sagt, wenn er nicht sofort mit dem Scheiß aufhört, breche ich ihm das verdammte Genick. Er wirft mir den gleichen Blick zurück. Das muss man Tone lassen, von Statistik hält er nichts. Ich bin ihm in Größe, Stärke und Schnelligkeit überlegen, was er vermutlich auch weiß, nur interessiert ihn das nicht die Bohne. Wenn es je dazu kommt, dass ich ihn aufmischen muss, ist das für ihn ohne Belang. Er wird einfach immer wieder auf mich losgehen, bis er mich irgendwann zu packen bekommt. Ein ziemlich schauderhafter Gedanke. «Schon gut», sage ich. «Reg dich ab und sag mir einfach, wann und wo.»

«Soll das heißen, du machst mit?»

«Hab ich doch gesagt, oder nicht?»

Ich muss gestehen, dass er daraufhin ein wenig zerknirscht dreinsah, nicht besonders, aber immerhin. «Zehn Uhr», sagt er. «Bei der alten Trafostation auf dem West Way. Du weißt, wo das ist?»

Ich nicke. «Ich werde da sein», sage ich und sehe ihm an, dass er mir jetzt glaubt. Ich sehe aber auch, dass die ganze Geschichte von vorn bis hinten ein großer Fehler ist. Hammer-Horror-Zeit oder traurige Farce. Vielleicht ein bisschen von beidem. Ich frage mich bloß, warum ich eigentlich mitmache und wieso ich mich überhaupt auf Jimmy und seine Gang einlasse, aber dann schüttle ich den Kopf und gehe nach Hause, um mich vorzubereiten.

Rivers

Als Andrew das erste Geräusch hört, schreibt er gerade einen Brief an Patricia Franz. Es ist kein gutes Geräusch, aber er kümmert sich nicht darum, denn der Brief fällt ihm nicht leicht; es ist der letzte Brief, den er ihr je schreiben wird, und er sucht nach den besten Worten, um sie zu Papier zu bringen, damit sie versteht, warum er beschlossen hat, die Verbindung mit ihr abzubrechen. Er kennt sämtliche Geräusche in diesem Haus, und auch jeden Laut draußen im Garten oder auf der Straße, auf der meist nichts los ist, nur gelegentlich kommen Leute vorbei, um Blaubeeren zu sammeln. Allerdings kann er sich kaum vorstellen, dass irgendwas in dieser Gegend wächst, was gesund sein könnte. Manchmal stromert ein Junge aus Innertown am Haus vorbei, ein hübscher Junge mit dunklem, lockigem Haar, und Andrew schiebt den Vorhang ein wenig beiseite und blickt ihm nach, wie er über die Straße läuft. Dieser Junge sieht aus, als hätte er ein gutes Herz, als könnte sein Vater stolz auf ihn sein, aber so sind sie nicht alle. Die meisten Jungen sind einfach nur gemein. Sie hängen ihm schlimme Namen an und stecken irgendwelches Zeug durch den Briefschlitz. Hundescheiße. Benutzte Kondome. Knallfrösche.

Manchmal, wenn er diesen Jungen sieht, geht er nach draußen und arbeitet im Garten, damit er aufschauen und dem Jungen in die Augen sehen kann, scheinbar ganz natürlich und unverfänglich, so als geschähe es rein zufällig. Er hat Kinder gern, vor allem, wenn sie allein sind. Er mag es, wie sie sich in ihren Gedanken verlieren, wenn sie meinen, unbeobachtet zu sein. Sie gehen mit gesenktem Kopf, oder sie bleiben stehen und starren in die Bäume hinauf, vielleicht singen sie auch vor sich hin. Er weiß, was man sich in der Stadt über ihn erzählt, aber das stimmt nicht. Er hat nichts Böses im Sinn, er hat Kinder einfach nur gern, das ist alles. Er borgt sich Momente, borgt sich Blicke, ein Lächeln und das eine oder andere Wort von Menschen, die besser dran sind. Er gehört nämlich nicht zu der Sorte Mensch, die heiratet oder eigene Kinder kriegt, dazu ist er viel zu schüchtern. Außerdem: Wie hätte er jemals jemanden kennenlernen sollen, da er sich doch so viele Jahre um seinen Vater kümmern musste? Und selbst wenn er jemanden kennengelernt hätte, wer wollte denn schon bei ihm wohnen, hier, am Rand des vergifteten Waldes? Nein, in Wahrheit hatte er davon nie geträumt. Ehrlich gesagt, er glaubt nicht, jemals auch nur richtig mit einer Frau *geredet* zu haben. Er wüsste gar nicht, was er sagen sollte.

Trotzdem hatte er gehofft, eine Art Verbindung mit Patricia Franz aufbauen zu können. Denn wenn irgendwer je einen Freund brauchte, dann Patricia Franz. Deshalb hatte er ihr ja geschrieben, sobald er von ihrem Vergehen gelesen hatte. Sein Dad konnte damals schon nicht mehr gut sehen, weshalb Andrew ihm laut aus Zeitungen und Zeitschriften vorlas. Sein Dad liebte Zeitschriften. Sooft sich die Gelegenheit bot, meist frühmorgens, wenn noch niemand unterwegs war oder wenn es regnete, zog Andrew los, um überall in Outertown die Mülleimer zu durchsuchen und sämtliche noch gut erhaltene Zeitschriften nach Hause zu bringen. Sie waren immer sauber; was zerknittert oder schmutzig war, fasste er gar nicht erst an. Meist waren sie sogar wie neu. Er las seinem Dad Artikel vor, die ihm gefallen könnten, etwas Fröhliches vielleicht, um ihn aufzuheitern, aber gegen Ende half das nicht mehr. Er hatte einfach zu große Schmerzen. Was irgendwie komisch klingt, wenn man es genau bedenkt, denn wenn es zu große Schmerzen gibt, dann gibt es vielleicht auch welche, die genau passen oder die zu klein sind. Dann wiederum, wenn man noch weiterdenkt, ist das ja vielleicht auch genau richtig. Vielleicht kann man wirklich zu kleine Schmerzen haben. Vielleicht kann man sogar dazu verdammt sein, den passenden Schmerz zu haben.

Am besten gefielen ihm Geschichten über sensationelle Mordfälle, bei denen ganze Familien in ihren Betten oder im Wohnzimmer niedergemetzelt wurden, Mordfälle mit in Blut und Stille getauchten Räumen auf den gespenstischen Tatortfotos, die manchmal abgedruckt wurden. Genau so ein Fall hatte ihn dazu gebracht, über Patricia Franz nachzudenken. In einem langen Artikel mit vielen Fotos hatte er von ihr gelesen – die Mörderin, die Opfer, vorher, nachher, die Polizeibeamten –, und obwohl schrecklich war, was man über sie schrieb, wusste er, dass dies nicht die ganze Geschichte sein konnte. Er sah ihrem Gesicht an, dass sie nicht durch und durch böse war, und er hatte die Bilder wirklich lange studiert. Einige der Toten auf dem Wohnzimmerboden, die Sammlung Messer und Gewehre, die bei diversen Mordfällen verwandt worden waren, und dann, größer als die übrigen Fotos, zwei Aufnahmen von Patricia, die eine, die sie als Achtzehnjährige mit langem, dunklem Haar und hübschem Gesicht zeigte, war in «glücklicheren Tagen» gemacht worden, auf dem anderen Bild war sie nach der Verhaftung in orangerotem Overall mit kurz geschnittenem Haar zu sehen. Gerichtsfotos sind natürlich nie besonders schmeichelhaft, da die abgebildete Person der Welt als brutaler Verbrecher gezeigt werden soll; außerdem sind die Verhafteten meist aufgebracht und wütend. Doch selbst auf diesem Bild merkte man Patricia Franz etwas Unschuldiges an. Sie sah wie ein kleines Mädchen aus, das sich in Gedanken verlor, um alles Hässliche verschwinden zu lassen oder weil sie etwas zu begreifen versuchte. Andrew fand, in mancherlei Hinsicht war es ein gutes Gesicht. Offenbar hatte er sich geirrt, doch hatte er damals gemeint, irgendwer müsse ihr gegenüber zumindest guten Willen zeigen.

Dabei wusste er sehr wohl, dass falsch war, was sie getan hatte. Es war ein schreckliches Verbrechen, einer der schlimmsten Massenmorde der Geschichte, der je von einer Frau begangen worden war. Patricia hatte sieben Menschen getötet: drei Männer und vier Frauen, die jüngste gerade vierzehn Jahre alt. Die ersten drei Opfer hatte sie im ersten Haus umgebracht – ihren Onkel, dessen zweite Ehefrau und ihren Stiefvetter. Dann fuhr sie sechs Kilometer zum zweiten Haus und tötete vier weitere Menschen. Bei der Verhandlung sagte sie aus, ihr Onkel habe sie als Kind missbraucht, aber man glaubte ihr nicht. Für die Ermordung der zweiten Familie konnte sie keinen Grund angeben. Laut mehrheitlicher Zeugenaussagen hatte sie diese Familie kaum gekannt. In einem Interview erklärte sie, unter Anfällen von Verwirrung und heilloser Angst zu leiden, wobei sie – selbst wenn andere Menschen dachten, sie funktioniere normal – kaum wusste, was sie tat. Diese Anfälle nannte sie «Wolken»; wenn eine Wolke über sie kam, fing sie an zu trinken und machte verrückte Sachen, doch war dies offenbar niemandem aufgefallen, bis sie etwas wirklich Schreckliches getan hatte, als sie nämlich diese Leute umbrachte. Andrew glaubte, sie habe das Ganze nur als Scherz gemeint. Doch sobald sie anfing, von Wolken zu reden, fürchtete die Anklage, man wolle auf Unzurechnungsfähigkeit plädieren, und zog Experten hinzu, die bestätigten, dass sie geistig normal sei. Was letztlich hieß, dass sie davon ausgingen, es sei vernünftig und normal, noch vor der Kaffeepause sieben Menschen umzubringen.

Sie hatte seinen ersten Brief nicht beantwortet, den zweiten auch nicht, aber das wunderte ihn kaum. Bestimmt hielt sie ihn für einen Irren, der eine seltsame Vorliebe für Mörder hegte.

Vielleicht vermutete sie in ihm auch einen Journalisten, der auf diese Weise versuchte, sich an sie heranzumachen. Als er ihr schrieb, hatte die Presse sie bereits zum Monster abgestempelt. Man nannte sie kaltherzig und berechnend, aber Andrew sagte ihr, er habe das Gute in ihrem Gesicht erkannt, und er wolle sie wissen lassen, dass wenigstens irgendwo irgendjemand auf der Welt ihr zur Seite stehe. Er war ziemlich stolz auf seine Briefe, die ersten zeigte er sogar seinem Dad, aber den kümmerten sie nicht. Vielleicht wären sie für seinen alten Herrn interessanter gewesen, wenn Patricia geantwortet hätte, aber das tat sie nie. Trotzdem gab Andrew nicht auf. Er nahm an, dass sie Zeit brauchte, um sicherzugehen, dass er es wirklich ernst meinte, und dann würde sie ihm schon zurückschreiben. In ihrem Brief würde sie nett und freundlich sein, zwar nicht allzu viel sagen, sich aber dafür entschuldigen, dass sie so lange gebraucht habe, ihm zu antworten, und ihm erklären, wie es um ihren Fall stand. Sie würde ihm auch für die Geburtstagskarte danken, die er ihr geschickt hatte; vielleicht würde sie ihm sogar ein wenig von dem verraten, was die Öffentlichkeit über sie denken sollte, würde ihn möglicherweise sogar bitten, ihr bei der Verbreitung ihrer wahren Geschichte zu helfen. Die Öffentlichkeit sollte wissen, dass sie nicht kaltherzig war, wie die Zeitungen schrieben; sie war ein Mensch mit Gefühlen wie jeder andere auch. In ihrem langen Interview mit dem ersten Journalisten, dem sie vertraute, weil er ihr versprach, die Geschichte aus ihrer Perspektive zu erzählen, sagte sie, sie habe die Leute nur umgebracht, weil sie missbraucht worden sei. Allerdings hatte der Kerl das nicht geschrieben. Er hatte mit Patricia und dann noch mit einigen anderen Leuten gesprochen und war zu dem Schluss gekommen, dass sie es nur um des Geldes willen getan hatte. Patricia Franz bezichtigte ihn hinterher der Lüge, aber da war es schon zu spät.

Es enttäuschte ihn, dass er keine Antwort auf seine Briefe bekam, aber er schrieb trotzdem weiter. Über ein Jahr lang sah so sein Leben aus: sich um Dad kümmern und an Patricia Franz schreiben, sobald er einen Augenblick Zeit für sich fand. Er musste seinem alten Herrn die Schmerztabletten geben und ihn dazu bringen, etwas zu essen, musste ihn sauber halten und das Haus putzen, weshalb er viel zu tun hatte, doch in jeder freien Minute schrieb er einen Brief, oder er schickte ihr eine Karte. Trotzdem antwortete Patricia immer noch nicht, kein einziges Mal. Er wusste nicht einmal, ob sie auch nur eine einzige Zeile von ihm gelesen hatte. Nach einer Weile wurde er deshalb ein wenig sauer. Sie sollte wenigstens erfahren, wie schwierig es war, den Glauben an sie zu behalten und ihr zu schreiben, wenn es keinerlei Dialog gab und die Briefe einseitig blieben. Als sein Dad starb, hatte Andrew natürlich jede Menge zu erledigen, und darin ist er noch nie gut gewesen. Es waren schwere Tage, und er fand, er könne eine Freundin brauchen, aber Patricia Franz war viel zu sehr mit ihrer Berufung beschäftigt; sie hatte keine Zeit für ihn. Dreimal schon hatte man ihre Hinrichtung verschoben, dennoch würde sie auf jeden Fall sterben, falls man das Urteil nicht abänderte. Andrew verstand nichts von solchen Dingen – und über Patricia war aktenkundig, dass sie gesagt hatte, es mache ihr nichts aus, sterben zu müssen. Sie behauptete, sie habe sich mit diesem Gedanken längst abgefunden. Das Einzige jedoch, was sie wirklich wütend mache, sei, dass man sie vergiften wolle, wo sie doch lieber erschossen werden würde. Vergiftet zu werden ist einfach widerlich, hatte sie gesagt. Genau das war das Wort, was sie Journalisten gegenüber benutzte, wenn sie von ihrem eigenen Tod sprach. *Widerlich.*

Leute fahren hier vorbei, nur eigentlich nicht bei Nacht, und als er das Geräusch zum ersten Mal hört, stellt er überrascht fest, dass es schon dunkel ist. Er sieht auf, bemerkt draußen die Finsternis und sollte sofort begreifen, dass etwas Schlimmes passieren wird. Er sollte es ahnen, aber er ahnt es nicht, er ist zu versunken im ewigen Gedröhn des *Ich*. Übrigens stammt dieses Geräusch von keinem Auto. Er ist sich nicht sicher, was es sein könnte, aber er achtet auch nicht besonders darauf, weil er abgelenkt ist und an Patricia denkt. Er will ihr mitteilen, dass er ihr nicht mehr schreiben wird, und das fällt ihm schwer. Er möchte ihr keinen unnötigen Kummer machen. Er sitzt im Esszimmer, umgeben von Dads Dekorationen, an den Wänden die Zeitungsausschnitte, Fotos und die Marken alter Briefe, die sein alter Herr viele Jahre lang gesammelt hatte, um diesen Raum zu gestalten, der von ihm stets als sein «Arbeitszimmer» bezeichnet worden war. Es war sein Lieblingszimmer gewesen, und jetzt ist es Andrews Lieblingszimmer, da die beiden hier zusammen so viel Zeit verbracht, Bücher gelesen, Puzzles gelegt oder ferngesehen haben. Anfangs hatte sein Dad das Zimmer allein eingerichtet, hatte Bilder an die Wände geklebt, Aufnahmen, die er in Zeitschriften fand, oder Reste von Seifen- und Marmeladenglasetiketten, Briefmarken, eigentlich alles, was ihm in die Hände fiel. Nach einer Weile dann hatte Andrew angefangen, ihm zu helfen. Sie hatten sogar Bücher gemacht. Es dauerte Tage, sie zusammenzuheften, manchmal Wochen, aus Zeitungsausschnitten und Rabattmarken, und dann schrieben sie in die Bücher kleine Merksätze oder Sprüche, die sie irgendwo fanden. Als sein Dad zu krank wurde, zog er ganz nach oben ins Schlafzimmer, aber Andrew führte das Zimmer weiter und erzählte seinem Dad davon. Eine Zeit lang schien sein alter Herr sich tatsächlich dafür zu begeistern, aber dann begann er zu vergessen, und seine Gedanken liefen ins Leere. Er schlief gern, und das war's auch schon. Andrew aber bewahrte sich die Erinnerung an den Mann, wie er wirklich gewesen war, in Gedanken und in diesem Zimmer; sogar in den Briefen an Patricia erwähnte er ihn hin und wieder und flocht einige Vorfälle aus seinem Leben und kleine Erinnerungen ein.

Sein Dad war ein Autodidakt. Wenn ihm je die entsprechenden Möglichkeiten geboten worden wären, hätte er sicher sehr gelehrt sein können. Als Andrew nicht zur Schule gehen wollte, beschloss sein Vater daher, ihn daheim zu unterrichten. Zwar kannte er sich nur mit Logik aus, doch meinte er, dass sei genug. Letztlich käme es bloß darauf an, für sich selbst denken und die richtigen Verbindungen zwischen dem einen und dem anderen herstellen zu können. Bei Bildung ginge es nicht um *Fakten*, sagte sein Dad. Es ginge dabei nicht um *Dinge*. Es ginge allein um die Beziehung *zwischen* den Dingen, es ginge um *Systeme*. Sie benutzten keine Lehrbücher, doch hatte sein Dad sich im Lauf der Jahre ein großes Buch angelegt, ein riesiges Album voller Zeitungsausschnitte, einige längst vergilbt, andere schon gespenstisch bleich und so bröselig wie Mottenflügel. Jedes Mal, wenn sie dieses Buch aufschlugen, war es, als öffneten sie die Tür in ein fremdes Zimmer, zu einem erleuchteten Raum, dessen Ordnung eine schon fast lebendige Form angenommen hatte, die logische Fauna einer fernen, doch noch wahrnehmbaren Welt. Andrew vertraute dieser Welt mehr als allem, was er je gesehen hatte, obwohl er wusste, dass sie doch eigentlich nur eine Art Traum war.

Fernsehen und Filme vervollständigten seine Bildung. Anfangs sagte ihm sein Dad, was er sich ansehen sollte, meist Dokumentarstreifen und alte Spielfilme, Filme in leicht milchigem Schwarzweiß, Filme, die so sehr Erinnerungen glichen, dass es ihm schließlich vorkam, als wären sie tatsächlich Teil seiner eigenen Vergangenheit. So erinnert er sich zum Beispiel an Fred Astaire in einem Auto, wie er am Ende einer Geschichte am Strand entlangfährt, womöglich der letzte lebende Mensch auf Erden. An der Küste sind alle Menschen fort, geblieben sind nur blasse Handabdrücke im Öl- und Wasserfilm eines Küchenfensters, die versengten Seiten einer Schulbibel oder der Mond, der durch die Tür einer verlassenen Hütte in ein lampenhelles Zimmer auf einen Satz Spielkarten lugt, auf die Überbleibsel von etwas, was einst mit Zylinder und Schlips zur Musik eines alten Hollywoodstreifens getanzt haben mochte. Andrew liebt die alten Filme im Fernsehen, diese echten Menschen, die nur auf Zelluloid existieren. Sie allein sind frei, denn in ihrer Welt spielt Zeit keine Rolle, man kann damit tun, was immer man will. Er sah sich auch gern das übrige Programm an, wenn auch aus gegensätzlichem Grund: Da ging es nur noch um Zeit, denn im Fernsehen ist die Zeit schnell und gnadenlos, niemand kann sie aufhalten oder verlangsamen. Sie ist bedrohlich, immer da. Am besten gefällt ihm, wenn man eine Frau mit einer Taschenlampe durch ein Gebäude gehen sieht und sie dabei etwas Schreckliches findet, eine Leiche etwa, oder wenn jemand dort in der Dunkelheit auf sie wartet. Er liebt es, eine Frau zu beobachten, wenn sie nachts langsam durch ein Gebäude streift und der Strahl ihrer Taschenlampe durch die unbekannte Dunkelheit wandert, Agent Scully in einer Lagerhalle, die nach einem Verdächtigen mit übermenschlichen Kräften sucht, Catherine Willows vom CSI in einem Vorstadthaus oder Studentenheim, die eine Leiche nach der anderen findet, während sie sich langsam durch das Gebäude vorarbeitet.

Wie er jetzt im Zimmer sitzt, der Brief halb fertig, hört er ein neues Geräusch, näher diesmal, und er weiß ohne jeden Zweifel, dass es ein schlechtes Geräusch ist, doch ist es längst zu spät, denn wer auch immer kam, befindet sich bereits im Haus. Er kann sie hören: Es sind eindeutig mehrere Personen, vielleicht vier oder fünf, und sie stehen gleich vor der Tür. Sie sind da. Er kann nicht glauben, dass er die Gefahr nicht früher bemerkt hat, da er sonst doch immer alles hört, drinnen wie draußen. Manchmal kann er deshalb sogar nicht schlafen. Er hört, wie Eulen sich in den Bäumen regen; er hört einen Laut und geht in Gedanken direkt darauf zu, und so weiß er auch, ohne zu sehen, dass es ein Fuchs ist, ein Reh oder eine der verwilderten Katzen dieser Halbinsel, die durch die Büsche am Gartenrand schleichen. Es trifft ihn deshalb wie ein Schock, als er spürt, wie nah diese Gefahr kommen konnte, ohne dass er davon etwas ahnte. Ein Schock, ja, doch ist der Schock noch größer, als er sie in sein Zimmer kommen sieht, in dem er so lange allein gewesen ist. Sie schleichen sich nicht an wie Diebe, nein, sie sind selbstbewusst, lässig, spazieren herein, als gehörte ihnen das Haus: drei Jungen, dann ein Mädchen mit stachligem, dunklem Haar, vier also – nein, erst vier, dann kommt noch einer; er hält sich ein bisschen im Hintergrund und sieht aus, als wollte er gar nicht hier sein. Anfangs bleibt er im Schatten der vier, und dann fällt Andrew auf, dass er der Junge ist, den er zuvor schon gesehen hat, der Junge mit dem lockigen schwarzen Haar, der manchmal am Haus vorbeikommt auf seinem Weg weiß der Himmel, wohin.

Anfangs denkt er, sie wollen reden. Er stellt sich vor, dass sie ihm wenigstens erklären, warum sie hier sind, aber sie sagen nichts, kommen einfach ins Zimmer, umringen ihn völlig ungeniert und fragen sich, was sie als Nächstes tun sollen. Er sieht ihnen an, dass sie keinen Plan haben, sie sind einfach nur *da*. Er sieht auch, dass der dunkelhaarige Junge etwas sagen will, aber Andrew kann sich nicht vorstellen, dass er wirklich weiß, warum sie hier sind; außerdem hat der Junge Angst vor seinen Gefährten. Er hat Angst, oder er schämt sich. Manchmal gibt es da keinen Unterschied. Als Kind konnte Andrew nicht aus dem Haus gehen, und er dachte, er könne es nicht, weil er Angst habe, aber das allein war es nicht. Er schämte sich – und er dachte, es ließe sich leicht gestehen, dass er sich für *sich* schämte, doch so einfach war es nicht. Sicher, er schämte sich wirklich für sich, wenn er hinaus in die Welt ging, aber er schämte sich nur dafür, *dort* zu sein, mit anderen zusammen zu sein. Daheim fühlte er sich nie so. Es war die Scham, unter Menschen zu sein. Angst hatte er auch, aber am meisten Angst machte ihm seine Scham. Und jetzt kommt es ihm so vor, als ginge es dem dunkelhaarigen Jungen genauso. Vielleicht nicht immer. Vielleicht fühlt er sich an den meisten Tagen wie ein vollwertiges Bandenmitglied, aber heute Abend hat er Angst, und er schämt sich, und Andrew fürchtet um ihn, denn die anderen – die Gang – spüren diese Scham sofort, darin sind Gangs besonders gut, jene herauszuspüren, die nicht gänzlich überzeugt sind, jene, die sich schämen. Deshalb glaubt Andrew, dass es für den Jungen bestimmt schlecht ausgehen wird, wenn er nicht auf sich aufpasst. Natürlich weiß er auch, dass es für ihn selbst ebenfalls ziemlich schlecht ausgehen wird.

Es ist das Mädchen, das die Sache ins Rollen bringt. Alles ist ein Ereignis, alles *beginnt.* Manchmal sieht man diesen Anfang gar nicht, oder man findet ihn an falscher Stelle, aber diesmal ist es einfach. Das Mädchen, das nicht so schön ist, wie es zu sein glaubt, kommt auf Andrew zu, der jetzt steht, obwohl er sich nicht daran erinnern kann, von seinem Stuhl aufgestanden zu sein. Sie zieht etwas aus der Tasche. Andrew sieht erst nicht, was es ist, und er weicht zurück, dann sieht er noch einmal hin und erkennt, dass es nichts ist, nur ein kleines Taschenmesser. Fast hätte er gelacht – aber dann sticht sie damit zu, zieht es seitwärts über seinen nackten Arm. Es brennt teuflisch, und er begreift, dass es einmal ein Taschenmesser gewesen sein mag, aber sie hat die Klinge geschärft, auch die Messerspitze, und jetzt ist es eine Waffe. Sie will ihn erneut damit verletzen, und er versucht, noch weiter zurückzuweichen, doch dann hört er eine Stimme, die Stimme eines der Jungen. «Komm schon, Eddie», sagt die Stimme. «Lass uns auch noch was übrig.»

Was er sagt, lässt Andrew spüren, wie groß seine Angst ist. Bis jetzt hat er sich gar nicht gefürchtet, war eher wütend gewesen, verärgert, weil diese Leute unaufgefordert ins Lieblingszimmer seines Vaters gekommen sind, in das Zimmer, in dem er all seine Sachen aufbewahrt, seine Karten, Bilder und das Buch. Er wendet sich dem Jungen zu, der gerade gesprochen hat, denn *er* ist der Anführer, und Andrew weiß, er muss mit dem reden, der das Kommando hat. Er will ihm sagen, dass sie aus dem Zimmer gehen sollen. Aber als er das Gesicht des Jungen sieht – so hart, so amüsiert –, begreift er, dass es keine Hoffnung gibt. Sie stehen beieinander, alle, bis auf das Mädchen: der Anführer, groß, stämmig, von herzlosem Aussehen, dann ein dicker Junge mit strähnigem Haar und einer ziemlich dunklen Augenbraue, der dunkelhaarige Junge, der sich immer noch im Hintergrund hält, unsicher und vielleicht ein bisschen verängstigt, sowie ein Junge in gebatikten Shorts und einem schmuddligen alten T-Shirt, auf dem Picassos Taube prangt. Er sieht auf seltsame Weise wie eine kleinere Ausgabe des Anführers aus, eine Ähnlichkeit, die teils natürlich, teils beabsichtigt ist. Das Mädchen steht immer noch neben Andrew, und einen Augenblick lang rührt sich niemand. Sie stehen nur da, sehen sich an – und das ist es, diese Stille, dieses Schweigen, ähnlich jenem Moment, bevor alle sich umschauen und lachen, dieser Moment ist es, der Andrew verzweifeln lässt, weshalb er direkt auf sie zuläuft und versucht, am Anführer vorbei zum dunkelhaarigen Jungen zu gelangen, der gleich neben der Tür steht. Andrew glaubt, wenn er es bis zu diesem Jungen schafft, wird er ihn nach draußen entkommen lassen, und selbst wenn er nicht entkommen kann, lockt er sie vielleicht doch wenigstens aus Dads Zimmer.

Doch es ist ein nahezu lächerlicher Versuch, selbst Andrew muss das einsehen. Der Anführer stürzt einfach vor und packt ihn, als er fliehen will, wirft ihn auf den Boden und tritt mit aller Kraft zu. Das ist ein Signal für den Rest der Gang, und sie alle machen mit, treten, prügeln, und irgendwer – bestimmt das Mädchen – sticht ihn mit etwas Kleinem, Scharfem. Dann fasst ihn jemand unter die Arme und zieht ihn an der Wand hoch. Wer es auch sein mag, er hält ihn dort fest – Andrew sieht, dass es der Anführer ist, der stämmige Junge –, und er redet, nur kann Andrew nicht hören, was er sagt, da ihm der Schädel summt, nichts als Lärm ist in seinem Kopf, laut wie dröhnende Glocken, keine Kirchenglocken, sondern ein Geläut wie in alten Ratshäusern, die er aus Reisesendungen kennt, *sonneries*, wie sie oft in Dokumentarfilmen über Belgien oder Holland vorkommen. Als er das Zimmer schließlich wieder wahrnimmt, hat er verpasst, was der Anführer sagte. Er kann das Gesicht des Jungen auch nicht richtig erkennen, meist ist es nur ein verschwommener Fleck, ganz nah, aber dann nimmt weiter fort etwas Gestalt an, drüben, an der gegenüberliegenden Wand. Andrew sieht es, und er begreift, dies ist, was er vorhergesehen hat, vielleicht sogar etwas, was er sich selbst zuschreiben muss. Denn sein Dad hat immer gesagt: Worte sind billig, aber Bilder sind ein anderes Kaliber. Nimmt man ein Bild und stellt es ins Zimmer, lässt man sich auf etwas Magisches ein, man öffnet sich einer neuen Möglichkeit.

Das Bild, das er sieht, ist eines der Bilder, die er nach dem Tod seines Vaters aufgehängt hat. Schon damals wusste er, dass sein alter Herr damit nicht einverstanden gewesen wäre. Das Bild war zu stark, zu mächtig. Andrew sah darin ein Fragment der Geschichte, das Detail eines lang vergessenen Krieges, nur hatte er die Wucht des Bildes unterschätzt, begreift sie erst jetzt, als er aufblickt und das Foto wie zum ersten Mal sieht. Es zeigt einen Soldaten, einen jungen Mann, sicher kaum älter als diese Kinder, der sich über den Leichnam eines Feindes beugt. Er trägt eine Maske, eine der Sorte, die man in jedem Scherzartikelladen kaufen kann, eine

Halloween-Maske, ein Totenschädel mit wuscheligem grauem Haar, eine gruselige Larve. In der Hand hält er etwas, was wie ein automatisches Gewehr aussieht, und er trägt eine Kombination aus Uniform und Alltagskleidung, an den Füßen Turnschuhe oder Tennisschuhe, ganz wie ein Junge, der am Samstagnachmittag draußen spielt, nur blickt er auf das, was von einem Menschen übrig blieb, einen verrenkten, übel zugerichteten Leichnam, barfuß, lang ausgestreckt auf dem Asphalt, die Gliedmaße absurd verdreht. Der Junge sieht nur flüchtig hin, im Vorübergehen, er bleibt deswegen nicht stehen, ein kurzer Moment des Abschätzens, bei dem keine Gefühle im Spiel sind, bloß eine leise Neugier. Andrew hatte sich dieses Foto für die Wand ausgesucht, weil ihm die Maske gefiel, und ihn beeindruckte der Gedanke, dass dies ein historischer Augenblick war, ein schrecklicher Augenblick, von der Kamera – wer hatte fotografiert? – auf höchst beiläufige Weise festgehalten. Er musste an den Fotografen denken, daran, wie nahe er wohl gewesen war und ob er sich davor gefürchtet hatte, dass der Junge auch ihn erschießen könnte. Er hatte sich gefragt, was hinter der Maske in dem Jungen vorgegangen war, und ob die Maske es ihm erlaubte, dem Geschäft des Tötens mit dem Gefühl nachzugehen, für sein Tun eigentlich nicht verantwortlich zu sein, nur eine Rolle zu spielen. Vielleicht flößte sie dem Jungen auch Mut ein. Vielleicht hatte dieser Junge in all der Zeit, in der er heranwuchs, befürchtet, er könnte einmal so enden, von einem Monster ermordet, zum Verwesen zurückgelassen auf irgendeiner anonymen Straße, weshalb er sich diese Maske aufgesetzt hatte und selbst zum gruseligen Monster geworden war, Täter, nicht Opfer, jener, der weitergeht und tötet, was ihm in die Quere kommt, nicht jener, der niedergemäht wird, noch ehe er weiß, wie ihm geschieht. Andrew begriff, dass es ein Furcht einflößendes Bild war, ein grauenhafter Moment, und er hatte lange darüber nachgedacht, ob er es wirklich an die Wand hängen solle, aber dennoch hatte er die wahre Macht dieses Bildes nicht erkannt, eine Macht, die seinem Vater sofort aufgefallen wäre. «Es ist in Ordnung, wenn man sich vor seinen Träumen fürchtet», hatte sein Vater ihm einmal gesagt, als er weinend nach einem Albtraum aufgewacht war und um Hilfe geschrien hatte. Es war gut, sich vor Träumen zu fürchten, wenn die Träume gruselig waren – und es war gut, sich vor gewissen Bildern zu fürchten, denn Bildern wohnt eine ebenso große Macht wie Träumen inne.

Jetzt kann Andrew dieses Foto sehen, doch glaubt er erst, es sei eine Art Prophezeiung, eine Vorahnung. Dabei ist es weit mehr als das. Jemand schlitzt ihm die Hände auf, und er will schreien, bringt aber keinen Laut hervor; unverwandt hält er den Blick auf das Bild gerichtet. Er will, dass die Kinder es sehen, dass sie durch seine Aufmerksamkeit ihren Weg zu diesem Bild finden, und deshalb starrt er unablässig auf das maskierte Gesicht. Er hält den Blick auf das Bild gerichtet und versucht, sich vorzustellen, dass das, was sie mit seinen Händen machen, nichts mit Schmerz zu tun hat, dass es dabei vielmehr um eine andere Art Schmerz geht, einen geteilten Schmerz, um eine Gefälligkeit. Eine Gefälligkeit und eine Zeugenschaft. Eine Zeugenaussage, ein Zeugenbeweis, ein Testament. Nicht sein persönlicher Schmerz, sondern alle Schmerzen, überall. Nicht nur der Tod dieses Soldaten, sondern jeder Mord, jede Bluttat, jedes im Krieg und Genozid verlorene Leben. Jedes Leben im Leben und im Tod. Er hält den Blick auf das Bild gerichtet und denkt daran, wie der Schmerz sich ändert, wenn er eine Gefälligkeit ist, ein Testament; ihm fällt auf, wie der Körper innehält und in sich hineinhorcht, gleichsam als Reaktion auf diesen Schmerz. Sie schlitzen ihn weiter auf, und er schaut immer noch das Bild an, lässt seinen Körper in sich hineinhorchen, aus der Zeit fallen, Zeugnis abgeben, sich von diesen Kindern entfernen, indem er sich ihnen hingibt. Denn er kann nichts daran ändern, und er kann es nicht beenden. Sie fügen ihm Schnitte an Händen und Armen zu, Stiche ins Gesicht, aber er hält den Blick auf das Bild gerichtet. Diese Kinder werden ihn umbringen, das weiß er. Wie dieser Soldat wird er aus keinem anderen Grund als aus bloßer Grausamkeit sterben, also hält er den Blick auf das Bild gerichtet und gibt dafür Zeugnis ab.

Nach einer Weile aber durchbricht etwas seinen starren Blick, und er hört eine Stimme, eine flehentliche Stimme, eine Jungenstimme. Es ist Leonard; und er will, dass sie mit dem aufhören, was sie tun.

«Ich glaube, er ist es nicht», sagt Leonard. «Ich glaube nicht, dass er der Richtige ist.»

«Warum nicht, Leonard?», fragt das kleinere Ebenbild – und eine Drohung schwingt in seiner Stimme mit. Leonard sollte besser auf sich aufpassen.

«Er ist einfach nicht der Typ», sagt Leonard. Andrew ist gerührt. Er ist dankbar, dass dieser Junge sich für ihn einsetzt, falls es denn das ist, was er tut. Vielleicht setzt er sich ja nur für sich selbst ein. Vielleicht muss auch er für etwas Zeugnis ablegen. «Kommt schon», sagt Leonard. «Lassen wir ihn einfach in Ruhe und verschwinden von hier.»

Das Ebenbild fährt herum und fällt über Andrew her. «Warum hörst du nicht endlich auf zu jammern?», sagt er. Er ist wirklich wütend auf Leonard, und das nicht erst seit Kurzem.

Leonard bleibt standhaft. Er redet in leisem, vielleicht sogar ein bisschen traurigem Ton. «Er ist es nicht», sagt er und weiß doch genau, dass es längst nicht mehr darauf ankommt, was er sagt.

«Wen interessiert der Scheiß?», schreit Ebenbild mit wütender Visage, kläfft wie ein Hund an einer Kette.

Da zerreißt etwas im Zimmer. Sie haben alle in ihrer jeweiligen

Beschäftigung innegehalten, haben sich um ihn versammelt, umstellen ihn, aber der Druck ist raus. Es fing schon an, langweilig zu werden und sich zu wiederholen. Jetzt wollen sie Größeres, etwas Endgültiges. Doch nach diesem Wortwechsel weichen sie zurück, sammeln sich um Leonard, lassen Andrew am Boden liegen, auch wenn der Dicke, der mit der einen Braue, ihn im Auge behält, ihn mit Blicken niederzwingt. Zumindest glaubt er das – nur zwingt ihn niemand nieder, nichts wird festgehalten. Andrew geht nirgendwohin, nicht etwa, weil ihn ein dicker Junge mit Blicken bezwingt, sondern weil er es plötzlich leid ist, er ist müde. Vielleicht ist er auch nur seiner selbst müde. Wir werden unserer selbst müde, denkt er, und wenn wir nichts finden, was unser Interesse weckt, wird es ziemlich langweilig, das Menschsein. Wir werden unserer selbst müde, zumindest der Gestalt unseres Ichs und seiner leicht übertrieben aufgetragenen Farben; vor allem werden wir des ständigen Lärmens unseres Ichs müde und sehnen uns nach ein wenig Ruhe. Andrew meint, sich an eine Zeit erinnern zu können, in der sein Ich kleiner war, als es durch das Eindringen der Jugendlichen ins Arbeitszimmer seines Vaters wurde. Er meint, es in anderer Gestalt zu erinnern, in gedämpfteren Farben, wie jene Farben etwa, auf die man an einem Wintertag einen Blick durch fallenden Schnee erhascht. Vor allem aber erinnert er sich an etwas Kleineres, Stilleres. Das musste noch vor dem Tod seines Vaters gewesen sein. Danach hat er nur noch im Haus gesessen, ferngesehen, die alten Sachen von seinem Dad durchgeschaut und eine Zeit lang den Kontakt mit der Welt verloren. Dieselben Dinge waren noch da gewesen, dieselbe Maschinerie, aber er hatte nicht mehr gewusst, wie sie funktionierte. Er wusste auch nicht mehr, wie andere Menschen funktionierten, und er hatte jedes echte Interesse daran verloren, irgendetwas zu unternehmen, so dass sein einsames Ich wie eine exotische Treibhauspflanze gedieh und immer weiterwuchs. Diese Jugendlichen wussten auch nicht, wie es funktionierte, aber sie wollten noch was tun, deshalb waren sie in sein Haus gekommen; sie wollten sich selbst sehen, wie sie etwas taten. Andrew kann sie sich vorstellen, wie sie mit Stöcken Tiere in Käfigen anstupsen oder frisch geschlüpfte Vögel aus dem Nest werfen, und er weiß, für sie ist er nichts anderes, eine etwas größere, eine etwas interessantere Beute. Wenn sie ihn verletzen, dann mit der gleichen, seltsamen, beinahe zärtlichen Neugier, die sie für sich und ihre Grenzen hegen, mit jener Neugier, mit der sie auch ein Kätzchen quälen würden. *Sieh her, was ich alles kann.* Es ist gefährlich, sich darauf einzulassen, weil man erst weiß, wo es endet, wenn es zu spät ist. Wie es heute Abend endet, lässt sich allerdings schon vorhersagen. Es ist eine simple, fast logische Progression von Füßen und Fäusten zu dem Gasanzünder, den sie in der Küche gefunden haben, zu den Messern in der Schublade und den Rasierklingen im Bad. Als es anfing, war Andrew wütend gewesen, am Ende aber tat ihm ihr Treiben nur hoffnungslos leid.

Der Anführer greift in den Hahnenkampf ein, versucht aber nicht, Frieden zu stiften. Er stellt sich vor Leonard und schaut ihm in die Augen; Ebenbild an seiner Seite reckt wutschnaubend den Hals, bereit zu töten. «Woher weißt du, dass er nicht der Typ ist?», fragt der Anführer. Einen Moment lang möchte Andrew wissen, wovon sie reden, er möchte, dass irgendwer an den Anfang zurückgeht und ihm erklärt, warum sie hier sind und was eigentlich passiert, nur ist er dafür viel zu müde und zu verängstigt. Er will bloß noch, dass es bald vorbei ist.

«Und woher weißt du, dass er der Richtige ist?», fragt Leonard. «Wir haben ihn nicht mal was gefragt. Ich dachte, wir kommen her, um ihn zu verhören, um herauszufinden, was er über Liam und die anderen Jungen weiß.»

Andrew sieht dem Anführer an, wie sehr er sich herausgefordert fühlt, und das gefällt dem Jungen nicht. «Wir sind nicht hier, um jemanden zu verhören», sagt er. «Wir sind hier, um uns an dieser Schwuchtel zu rächen.»

«Das hat mir niemand gesagt», erwidert Leonard.

Wie auf der Bühne eines Varietés dreht sich der Anführer mit übertrieben ungläubiger Miene zu seiner Gefolgschaft um. «Ach, herrje», sagt er. «Habt ihr das gehört, Jungen und Mädchen?» Er breitet die Arme aus: «Niemand hat's Leonard gesagt.»

Das gefällt Ebenbild. «Was hat ihm niemand gesagt, Jimmy?»

«Warum wir hier sind», sagt Jimmy.

«Und warum sind wir hier, Jimmy?», fragt Ebenbild.

«Sag ich nicht», ruft Jimmy und springt mit irrem Gelächter von der Gruppe fort, während alle aufs Neue in hektische Betriebsamkeit verfallen und sich, von der Arbeit ausgeruht, nach einem neuen Spaß umsehen, einer neuen Gemeinheit. Das Mädchen geht in die Küche, rumort dort herum und kommt gleich darauf mit der großen Schere wieder, der mit dem roten Griff. Sie ist ganz aufgeregt, hüpft auf und ab, fast auf Zehenspitzen.

«Schneiden wir ihm den Struller ab!», kreischt sie.

Augenbraue schnaubt verächtlich. «Struller», knurrt er und sieht Andrew an, als wäre er in den Witz eingeweiht.

«Mann, Eddie», sagt der Anführer. «Was hast du bloß mit Scheren?» Er sieht traurig aus, jetzt, da er Leonards Herausforderung bestanden hat; und Andrew denkt, der Junge beginnt langsam zu begreifen, dass Leonard recht hat, dass sie womöglich tatsächlich im falschen Haus sind, aber er kann sich nicht eingestehen, dass er sich irrt, kann es auch den anderen nicht sagen. Er hat so lange darauf gewartet, etwas zu tun, und jetzt, da er mit alldem angefangen hat, muss er es auch zu Ende führen. Andrew versteht das. Aber er merkt auch, dass es noch einen weiteren Grund für diese Traurigkeit gibt, und der hat mit Leonard zu tun, der abseits von der Gruppe steht, der nur zusieht und nicht länger helfen will, der auch nicht länger teilhaben will an dem Geschehen. Es hat nicht nur deshalb mit Leonard zu tun, weil die unerwartete Herausforderung den Anführer verstört hat – er ist schließlich trotz allem noch ein Junge –, sondern weil er Leonard mag und jetzt weiß, dass sie nicht mehr zusammen sind, dass sie getrennt auf entgegengesetzten Seiten stehen. Ebenbild hat sich inzwischen die Sachen auf dem Tisch angesehen und einen Spieß gefunden; Andrew weiß nicht, wofür der ist, vielleicht zum Aufspießen von Papieren. Er weiß auch nicht, wo Ebenbild ihn gefunden hat; er wusste nicht mal, dass sein Dad so ein Ding je besaß. «Kümmern wir uns um seine Augen», sagt Ebenbild und grinst brutal. Er sieht zum Anführer hinüber. «Komm, spießen wir hiermit seine Augen auf.»

Plötzlich beginnt Andrew zu schreien; er schreit sie an wie ein Tier, wie ein Irrer. Im selben Moment beginnt auch Leonard zu schreien. Erst denkt Andrew, Leonard wolle die anderen daran hindern, ihm weiterhin wehzutun, aber dann begreift er, dass sein Verteidiger auf *ihn* wütend ist.

«Halt die Schnauze!», schreit Leonard. Er drückt Andrew in die Ecke, prügelt auf ihn ein, tritt zu, erst mit einem, dann mit dem anderen Fuß, und immer wieder schreit er: «Halt die Schnauze! Halt verdammt noch mal die Schnauze!» So geht es eine Weile, bestimmt eine Minute lang, und dann, mit einem Entsetzen, das allmählich in Dankbarkeit übergeht, beginnt Andrew zu begreifen. Der Junge versucht, ihn zu retten. Er fügt ihm kleinere Schmerzen zu, um größere Schmerzen zu verhindern, er verschafft ihm Zeit oder versucht doch zumindest, die Sache zu einem gnädigeren Ende zu bringen. Er tritt und trampelt, und niemand hält ihn auf, dann aber beginnt Andrew zu schwimmen. Sein Körper bewegt sich, steigt auf, treibt nach oben, als wäre er ins Wasser gefallen und schwämme, nachdem er kurz abgetaucht war, nun, plötzlich leicht geworden, wieder nach oben, von der Flut getragen. Auf einmal ist er weit fort aus diesem Zimmer, und er träumt, glaubt er, gleitet durch etwas hindurch, was sich wie Schlaf anfühlt, nur ist es kein Schlaf. Er träumt, aber es scheint, noch während er zusieht, wie der Traum sich entfaltet, gar nicht *sein* Traum zu sein, sondern etwas, was er von irgendwoher erinnert, eine Geschichte, die wie die Luft, wie das Radio, eigentlich niemandem gehört: die Vision einer Welt, die jeder betreten mag, dem danach ist oder der weiß, wie man sie betritt. In diesem Traum befindet sich Andrew in einem großen Haus, einem riesigen, weitverzweigten Landsitz voll dunkler, klammer, muffiger Zimmer. Alles liegt im Schatten, es gibt fast keine Möbel, die Wände sind kahl, allenthalben riecht es nach Feuchtigkeit und Fäulnis. Er streift durch das Haus, und auf der Treppe nimmt er diesen Geruch wahr, im Flur, in den großen, stillen Zimmern, aber das kümmert ihn nicht, denn er ist aus einem ganz bestimmten Grund hier, er hat ein Ziel. Rasch bewegt er sich vorwärts, sucht nach etwas, fest entschlossen, obwohl er nicht genau weiß, wonach er eigentlich sucht, und je aufmerksamer er sucht, desto leerer wirkt das Haus, bis fast nichts mehr übrig bleibt, keine Treppe, keine Wände, keine Fenster, nur ein Raum, der immer noch der Raum in einem Haus ist, und das Gefühl von Schwerelosigkeit, während er weiter- und immer weitertreibt, sucht und sucht, ein Gefühl der Schwerelosigkeit, das nicht von ihm ausgeht, sondern vom Haus, und dann nicht vom Haus, sondern von allem. Die ganze Welt, das gesamte Universum ist leer, ohne Gewicht, ohne Form und Substanz. Alles schmilzt dahin, wird körperlos, und die einzig solide Tatsache bleibt das, wonach er sucht. Dann findet er es, und es ist nichts, oder es ist das Licht, nicht *ein* Licht, sondern das Licht an sich, bloß ein Lichtschimmer, der sich ausdehnt, heller wird, ihn umgibt, ihn umschließt, bis er selbst in dieses große, weite Weiß eintaucht. Jetzt ist es friedlich, so friedlich und auch ein bisschen albern, wie die Spiele, die Dad immer spielte, damals, als es ihm noch gut ging. Und er erinnert sich an ein altes Gedicht, das sein Vater oft aufsagte, etwas, was er irgendwo gelesen oder sich vielleicht auch nur ausgedacht hatte, denn manchmal, dann und wann, machte er das, dann erfand er kleine alberne Geschichten und Gedichte. Es war ein albernes Gedicht, nichts als bloße Spielerei, aber aus irgendeinem Grund gefiel es Andrew. Er kann sich nicht mehr an jedes Wort erinnern, nur an das Ende, und zuerst erinnert es sich gleichsam selbst, dann aber hört er, wie sein Vater es aufsagt, als wäre er da, säße im Zimmer am Tisch, und sie sind wieder in Sicherheit und geborgen. Die Zeit läuft auf und davon, und niemand kann ihnen etwas anhaben. Er aber kann seinen Dad hören, es ist die Stimme seines Vaters, ein leises Lächeln im Ton, als er die Worte wiederholt:

Die Erde dreht sich
Vom Tag in die Nacht.
Wie schön sie ist, die feine!
Der Teufel aber schaut mitunter
Über unsere Schulter,
Nur, wer sieht über seine?

Da muss Andrew lachen, denn er kann seinen alten Herrn sehen, so albern, wie er sich manchmal gern aufführte, und das ist wunderbar, denn sein Dad sieht gut aus, so wie damals, als Andrew noch klein war, ein glücklicher Mann mit dunklem Haar und blauen Augen, nicht krank, nicht tot. Und Andrew lacht und lacht, so lustig war sein Dad immer gewesen, damals, als es ihm noch gut ging, damals, ehe er fortgehen musste.

II
Die Feuerpredigt

Ins Verderben

Ich konnte nicht aufhören, ihn zu treten. Ich glaube, ich wollte, dass er stirbt, damit das blöde Spiel nicht weiterging, aber vielleicht war ich auch wütend, weil er sich so erbärmlich benahm. Er lag einfach da, schrie und stieß irre Tierlaute aus, bis ich fürchtete, verrückt zu werden, und ich wusste, Jimmy und seine Gang würden ihn jetzt nicht mehr laufen lassen. Tone tanzte mit einer Art Spieß in der Hand durch die Gegend und redete davon, dem armen Arsch die Augen auszustechen, und Rivers lag auf dem Boden und jammerte. Ich hielt es einfach nicht mehr aus. Also habe ich zugelangt. Alles war rot, wie man so sagt. Ich sah rot. So ist es gewesen. Ich sah rot, und sonst konnte ich nichts sehen, obwohl ich wusste, dass ich mich bewegte, dass ich ihn trat und die Wand nutzte, um mich abzustützen und ihn in meinem Blickfeld zu behalten, ohne ihn doch richtig wahrzunehmen, die Wände nutzte wie ein Boxer die Seile, wenn er seinen Gegner in die Ecke treibt und nicht entkommen lassen will. Ich konnte mich atmen spüren, konnte spüren, dass ich wie ein Freistilschwimmer nach Luft rang. Ich spürte deutlich meinen Atem, was ich seltsam fand, da ich schon ein paar Schlägereien in der Schule mitgemacht hatte, mich dabei ans Atmen aber nicht erinnern konnte. Dies hier war anders. Ich weiß nicht, wie lang es dauerte, aber als ich aufhörte, ihn zu treten, war ich total erschöpft, und mir war übel. Einen Augenblick lang nahm ich kaum etwas wahr, ich taumelte nur von ihm zurück und fühlte mich schwindlig, aber ich glaube, er bewegte sich noch, als ich aufhörte. Dann verschwand das Rot, und ich sah die anderen, die mitten im Zimmer standen und mich anstarrten. Sie wirkten schockiert – vielleicht auch nicht schockiert, sondern amüsiert, ein bisschen verblüfft, als dächten sie, ich sei derjenige, der zu weit gegangen war, nicht sie. Überall war Blut. Auch an mir klebte Blut, sogar an meinen Händen, meinem Gesicht, und ich spürte, sie beobachteten mich wie ein Tier, das gerade aus seinem Käfig ausgebrochen war. Ich glaube, sie hatten Angst. Alle, nur Jimmy nicht. Der war einfach nur verdutzt.

Ich wusste, was er herausfinden wollte, aber das war mir egal. Die ganze Gang war mir egal; ich wollte sowieso nie dazugehören. Ich hatte was über Liam und die anderen Jungen herausfinden wollen, mehr nicht. Jetzt war es vorbei. Ich sah Rivers an, er bewegte sich nicht mehr. Vielleicht hatte er sich vorhin auch nicht bewegt, und ich hatte es mir bloß eingebildet.

Endlich bricht Tone das Schweigen. «Du hast ihn verdammt noch mal umgebracht», sagt er, nur nicht zu mir. Er schaut Jimmy an. «Er hat ihn verdammt noch mal umgebracht, Jimmy.»

Jimmy schüttelt den Kopf. «Nee», sagt er. «Er hat ihn doch nicht *umgebracht.*» Er geht dahin, wo Rivers bewegungslos in der Ecke liegt. «Du bist nicht *tot*, oder, Kumpel?» Er stupst Rivers mit dem Fuß an. Der Typ regt sich nicht. Jimmy schüttelt den Kopf und denkt kurz nach. «Weißt du was?», sagt er schließlich und dreht sich wieder zu Tone um.

«Was denn, Jimmy?»

«Ich glaube, er hat ihn verdammt noch mal umgebracht», sagt Jimmy und bricht in Gelächter aus. Nur ist es kein lustiges Ha-ha, sondern ein lustig-seltsames Gelächter. Als hätte er im Fernsehen einen Sketch gesehen und wüsste nicht genau, ob er lustig, sonderbar oder einfach nur blöd war. Er schaut zu mir herüber. «Jetzt sieh dir an, was du getan hast, Leonard», sagt er.

Da lacht Eddie, nur ein kurzes, blödes Auflachen, wohl aus lauter Nervosität. «Scheiße, Mann», sagt sie. «Mir ist gerade eingefallen, wem er ähnlich sieht.»

Jimmy dreht sich zu ihr um. «Was meinst du damit: Wem er ähnlich sieht?», fragt er. «Er sieht jetzt niemandem mehr ähnlich, oder?»

«Höchstens einem Hamburger», sagt Tone.

«Was?»

«Er sieht wie ein Hamburger aus», sagt Tone. «Mit dem hat er noch am ehesten Ähnlichkeit.»

Jimmy sieht ihn schockiert an. «Also bitte», sagt er, «das ist nun wirklich nicht nett.»

«Was soll das denn heißen?», sagt Tone. «*Ich* hab's schließlich nicht getan.»

«Nein», sagt Jimmy und wirft mir einen raschen Seitenblick zu. «Das war Leonard. Trotzdem redet man nicht schlecht über Tote.»

Eddie lacht erneut. «Nein», sagt sie. «Ich meine doch nicht, wie er *jetzt* aussieht. Ich meine, wie er *vorher* ausgesehen hat.»

Das bringt nun wiederum Jimmy und Tone zum Lachen. Ich weiß nicht, was Mickey denkt, er steht einfach nur da und starrt Rivers an. Er wirkt ein bisschen enttäuscht, vielleicht auch bestürzt. Vielleicht denkt er, dass er Ärger kriegt. «Na schön», sagt Jimmy. «Wem hat er also ähnlich gesehen, als er noch nicht wie ein Hamburger ausgesehen hat?»

Eddie dreht sich um, geht in eine entlegene Zimmerecke und zeigt über dem kleinen Tisch auf ein Foto an der Wand. «Ihm», sagt sie. «Diesem *Psycho*.»

Langsam, neugierig, folgen ihr Jimmy und Tone, so dass nur noch Mickey die Leiche anstarrt. Sie stellen sich neben Eddie und betrachten ein vergilbtes Zeitschriftenfoto, das zwischen den

Briefmarken und dem übrigen Sammelsurium an der Wand klebt.

«O Mann», sagt Tony.

Eddie freut sich. Sie führt einen kleinen Tanz auf, als müsste sie dringend pinkeln, und stößt dann einen winzigen, hohen Kiekser aus. «Ich hab doch gesagt, dass er wie wer aussieht», sagt sie. «Wie dieser *Psycho*-Typ. Wie heißt er gleich noch?»

«Anthony Hopkins», sagt Tony.

Eddie quiekt wieder, diesmal noch ein bisschen höher auf der Skala. «Ganz genau», sagt sie.

«Nein, nicht Anthony Hopkins», sagt Jimmy. «Das ist der Typ in *Schweigen der Lämmer*.»

«Aber wer ist es dann?», fragt Eddie und sieht enttäuscht aus. Einen Moment lang denke ich, sie beginnt zu weinen, dann aber denke ich, wir stehen längst alle kurz vor dem Weinen.

«Anthony Hopkins ist dieser Typ aus Wales», sagt Jimmy. «Und der da kommt nicht aus Wales.» Er wendet sich an mich. «Sag's ihnen, Leonard.»

Ich möchte gehen, bin aber viel zu traurig, um zu gehen. Am liebsten würde ich weinen. Ich habe ihm doch gar nicht wehtun wollen. Ich habe bloß gewollt, dass es aufhört. Hoffentlich hat er das verstanden. «Anthony Perkins», sage ich. «Das war der Typ in *Psycho*. Anthony Perkins.»

«Genau», sagt Jimmy, «Anthony Perkins.» Er wendet sich an Eddie, die immer noch aussieht, als könnte sie etwas Aufmunterung gebrauchen. «Du hast recht», sagt er, «der hat wirklich Ähnlichkeit mit ihm.»

Eddie grinst.

«Hatte, meinst du wohl», sagt Tone.

«Stimmt.» Jimmy starrt Tone kurz an, als hätte er erst jetzt etwas begriffen, dann dreht er sich um und wirft einen Blick auf Rivers. «Armer Kerl», sagt er.

Tone nickt. «Armer Kerl.»

Jimmy geht in die entlegene Zimmerecke und beugt sich über den reglosen Körper. «Das hat der Typ nicht verdient», sagt er und senkt den Kopf wie zum Gebet. Mickey schließt sich ihm an. Eddie und Tone zögern einen Moment, als fragten sie sich, ob dies ein Witz sein soll, dann senken sie ebenfalls die Köpfe, woraufhin Jimmy sofort wieder aufschaut. «Wisst ihr was», sagt er. «Ich glaube, Leonard hatte recht. Ich denke, das ist nicht unser Typ. War es nicht.» Er schaut mich an. «Du hast den Falschen umgebracht, Leonard», sagt er und blickt dann, ohne meine Antwort abzuwarten, wieder auf Rivers.

Die anderen sehen ihm zu, warten ab, was er als Nächstes tun wird. Sie sind jetzt alle müde und traurig und sehen so verloren drein, als stünden sie unter Schock. Vielleicht hat sie auch die Reue gepackt. Jimmy bleibt noch einen Moment stumm stehen, den Kopf gesenkt, dann dreht er sich mit einem seltsam neuen Funkeln in den Augen zu seiner Gang um. «Wir müssen ihn auferstehen lassen», sagt er.

«Was?» Ich bin es, der spricht, es ist meine eigene, schockierte, möglicherweise auch angewiderte Stimme, die ich höre, obwohl ich gar nicht vorgehabt hatte, etwas zu sagen.

Jimmy sieht mich an; seine Augen blitzen. «Wie Jesus», sagt er. «Ich meine, du bist doch der Bibelleser, Leonard. Das weiß doch jeder.»

«Wovon redest du eigentlich?», frage ich.

«Wir lassen ihn auferstehen», sagt Jimmy. «Sollte nicht allzu schwer sein. Wenn wir es richtig machen, ist er in drei Tagen so gut wie neu.»

Eddie hüpft auf und ab und stößt wieder ihre merkwürdig hohen Kiekser aus. «Was tun wir?», fragt sie. «Was müssen wir tun?»

Tone wirkt ein bisschen verwirrt. «Ja, Jimmy», sagt er mit leiser, besorgter Stimme. «Was tun wir?» Ich glaube, er hat Angst, es könnte funktionieren, und Rivers stünde in drei Tagen von den Toten auf und ginge direkt zur Polizei, um von uns zu erzählen.

Jimmy begeistert sich immer stärker für sein Vorhaben. Ich bin mir nicht sicher, ob er es ehrlich meint, ob er wirklich an das glaubt, was er sagt, oder ob er uns nur veralbern will. Vielleicht meint er, der Gang etwas geben zu müssen, was sie mit nach Hause nehmen kann. Vielleicht braucht er selbst auch etwas, was er mit nach Hause nehmen kann. «Man muss ihn nur richtig hinlegen», sagt er. «Wie ein Kreuz.» Er mustert den Leichnam. «Wie Jesus.»

Sie sind alle dabei, Jimmy und Tone, Eddie, sogar Mickey ist aus seiner Erstarrung erwacht und hilft mit. Aber ich kann nicht. Ich kann einfach nicht mitmachen, und ich kann auch nicht länger in diesem Zimmer mit all den Gesichtern, den Briefmarken und kleinen Vögeln bleiben, die von den Wänden auf mich herabstarren, als klagten sie mich an, in diesem Zimmer mit dem Geruch nach Blut, dunkel und nun Übelkeit erregend. Außerdem nehme ich sowieso nicht an, dass sie mich vermissen werden. Das ist jetzt ihre Sache, nicht meine. Also gehe ich leise zur Tür. Jimmy sieht mich, versucht aber nicht, mich aufzuhalten. Von den anderen blickt mir keiner nach. Als ich gehe, legen sie Rivers' Leichnam zurecht, Eddie an einem, Tone am anderen Arm, so versuchen sie, ihn in die richtige Lage zu hieven, während Jimmy vor ihnen steht und Worte murmelt, die er in einem Film gehört oder in einem Buch gelesen hat. «Ich bin die Auferstehung und das Leben», sagt er. Still schlüpfe ich durch die Tür, doch hebt er ein wenig die Stimme, so dass mich seine Worte die Stufen hinunter und nach draußen begleiten. «Ich bin die Auferstehung und das Leben.» Offenbar weiß er nicht, wie es weitergeht, deshalb wiederholt er denselben Satz immer lauter und betont die Worte, die er für wichtig hält. «Ich bin die Auferstehung und das Leben. Ich bin die AUFERSTEHUNG und das LEBEN.»

Seine Stimme verfolgt mich in die windige Nacht, in die Dunkelheit, bis ich schneller und schneller laufen möchte, um ihr zu entkommen.

Ich weiß nicht genau, was an diesem Auferstehungsquatsch echt gemeint war. Als ich ging, hatte Jimmy es jedenfalls ziemlich echt klingen lassen, aber ich glaube, das hat er vor allem mir zuliebe getan. Ich zweifelte übrigens keine Sekunde daran, dass ich in dieser Sache noch mehr von Jimmy zu hören bekommen würde, aber das kümmerte mich im Augenblick nicht sonderlich. Ich hoffte nur, dass mich keiner gesehen hatte, als ich aus dem Haus kam; und dann, als ich daheim war und anfing, meine blutigen Klamotten auszuziehen, hoffte ich, dass auch niemand Jimmy und seine Leute gesehen hatte, denn wenn man die fasste, würde ich auch gefasst, da die Gang dann zweifellos behauptete, ich hätte es getan, ich sei verantwortlich, für alles, für die Schnittwunden, die Stichwunden, die Tritte, die gebrochenen Knochen und für das, was wir dem armen Kerl sonst noch zugefügt haben mochten. Ich wollte nicht gefasst werden. Kaum war ich durch die Hintertür ins Haus gekommen, zog ich meine Sachen aus, um keine Spuren zu hinterlassen, steckte die Kleider in eine schwarze Plastiktüte und stellte sie unters Waschbecken. Ich wusste schon, was ich damit machen wollte, aber das würde noch warten müssen. Dann rannte ich nach oben ins Bad. Die Dusche war ziemlich kalt, aber das war mir egal. Ich seifte mich gründlich ein und wusch mich dreimal, schrubbte mich ab, spülte ausgiebig, trocknete mich dann ab, nahm die Bürste, rollte sie ins Handtuch und trug beides nach unten. Die Waschsachen steckte ich in eine zweite Plastiktüte und stellte sie neben die andere unters Becken. Dann ging ich direkt wieder nach oben, zog mich an und sah nach Dad. Es war spät, kurz vor Morgengrauen, aber er war wach. Er schlief nachts kaum noch. Vielleicht bereitete es ihm ein kleines, immer wiederkehrendes Vergnügen, frühmorgens wach zu liegen und den Vögeln zuzuhören, aber das weiß ich nicht. Was Menschen mögen, weiß man nur, wenn sie es einem erzählen. Ich konnte nur wissen, was mir selbst gefiel, und wenn es mir gefiel, dann gefiel es ihm vielleicht auch. Manche Menschen mögen Modelleisenbahnen. Andere Menschen lieben Extremgolf. Letztlich bleiben die Menschen eben ein Rätsel. Ich meine, wie kann man nur Extremgolf lieben?

Ich glaube nicht, dass Dad mich gesehen hat, falls aber doch, wäre es auch nicht weiter schlimm. Er würde zu niemandem ein Wort sagen; außerdem war ich nachts oft auf, angezogen, machte irgendwas oder saß in der Küche, sah zu, wie Dunkles in Helles überging, lauschte den Vögeln und las vielleicht ein Buch. Das mag *ich* nämlich, ich liebe Bücher. Trauen kann man letzten Endes wohl überhaupt nur dem, was eine Person mag. Lernt man einen Extremgolffanatiker kennen, gehört er zu einer bestimmten Sorte Mensch. Lernt man jemanden kennen, der Bücher liebt, gehört er vermutlich zu einer anderen Sorte Mensch. Ich kann mir nicht vorstellen, dass die beiden viel gemein haben, aber man weiß ja nie. Vielleicht hat sich selbst Marcel Proust manchmal aus seinem Korkzimmer geschlichen, um ein paar Runden Extremgolf in den Tuilerien zu spielen oder wo in Paris auch immer Extremgolf gespielt wird. Wenn man es recht bedenkt, ist das eigentlich ein schönes Bild: Marcel Proust mit Gehrock und Zylinder, frühmorgens unterwegs, außer ihm kaum jemand auf den Straßen, um seinem heimlichen Laster zu frönen und Extremgolf zu spielen. Vielleicht spielte er ein paar Runden mit Gustave Flaubert oder André Gide. Keine Ahnung, wer zu seiner Zeit lebte, und ich weiß auch nicht, ob irgendwo in *A la recherche du temps perdu* Extremgolf erwähnt wird. Durchaus möglich, selbst wenn ich es mir nicht so recht vorstellen kann. Wissen tue ich es jedenfalls nicht, weil ich das Buch noch nicht zu Ende gelesen habe. Ist schließlich gar nicht so lange her, dass ich es mir aus der Bibliothek geliehen habe, auch wenn es bestimmt schon überfällig ist. Die Logik dahinter habe ich übrigens noch nie ganz begriffen: Man leiht jemandem eine Ausgabe von Marcel Prousts Meisterwerk, von *Moby Dick* oder einen dieser großen, dicken Romane von George Eliot und sagt ihm dann, er hätte für seine Lektüre nur drei Wochen Zeit. Eigentlich sollte es eine Art gleitende Skala geben, so dass man, wenn man Proust ausleiht, drei Monate Zeit dafür hat, eher noch drei Jahre. Das wäre doch viel sinnvoller.

Ich beschloss, die schwarzen Plastiktüten mit dem Fahrrad zur Deponie zu bringen, bevor es zu hell wurde. Ich wollte sie so bald wie möglich aus dem Haus haben und konnte nicht schlafen, ehe das nicht erledigt war. Dad ging es gut, er würde noch ein, zwei Stunden im Bett bleiben und zuhören, wie die Welt erwachte, und mit dem Fahrrad zur Deponie zu fahren und das Zeug loszuwerden dauerte bestimmt nicht lang. Dann konnte ich mich ausruhen. Später sollte ich noch bei Elspeth vorbeischauen, aber ich nahm nicht an, dass ich hingehen würde. Ich musste mich um die schwarzen Tüten kümmern, und danach brauchte ich etwas Schlaf. Außerdem wollte ich sie eigentlich gar nicht sehen. Ich fürchtete, wenn ich eine Weile mit ihr zusammen wäre, würde sie herausfinden, dass irgendwas nicht stimmte, und es aus mir herausholen. Ich war müde, mir war nicht nach Sex oder irgendwelchem Rumgefummel. Ich wollte nur auf meinem Zimmer sein und schlafen. Danach würde ich Dad und mir etwas zu essen machen und einfach daheim bleiben und lesen. Ich wollte nicht draußen in der Welt sein, wo man mich sehen konnte. Ich wusste über Schuld und Sühne Bescheid. Zwar fühlte ich mich nicht besonders schuldig – im Gegensatz zu diesem Typen im Buch hatte ich schließlich nicht grundlos irgendeine lammfromme alte Dame umgebracht; und außerdem war ich schon immer der Ansicht gewesen, dass diese Geldverleiherin eigentlich nur bekommen hatte, was sie verdiente. Ich war doch nicht der Böse, zumindest nicht so sehr wie ein paar andere Leute, nur musste ich an diesem Morgen zugeben, dass es ein Fehler gewesen war, mit Jimmy und seiner Gang loszuziehen. Trotzdem, auch wenn ich nicht allein schuld war, hatte ich doch was Schlimmes getan, und wenn man Dostojewski gelesen hat, dann weiß man, wie das funktioniert. Ich brauchte bloß über die Hauptstraße zu laufen, und meine Schuld würde für alle Welt sichtbar werden. Noch ehe ich wusste, wie mir geschah, würde ich wie ein Baby flennen und sicher auch noch die Entführung des kleinen Lindbergh gestehen. Also blieb ich besser zu Hause, hielt mich bedeckt und überlegte, was als Nächstes zu tun war. Möglicherweise würde ich ein bisschen lesen, schaffte vielleicht ein paar Seiten von *Die sieben Säulen der Weisheit*.

Nach einem oder zwei Tagen hielt ich es zu Hause nicht mehr aus, außerdem gingen die Vorräte zur Neige, weshalb es höchste Zeit wurde, vor die Tür zu gehen und einzukaufen. Ich gehe gern einkaufen. Am liebsten würde ich teuren und dekadenten Unsinn kaufen, Spargel in Dosen zum Beispiel, winzige Töpfchen Crème brulée oder sizilianischen Zitronenkäsekuchen, aber meist gelingt es mir, meine Auswahl auf Sinnvolles zu beschränken, auf Kartoffeln, Reis, Würstchen und tiefgefrorene Erbsen, auf all die verlässlichen, satt machenden Grundnahrungsmittel eben, von denen wir uns schon immer ernährt haben. Man gebe mir zwei Tage lang gefüllten Krebs aus der Dose und Asti Spumante, und ich wäre bestimmt ein überglücklicher Zeitgenosse, würde aber gewiss nur noch harte Köttel scheißen oder quer durch den ganzen Garten kotzen. Leute wie unsereins werden geboren, um Steak Pie, Quetschkartoffeln, Würstchen, Pommes, Brathühnchen, Erbsen und Gemüse aus der Dose zu essen. Man füttere uns mit etwas anderem, und wir verwandeln uns auf magische Weise in große, kränkliche, dünnschissige, pausenlos rülpsende und furzende Babys. Also bleibe ich bei dem, was ich kenne. Was ich vielleicht sogar mag. Ich weiß jedenfalls, dass Dad nichts anderes verträgt, auch wenn er nicht mehr allzu viel isst. Er liebt Pudding, sein *Angel Delight*. Und er liebt Pommes. Während er langsam den Berg hinab dem Tod in die Arme gleitet, gönnt er sich noch rasch, ehe es zu spät ist, eine zweite Kindheit. Gut für ihn. Er ist einer der wenigen Menschen, die ich glücklich machen kann, und dazu braucht es nicht mehr, als ein bisschen pastellfarbenes Pulver mit Milch zu verrühren.

Ich dachte an Dad, während ich mich Einkaufstüten schleppend auf den Heimweg machte. Im Kopf führte ich das alte Will-nicht-dass-er-stirbt- gegen Gnädiger-Tod-Gespräch, und dazu gab es noch jede Menge zu sagen, weshalb ich ein bisschen abgelenkt war, als Jimmy mit seiner Gang auftauchte. Ich war sogar dermaßen abgelenkt, dass ich Jimmy erst sah, als er mir in den Weg sprang, mir direkt vor die Nase, und gleich mit seiner Nummer anfing.

«Dieser Rivers ist übrigens nicht wiederauferstanden», sagt er.

Mehr ist nicht nötig, um mich aufzurütteln. Ich stelle die Einkäufe ab, um die Hände frei zu haben, dann lange ich mit einer Hand in die Jackentasche, in der mein Messer steckt. Seit dem Jagdausflug habe ich es immer dabei. Jetzt muss ich nur noch Jimmy im Auge behalten. Ich weiß, wenn irgendwas passiert, trifft er die Entscheidung, und ich will sehen, wie er das Zeichen gibt. Wenn ich es sehe, ist er derjenige, auf den ich losgehe. Ich glaube, das hat er sich inzwischen selbst zusammengereimt. «Hab ja nicht behauptet, dass es klappen würde», sage ich.

«Tja», sagt er, «so steht es aber in der Bibel, Leonard. Und du bist doch der Bibelexperte in dieser Gang.» Ich lass das durchgehen, obwohl ich weder in dieser noch in irgendeiner anderen Gang bin. «Also, was meinst du, was ist schiefgelaufen, Leonard?» Ich sehe ihm an, wie angestrengt er nachdenkt, während er mit mir redet. Er versucht zu erraten, wie ich mich verhalte, wenn er den Dingen ihren Lauf lässt. Weil ihm die Gang den Rücken stärkt, bin ich mir nicht sicher, aber ich glaube, er hat Angst.

«Dass er nicht der bescheuerte Jesus von Nazareth war, könnte schon mal ein Anfang sein», sage ich.

Jimmy lächelt. Er will mir zu verstehen geben, dass er meine Antwort wirklich witzig findet. Ich lasse ihn nicht aus dem Blick. Auge in Auge, vergiss den Rest der Gang. Es geht nur um Jimmy und mich. Wenn sich irgendwer rührt, schlitze ich ihn auf. «Tja», sagt Jimmy langsam und mit Bedacht, «daran hättest du vielleicht denken sollen, bevor du ihn umgebracht hast.»

«Ich habe ihn nicht umgebracht», sage ich, «das haben wir alle getan.»

Jimmy denkt einen Augenblick darüber nach. Ich kann spüren, wie Tone neben ihm ungeduldig wird. Dann halte ich nach Eddie Ausschau. Allerdings rechne ich nicht damit, dass sie vorprescht. Ich glaube, ihr hat Angst gemacht, was mit Rivers passiert ist. Sie weiß jetzt nicht mehr, wo sie mit mir dran ist, und bestimmt hat Jimmy sie beiseite genommen und ein paar Takte mit ihr geredet. Also wird sie nichts tun, wird nur zusehen. Ich denke, wenn es darauf ankommt, wird sie nicht unbedingt mitmischen, aber sie wird mir auch nicht helfen. Was nicht heißt, dass sie mich verrät. Ich kann es ihr nicht mal zum Vorwurf machen, wenn sie wirklich nicht mehr weiß, was sie von mir halten soll. Sie ist wild, wilder als die anderen – ein bisschen ungeformt, aber auch schön. Sie bräuchte nur eine klarere Kontur, ein deutlicheres

Profil. Wie auch immer, ich hoffe, sie begreift, dass ich ihr keine Vorwürfe mache. Ich weiß nur, dass sie im Moment selbst nicht begreift, was sie eigentlich fühlt, später aber, wenn sie Zeit zum Nachdenken gehabt hat, wird ihr vielleicht klar, dass ich mich – obwohl wir sind, wer wir sind und wo wir sind – beinahe in sie verliebt hätte.

Endlich hat Jimmy einen Entschluss gefasst. Er vermeidet es, auf meine Jackentasche zu sehen. «Niemand gibt dir die Schuld an dem, was passiert ist», sagt er. «So was kann schon mal vorkommen.»

«Das ist furchtbar anständig von dir».

Da muss er lachen. Ich hatte diese Wendung irgendwo gelesen, vielleicht bei F. Scott Fitzgerald, und mir dabei gedacht, sie könnte bestimmt einmal nützlich sein. Er dreht sich zu Eddie um und lächelt. «Manchmal schlägt er eben über die Stränge», sagt er und ahmt dabei Dennis Hopper aus *Apocalypse Now* nach. «Aber hinterher ist er der Erste, der es zugibt.» Er lässt Eddie nicht aus den Augen. Sie lächelt. Ein rührender Augenblick, ehrlich. Er tut, als würde er mich ihretwegen laufen lassen. Als wäre Eddie wirklich in mich verliebt. Vielleicht ist sie das ja, auf ihre Art, aber irgendwie hat Jimmy sie trotzdem erst in die Spur geschickt. Das ist eben das Problem mit Leuten, die sich selbst nicht kennen, man kann sie der Gnade anderer Menschen ausliefern, und es kommt nicht weiter darauf an. Man lasse Eddie eine Woche Zeit, und sie hat alles vergessen. Mit einem bekümmerten, vielleicht auch mitfühlenden Blick wendet Jimmy sich wieder an mich. «Ist in Ordnung, Leonard», sagt er. «Wir verpfeifen dich schon nicht.»

«Jimmy!» Tone fürchtet, um seinen Spaß gebracht zu werden.

«Halt die Klappe, Tone», sagt Jimmy und wirkt einen Moment lang so, als wäre sein Ärger echt. «Siehst du nicht, wie sehr Eddie die Sache an die Nieren geht?»

Tone blickt mich an, dann Eddie. Er denkt kurz nach, und endlich fällt der Groschen. «Ach, Scheiße», sagt er.

Jimmy lacht. «Das kannst du laut sagen. Und jetzt kommt, Leute», sagt er. «Gehen wir auf die Jagd.»

Das war's. Jimmy dreht sich um und zieht mit einer derart traurigen Miene ab, als wäre er von mir verraten worden; der Rest der Gang trottet hinterher, erst Mickey, dann Tone, zum Schluss Eddie. Sie sieht sich noch einmal nach mir um, was ich wirklich nett finde, und wirft mir dabei diesen dummen, enttäuschten, Wer-weiß-was-hätte-sein-können-Blick zu, und am liebsten hätte ich sie fest in die Arme genommen und mich richtig von ihr verabschiedet, aber ich lasse es sein.

An jenem Abend ging ich zu den Hafenanlagen und kletterte bei den Ladedocks auf einen der alten Kräne. Ich wollte nur da oben sitzen und zu den Sternen hinaufsehen. Von dort konnte man sie nämlich alle sehen, und wenn man zur Küste hinüberschaute, sah man wie in einem alten Film die Lichter über das Wasser funkeln und blinzeln, vollkommene geometrische Muster, die kurz zu erstarren schienen, dann aber wieder aufschimmerten, weiß, kirschrot und weit fort auch der eine oder andere goldene Fleck. An jenem Abend aber schlug das Wetter um, und als ich oben im Kran hockte, brach ein mächtiges Unwetter los, erst ein Blitz, darauf ein Donnerschlag, dann weitere Blitze – nicht länger vereinzelt, nein, golden glühte der ganze Himmel über dem Wasser, spiegelte alles, sekundenlang. Es war so schön wie gefährlich, und obwohl ich mich fragte, ob ich da oben inmitten all dieses Metalls nicht verbrutzeln würde, konnte ich mir doch auch nicht vorstellen, wieder nach unten zu steigen. Lieber auf diese Weise als in einem kleinlichen Hinterhalt durch Jimmys Gang sterben, eine Klinge im Gedärm, möglicherweise Eddies Klinge, und ich wie Rivers auf dem Boden zappelnd, blutend, fluchend und mich selbst beweinend, ein verwirrtes Tier, das vor den Augen der anderen starb. Wenn schon sterben, dann allein, oben auf einem Kran; soll die Natur mich doch töten, mit Anmut, Schönheit und durch die herrliche Grausamkeit des Zufalls. Doch ich bin nicht gestorben; ich saß einfach da oben und sah der schönsten Lightshow zu, Blitze, als würden sie nur wenige Zentimeter vor meinen Augen niederfahren, der Donner ein Widerhall in meinen Knochen, meinen Muskeln. Es spottete jeder Beschreibung. Als es vorüber war, kümmerte mich nichts mehr. Falls nötig, würde ich Jimmys Leute einen nach dem anderen ausschalten, Eddie inklusive, oder ich würde mir Jimmy vorknöpfen und ihn vor seiner Gang aufschlitzen. Mir doch egal. Jeden hätte ich an jenem Abend wegen des Gewitters umbringen können. Denn ich wusste, wenn ich überhaupt irgendwohin gehörte, dann zu dem hier, nicht zur Gang, sondern zu den Blitzen und dem Donner, dem schwarzen Regen, dem kalten Metall, dem Himmel.

Als ich nach Hause kam, fand ich eine Notiz von Elspeth vor, die mir schrieb, ich sei ein unartiger Junge gewesen, und sie komme gegen Mittag vorbei, um mich zu züchtigen. Ich klaubte den Zettel von der Türmatte im Flur auf und las noch, als ich in die Küche ging und meinen Dad neben dem Tisch am Boden sah. Er kniete halb, halb saß er und blickte dabei so verblüfft drein, als hätte er noch einen Moment zuvor vergnügt auf seinem Stuhl gesessen und verstünde nun nicht, was er auf dem Boden wollte. Erst dachte ich, mehr hätte es damit auch nicht auf sich, er sei nur gefallen, doch sobald er mich hereinkommen sah, öffnete er den Mund, und Blut quoll heraus. Ich hatte geglaubt, er wolle mir etwas sagen, aber aus seinem Mund kam kein Wort, sondern Blut, jede Menge Blut. Gleich darauf, als wiederholte er einen sensationellen Trick, lief ihm schon wieder Blut aus dem Mund.

Er wirkte überrascht, dann kippte er vornüber und fiel seitwärts der Länge nach zu Boden. Mehr und immer noch mehr Blut floss. Ich rannte zu ihm, kniete mich neben ihn. Jetzt sah er mich traurig an, ein Blick, der sämtliche Enttäuschungen, die er je in seinem Leben erduldet hatte, in einer letzten, unabänderlichen Schlussfolgerung zusammenzufassen schien. Ich griff unter seine Arme und versuchte, ihn hochzuhieven, schaffte es aber nicht, obwohl er nach den langen Jahren der Krankheit doch so dünn und mager geworden war. Er war zu schwer für mich. Eine Totlast. Gleich darauf bewegten sich seine Lippen, und er sah aus, als wollte er etwas sagen, fürchtete sich aber davor, den Mund noch einmal zu öffnen. Schließlich flüsterte er etwas, aber ich konnte ihn nicht verstehen.

«Was ist, Dad?», fragte ich. Dann fiel mir ein, dass ich ihn nicht auffordern sollte zu reden, sondern still zu sein, es leicht zu nehmen, also sagte ich: «Versuch nicht zu reden, okay?»

Er schaute mich verwirrt an, öffnete aber wieder den Mund, und diesmal kamen Worte heraus, zusammen mit einem seltsamen, walrossartigen Keuchen und einem Sprühnebel winziger Blutstropfen, die auf mein Gesicht und meinen Hals regneten. «Zeit heimzukehren, mein Sohn», sagte er.

«Red jetzt nicht, Dad», erwiderte ich. Ich hatte keine Ahnung, was er da sagte, aber er machte mir Angst.

Er versuchte krampfhaft, sich aufzurichten, streckte die Beine und rutschte doch nur aus, sackte in sich zusammen wie die Kuh, die man in Filmen über den Rinderwahn sieht. Er konnte nicht aufstehen, konnte aber auch nicht aufhören, es zu versuchen. «Zeit heimzukehren», sagte er wieder und versuchte es erneut mit letzter Kraft, während ich ihn festhalten, ihn in die Ruhelage bringen wollte, irgendwas, und mich zugleich fragte, was ich denn tun sollte. «Es wird spät», sagte er. Blutblasen sprudelten jetzt aus seinem Mund, und ich konnte die kalte Haut seiner Hände spüren, doch nichts machte mir mehr Angst als sein wilder Blick. Ich wusste, ich musste einen Arzt rufen, aber ich konnte ihn in dieser Verfassung doch nicht alleinlassen. Und dann, nach etwa einer Minute, war er fort, das Leben sickerte einfach aus ihm heraus. War einfach weg. Als nähme man einen Eimer Wasser, trüge ihn ans Waschbecken und leerte ihn aus, das ganze Gewicht einfach fort, und man steht da mit diesem Gefühl von Leere und Leichtigkeit. So fühlte ich mich. Er hatte sich einfach ausgeleert.

«Dad!», schrie ich. Das konnte er mir nicht antun. Er durfte nicht sterben, nicht einfach so, nach all der Zeit. Das konnte doch unmöglich alles sein. «Komm schon, Dad», sagte ich. «Komm schon, du schaffst es.» Einen Moment lang glaubte ich sogar, er könnte es schaffen, dann aber hörte ich auf, daran zu glauben, und saß stumm da, die Arme um seine Schultern. Eine Weile blieb ich so, nicht lange, denke ich, vielleicht aber doch, ich weiß es nicht mehr. Ich war irgendwo, begleitete ihn vielleicht ein Stückchen auf seiner Reise, in Gedanken, im Geiste, was weiß ich; dann aber kam ich zu mir zurück, ließ ihn sanft zu Boden gleiten und stand mühsam auf. An ihm war nichts mehr. Ich hätte ihn überallhin tragen können. Ich weiß noch, als ich wieder zu mir kam, habe ich mich gefragt, wie alt er war, wusste es aber nicht.

Dann entdeckte ich, was er in der Küche getan hatte, ehe er zu bluten begann. Da, auf dem Tisch, lag aufgeschlagen ein altes Album mit einem Bild von ihr und Dad aus der Zeit vor meiner Geburt; die beiden lächelten, wirkten vielleicht ein wenig schüchtern vor dem Fotografen, im Hintergrund das Grau der Bäume, kein Ort, den ich kannte, womöglich eine Aufnahme aus den Flitterwochen oder ein Bild aus den Tagen, als sie sich kennenlernten und glücklich waren, als die Zukunft noch vor ihnen lag wie eine Blaupause für Kinder, Geld und Glück. Trauer überkam mich, und ich begann zu weinen, denn es war verdammt noch mal nicht fair, dass es so weit kommen musste, dass er in seinen alten Kleidern am Küchentisch sitzen und sich die Bilder seines verlorenen Lebens ansehen musste. Seiner verlorenen Liebe. Denn geliebt hatte er sie, das stand fest, aber sie hatte ihn einfach sitzenlassen, gerade dann, als er sie am nötigsten brauchte. Blöde Kuh. Das da, auf dem Foto, das war meine Mutter, lächelnd, für die Kamera posierend, in einem adretten Sommerkleid, das Haar schick frisiert, genau wie sie ausgesehen hatte, als sie uns verließ, hübsch und jung, das ganze Leben noch vor sich, eine schöne Frau sogar, wenn man es nicht zu genau nahm. Eine schöne Frau, die ihr Leben noch vor sich hatte. In diesem Moment wünschte ich mir, ich wüsste, wo sie ist, damit ich ihr schreiben und erzählen konnte, wie ihr Mann gestorben war, wie er immer noch an sie gedacht hatte, an seine verlorene Liebe. Seine gottverdammte verlorene Liebe.

Man gebe mir etwas zum Nachdenken, ein paar Anhaltspunkte, und ich finde schon die Lösung. An diesem ersten Tag, an dem ich ganz allein bin, über die Halbinsel streife und nicht recht weiß, was ich wegen Dad unternehmen soll, bekomme ich meinen ersten Anhaltspunkt, meine erste Spur. So ist die Welt eben: Manchmal schenkt sie dir schlicht und ergreifend etwas, manchmal gibt sie dir nur einen Anhaltspunkt. Was wie ein Geschenk ist, das man sich erknobeln muss. Allerdings könnte man auch behaupten, die Welt sei voller Anhaltspunkte, wenn man sie nur verstehen könnte. Anhaltspunkte, Geschenke, die brauchen wir, um uns die Welt verständlich zu machen. Ansonsten gibt es nichts. Man braucht deshalb auch nicht zu glauben, wie Miss Golding in Religion immer behauptet. Der Glaube ist kein Geschenk. Geschenke müssen von der Welt kommen, nicht aus dem eigenen Kopf. Anhaltspunkte auch. Alles muss irgendwoher kommen. Ich meine, es gibt durchaus vernünftige Menschen, Philosophen und so, die behaupten, dass wir uns die Welt nur vorstellen, dass sie eine Illusion ist, die wir uns auf unserem Lebensweg schaffen. Was bedeutet, dass ich mir die Fabrik nur vorstelle, bloß ausdenke, die Morde und auch meinen Dad, der Blut über den ganzen Küchenboden speit. Natürlich tue ich das.

Meinen Anhaltspunkt fand ich durch einen bloßen Zufall, die Chancen standen höchstens eins zu tausend. Ich hatte die Nacht auf dem Dachboden verbracht, mich einfach mit einer Decke und einigen Kissen auf den Boden gelegt – ich wollte nicht in meinem Bett schlafen, weil ich mir einredete, ich sei der nächste Junge, der aus Innertown verschwinde, und man werde mich bald holen, mich einfach aus meinem Bett heben, so wie man es mit Tommy O'Donnell getan hatte. Ich mochte auch nicht draußen auf der Halbinsel schlafen, weil ich in Dads Nähe sein wollte, zumindest in dieser ersten Nacht. Warum, weiß ich nicht, vielleicht nur aus Sentimentalität. Ich konnte nichts mehr für ihn tun und wusste, ich würde ihn bald loslassen müssen. Anfangs wollte ich ihn übrigens ordentlich ins Bett legen, nur dachte ich dann, dass es ihn vielleicht an das Gesicht im nebligen Licht erinnerte, an die alte Laura, diese junge Frau, die ihr ganzes Leben noch vor sich hatte usw. usw., und das wollte ich nicht. Außerdem wäre es zu würdelos gewesen, ihn über die enge Treppe nach oben zu schleppen. Also setzte ich ihn in den großen Sessel, so aufrecht wie möglich, als würde er lesen oder Radio hören. Ich dachte daran, das Album zu verbrennen, in dem er zuletzt geblättert hatte, brachte es aber nicht über mich. Ich dachte auch daran, es ihm in die Hand zu drücken, damit er sich die Bilder ansehen konnte, während er da saß und auf seine himmlische Belohnung oder was auch immer wartete, aber das brachte ich ebenso wenig fertig. Also setzte ich ihn bloß in den Sessel und stellte das Radio an. Leise, nur gerade so laut, dass er es hören konnte, falls noch ein Hauch von irgendwas in ihm steckte, ein Rest Bewusstsein, Erinnerung oder Verstand, der wie verlöschende Glut stumm in seinem Kopf glimmte. Es gibt Menschen, die meinen, der Tod sei nicht das Ende des Lebens, er sei vielmehr der Anfang des nächsten Abschnitts einer Reise, und die Seele bleibe vielleicht noch eine Weile, um eine Art Bestandsaufnahme oder so zu machen. Ich bin mir nicht sicher, ob ich dem zustimme – wahrscheinlich nicht –, aber man sollte sämtliche Eventualitäten bedenken, vor allem beim eigenen Vater. Man hat schließlich nur diesen einen, und der, den ich gehabt hatte, war gar nicht mal so schlecht gewesen; er hatte bloß kein Glück gehabt. Vielleicht aber hatte er auch genau das Glück bekommen, das er sich wünschte. Bis letzte Nacht hatte er mir jedenfalls immer leid getan, da er sein Leben lang nur lieben wollte. Das war die eine Gabe, die er besaß, ein eigenartiges, stilles Talent für die Liebe. Und Laura war der Mensch, den er geliebt hatte; hätte sie seine Liebe erwidert, wäre er glücklich gewesen, was immer sonst das Leben ihm auch beschert hätte. Doch an seinem letzten Abend tat er mir nicht mehr leid, da er eigentlich bekommen hatte, was er wollte. Er hatte geliebt, hatte sein einziges Talent also einsetzen können. Möglicherweise kam es daher gar nicht darauf an, ob Laura seine Liebe erwidert hatte oder nicht. Vielleicht war es ihm ja eben darum gegangen.

Also schlief ich auf dem Dachboden und packte dann eine Plastiktüte mit Kleinigkeiten, mit diversen Lebensmitteln, mit Kaffee und Ähnlichem, damit ich mir wie der Mottenmann eine Campingmahlzeit machen konnte. Wenn er das kann, dachte ich, kann ich das auch. Vielleicht besorgte ich mir sogar einen Lieferwagen, klaute mir irgendwann einen in Outertown und fuhr los, wie ein Nomade, nur fort. Doch alles der Reihe nach. Ich verabschiedete mich von Dad, nahm an Geld, was ich im Haus fand, und brach auf. Es war ein herrlicher Sommertag, schon warm, sogar zu dieser frühen Stunde. Ich eilte durch den Garten hinterm Haus, öffnete das Tor im Zaun und trat auf die kleine Gasse, in der vor allen Gartentoren die Mülleimer standen, ernst und unergründlich, so randvoll mit Geschichten und Anhaltspunkten wie schwarze Tabernakel. Am Ende der Gasse schaute ich mich um und fragte mich besorgt, ob bereits jemand wach und unterwegs sei, aber das einzig lebende Wesen war Mrs. Hatchers weiße Katze, die alle Kinder nur «Mrs. Hatchers Muschi» nannten. Die Kids von Innertown mochten ja jede Menge Vorzüge haben, aber Originalität zählte nicht gerade dazu. Ich schätze, das einzige Original war Elspeth, nur stünde es ihr besser an, wenn sie es nicht auch ständig so krampfhaft zu beweisen versuchte.

Elspeth. Als sie von mir versetzt wurde, hatte sie einen Zettel dagelassen, auf dem stand, dass sie später wieder vorbeisehen würde. Das hatte ich vergessen. Was sie geschrieben hatte, konnte nur eines bedeuten, und das war sehr verlockend. Äußerst verlockend. Trotzdem musste ich mich am Riemen reißen und mich eine Zeit lang an meinen Plan halten. Ich konnte mich später immer noch bei ihr melden, ihr von Dad erzählen. Ihn als Ausrede vorschieben.

So komme ich unbehelligt aus Innertown raus und verstaue die Sachen in meinem speziellen Geheimversteck, das alle Jungen haben, auch wenn sie eigentlich schon ein bisschen zu alt dafür sind; danach mache ich mich auf den Weg zur West Side, um mich eine Weile in den Wäldern zu verkriechen und Zeit zum Nachdenken zu finden. Unterwegs treffe ich auf Morrison, den Polizisten, der mitten unter den Bäumen allein auf einer kleinen Lichtung steht, still und versonnen, ganz in Gedanken. So sehr in Gedanken, dass er mich nicht einmal sieht, obwohl er kurz aufschaut, nachdem ich in Deckung gegangen bin, beinahe so, als hätte er etwas geahnt. Meine Anwesenheit gespürt. Vielleicht auch nur *irgendeine* Anwesenheit. Denn ich glaube, so seltsam es auch klingt, als ich ihn treffe, da betet er gerade oder tut zumindest etwas Ähnliches. Er steht einfach da und schaut zu Boden, mit gesenktem Kopf, wie jemand, der an einem Grab steht und Abschied nimmt. Das hätte ich natürlich auch tun sollen, hätte am Grab meines Vaters stehen und Abschied nehmen, vielleicht sogar ein Gebet für ihn sprechen sollen.

Jedenfalls muss Morrison gestört worden sein, denn auch wenn er mich nicht gesehen hat, auch wenn er glaubt, dass niemand sonst in der Nähe ist, ist es mit seiner Konzentration vorbei; er dreht sich einfach um und geht – rasch, als wollte er plötzlich nicht mehr hier sein –, und gleich darauf habe ich den Ort für mich allein. Ich warte eine Weile, ein paar Minuten, vielleicht auch länger, bevor ich mich aus meinem Versteck wage. Irgendwie spüre ich, dass es mit dem hier etwas auf sich hat. Ich glaube sogar, es könne ein Anhaltspunkt sein. Ich will nicht, dass Morrison zurückkommt und mich sieht, denn wenn das geschieht, könnte der Anhaltspunkt verloren sein. Manchmal geht es bei einem Anhaltspunkt nämlich nur darum: Man erhascht einen Blick auf jemanden, der glaubt, allein zu sein, und entdeckt eine neue Seite an diesem Menschen. Etwas, von dem man zuvor nichts geahnt hat.

Sobald ich mich vergewissert habe, dass er verschwunden ist, schlendere ich, sorglos und unbekümmert, eben wie ein Junge, der durch den Wald streift, zur Lichtung hinüber, um genauer zu untersuchen, was Morrison sich da eigentlich angesehen hat. Es muss unten sein, am Boden, drüben am Rand der Lichtung. Ich brauche einen Moment, um die Stelle zu finden, nein, nicht um sie zu finden, sondern um mir einen Reim darauf zu machen. Denn erst wirkte es, als hätte jemand hier irgendwelches Gartengerät abgekippt. Im Näherkommen sehe ich dann, dass es tatsächlich ein Garten ist, ein Garten mit Nelken und Mohn und einer kleinen Rose, die aussieht, als wäre sie erst kürzlich gesetzt worden. Um die Pflanzen hat jemand Kiesel gestreut, Steine, wie man sie am Strand findet, von Sand und Wasser glatt poliert, helle, schimmernde Kiesel, dazu bunte Glas- und Porzellanscherben. Wie der Garten einer Elster oder ein Nest jener Laubenvögel, über die man in Tierbüchern lesen kann. Einmal habe ich über solche Vögel eine Sendung gesehen – bestimmt einen dieser Tierfilme, wie David Attenborough sie gemacht hat. Einen der wenigen vollständigen Sätze von Dad, an die ich mich erinnern kann – ich muss damals noch ziemlich klein gewesen sein, konnte vielleicht sogar gerade erst laufen –, hat er während einer solchen Sendung von David Attenborough gesagt. Vielleicht auch danach, beim Abspann, was wahrscheinlicher sein dürfte. Hatte etwas mit Respekt zu tun. Und plötzlich erinnere ich mich so genau, als wäre es gestern gewesen, und ich weiß wieder die exakten Worte, die er gesagt hat.

«Wenn sie solche Sendungen bringen», sagte er, «dann lohnt es sich fast, die Gebühren zu zahlen.»

Da ist nun also diese kleine Parzelle, halb Garten, halb Ist-Natur-nicht-wunderbar-Laubenvogel-Geheimnis in gedämpftem Attenborough-Ton, doch frage ich mich, wozu sie dient. Warum hat jemand hier draußen im vergifteten Wald einen Garten angelegt? Einen kleinen Garten mit Blumen wie auf einem Friedhof? Und was hat Morrison hier zu suchen? Ist er derjenige, der die Blumen pflanzt, hier draußen, mitten im Nirgendwo, wie irgendein Spinner?

Selbst dann brauche ich noch einige Augenblicke, um zu begreifen, wie dumm ich doch bin. Es ist kein Garten, sondern genau das, wofür ich es im ersten Moment gehalten habe. Manchmal sollte man den ersten Eindrücken trauen, denn auch wenn sie nicht hundertprozentig stimmen mögen, können sie doch Anhaltspunkte geben. Dies hier ist kein Garten, sondern ein Grab. Hier liegt etwas begraben. Etwas oder jemand.

Und dann wird mir klar, dass Morrison kein Spinner ist, sondern aus einem bestimmten Grund herkommt, und dieser Grund hat mit den verlorenen Jungen zu tun. Er ist hier, um das Grab zu pflegen. Aber wessen Grab? Könnte es sein, dass einer der Jungen dort begraben liegt, wo unser mysteriöser Polizist seinen kleinen Garten angelegt hat? Ist Morrison der Mörder? Denn alle Jungen sind tot, das steht außer Frage. Morrison aber ist derjenige, der das stets bestreitet; er ist es auch, der behauptet, die Jungen hätte die Wanderlust gepackt und sie wären mit kleinem Rucksack und ihren Zehnmeilenstiefeln einfach losmarschiert, den sprechenden Tierfreund an der Seite. Da muss man sich doch fragen, warum er so eifrig diese Ansicht verbreitet. Glaubt er selbst daran? Oder hat er etwas zu verbergen? Jemand hat die verlorenen Jungen getötet, und seit Jahren kommt er ungeschoren davon. Für wen aber wäre es leichter, eine ganze Reihe von Morden zu begehen und damit davonzukommen als für einen Polizisten? Wer könnte besser die Spuren beseitigen und dafür sorgen, dass es keine Untersuchung gibt? Ich meine, ich würde es ihm durchaus zutrauen. Der Mann ist ein Rätsel, das behaupten viele Leute. Und selbst wenn er nicht der Mörder ist, weiß er doch irgendwas. Nur was, das ist die Frage, die ich mir gerade stelle.

Dann weiß ich es. Natürlich ist Morrison nicht der Täter. Er hat die Morde nicht auf dem Gewissen, die Entführungen oder was auch immer; er deckt den Mörder. Er kennt ihn und beschützt ihn. Aber vielleicht sind es ja auch mehrere Mörder. Vielleicht gibt es eine ganze Bande. Möglicherweise sind die Jungen gar nicht tot, sondern irgendwer hält sie irgendwo aus Gott weiß welchem Grund gefangen. Vielleicht haben die Leute in der Stadt recht, und es geht tatsächlich um eine Art Experiment. Mir wird schlecht, wenn ich nur daran denke, nicht etwa, weil der Gedanke neu wäre, denn der ist mir schon oft genug zu Ohren gekommen, sondern weil er tatsächlich wahr sein könnte. Wir mögen die schrecklichsten Gedanken hegen, solange wir glauben, dass sie nicht wahr sind. Wenn sie dann aber doch plötzlich wahr werden, dann wird uns übel. Womöglich fühlt sich Morrison selbst auch nicht so besonders, vielleicht hat er sogar ein schlechtes Gewissen, weil er sich auf diese Sache einließ, und vielleicht wurde deshalb dieser kleine Garten im vergifteten Wald angelegt. Bloß warum hier? Warum nicht in seinem eigenen Garten daheim? Eine geheime Parzelle. Hier draußen, wo jeder darüber stolpern kann, ist sein erbärmlicher kleiner Garten doch nicht sicher. Ich kann mir genau vorstellen, was passiert, wenn Jimmy und seine Freunde ihn entdecken. Warum ihn also nicht irgendwo anlegen, wo er ihn beschützen kann?

Dann weiß ich, warum. Ich schaue in die Richtung, in der Morrison verschwunden ist, aber dort ist niemand. Ich bin allein in dieser stillen Gegend des vergifteten Waldes, die selbst Kinder meiden. Vor langer Zeit verschwand der erste Junge in diesem Wald, und danach verschwand sein bester Freund, weshalb manche Leute diese Gegend für verhext halten. Ich nicht. Keine Gegend auf der Halbinsel ist schlimm oder verteufelt, alle haben ihre eigene Geschichte. Gift fließt in den Adern dieses Waldes, im Saft der Bäume, in jeder Krume des Lehmbodens, in jedem Grashalm unter meinen Füßen, und dennoch war er einst ein Ort, an dem sich Liebende trafen, um allein zu sein, Mädchen, deren Väter nicht wollten, dass sie mit Jungen ausgingen, Gatten, deren Frauen keine Liebe schenkten, Frauen, deren Männer nie daheim waren, paarweise schlichen sie hierher, um sich hinter Büschen und Bäumen zu verstecken, zu vögeln, zu reden und Pläne für ihr Entkommen zu schmieden. Auch das ist Teil seiner Geschichte. Dieser Garten ist Teil der Geschichte, sogar, dass ich ihn gefunden habe. Es gehört ebenfalls bereits zu seiner Geschichte, wenn ich mich nun niederknie und zu graben beginne, Pflanzen ausreiße, Glas und Kiesel beiseite werfe und tief in die dunkle Erde vordringe, um das darin Verborgene zu suchen. Denn irgendwas liegt hier versteckt. Ich will nicht behaupten, dass ich eine Leiche finde, ich weiß nur, dass irgendwo in all der Erde, dem Gras und Gift ein Anhaltspunkt sein muss. Ich muss lange graben, tief, tiefer, am tiefsten. Ich habe Angst, der Polizist könnte zurückkehren und mich finden, aber ich kann nicht aufhören; es gehört zur Geschichte dieser Gegend, dass ich grabe und weitergrabe, bis ich meinen Anhaltspunkt gefunden habe. Als ich ihn aber finde, ist es nicht, was ich erwartet habe – dennoch ist es ein Anhaltspunkt. Eine winzige, bedeutsame Spur.

Eine Uhr. Eines Jungen liebster Besitz, eine edle Uhr, ziemlich teuer für Innertowns Verhältnisse. Ganz verdreckt mit Rost und Lehm, das Glas zerbrochen, trotzdem weiß ich, dass sie ein Anhaltspunk ist, nicht bloß Müll, den irgendwer fortgeworfen hat. Also reibe ich den Lehm ab und kratze am Rost, bis ich nach einer Weile auf der Rückseite eine Inschrift entdecke, eine Inschrift, die ich kaum lesen kann. Da steht: *Für Mark von Tante Sall.* Mir scheint die Uhr ein Gegenstand zu sein, der geliebt wurde, den ein Junge nur verlieren würde, wenn er nicht zurückkommen und danach suchen konnte, und auch wenn es nicht schlüssig ist, auch wenn ich damit vor Gericht nicht durchkäme, weiß ich doch, Euer Ehren, was es ist und wem die Uhr einst gehörte. Mark Wilkinson liegt hier zwar nicht begraben, doch ist sein Geist an diesem Ort geblieben, denn hier wurde zerbrochen, was er am stärksten liebte. Morrison weiß das. Deshalb hat er den Garten angelegt. Er betet zu einem Geist – nur warum?

Dann errate ich es. Ich kann es nicht mit Gewissheit sagen, aber ich weiß, ich habe recht. Es geht um Vergebung. Er betet zu diesem Geist um Vergebung. Nur begreift er doch sicher, dass es keine Vergebung ohne Reue gibt? Und er weiß doch bestimmt auch, nicht wahr, wer Vergebung will, der muss zuerst seine Sünden bekennen, zumindest in seinem Herzen, um so seinen Frieden mit der Welt zu machen? Aber wie kann er das, wenn ihm niemand hilft?

Danach verlasse ich das Grab, den Gedenkgarten oder was es auch ist, und kehre zurück in die äußersten Winkel des Fabrikgeländes. Ich spiele mit dem Gedanken, zu Elspeth zu gehen, doch ich weiß, sie wird warten müssen; vielleicht sehe ich später bei ihr vorbei, vielleicht auch nie. Noch aber muss ich allein sein. Noch habe ich etwas zu erledigen.

Elspeth

Zu diesem Zeitpunkt der Geschichte ist Elspeth stinksauer. Hätte sie jemand gefragt, hätte sie geantwortet, sie ärgere sich über ihren Freund, der sie schon wieder sitzengelassen hat, wo sie doch unbedingt flachgelegt werden will, in Wahrheit aber macht sie sich Sorgen. Und stinksauer ist sie natürlich trotzdem. Wäre Leonard nämlich noch ganz klar im Kopf, sagt sie sich, käme er mit seinen Problemen zu ihr und würde nicht zu Jimmy van Doren gehen. Wenn er jemanden braucht, dem er vertrauen kann, wäre sie doch gewiss die Erste, die infrage käme – falls sie sich aber nicht täuscht, ist er mit Jimmy und dessen Gang unterwegs, wahrscheinlich auf der Halbinsel, irgendwo bei einem Abwasserkanal, um sich mit Ratten und Mutanten rumzutreiben. Vielleicht ist er auch mit dem Mädchen losgezogen. Wie hieß sie noch? Eddie. Während Elspeth zur alten Fabrik aufbricht, ohne recht zu wissen, warum sie geht, und ohne tatsächlich zu hoffen, dass sie ihn dort findet, sagt sie sich, dass es sie keineswegs überraschen würde, wenn Leonard dieses irre kleine Rabenaas vögelte, denn ehrlich gesagt, er ist einer von dieser Sorte – kann an keiner Titte vorbeigehen, ohne sie zu befummeln. Wenn es nur *das* wäre, denkt sie, denn das findet sie nicht so schlimm, wie Trost bei Jimmy zu suchen, da Jimmy van Doren garantiert keiner von denen ist, zu denen man geht, wenn man Ärger hat. Und sollte man selbst keinen nennenswerten Ärger haben, ist er natürlich gern bereit, für welchen zu sorgen. Elspeth hat ihn gefragt, als sie noch mit ihm ging. Warum er es so gern hat, Menschen grundlos wehzutun.

«Das ist eine Gabe», hat er mit einem breiten Grinsen erwidert. «Eine Gabe – und ein Dienst an der Öffentlichkeit.»

«So nennst du das also?»

«Klar doch», antwortete er. «Die Menschen fühlen sich wohl, wenn sie unglücklich sind. Sie wissen, sie haben es verdient.» Er blinzelte ihr zu. «Aber wenn es gut läuft, wachsen ihre Sorgen. Sie wissen nicht, was sie mit sich anfangen sollen. Die Welt erscheint ihnen plötzlich fremd und beängstigend, und sie sehnen sich nach etwas, was sie kennen, nach etwas Vertrautem – wie Schmerz.»

Elspeth ist fest davon überzeugt, dass Leonard, falls er sich nicht gerade mit einem ambulanten Pflegefick vergnügt, draußen auf der Halbinsel abhängt und in Schwierigkeiten gerät oder mit Jimmy gewisse Erfahrungen austauscht. Man sollte einen Menschen stets nach seinem Umgang beurteilen. Dabei hat sie sich genau deshalb, weil Leonard mit niemandem Umgang pflegte, zu ihm hingezogen gefühlt – er ist immer sein eigener Herr. Sicher, er hat es mit Büchern und Filmen, mehr ist aber nicht. Und auch wenn Elspeth damit nicht viel anfangen kann, freut es sie doch um seinetwillen, da es für ihn ziemlich hart sein dürfte, sich seit so vielen Jahren schon um seinen Dad kümmern zu müssen. Seine Mum ist übrigens eine wirklich nette Frau gewesen – hat auch toll ausgesehen –, aber irgendwann hat sie es dann einfach nicht mehr ausgehalten und ist mit einem Typen durchgebrannt, den sie beim Zahnarzt oder sonstwo kennengelernt hat.

Leonard redet nicht gern über sie, natürlich nicht – und das ist in Ordnung, denn Elspeth hat es nicht so mit der Mitgefühlmasche. Für Filme hat sie übrigens auch nicht viel übrig, ebenso wenig wie für Bücher, dabei hat sie es durchaus versucht. Leonard leiht sich oft Videos von John aus, dieser kiffenden Knalltüte aus der Bibliothek, und gemeinsam sehen sie sich die Filme in seinem Zimmer auf einem alten Videorekorder an, den Leonard auf der Deponie gefunden hat, aber Elsbeth findet keinen Sinn darin. Die Filme erzählen keine Geschichte, geredet wird meist auf Französisch, Japanisch oder in sonst einer fremden Sprache, und die Untertitel sind so verzerrt, dass man sie kaum lesen kann. Immer, wenn Elspeth sich diese Streifen anschaut, fragt sie sich, was denn an den guten alten Hollywoodfilmen falsch ist, an echten Geschichten mit echten Menschen wie zum Beispiel mit Bill Pullman in *Während du schliefst*? Elspeth mag Hollywood, sie kann einfach nicht glauben, dass es schlecht ist, sich zurückzulehnen, um sich unterhalten zu lassen. Selbst Fernsehen ist gar nicht mal übel – sogar in einigen Soaps gibt es gute Schauspieler. Aber diese Videos, die Leonard sich von John ausleiht? Elspeth bekommt immer noch Albträume, wenn sie an diesen einen Film denkt, in dem irgendein Typ mit einem großen schwarzen Hund durch eine vermüllte Landschaft läuft, und die Kamera mal näher an eine Glasscherbe, mal an ein Buch oder sonst was heranfährt, während jemand, den man nie zu Gesicht bekommt, aus dem Off quasselt und überall Wasser tröpfelt; mehr passiert nicht, und das geht über vier Stunden so – auf *Russisch*.

Leonard hat natürlich versucht, sie zu bilden. Er wollte, dass sie Bücher las. Die Klassiker: *Anna Karenina, Die Brüder Karamasow* – wieder dieser russische Scheiß – und der gottverfluchte *Moby Dick*. Aber sie hat nur einen Blick auf *Anna Karenina* geworfen und gelacht. «Soll das ein Witz sein?», fragte sie. «Sieh dir das Ding doch an! Wenn ich mir den Wälzer auf den Fuß fallen lasse, breche ich mir die Zehen.»

Fast hätte er gelacht, aber aufgegeben hat er nicht. Das ist ja gerade das Besondere an Leonard, ihm liegt wirklich was an diesem Zeug. Er ist schlimmer als John der Bibliothekar. «Eines der besten Bücher, das je geschrieben wurde», hat er gesagt. «Du solltest es zumindest mal versuchen.»

«Jedenfalls ist es eines der längsten Bücher, die je geschrieben wurden», hat sie geantwortet. «Und deshalb überspringe ich es lieber.»

Sie hat es mit D.H. Lawrence probiert, aber John, dieser Klugscheißer, meinte, Lawrence habe nur ein einziges gutes Buch geschrieben, und das gebe es nicht in der Bibliothek. Als sie ihn nach dem Grund fragte, schnaubte John nur verächtlich. Sie sagte, sie würde gern Klassiker lesen, um ihren Horizont zu erweitern. Sie sagte, sie hätte daran gedacht, mit *Lady Chatterley* anzufangen, wegen der Psychologie und so. Da musste John laut lachen. «Das Buch haben wir nicht», sagte er. «Aber wenn es um *Klassiker* geht, hätten wir *Im Tal der Puppen* da.»

Eigentlich will Elspeth auch keine Klassiker. Was sie mag – wirklich mag –, sind Pornohefte. Nicht bloß Hardcore-Pornos, dieses nette *Forumy*-Zeugs ist auch nicht übel. Denn man kann, wie sie Leonard schon einige Male zu erklären versucht hat, von Pornos eine Menge lernen. Zum Beispiel lernt man diverse Stellungen, und außerdem natürlich noch das eine oder andere, was den Sex selbst aufregender macht. Und man gewinnt auch jede Menge Menschenkenntnis. Davon könnte Leonard durchaus noch ein bisschen gebrauchen. Würde er mehr Pornos, *Die Geschichte der O* oder ähnliche Schwarten lesen, besäße er vielleicht eine größere Menschenkenntnis und wäre jetzt nicht da draußen, um mit Jimmy van Doren und seiner kleinen Gang in irgendwelche Schwierigkeiten zu geraten.

Was soll's, denkt sie, das ist sein Problem. Ihr Problem ist, dass sie einen verdammt guten Fick nötig hat. Aber den gibt es jetzt nicht, und um ihren Frust abzulaufen, beschließt sie, den Weg zur alten Farm auf der East Side einzuschlagen. Es ist ein schöner Tag, sonnig und klar, und ausnahmsweise riecht die Luft süß, wie sie vermutlich an einem Sommertag in einer normalen Gegend riecht, während sie an den Hecken entlangläuft, vorbei an der Deponie und dann über den Sandweg, der zum Ufer führt. Sie rechnet nicht damit, irgendwem zu begegnen, doch nach knapp einem Kilometer trifft sie auf einen Typen, den sie noch nie zuvor gesehen hat, offenbar ein Zigeuner, jedenfalls brutzelt er sich was über einem offenen Feuer. Sie bleibt einen Moment stehen, um ihn kurz zu mustern, und merkt, dass er gar kein Zigeuner ist; eigentlich trägt er sogar ganz passable Klamotten, zumindest für einen Camper. Außerdem sieht er, wenigstens aus ihrem Blickwinkel, gar nicht mal so übel aus mit seinem hellen, fast sandfarbenen, nicht ganz blonden Haar, doch kann sie die Augen nicht sehen, und sie weiß, man sollte einen Menschen stets nach den Augen beurteilen. Wie auch immer, jedenfalls wirkt er ganz nett, und ihr fällt auf, dass er sogar ein Auto hat, einen einfachen alten, grünen Lieferwagen, der unweit vom Lagerplatz auf einer Brache parkt. Er hat keinen Hund, was sie gut findet. Zigeuner haben immer Hunde. Meist ist der Hund netter als der dazugehörige Typ, vor allem wenn der Hund ein Lurcher ist, doch muss sie zugeben, dass sie jetzt vielleicht ein bisschen verallgemeinert. Sie folgt dem Weg noch einige Meter, bis das Feuer gegen den Wind ist, so dass sie den Eintopf riechen kann. Auf einer kleinen Matte sieht sie eine große Flasche Fanta, daneben eine Tasse und etwas Brot; der Typ kümmert sich noch um seinen Eintopf, womöglich ein Kanincheneintopf, wenn er seinen Verstand allerdings halbwegs beisammen hat, dann isst er ganz bestimmt kein Kaninchen aus dieser Gegend. Er scheint so versunken in seinen Vorbereitungen, dass er sie noch gar nicht gesehen hat. Also schleicht sie sich an ihn ran, und ehe er weiß, wie ihm geschieht, feuert sie ihren besten Spruch auf ihn ab. «Wollen Sie einen Blowjob, Mister?», sagt sie, als er sich umdreht. Er ist wirklich ein ziemlich attraktiver Mann mit einem freundlichen Gesicht und klaren, blaugrauen Augen.

Ihre Frage scheint ihn ein bisschen zu verwirren, aber vielleicht sieht er auch nur so aus, weil er gegen die Sonne sieht. Dann lacht er, steht auf und wischt sich die Hände an der Jacke ab. «Tja», sagt er, «ehrlich gesagt, ich glaube schon. Aber nicht von dir.»

Das verletzt sie natürlich ein bisschen, aber sie tut ganz lässig. «Was passt Ihnen denn nicht an mir?», fragt sie und setzt ihr bestes Interessiert-mich-doch-einen-Scheiß-was-du-denkst-Gesicht auf. Dabei interessiert es sie natürlich trotzdem, weil sie nämlich unbedingt einen Fick braucht, und wenn Leonard es nicht bringt, darf dieser Typ gern an seine Stelle treten.

Der Mann lacht. «Mit dir ist alles in Ordnung», sagt er. «Nur bist du noch ein kleines Mädchen, und du solltest nicht durch die Gegend laufen und völlig fremden Männern deine Dienste anbieten.»

«Ich bin achtzehn», sagt sie.

Er schüttelt den Kopf. «Das wage ich stark zu bezweifeln.»

«Soll ich es Ihnen beweisen?»

«Wie denn?»

Sie grinst. «Kommen Sie her, und ich zeig es Ihnen.»

Er lacht erneut. «Nein», sagt er, «du brauchst mir nichts zu beweisen.» Er wirft einen raschen Blick auf sein Mittagessen. «Bist du hungrig?», fragt er und hockt sich hin, um den Eintopf umzurühren.

Jetzt, da er es erwähnt, merkt sie, wie hungrig sie ist; ehe sie aus dem Haus ging, hat sie nichts gegessen, weil sie es viel zu eilig hatte, Leonard zu treffen, und weil sie zu geil gewesen war, um an Essen auch nur zu denken. Dieser Typ aber macht sie wieder ganz hibbelig und feucht, weshalb sie sich fast wie die Heldin aus einem Buch von diesem verfickten D.H. Lawrence fühlt. Zumindest stellt sie sich das so vor. Egal, jedenfalls nimmt sie das Angebot gern an; man kann dann ja immer noch sehen, wohin das führt. «Ich *sterbe* vor Hunger», sagt sie und trägt ein wenig zu dick auf.

Er sieht sie an und schüttelt den Kopf. «Dann setz dich», sagt er, «ich kann dich doch nicht gehen lassen, wenn du vor Hunger stirbst.»

Sie weiß nicht, wer er ist. Anfangs zumindest nicht. Doch dann fragt sie ihn, was er so treibt, und er beschreibt ihr die Sache mit der Mottenzählung, und sie kapiert, dass er der Mann ist, von dem Leonard ihr erzählt hat. Was sie natürlich nicht davon abhalten würde, mit ihm zu vögeln, aber er scheint wirklich kein Interesse daran zu haben. Sie versucht es immer wieder aufs Neue, aber er lacht jedes Mal nur. Sie sagt, er könne alles mit ihr tun, und sie kennt keinen Typen, der da nicht sofort zugreifen würde. Denn wenn sie mit sanfter Stimme und unterwürfigem Blick sagt: *Du kannst alles mit mir tun*, schalten die Typen normalerweise direkt auf Autopilot, und dann kann sie mit *ihnen* alles machen, aber bei dem hier klappt das einfach nicht. Er ist ein netter Kerl, ziemlich attraktiv, nur offenbar irgendwie ein bisschen unterbelichtet. Schließlich will sie ihn ja nicht gleich heiraten, und außerdem hat sie ihm gesagt, dass sie achtzehn ist, also hat er auch von gesetzlicher Seite nichts zu befürchten. Natürlich könnte er schwul sein. Vielleicht steht er auf Leonard. Oder er ist bloß irgend so ein Stiesel, der durch die Lande zieht, um Schmetterlinge zu fangen und zu zählen. Was, wenn man es genau bedenkt, gar nicht mal übel ist. So kommt man schließlich herum. Besser, als hier zu leben. Und das bringt sie wiederum auf eine Idee. Sie sitzen jetzt am Feuer und essen seinen selbstgemachten Eintopf. Sie weiß nicht, was drin ist, aber es schmeckt. «Nun», sagt sie und macht ganz auf nett-freundlich Plaudern, alles keine große Sache, «woher kommen Sie? Doch nicht aus dieser Gegend, oder?»

Er schüttelt den Kopf. «Ich komme von nirgendwoher», sagt er. «Vielleicht auch von überall. Allerdings habe ich hier sogar mal gewohnt.»

«Hier?»

«Als Kind.» Er blickt zum Fabrikgelände, und es ist, als sähe er durch die Zeit zurück. Er scheint zu jener Sorte Mensch zu gehören, die sehen kann, wovon sie redet und woran sie sich erinnert. In Bildern, nicht bloß in Worten oder Gedanken. «Mein alter Herr hat hier einige Male gearbeitet», sagt er.

«Ehrlich?» Elspeth kennt niemanden, der hier mal gearbeitet hat und nicht geblieben wäre. «Was hat er gemacht?»

«Er hat für Lister gearbeitet.»

«Was ist das denn?»

«George Lister und Sohn», sagt er. «Eine der Firmen, die geholfen haben, die Fabrik zu bauen. Er war am Entwurf beteiligt, und als es dann bergab ging, ist er zurückgekommen, um sie zu liquidieren.»

«Was genau heißt das?»

«Er hat geholfen, die Fabrik zu schließen.»

«Oh», sagt sie, «dann war er hier bestimmt mächtig beliebt.»

Der Mann lächelt bekümmert. «Das glaube ich kaum.»

«Und? Wie ist es denn so?», fragt sie, um das Thema zu wechseln. Sie will ihn ein wenig aufmuntern.

«Wie ist was?»

«Wie ist es da draußen, in der wahren Welt, meine ich.»

Er lacht. «Die wahre Welt ist überall», sagt er, «aber überall, an jedem Ort, ist sie anders.» Er schaut sich um. «Doch wo man auch hingeht, hier ist es am besten.»

Sie lacht. «*Hier*?», sagt sie. «Wollen Sie mich verscheißern?»

«Na ja», sagt er, «nicht genau hier, an dieser Stelle, aber an der frischen Luft, auf dem Land. An einem Ort, an dem man in Ruhe sitzen kann oder an dem man einfach seine Arbeit macht, ohne dass einem irgendwer auf den Keks geht. Das gibt es nicht allzu oft.»

«Erzählen Sie mir mehr», sagt sie, beugt sich vor und stützt das Kinn auf ihr Handgelenk: mitfühlend, interessiert, freundlich. Falls nötig, kann sie die Nummer im Schlaf abziehen.

Er lacht. «Allerdings», sagt er, als wiche er einer Frage aus, die sie noch gar nicht gestellt hat, «bin ich hier sowieso fast fertig.»

«Ach ja?»

«Ja.»

«Sie wollen also wieder fort?»

Er nickt. «Bald.»

Sie nickt auch und will schon aufgeben, da sie spürt, wie er ihr entgleitet, versucht es aber noch ein letztes Mal. «Kann ich mitkommen?», fragt sie.

Er sieht sie überrascht an, ist es aber eigentlich nicht. «Warum würdest du denn mitkommen wollen?»

«Um von hier zu verschwinden», sagt sie.

«Und was ist mit deiner Familie?»

«Hab keine», sagt sie, was einerseits nicht ganz stimmt, andererseits aber vielleicht doch. «Wissen Sie, ich will nur eine Mitfahrgelegenheit. Und keine Sorge, ich falle schon nicht über Sie her.»

«Ehrlich nicht?»

«Na ja», sagt sie, «es sei denn, Sie wollen doch noch.»

Er lächelt. Es ist ein nettes Lächeln, und schlagartig wird sie etwas wehmütig. Ehrlich gesagt, er tut ihr ein bisschen leid. Er sollte lieber mit ihr vögeln, das würde ihn bestimmt aufheitern. *Sie* würde es ganz bestimmt aufheitern. Aber noch ist nicht aller Tage Abend. Man sollte sich stets einen Weg offenhalten, und nichts ist so sexy, wie nachts die Straße entlangzufahren, ohne recht zu wissen, wohin der Weg führt. Kilometer um Kilometer Landstraßen und erleuchtete Häuser, Eulen, die durch das Scheinwerferlicht flattern, und Felder voll mit träumendem Vieh. Genau wie in diesem französischen Film, den sie bei Leonard gesehen hat. Sie wäre jedenfalls nicht erstaunt, wenn er noch vor dem Ende der Halbinsel rechts ranfahren und es ihr besorgen würde. «Tja», sagt er, nachdem er getan hat, als hätte er gründlich nachgedacht. «Ich will nicht behaupten, dass dein Vorschlag nicht verlockend klingt, aber ich muss vorher noch was erledigen.» Er sieht über die Brache zur alten Fabrik und wirkt dabei derart traurig, wenn nicht gar verängstigt, dass sie sich fragt, was er wohl noch zu tun hat.

«Ihr Pech», sagt sie und versucht achselzuckend, seine Ablehnung mit unbeschadetem Selbstwertgefühl wegzustecken, doch fängt sie langsam an, sich seinetwegen Sorgen zu machen. Er wirkt auf einmal beängstigend und ganz in Gedanken, weshalb Elspeth unwillkürlich meint, etwas Schreckliches müsse geschehen. Und weil er plötzlich so anders ist, kann sie es einen Moment lang sehen. Sie erhascht nur einen flüchtigen Blick darauf und versteht nicht recht, was sie sieht, doch sie schaut ihm ins Gesicht, und einen kurzen Moment lang sieht sie das dunkle Licht der Sonne, so dass sie sich furchtsam und verwirrt von ihm abwendet. Es ist jedoch nur ein flüchtiger Blick, und als sie aus den Augenwinkeln erneut hinschaut, ist das dunkle Licht verdeckt. Geblieben ist nur die Traurigkeit. Und plötzlich ist sie so traurig, dass sie bestimmt gleich in Tränen ausbricht, wie es ihr auch manchmal daheim passiert, wenn sie irgendeinen blöden Film im Fernsehen sieht oder eine von Mums alten Scheiben hört.

Der Mann sieht sie lange an, dann nickt er. «Bestimmt», sagt er, beugt sich vor und stochert im Feuer herum. «Es wird kalt», sagt er. «Der Herbst kommt.»

Er blickt auf und lächelt – aber Elspeth spürt jetzt die Kälte, sie friert und ist müde, und nun fängt sie tatsächlich an zu weinen. «Sagen Sie so etwas nicht.»

Der Mann schüttelt den Kopf. «Ist schon in Ordnung», sagt er.

Elspeth möchte ihm glauben, aber es gelingt ihr nicht. Sie weint jetzt hemmungslos, Tränen strömen über ihre Wangen, und sie wünscht sich, wenigstens dieses eine Mal würde alles so ausgehen, wie es ausgehen soll. Sie mustert den Mottenmann und denkt, wenn er doch nur jemand anderes wäre, wenn er sie doch einfach streicheln könnte, dann würde alles geheilt. Ihr Zuhause, die Schule, Jimmy van Doren, Leonard und Innertown – alles verginge, und sie wäre auf immer frei. Er bräuchte sie nur zu streicheln, und die neue Geschichte könnte beginnen. Straßen, Schlafzimmer, Städte, Meere. Und Sommer. Sie wünscht sich, er könnte es sehen. Sie wünscht sich, er könnte aufhören, so verängstigt zu sein, und würde sie einfach in die Arme nehmen, und dann, nachdem sie stundenlang im hohen Gras an der Hecke gevögelt hätten, führen sie in seinem grünen Lieferwagen fort, und das Schreckliche würde nicht geschehen. Das Schreckliche würde nicht geschehen, und irgendjemand bliebe irgendwo unbehelligt – da denkt sie an Leonard, ohne den Grund dafür zu kennen, ohne tatsächlich zu glauben, dass er es ist, der in Gefahr schwebt. Einen Moment lang sieht sie Leonard im Geiste vor sich, wie er den Kopf hebt und sein Buch beiseite legt, um jemanden zu begrüßen, den er gerade erst wahrgenommen und mit dem er nicht gerechnet hat, so wie damals, bei ihrer ersten Begegnung in der Bibliothek, dann aber hüllen Kälte und Trauer sie ein, bis sie an nichts anderes mehr denken kann als daran, in einem grünen Lieferwagen fortzufahren, nach Westen, dorthin, wo noch Sommer ist. Denn irgendwo ist es noch Sommer, das weiß sie. Irgendwo ist für irgendwen immer noch Sommer.

Leonard

Ich wurde verfolgt. Und wenn nicht verfolgt, dann beobachtet. Irgendwer versteckte sich unter den Bäumen oder zwischen den abgewrackten Hochöfen und beobachtete mich. Anfangs kümmerte mich das nicht. Ich fürchtete, Morrison oder sonst wer könnte mich holen kommen, nur glaubte ich kaum, dass mein Beobachter aus Innertown stammte. Was womöglich nicht besonders logisch klingt, aber ich dachte mir, wenn ich der Nächste sein sollte – und ein paar Tage lang ging ich *wirklich* davon aus, dass ich der Nächste war, der verschwand –, wenn ich also der Nächste sein sollte, wenn die Ärsche mich holen wollten, konnten sie mich jederzeit zu Hause finden, doch nahm ich nicht an, dass sie mir hier draußen auf der Halbinsel etwas anhaben konnten. Was ziemlich blöd von mir war, denn ich hätte wissen müssen, dass sie jederzeit kommen und mich holen konnten, wenn sie nur wollten, und ich könnte nichts dagegen machen. Die Polizei steckte mit ihnen unter einer Decke, das ließ sich kaum noch leugnen, und das Rathaus war sicher auch eingeweiht. Die verdammte Homeland Peninsula Company war nicht nur eingeweiht, sie leitete vermutlich die ganze Show aus ihren Büros in Outertown, eine Art ethnischer Säuberung, die Straßen frei von potenziellen Störenfrieden, was weiß ich, oder sie wollten, dass wir permanent Angst hatten, damit die Bevölkerung keinen Mucks machte, wenn ihr großartiger Homeland-Plan zum Einsatz kam und Belegschaften für die Müllverbrennungsanlagen gebraucht wurden, oder was immer sie anstelle der alten Fabrik bauen wollten. Vielleicht ging es auch um irgendeine verrückte religiöse Geschichte, so wie die, in der Gott zulässt, dass Satan Hiobs Söhne umbringt, oder jener, in der er seinen Engel ausschickt, um alle ältesten Söhne Ägyptens zu töten, die Kids der Israeliten aber zu verschonen. Sie waren hart im Nehmen, diese Israeliten, das musste man ihnen lassen. Sie haben sich einfach einen weißen Klecks an den Türsturz gemalt, ein Tässchen Ovomaltine getrunken und sind ab ins Bett. Irgendein bescheuerter Engel zog durch die Stadt, um Kinder zu killen, und die haben sich ohne mit der Wimper zu zucken aufs Ohr gelegt und sich eine Mütze Schlaf gegönnt. Ich glaube, zumindest wegen ein paar der ägyptischen Kids hätte ich ein schlechtes Gewissen gehabt. Oder ich hätte irgendwem einen Tipp geben wollen, dem netten Ziegelverkäufer von gegenüber zum Beispiel oder dem Bäcker am Ende der Straße, dem mit der hübschen Frau. Oder ich wäre die ganze Nacht wach geblieben, nur für den Fall, dass es ein Unwetter gab und der Regen den weißen Klecks von meiner Tür fortwusch. Schließlich ging es um den Ältesten, verdammt. Da will man doch keine Missverständnisse.

Ich hatte geglaubt, für ein, zwei Tage in Sicherheit zu sein, Zeit genug, um darüber nachzudenken, wie ich auf das Wenige reagieren wollte, was ich wusste, doch hatte ich immerhin einen Anfang gemacht, und als Anfang war es allemal besser, als diesen Rivers mit Rasierklingen zu quälen. Ich wurde also verfolgt. Ich wusste nicht, von wem, und anfangs hielten sie Abstand, aber am späten Vormittag des nächsten Tages befand ich mich in einem der alten Lagerhäuser, einer dieser großen Echohallen, in denen unablässig Vögel rein- und rausflogen und aus deren Dachlöchern Efeu spross; in dieser Halle also konnte ich spüren, dass jemand in meiner Nähe war. In nächster Nähe. Nur konnte ich niemanden sehen. Ich sah bloß Sonne und Dämmerlicht, Vogelschatten, die hierhin und dahin flatterten, und ich hörte Gesang. Wie erstarrt blieb ich stehen und schaute mich um, dann rief ich: «Jimmy?», doch war das bloßes Wunschdenken; mit Jimmy wäre ich nämlich fertig geworden, nur war ich mir ziemlich sicher, dass Jimmy sich nicht da draußen im Dämmerlicht aufhielt. Das war etwas ganz anderes. Das war eine *Person*, dachte ich, jemand, der größer und stiller war als Jimmy oder irgendwer aus seiner Gang. Jemand, der es gewöhnt war, allein und sehr leise zu sein. Ein Wächter, eine Gestalt aus einem alten Kriminalroman. Der Wächter im Schatten. Der Wächter des Himmels. Nur wusste ich jetzt nicht, ob er in der Halle war, weil er mich verfolgte oder weil er mich beschützen wollte. Über mich wachen wollte. Vielleicht war er auch einfach nur da und beobachtete mich. Es kam nicht darauf an, dass ich es war, es hätte irgendwer sein können. Und vielleicht verfolgte mich auch gar keine Person, vielleicht war es nur eine Präsenz, der Geist der Halle. Man sagt, jeder Ort habe seinen eigenen Geist, doch wenn in Büchern oder Gedichten davon die Rede ist, sind immer sonnige Haine oder düsteres Ried gemeint, wo Pan auf seiner Flöte verlorenen Nymphen vorspielt, oder ein See, unter dessen Wasserspiegel eine schöne Frau ruht, doch warum nicht eine alte Lagerhalle oder ein stillgelegter Hochofen? Warum keine Mülldeponie? Spielt man dieses Spiel nicht nur, damit sich diese Wesen – diese Geister – jemand anderem anschließen? Ich habe draußen bei der Chemiefabrik immer etwas gespürt, wohin ich auch ging. Man könnte es einen Geist nennen, den *Genius Loci* – warum nicht? Er war da, und mir war stets, als versuchte er, mit mir zu reden. Nicht in Worten, nein, das nicht. Eher wie durch Zeigen. Er war da und zeigte auf etwas, worüber ich Bescheid wissen sollte, auf etwas, was ich jenseits des Gesehenen sehen sollte, doch kümmerte ihn nicht, was sich in Worte fassen ließ. Manchmal steigt ein riesiger Mond am indigoblauen Himmel auf, schwebt bei den Kais über staubigem Wasser, über verrosteten

Kränen und dem alten, rostzerfressenen Schiff, manchmal also steht dieser große Mond über dem Hafen, und aus dem höher gelegenen Wald hört man die Eulen rufen, drüben von der West Side – welche Worte hat man dafür? Man will doch sowieso keine Beschreibung, sondern etwas Zarteres, vielleicht eine Analyse, eine Chromatographie. Gelegentlich weist die ganze Welt auf etwas, was man nicht sehen kann, eine Essenz, ein verborgenes Prinzip. Man kann es nicht sehen, aber man kann es fühlen, auch wenn man nicht weiß, wie es sich in Worte fassen ließe. Und manchmal sind Dinge auch einfach nur schön, bloß unterscheidet sich, was man unter «schön» versteht von dem, was man gewöhnlich damit meint, wenn man dieses Wort ausspricht. Nichts Sentimentales, keine Schachtel Pralinees. Schön und schrecklich zugleich. Es verschlägt einem den Atem, nur weiß man nicht, ob vor Staunen oder Entsetzen. Manchmal frage ich mich, warum die Menschen so wenig vom Schönen halten, warum sie glauben, damit seien bloß Kalender und Bilder von kleinen weißen Kirchen oder Bergbächen auf Reklamefotos oder in Reiseprospekten gemeint. Warum geben sie sich damit zufrieden? Ich bin erst fünfzehn, doch selbst ich weiß, dass es mehr damit auf sich hat.

Ich weiß auch, was hässlich ist. An jenem Tag in der Ruine der Lagerhalle, als ich in einem Tanz von Sonnenschein und Dämmerlicht stand, niemand dort außer mir, den Vögeln und dieser Person, wer immer oder was immer sie auch sein mochte, da schien die Welt schöner als sonst, nur wusste ich, dass dies letztlich an dem Kontrast zum Hässlichen drüben in der Stadt lag. Jedermann fand, die Fabrik sei schrecklich, und was von ihr übrig sei, gehöre endgültig beseitigt; etwas Neues müsse auf der Halbinsel gebaut werden, dabei war es doch genau andersherum: Es war die Stadt, die beseitigt werden musste, Innertown und Outertown, die Reihenhäuser und Villen, die Armen und Reichen, einfach alles. Man sollte sie abreißen und von vorn beginnen, falls nötig in Bretterbuden und Lehmhütten, damit die Menschen wieder zu leben lernten, statt ständig nur fernzusehen und ihre Kinder verlottern zu lassen. Man sollte die Ortschaft näher an die Küste verlegen und ihren Bewohnern das Fischen beibringen, ihnen kleine Grundstücke zuweisen, Parzellen, und ein paar Werkzeuge geben, dazu einige Tüten Samen, und sie für eine Generation allein lassen, damit sie wieder leben und ihre Kinder unterrichten lernten. Mehr wäre nicht nötig. In nur einer Generation besäßen sie neue Fertigkeiten, neue Heime, neue Geschichten. Und dann könnten sie von dort ausziehen, in kleinen Gruppen, könnten in die Welt ziehen, um andere Menschen zu unterweisen, schöne Nomaden, die von Ort zu Ort zogen und dafür sorgten, dass es sich wieder zu leben lohnte.

Ich stand da, und mir gingen all diese Gedanken durch den Kopf, doch war ich mir nicht sicher, ob ich es war, der dachte, oder ob es jemand anders war. Gedanken kamen mir wie von selbst, von nirgendwoher, vielleicht aber auch von meinem Beobachter da draußen: erst Gedanken, dann Bilder und Klänge, Erinnerungsfetzen, Fragmente, oder doch keine Fragmente, denn ich sah, dass hinter allem alles mit allem verbunden war, nur konnte ich die Verbindungen nicht erkennen, da ich dafür noch nicht bereit war. Ich war Verbindungen nicht gewohnt, ich kannte bislang nur Bruchstücke, nur Fragmente.

Dann, nachdem ich wer weiß wie lange einfach nur dort gestanden hatte, blickte ich mich um und sah einen Schatten. Es war der Schatten eines Mannes, eines lebenden Mannes, der gerade aus dem Nirgendwo vorgetreten war. Nur gab es kein Nirgendwo, aus dem er hätte vortreten können, er stand plötzlich einfach mitten in der Halle, mitten in dem Vogelgesang, der Sonne, dem Dämmerschein, und doch sah er aus, als wäre er gerade von irgendwo hervorgetreten. Denn das war er, er war gerade daraus hervorgekommen, aus dem Licht, dem Dämmer, dem Gesang. Er war ein Mann: größer als ich, wenn auch nicht viel; reglos stand er da und sah mich an, keine Absichten, nichts, vor dem man sich fürchten musste.

«Wer bist du?», fragte ich. Ich hatte tatsächlich keine Angst. Ich war nur neugierig – auch wenn es nicht die übliche Neugierde war, bei der ein Teil wissen will, ein anderer Teil sich aber einen Dreck schert, denn was macht es letztlich schon aus? Dies jedoch war die reine, süße, köstliche Neugierde, bloßer Selbstzweck, obwohl es womöglich gar keine Antwort gab, da es allein auf die Wissbegier ankam.

Nach einem langen Moment trat er vor in eine Lache Sonnenlicht, und ich sah sein Gesicht. Es wirkte vertraut, nur wusste ich den Mann zuerst nicht einzuordnen. Irgendwo hatte ich ihn schon gesehen, kam aber erst darauf, als er zu reden begann, doch selbst dann konnte ich nicht genau verstehen, was er sagte. Es war nur ein Klang, eine Stimme in der Luft, wie etwas, was man hören kann, wenn man sein Radio auf einen neuen Sender einstellt. Kurz glaubte ich, an einem neuen Ort gelandet zu sein, im Traum von einem Himmel, zumindest aber vom Leben nach dem Tode, doch befand ich mich in der Gegenwart von etwas Unwirklichem, einem außerirdischen Wesen, das, so seltsam es auch klingen mag, mich für seinen Freund hielt. Dabei schien mir, dass er *mein* Freund war. Jener, nach dem ich mich gesehnt hatte, solange ich mich erinnern konnte. Dann bewegte er sich, nur ein wenig, und ich sah, es war der Mottenmann. Ich erkannte ihn jetzt, obwohl er anders aussah, vielmehr sah er noch genauso aus, nur größer – nicht größer gewachsen, sondern größer in sich selbst, ausgeprägter und zugleich prall voller Möglichkeiten. Er war der Mottenmann, niemand sonst, aber als er aus dem Dämmer trat, meinte ich, jemand anderen in ihm zu sehen, jemanden, den ich kannte, und einen Augenblick lang war ich verwirrt und hätte mich fast von ihm abgewandt, da ich glaubte, irgendwas sei nicht in Ordnung, doch dann schaute ich wieder hin und begriff, dass es wirklich mein Freund der Mottenmann war. Er lächelte, trat einen weiteren Schritt vor und blickte mir ins Gesicht, als wollte er sich überzeugen, dass ich wach war und nicht schlafwandelte. Dann lachte er leise und drehte sich um. «Komm», sagte er und ging. «Ich mache uns einen Tee.»

Ich wanderte hin und her zwischen meinem Platz am Feuer und jenem anderen Platz, den ich in einem Film oder im Traum gesehen haben muss, doch war keiner der Plätze eine Illusion, keiner realer als der andere. Und ich war fest davon überzeugt, nicht zu halluzinieren. In dem einen Moment saß ich auf einer niedrigen Betonmauer und hörte, wie der Mottenmann von einem Apparat erzählte, den sein Vater tief im Innersten der Fabrik gebaut hatte, im nächsten Moment stand ich auf einer Wiese mit unzähligen Bienen, bis zur Hüfte in Margeriten und Goldruten; die Bienen umschwärmten mich zu Hunderten, die Sonne schien mir ins Gesicht, hier, an diesem Ort, der unfassbar sauber war; es roch nach Gras und Pollen. Dann saß ich wieder am Feuer, blickte zum Mottenmann auf und lauschte. Ich hatte keine Ahnung, was er mir in meinen Tee getan hatte, jedenfalls wurde ich schläfrig, und im Schlaf hatte ich einen Traum, auch wenn ich mich jetzt, fast wieder wach, nicht genau daran zu erinnern vermag; ich konnte bloß Bilder sehen. Ich wusste, ich hatte nur kurze Zeit geschlafen, denn noch war es taghell an unserem Lagerplatz am Waldrand und auch einen Augenblick später auf der Wiese, mitten im Getummel der Bienen. Das überraschte mich: Ich konnte mich nicht daran erinnern, eingeschlafen zu sein, ich meinte, mich auch nicht seltsam oder schläfrig gefühlt zu haben, doch wachte ich plötzlich auf, und alles war anders – obwohl es sich nicht anfühlte, als träumte ich, vielmehr war mir, als wäre ich zu hellwach, jede Einzelheit jedes einzelnen Grashalms und jedes Flammenbogens sah ich präzise vor mir, weshalb ich es fast unerträglich fand, wie real und nahe mir alles vorkam.

Nach einer Weile merkte ich, dass wir aufgebrochen waren, doch wusste ich nicht, wo wir uns befanden oder wohin wir gingen. Heute, im Nachhinein, überrascht es mich, dass ich weder das Gebäude erkannte, auf das wir zuhielten, noch den Raum, in den er mich führte, nachdem er einen Schlüssel hervorgeholt und ein echtes, funktionierendes Türschloss damit geöffnet hatte. Wir mussten an einem Ort sein, den ich vor diesem Tag nie gesehen hatte, ein enormer, staubiger Saal, der an einem Ende wie ein Schullabor aussah – drei Reihen abgewetzter Labortische mit Spülbecken und Gashähnen sowie einer einzigen, noch nicht ganz verkümmerten Zimmerpflanze auf einem geschwärzten Fensterbrett neben der Tür –, sich dann aber in kalte, dämmrige Weiten erstreckte, eine tiefe Leere so weit meine Augen im Zwielicht zu blicken vermochten, ebenso Flur wie Saal. Kaum waren wir drinnen, verschloss der Mottenmann wieder die Tür, und alles wurde dunkel.

«Warte einen Augenblick», sagte er, ehe er ins schwarze Dunkel ging und mich in der Finsternis allein ließ. Im Nachhinein weiß ich, dass ich kaum einige Sekunden gewartet habe, doch kam es mir damals lang vor – so lang sogar, dass ich den Mottenmann vergaß und vergaß, warum ich gekommen war, dass ich begann, mich so verlassen zu fühlen wie ein im Karneval verlorenes Kind, als plötzlich weit fort ein goldenes Licht aufglomm und der Mottenmann mich holen kam, das Gesicht freundlich, höchstens ein bisschen besorgt, als sähe er die Furcht in meinen Augen und wollte mich wissen lassen, dass es keinen Grund zur Sorge gab, dass alles gut werden würde. Alles wird gut, und jederlei Ding wird gut sein, dachte ich, während er die Hand ausstreckte und mich sanft am Arm berührte: Worte aus einem Buch, ich weiß, doch waren sie einst etwas anderes gewesen, Worte, die jemand gedacht hatte, gewiss in einem Moment wie diesem. «Komm», sagte er und sah mich kurz mit stiller Miene an, die Augen bar jeglichen Gefühls, dann wandte er sich um und kehrte langsam zurück ins goldene Licht. Ich folgte ihm. Unterwegs war mir unentwegt, als würde ich beobachtet – nicht von einem Menschen, auch nicht von vielen, sondern von etwas Kleinem, etwas, was in der Substanz des Raums verborgen schien. Ein Tier in der Lambris, was immer Lambris auch sein mochte, ein im Schatten verstecktes Geschöpf.

«Dies ist ein heiliger Ort.» Er stand vor einer Art Apparat, womöglich einem Hochofen oder einer Gaskammer – ich wusste es nicht, doch konnte ich kaum etwas erkennen, da es mir schwer fiel, deutlich zu sehen, so schwer wie deutlich zu hören. Immer wieder entging mir manches, Halbsätze, die sich verflüchtigten, ehe ich sie zu fassen bekam, seine Hände, die sich beim Reden bewegten, die metallene Instrumententafel dieser Maschine, die mir nie zuvor zu Gesicht gekommen war, in diesem Raum, von dessen Existenz ich nichts geahnt hatte, obwohl ich doch schon mein Leben lang das alte Fabrikgelände durchstreifte. Der eine Satz aber entging mir nicht, dieses Wort, das er so liebte. Er hatte es schon mal gesagt, schon öfter, draußen im Wald oder als wir Motten auf der Brache zwischen Stadt und Ufer fingen. Beim ersten Mal hatte ich gelacht, obwohl ich bereits damals eine Ahnung davon hatte, was er meinte. Trotzdem, «heilig» gehörte nicht gerade zu den gebräuchlichsten Worten, wenn man über die Fabrik sprach, deshalb musste ich lachen.

«Klar doch», sagte ich. «*Heilig*. Ist ja auch kaum zu übersehen.»

Da lächelte er, blieb aber beharrlich. «Du weißt doch, was ‹heilig› bedeutet, oder?», fragte er.

Ich dachte kurz nach und schüttelte dann den Kopf – obwohl ich wusste, worauf er hinauswollte. Ich wusste immer, worauf er hinauswollte, sogar wenn er über die bizarren Lebenszyklen der Lepidoptera sprach oder die inneren Abläufe in Pilzkolonien; es war, als hörte ich eine andere Version meiner selbst über die Welt reden und mich über all das belehren, das wahrzunehmen mir bisher die Zeit gefehlt hatte. «Okay», sagte ich, «klären Sie mich auf.»

Er lachte. Ich wusste nicht, was er in mir sah, ob er mich für eine andere Version seiner selbst hielt, womöglich für eine Allein-der-Gnade-zu-verdankende-Version aus Innertown, den kleinen Klugscheißer, das heranwachsende Kind, das er nie bekommen hatte. Anfangs hatte er oft erwähnt, wie heilig die Halbinsel sei, doch meinte er diesmal etwas anderes, Härteres, etwas ebenso Gefährliches wie Schönes. Diesmal hatte er Spezifischeres im Sinn, eine von ihm gebaute Apparatur, doch weil ich den Tee getrunken hatte, konnte ich ihm nicht ganz folgen. Ich konnte nur dastehen und versuchen, präsent zu bleiben, in meinem Körper, meinem Kopf, konnte nur versuchen, nicht zu schwanken, während ich ihm auf die Lippen schaute wie jemand, der plötzlich taub geworden war und verzweifelt versuchte, aus dem Stegreif das Lippenlesen zu lernen. Allerdings glaubte ich nicht, dass es wirklich darauf ankam. Er erklärte ja nichts. Einmal meinte ich, er würde mir erzählen, wie er alte Zeichnungen und Pläne vom Computersystem seines Vaters gefunden hatte, wie er sich hingesetzt und über diesen Unterlagen gebrütet hatte, die irgendwie mit der Fabrik zusammenhingen. Erst hatte er geglaubt, es seien Pläne für eine Art Säuberungsprozess, möglicherweise für etwas, was sein Vater entworfen hatte, um den Dreck zu beseitigen, den die Fabrik erzeugte, doch nach einer Weile erkannte er darin weit mehr, folgte anfangs nur einer Ahnung, aber sie reichte aus, um ihn begreifen zu lassen, womit sein alter Herr beschäftigt gewesen war – laut den Aufzeichnungen in seinen allerletzten Tagen, als er bereits wusste, dass es mit ihm zu Ende ging – und was er beinahe vollendet hatte, eine Art Portal nämlich, ein Tor, das teilweise bereits in der innersten Struktur der Fabrik angelegt war und dem nur noch der letzte Schliff fehlte. Ich glaubte jedenfalls, dass er dies sagte, doch bildete ich es mir vielleicht auch nur ein oder habe es ihm nachträglich untergeschoben, um jenem einen Sinn abzugewinnen, was später geschehen sollte, als ich ohne zu zögern ins gleißende Licht trat und dorthin gelangte, wo ich jetzt bin. Ich weiß es nicht. Doch weiß ich, dass er mir einen Apparat am dunklen Ende des lang gestreckten, kalten Raums zeigte, dieses Ensemble aus Lagerhalle und Labor, und dort erzählte, was geschehen würde. Es betraf mich, klang aber trotzdem nicht wichtig. Eher abstrakt. In spätestens vierundzwanzig Stunden würde dieser Apparat bereit sein – im Moment durchlief er einen bestimmten Prozess, er lud sich auf – und wir, oder ich, die genauen Einzelheiten sind mir unklar, irgendjemand jedenfalls wird durch diese rostige alte Tür gehen und – etwas – betreten. Eine andere Welt, eine andere Zeit. Das Nirgendwo, das Niemals. Ich konnte ihm nicht folgen, ich war zu sehr mit mir selbst beschäftigt. Es gab Momente, da wollte ich lachen, Momente, da wollte ich weinen, aber ich lachte nicht und weinte nicht, ich stand bloß in dem lang gestreckten Raum, hörte ihn reden, schwankte im Dämmerlicht und war nicht einmal davon überzeugt, wirklich dort zu sein, war mir nicht einmal sicher, dass ich nicht träumte.

Später, als die Wirkung des Tees fast vollständig verflogen war, sehe ich mich wieder am Feuer sitzen, auf derselben Lichtung, auf der wir zuvor schon kampiert haben, nur etwa zehn Schritte entfernt vom alten Farmweg. Der Mottenmann sitzt mir gegenüber und rührt in einem großen Kessel, aus dem es nach Suppe oder Eintopf riecht, das goldene Licht des Feuers spielt ihm über Hände und Gesicht, während er in die Flammen träumt. Er scheint vergessen zu haben, dass ich da bin – vielleicht habe ich wieder geschlafen –, doch sieht er gefasst aus. Nicht glücklich, aber gefasst. Ich bin mir nicht sicher, und womöglich ist mir dieser Gedanke auch erst hinterher gekommen, aber er sieht wie ein Mann aus, der eine Entscheidung getroffen hat und jetzt nur noch darauf wartet, dass die Ereignisse ihren Lauf nehmen.

Seine Entscheidung hat mit mir zu tun, das weiß ich – nur weiß ich nicht, was er oder ich oder was wir beide eigentlich entschieden haben. Es geht um die Apparatur in dem großen Raum. Ich will danach fragen, aber mir wollen die richtigen Fragen nicht kommen, und ich fange an, über andere Dinge nachzudenken, darüber etwa, wie ich Morrison im Wald gesehen und die Uhr gefunden habe oder über meine Theorie in Bezug auf die verlorenen Jungen. Ich kann mich sogar so weit zusammenreißen, dass ich ihm davon erzähle. All meine Mutmaßungen will ich ihm darlegen, vielleicht seine Meinung darüber hören, mit wem Morrison im Bunde sein könnte. Ich möchte, dass er mir verstehen hilft, doch ist er nicht daran interessiert. Was ihn angeht, haben wir Innertown bereits hinter uns gelassen. Geduldig hört er zu, solange ich rede, antwortet mir aber mit keinem Wort. Erst fürchte ich, was ich sage, ergebe keinen Sinn – ich bin immer noch ziemlich durcheinander und kann mich nicht klar ausdrücken –, doch dann begreife ich, dass es nicht darauf ankommt, was oder wie ich es sage, da er sich längst mit Dingen beschäftigt, die ich noch gar nicht bedacht, geschweige denn verstanden habe.

«Nichts davon muss dich kümmern», sagt er, als ich ihm die Uhr zeige.

Ich schüttle den Kopf. Ich komme mir vor, als sagte ich Worte aus einem Drehbuch auf, als spielte ich eine kleine Nebenrolle im Krimi und erzählte dem großen Detektiv von meiner hoffnungslos törichten Theorie. «Irgendwer bringt diese Jungen um …», sage ich.

Er wedelt mit der Hand. «Gib dich lieber erst gar nicht damit ab», sagt er.

Und das war's. Fall geschlossen. Ich bin müde und verwirrt, und er ist in Gedanken woanders. Doch gerade, als ich anfange, es für hoffnungslos zu halten, steht er auf und breitet am Feuer zwei Lagen Decken aus. Er denkt nach, doch hat er keine Eile. Er legt die Decken zurecht, stockt das Feuer auf, erhebt sich und schaut zurück zum Wald und in Richtung von Innertown. «Weißt du was», sagt er. «Wir gehen morgen zum Constable und reden mit ihm. Vielleicht beruhigt dich das, und wir können uns anderen Dingen zuwenden.»

Ich bin überrascht. Fast muss ich lachen, nicht über das, was er sagt, sondern darüber, wie er es sagt. *Wir reden mit ihm.* Das klingt so normal, als würden wir auf dem Polizeirevier vorbeischauen und Morrison fragen, ob er die fünf Jungen umgebracht hat, und falls nicht, ob er weiß, wer es getan hat. Beinahe hätte ich gelacht.

Er breitet eine Bodenplane aus und zieht die Decken über sich. «Ruh dich aus», sagt er. «Morgen wird ein langer Tag.»

Ich habe nicht erwartet, dass ich wieder einschlafe, aber ich schlafe. Diesmal ist es der Schlaf der Erschöpfung, keine drogenschwere hypnagogische Träumerei, auch wenn mich Träume durchströmen, die aus jenen Stunden stammen müssen, in denen ich unter dem Einfluss des seltsamen Tees des Mottenmanns stand, Träume aus den Zwischenräumen des Tages, an die ich mich nicht erinnern kann, zumindest nicht mit meinem bewussten Verstand, was immer das auch sein mag. Ich bin erschöpft und schlafe tief, aber als ich aufwache, ist es noch früh – und sehr kalt, viel kälter, als ich erwartet hätte. Ich liege auf der Erde unter den nach Kampfer riechenden Decken des Mottenmanns und versuche, mich zu erinnern, wenn schon nicht an alles, dann doch zumindest an jene Stellen, an denen sich das eine mit dem anderen verbindet, damit ich mir selbst die Geschichte dessen erzählen kann, was geschah. Die Geschichte dessen, was entschieden wurde. Ich weiß, dass ich mich zu etwas verpflichtet habe, nur bin ich mir nicht sicher, was es ist. Es hat mit der Apparatur zu tun, die mir der Mottenmann zeigte, es hat mit dem Übergang an einen anderen Ort zu tun. Ich weiß, irgendwann während der letzten zwölf Stunden habe ich etwas gesehen, und ich weiß, dass es dem Mottenmann auf eine Weise heilig ist wie nichts, was er mir zuvor gezeigt hat. Ich glaube, es hat mit einer Art Gott zu tun, einem höheren Wesen, doch weiß ich nicht, ob ich es gesehen habe, ob er mir nur davon erzählt hat oder ob es etwas war, was einem Traum entstieg und in jene Geschichte schlüpfte, die er mir in dem riesigen Raum erzählte – aus einem Traum oder aus der Erde, was da schon ziemlich ein und dasselbe war. In der kalten Morgendämmerung sage ich mir, dass es für den Mottenmann ein Gott ist, eine seine Phantasie übersteigende Wildheit, die eines hellen Nachmittags, als er allein dort draußen war, Gestalt annahm und ihm eine neue Seinsweise in der Welt aufzeigte. Ein wilder Gott, aber kein barbarischer Gott. Kein grausamer Gott. Ich weiß nicht, was geschehen wird oder wohin mich die stumme Maschine in dem riesigen Raum entführt, doch weiß ich frei von allem Zweifel, dass es so ist. Was auch geschieht, wohin mich die nächsten vierundzwanzig Stunden auch führen, ich weiß, dass der Gott jenes Ortes wild, aber nicht grausam ist. Grausamkeit ist eine menschliche Eigenschaft, und was ich in dem riesigen Raum auch immer finden werde, ich weiß, es wird nichts Menschliches sein.

Ich richte mich auf. Das Feuer brennt noch, wenn auch nicht mehr so hell und warm wie vor dem Einschlafen, als wir uns unterhalten haben. Ich schaue mich nach dem Mottenmann um, aber er ist nicht da. Das beunruhigt mich nicht. Ich weiß, er ist nicht weit fort. Bestimmt holt er Brennholz; vielleicht sammelt er auch Kräuter, um noch einen Tee zu machen. Der Gedanke gefällt mir nicht. In gewisser Weise war der Teerausch erstaunlich und schön, aber mir gefällt nicht, dass ich mich nicht an alles erinnern kann. Auch wenn es vielleicht besser wäre, ich hätte es vergessen. Was mich aber wirklich beunruhigt, das ist die Abfolge unzusammenhängender Bilder, die mir durch den Kopf ziehen, sowie der Eindruck, eine zerstückelte Geschichte in konfuser Reihenfolge zu haben.

Mit Mühe stehe ich auf und gehe vom Feuer fort, fort vom Lagerplatz zum Rand der Lichtung, an den Bäumen vorbei, dorthin, wo der alte Farmweg hinab zum Meer führt. Frühmorgens ist die Halbinsel am schönsten, doch ist sie heute noch schöner als sonst. Wenn ich «schön» sage, dann meine ich kein Reisebroschürenschön, denn so ist es hier nie gewesen. Zum einen gibt es nicht viel zu sehen, nur ein weites Feld, hier und da mit kaltem, rotem Mohn betupft, und eine Reihe knorriger Krüppelbäume, die sich im frühen Licht langsam von Schwarz zu Grau färben. Über mir treiben ein paar Möwen vom Strand herbei, und ein Vogel, womöglich eine kleine Eule, flattert über das graugrüne Gras in den Schutz der Bäume, während ich dem Weg folge und mich mit leerem Kopf umsehe – einem auf gute Weise leerem Kopf, so als wäre Abwesenheit, was er sich seit Jahren versprochen hatte. Abwesenheit. Nichts. Es gibt eine Redewendung: Das Nichts bedrängt das Sein – und ich verstehe, was damit gesagt werden soll, nur klingt es mit diesen Worten zu abstrakt, zu philosophisch. Auch irgendwie düster – was es gar nicht ist. John hätte gesagt, auf Französisch klinge es besser, aber darum geht es nicht. Es klingt besser, wenn man am Rand eines Feldes mit kaltem Mohn steht und das Nichts kommen lässt, einfach so, keine großartige Sache, wenn man nur zuschaut und horcht, wie es einen entführt – überhaupt nichts Negatives, keine existenzielle Verfassung, sondern ein Aufblühen, ein natürliches Ereignis. Das ausblutende Selbst. Das Rot des Mohns. Die Kühle des Morgens.

Als ich zurückkomme, sitzt der Mottenmann wieder am Feuer und tut, was er immer tut, als wäre nichts Ungewöhnliches geschehen. Er schaut auf, sobald ich mich nähere, in einigen Schritten Abstand stehen bleibe und ins Feuer blicke, als wäre es ein Wunder, doch sagt er nichts. Er beendet, was er angefangen hat, und bereitet mir mein Frühstück, eine Tasse normalen, nichthalluzinogenen Kaffee. Ich weiß, bei dem, was er mir über die Apparatur und die Blaupausen seines Vaters erzählt hat, ist mir irgendwas entgangen, und ich frage mich, ob er es auch weiß. Falls ja, wird er gewiss noch etwas sagen, wird er es gewiss zu erklären versuchen – aber er sagt nichts. Wir bleiben eine Weile sitzen, reden kaum, kümmern uns um das Feuer und lauschen dem Wald, der seinem üblichen Treiben nachgeht. Die Stimmung ist unverkrampft, ohne jede Anspannung, ohne ein Gefühl von Aufschub oder Erwartung. Am ehesten geht es noch wie an einem gewöhnlichen Morgen zu; zwei Freunde, die im Wald zelten. Dabei herrscht eine freundliche Atmosphäre mit dem leichten, unausgesprochenen Gefühl, sich zusammen in der Stille wohlzufühlen. Lange sitzen wir da und sagen kein Wort; dann laden wir sein Zeug in den Lieferwagen und fahren nach Innertown wie zwei von Gottes liebsten Engeln, die eines Menschen Seele aus der Hölle retten wollen.

Träumen

Alice Morrison in der Polizeidienststelle versucht, nicht zu träumen. Sie ist jetzt wach, hat aber gemerkt, dass dies kaum einen großen Unterschied bedeutet, da die Träume selbst dann wiederkehren, wenn sie den Kopf gesenkt hält, die Hände fest an die Wand gepresst, die Augen weit offen. Sie hat stets Angst vor dem gehabt, was jetzt geschieht, Angst davor, dass das Schlottern einmal nach einigen Stunden oder nach ein, zwei Tagen nicht mehr verschwinden, sondern bleiben würde, auf immer, ihr ständiger, wachsamer Begleiter. Jetzt wuchern ihr Gesichter aus dem Boden entgegen, grinsen sie aus der Wand an, tote, höhnische Gesichter, immer höhnisch und verzweifelt zugleich, grässliche, unbekannte Augen und Münder, die ihr entgegenflackern, wo sie sich auch hinwendet. Noch schlimmer aber sind die Geräusche im Kopf – keine Stimmen, nie mehr nur Stimmen, nur das Geräusch von Möbeln, die verrückt werden, Tischbeine, die über den Boden schleifen, ein Topfdeckel, der scheppernd auf die Fliesen fällt, oder Klaviersaiten, die im Dunkeln nachschwingen, als würde jemand am Instrument ruckeln, immer und immer wieder. Oder sie hört Glocken in der Ferne, eigentlich ein friedliches Geräusch, ein schönes Geräusch, wenn nur die Glocken draußen in der Welt und nicht allein in ihrem Kopf wären. Dann, in den überraschenden, verführerischen Momenten der Stille plötzlich die Laute eines Kindes, stets dasselbe Kind, das irgendwo in einer Ecke verborgen kauert oder kniet, weint und vor sich hin flüstert, Junge oder Mädchen, das weiß sie nicht, und sie kann auch nicht verstehen, was das Kind sagt. Sie kann bloß dieses grauenvolle Flüstern hören.

Sie weiß, dass Morrison sich im Haus aufhält. Irgendwo unten. Er lässt sie in Ruhe, da es Zeiten gab, in denen sie ihn bat, er möge sie allein lassen, und jetzt lässt er sie allein, überlässt sie sich selbst, und sie hat die Einsamkeit, die sie immer wollte. Nur will sie sie jetzt nicht mehr. Sie hält sie nicht aus. Sie hat sich eingeredet, es würde nicht lange dauern, aber dies ist die Hölle, und sie hat nichts getan, womit sie die Hölle verdient hätte. Smith, Jenner und die Leute von Outertown, die hätten sie eher verdient. Morrison hätte sie verdient. Alice weiß nicht, was er getan hat, weiß nur, er hat irgendwas getan. Keiner, der für Smith arbeitet, ist unschuldig. Doch landen niemals die Schuldigen in der Hölle. In ihr landen Leute wie die O'Donnells, die nichts Schlimmes getan haben. Das ist ja das Vertrackte an der Hölle, über das im Religionsunterricht nie geredet wird, über die Tatsache nämlich, dass in der Hölle nicht die Schuldigen, sondern die Unschuldigen schmoren. Das erst macht sie zur Hölle. Irgendein Zufallsprinzip durchzieht die Welt, wählt grundlos Leute aus und steckt sie in die Hölle. Kummer wegen eines Kindes, grässliche Krankheiten. Geräusche und Gesichter aus dem Nichts, unterbrochen von Augenblicken entsetzlicher Klarheit, gerade lang genug, um zu begreifen, wo man ist. Und du bist in der Hölle.

Hölle, Hölle, Hölle, Hölle, Hölle. Der Lärm in ihrem Kopf wächst, und in ihren Armen und Beinen spannt sich etwas an – ein Krampf, bloß viel schlimmer –, und sie spürt, dass ihr Körper aufplatzen will, dass Sehnen und Muskeln zerreißen, die Knochen brechen wollen. Sie hat immer schon gewusst, dass es einmal dazu kommt, lange schon stand sie auf der Schwelle, und jetzt ist es soweit. Morrison ist unten, macht sich einen Tee oder liest die Zeitung, beachtet sie nicht. Sie will ihn nicht, aber sie will *irgend-*

was. Sie will Hilfe. Vielleicht ein Medikament. Es könnte so einfach sein. Man könnte kommen, ihr eine kleine Spritze verpassen, und die Hölle wäre vorbei. Sie bräuchte dafür nur einen Anruf zu machen. Aber sie kann nicht. Sie kann ihn nicht bitten. Ihr ganzer Körper will schreien vor lauter Qual, ihr Verstand will um etwas bitten, das sie befreit, nur bringt sie keinen Laut hervor. Sie ist in der Hölle, und die Hölle dauert ewig.

Sie weiß nicht, wann sie den Mann zum ersten Mal sah. Sie hält ihn für ein weiteres Gesicht, eines, das sie von der Tür her anschreit, als sie sich umdreht und nach einem Ausgang sucht. Ein Phantom. Gott, sie weiß, dass es Phantome sind, weiß, es sind Halluzinationen, zumindest weiß sie es die meiste Zeit, auch wenn es keinen Unterschied bedeutet. Dies ist der Ort, an dem Verrückte leben, und sie weiß nicht, wie sie herkam. Ein paar Drinks, ein paar Pillen? Bestimmt nicht. An diese Art Ungerechtigkeit hat sie nie geglaubt. Sie glaubte an Vorwürfe, an privates Grauen, an schändliche Taten hinter verschlossenen Türen. Dass die Irren ihr Leid verdienten, daran hatte sie nie gedacht, doch glaubte sie an eine Geschichte von Schmerz und Einsamkeit, an eine Richtung, an den einmal eingeschlagenen Weg, der vom dunkelsten Geheimnis der Kindheit in die Anstalt führte, in der Ärzte mit Spritzen kamen und gingen und die Verrückten sich zum Schlaf des Vergessens niederlegten, um kostbare Stunden am Stück zu vergessen. Doch wo war ihr Weg? Niemand hatte sie als Kind missbraucht, niemand ihr die Unschuld geraubt oder sie zur Mitwisserin unfassbarer Wahrheiten gemacht. Sie weiß nicht, wie sie herkam. Sie weiß nicht, wie ihr Leben so unerträglich wurde.

Nichts aber ist unerträglich. Als sie ihn zum ersten Mal sieht, ist er ein Phantom unter vielen, doch wird sie sich nach einer Weile einer realen Präsenz bewusst, einer Wärme, die das Zimmer füllt, also schaut sie aus ihrer Hölle auf und sieht ihn dort mitten in seiner eigenen Lichtinsel stehen, nur wenige Schritte entfernt. Er hat die Gestalt eines Mannes, aber als sie sein Gesicht erkennen kann, ist es das Gesicht eines Jungen. Eines sanften, ernsten Jungen, der sie gelassen anschaut, vergebungsvoll, stumm. Sie weiß, er wird nicht mit ihr reden, doch kann sie in ihrem Kopf die Kette aus Schmerzen und Geräuschen zerreißen, weshalb sie ihm, als sie ihn endlich erkennen kann, die Frage stellt. Er gibt keine Antwort, damit hatte sie auch nicht gerechnet, dennoch wiederholt sie ihre Frage.

«Wer bist du?», will sie wissen, eine einfache, direkte Frage.

Er antwortet nicht, tritt aber näher und streckt eine Hand aus – und einen grauenhaften Moment lang ist dies das Schmerzhafteste, was sie sich vorzustellen vermag. Die ausgestreckte Hand, der Augenblick vor der Berührung. Doch als er sie berührt – die Hand flach auf ihrem Gesicht, über Mund und Augen –, taumelt sie in einen neuen Zustand, eine ungekannte Helligkeit. Er legt die Hand an ihr Gesicht, und ihre Augen schließen sich, der Lärm hört auf. Der Lärm hört auf und auch der Schmerz in den Armen. Wie Wasser verebbt der Schmerz. Der Lärm hört auf, und in ihrem Kopf ist es still, kühl und leer. Ihre Dankbarkeit ist kaum zu ertragen, doch weiß sie zugleich, dass er nicht kam, um sie zu heilen. Sie ist nur jemand, auf den er im Vorübergehen stieß, und seine Gnade ist so allumfassend, dass es ihn nichts kostet, sie zu heilen. Ihr ist, als träfe sie in einer alten Bibelgeschichte den Engel des Herrn, und er berührt sie, heilt sie, obwohl sein Ziel, wie sie weiß, woanders liegt. Dann stürzt sie zu Boden, fällt von seiner heilenden Hand fort, fällt in sich selbst zusammen, jenes Selbst, das sie vorher war, das Selbst, das sie bei all dem Lärm, dem Schmerz und der Angst längst vergessen hatte. Als sie wieder aufschaut, ist er schon fort, ein Schatten, der auf dem Weg zu einem göttlichen Stelldichein vorüberhuscht. Doch das kümmert sie nicht. Sie ist still. Ihr Körper ist still. Sie kann schlafen.

Vielleicht sind nur Minuten, vielleicht aber ist auch mehr Zeit vergangen, als sie von unten etwas hört, aus einem der ebenerdigen Zimmer. Morrisons Stimme, er ruft nach ihr, womöglich aus Furcht oder aus Wut, sie weiß es nicht, und sie kann nicht verstehen, was er sagt. Es interessiert sie auch nicht sonderlich, und nach einer Weile kehrt die Stille zurück. Die Stille der Erschöpfung. Draußen, irgendwo unter den Bäumen, jagt ein Eulenpaar, und nahe am Fenster hört sie einen Windstoß. Frische, neue Laute, die von jenseits des Schmerzes kommen. Sie hört das eine, dann anderes, doch verklingt es, noch während es geschieht, denn sie findet ihren Weg zu einem Ort, an dem der Schlaf absolut ist. Jenseits davon beginnt ein neues Leben. Sie heißt Alice. Ihr Vater hat sie geliebt; sie hatte eine glückliche Kindheit, meistenteils jedenfalls. Schlaf steht ihr zu, und mit Dankbarkeit und Erleichterung gibt sie sich ihm hin, weshalb es sie kaum kümmert, dass sie zum Schluss, kurz bevor sie sich an diesen traumlosen Ort hinabgleiten lässt, mit dem letzten, winzigen Bewusstseinssplitter wahrnimmt, dass Morrison fortgegangen und nur sie in der Polizeidienststelle ist, allein.

Morrison

Als Morrison wach wird, sitzt er aufrecht, sehr aufrecht, auf einem Holzstuhl, der viel zu klein für ihn ist, ein schwerer, blank polierter, altmodischer Stuhl mit Armstützen und gepolsterter Rückenlehne, ein Stuhl von der Art, wie man sie seit Jahr und Tag nicht mehr herstellt. Ihm ist kalt, was ihn nicht weiter überrascht, da er nackt ist; seine Haut sieht überraschend weiß und schlaff in dem gnadenlos hellen Licht aus, das von irgendwo oben auf ihn herabstrahlt. Im gleichen Moment spürt er die Fesseln, die ihm jemand an Armen und Beinen angelegt hat: eng, kein Strick, womöglich Leder oder Isolierband, die Arme von den Handgelenken bis zu den Ellbogen umwickelt, die Beine von den Knöcheln bis zu den Knien, weshalb er zu keinerlei Bewegung fähig ist, auf den Stuhl fixiert wie ein im Schaukasten aufgespießtes Insekt. Seine Beine wurden so gefesselt, dass die Knie leicht nach außen stehen, und die Fußsohlen schweben über dem Boden, weshalb er sich nicht abstützen und also auch nicht aufstehen kann. Wer dies getan hat, verfügt über ganz besondere Fähigkeiten – Morrisons Gedanken wandern gleich zu Jenner, der vermutlich schon seit Jahren auf die Gelegenheit wartet, ihm genau so etwas anzutun und damit ein potenzielles Problem zu beseitigen. Jenner gehört zu dieser Sorte Mensch: ordentlich, rücksichtslos, kaltblütig, zugleich aber ist er jemand, der seine Arbeit mit größter Sorgfalt erledigt, ein Mann, der keine offenen Enden mag.

Der Stuhl, an den Morrison gefesselt ist, steht mitten in einem Raum, der ihm sehr groß vorkommt, eine weite, widerhallende

Leere unter der Glühbirne hoch über seinem Kopf, die eine mehrere Meter durchmessende Lichtpfütze um ihn ausbreitet, aber nicht hell genug ist, um diesen Raum auszuleuchten, der sich so riesig anfühlt – und Morrison weiß, ohne den Grund dafür zu kennen, dass sich jemand da draußen aufhält, nur wenige Schritt weit fort, im Dunklen, Unsichtbaren, jemand, der ihn beobachtet und nur darauf wartet, dass er wach wird, so wie jetzt. Jemand da draußen will, dass er Angst hat – eine Angst, die Morrison plötzlich aus lauter Trotz und mit sinnloser Entschlossenheit unter allen Umständen verheimlichen will.

«Hallo?» Er stößt ein kurzes, spöttisches Lachen aus und dreht den Kopf dann, so weit er kann, erst nach rechts, gleich darauf nach links, obwohl er weiß, dass sich derjenige, der ihn hier festgesetzt hat, direkt vor ihm befindet. «Ist da jemand?»

Er lauscht. Es gibt nichts zu hören, aber er weiß, dass ihn jemand beobachtet. Er kann es spüren. Er kann den Atem fühlen, die Anspannung, ihm ist, als stünde jemand sehr still, beherrschte sich, atmete leise und langsam, belauerte, lauschte. Beobachten: ja, darum geht es. Dieser Mann – und er weiß jetzt zweifelsfrei, dass es nicht Jenner ist, denn was der zu erledigen hat, erledigt er rasch und direkt –, dieser geduldige, selbstbeherrschte Mann ist ein Beobachter des Lebens, ein Observierer. Darauf kommt es ihm an; nicht auf das, was er macht, wenn es zum letzten Akt kommt, sondern auf das hier, auf diesen Augenblick der Macht. Fraglos ein sorgsamer Planer, nicht von Animositäten oder irgendwelchen Emotionen getrieben, sondern schlichtweg jemand, der es genießt, Macht über andere Menschen zu haben. Bei einem solchen Mann hilft keine andere Strategie als die der Verzögerung, das Hoffen auf die Gelegenheit herauszufinden, was ihn wirklich zufriedenstellt, um dann vielleicht eine Art Kompromiss auszuhandeln. Ihn so weit zu bringen, dass er seinen ursprünglichen Plan aufgibt, die anfänglich geltenden Grenzen erweitert oder über die von ihm gesetzten Regeln hinausgeht, um ihn an einen Ort zu locken, den er nicht vorhergesehen hat. Wenn er mit seinem ursprünglichen Plan scheitert, macht er vielleicht etwas ganz anderes, macht einen Fehler, deckt die Karten auf.

«Wer ist da?» Er findet seine missliche Lage seltsam verwirrend. Es macht ihn wütend, dass er gefesselt ist, aber auch, dass er mit solchem Geschick verschnürt wurde, und dennoch gibt es da etwas in ihm, was selbst dies nicht mehr kümmert. Morrison ist müde. Er weiß nicht, wohin man ihn gebracht hat – zweifellos ist er irgendwo auf dem Fabrikgelände, doch hat er dieses Gebäude noch nie von innen gesehen. Er schaut nach oben, zu den Querbalken der hohen Decke; irgendwo im Schatten zu seiner Linken steht offenbar ein Portalkran. Es ist kalt und ein wenig klamm. «Jenner?» Morrison weiß eigentlich genau, dass Jenner nicht da draußen ist, doch fällt ihm sonst niemand ein, der zu so etwas fähig wäre. «Jenner? Wenn Sie das sind, dann sagen Sie mir einfach, was Sie wollen.»

Es ist nicht Jenner. Jenner würde nie so vorgehen. Wer immer sich auch da draußen herumtreibt, sieht einem Spektakel zu, spielt mit ihm, foppt ihn mit dieser Stille. Denen da draußen gefällt das Drama, das Geheimnisvolle. Plötzlich kommt ihm der Gedanke, dass es Kinder sein könnten, dass ihm nur ein idiotischer Streich gespielt wird. Das mag weit hergeholt scheinen, doch böten Kinder eine bessere Erklärung für seine jetzige Situation als Jenner. Jenner wäre längst da, stünde an seiner Seite, wo er sein Werk verrichten kann; er schmollte nicht im Schatten. Jenner ist ein Profi, aber dies hier bringt nur ein begabter Amateur zustande – ein Amateur im wahrsten Sinn des Wortes. Jemand, der *liebt*, was er tut, nicht derjenige, der Mark Wilkinson und die anderen Jungen umgebracht hat; dies hier ist etwas völlig anderes. Was hier geschieht, ist frei von Ehrfurcht, von Zärtlichkeit, ist nur hart. Wieder kommt ihm der Gedanke, dass da draußen Kinder sein könnten. Doch wie sollte ein Kind oder auch eine Gruppe von Kindern so etwas fertigbringen?

«Ich bin mir nicht sicher, ob Sie wirklich wissen, wen Sie vor sich haben», ruft Morrison ins Dunkel, nicht allzu laut, doch deutlich genug, um zu zeigen, dass er keine Angst hat. «Aber was Sie auch glauben, ich sage Ihnen, Sie irren sich; ich bin niemand Besonderes.» Wieder lacht er, ein stilles Lachen, das am ehestens ihm selbst und niemandem sonst gilt, auch wenn er weiß, dass er beobachtet wird. Er will darüber lachen, über diese ganze Situation, diesen riesigen Raum, die Unsichtbaren im Schatten, über sich selbst, an einen Stuhl gefesselt. Es ist ja auch lächerlich. Zugleich ist Lachen auch keine üble Strategie, denn es kann ihm nicht schaden, da es kein trotziges Lachen ist, das soll es gar nicht sein. Es ist ein stilles, trauriges, vielleicht sogar ein wenig erbärmliches, jedenfalls aber ein seltsam gutmütiges Lachen. Als er aufs Neue lacht, hört er ihn selbst, diesen Beiklang von Pathos, von Selbstmitleid für einen Mann, der keine richtige Arbeit hat und dessen Frau ein Gespenst ist, für einen Mann seines Alters ohne Kinder, ohne schöne Erinnerungen und ohne Liebe. Ein Mann, der bereits im Nichts angekommen war, bevor jene, die da draußen sind, ihn unvorbereitet überraschten und in diese neue, wenn auch nicht gerade sonderlich interessante Vorhölle brachten. «Ehrlich», ruft er, «ich bin *nicht* der, für den Sie mich halten.» Er klingt wirklich kläglich, jämmerlich. Traurig. Was durchaus zu seinem Vorteil sein könnte, denn wer auch da draußen ist, könnte für Traurigkeit empfänglich sein. Die Menschen betrachten gern etwas Trauriges, da Trauriges kein Schmerz ist und einen Widerhall in uns weckt.

Nichts geschieht. Immer noch keine Reaktion. «Wo bin ich hier?», fragt Morrison und kommt sich ein wenig dumm vor. Was vielleicht genau das war, was gefehlt hat, denn plötzlich meint er, irgendwo links einen Laut zu hören. «Ist verdammt kalt», setzt er im selben dümmlichen Ton hinzu.

Wieder hört er ein Geräusch. Nicht viel, nur eben ein Geräusch, so als würde etwas über den Boden rollen, kaum fünf Schritte links von ihm. Er kann das Geräusch nicht einordnen, weiß aber, es klingt nicht gut. Trotzdem bemüht er sich, in keiner Weise zu zeigen, dass er etwas gehört hat, und er versucht sich nicht anmerken zu lassen, wie sehr er fürchtet, dass man ihm übel mitspielt. Das nämlich ist die einzige Erinnerung, die ihm aus Schulzeiten blieb: Wirke nie wie ein Opfer, denn damit verringerst du die Chance, selbst ein Opfer zu werden. Bluffe! Lässt man die Vorstellung zu, dass einem Schlimmes widerfährt, ist dies bereits der Anfang, ein erster Schritt hin zur beschämenden Zusammenarbeit zwischen dem Opfer und jenem, der die Macht hat, ein Einverständnis damit, dass absichtlich zugefügter und zutiefst befriedigender Schmerz unvermeidlich sein wird. Er lauscht. Nichts, dann etwas. Etwas, dann nichts. Wer immer da draußen ist, er kommt näher, oder er umkreist ihn, ist aber noch nicht sichtbar.

Dann ertönt eine Stimme, klar, jugendlich, wenn auch wohl nicht jungenhaft, doch überraschend sanft. «Sie sind Morrison, der Polizist.»

Morrison ist sich nicht sicher, ob dies eine Frage oder die Feststellung einer Tatsache ist, doch antwortet er nichtsdestotrotz. «Das bin ich», sagt er. Und mit einem leichten Schauder spürt er bei seiner Antwort einen kärglichen Rest von Stolz, nicht auf sich selbst, sondern auf seine Stellung. Sein *Amt*. Er lauscht. Der Mann im Dunkeln bewegt sich, tritt vor, verharrt am Lichtrand. Er hält etwas in der Hand – sieht wie ein Eimer aus –, und die untere Gesichtshälfte ist maskiert. Unter anderen Umständen hätte Morrison die Maske für ein gutes Zeichen gehalten, doch kaum kann er die große, ziemlich schlanke, jugendliche Gestalt ausmachen, begreift er, dass dieser Mann über jeden Einfluss erhaben ist, dass er, und sei er noch so sehr Beobachter, stets auch jemand ist, der handelt. Er weiß, was er tun wird, nur hat er für das Kommende einen Ablauf festgelegt, und es gefällt ihm, sich an dieses Drehbuch zu halten. Jetzt erst erlaubt sich Morrison einen trotzigen Ton. «Sie wissen, wer ich bin», sagt er. «Also sagen Sie mir jetzt, wer Sie sind.»

Der Mann antwortet nicht – doch von Anzeichen, die so subtil sind, dass selbst Morrison nicht sagen könnte, worin sie bestehen, begreift er, dass noch jemand dort ist, jemand, der tiefer in der Dunkelheit steht und nur zuschaut.

«Wer ist Ihr Freund?», fragt Morrison.

Der Mann schaut ihn an, die Augen blau, der Blick überraschend sanft – und Morrison begreift, dass er noch fast einen Jungen vor sich hat. «Wer ist denn *Ihr* Freund?», fragt er, plappert nicht nach, spottet nicht, wirkt ernstlich interessiert.

Morrison lächelt. «Ich habe keine Freunde», sagt er und will damit weder Trauer noch Mitgefühl wecken. Er folgt keiner Taktik. Dieser Mann, dieser Junge, weiß genau, dass er keine Freunde hat. Er meint sogar, alles über ihn zu wissen – auch wenn das nicht stimmt, da niemand alles über jemanden weiß. Eigentlich, findet Morrison, weiß überhaupt niemand sehr viel. «Als ich ein Junge war …», beginnt er und wechselt das Thema.

«Nicht gut genug.» Er spricht immer noch leise, doch ist sein Ton plötzlich hart geworden.

«Was soll das heißen: Nicht gut genug?» Morrison ist ernstlich verärgert. Ihm war gerade eine Erinnerung gekommen, etwas Wahres, und indem er davon erzählte, wollte er sie auch real werden lassen. «Sie haben doch noch gar nicht gehört, was ich sagen will.»

Der Mann kommt einen Schritt näher, dann verharrt er aufs Neue. Er steht jetzt im Licht, und weil er im Licht ist, kann Morrison sehen, dass er tatsächlich einen Eimer in der Hand hält. «Keine Kindheitsgeschichten», sagt der Mann. «Das wäre zu einfach.»

«Aber da fängt alles an», protestiert Morrison. Er hört, wie seine Stimme sich kurz überschlägt, und ärgert sich. Er hat zu viel von sich gezeigt und kann es nicht zurücknehmen. Schuld daran ist natürlich die Überraschung mit dem Eimer, die hat seine Konzentration gestört. Im Augenblick will er nur noch eines wissen: Was ist in dem Eimer? «Wo will man denn sonst eine Erklärung finden, wenn nicht in früher Vergangenheit?»

Der Mann nickt und stellt den Eimer ab. «Haben Sie denn eine Erklärung?», fragt er und scheint sich für die Antwort tatsächlich zu interessieren, allerdings nicht auf diese Frage, sondern auf jene, ob Morrison – der beginnt, sich mit den Augen dieses Mannes als einen Typus zu sehen, als eine Gestalt in einer Geschichte – sich je die Mühe gemacht hat, nach einer Erklärung zu suchen. Morrison findet seine Unterstellung beleidigend, beinahe so, als wollte ihm der Mann alles verwehren, nicht bloß sein Leben oder eine Erklärung, sondern auch seine Seele. Vielleicht aber ist es auch die Seele selbst, die er ihm verwehrt. Die bloße Möglichkeit einer Seele, denn jemand wie Morrison kann doch keine eigene Seele haben, schließlich ist die Seele ihrem Wesen nach edel und rein, ein von Gott und all seinen Engeln geliehenes Gut, das eines Tages sauber, perlweiß und unbeschädigt zurückgegeben werden muss. Der Gedanke allein macht Morrison wütend, und er will diesem Mann, diesem Jungen, sagen, dass er sich irrt, dass die Seele feucht und dunkel ist, eine Kreatur, die dem menschlichen Körper wie ein Parasit anhaftet und sich von ihm ernährt, eine Kreatur, die nach Erfahrung und Macht hungert, die besessen ist von einer schier unmenschlichen Freude, die sich einen Dreck um ihren Wirt kümmert und so lebt, wie sie eben leben muss, nämlich in ewiger, entstellter Sehnsucht. «Nun?» Der Mann ist immer noch ein wenig neugierig und wartet, schafft Raum für Morrisons Antwort.

Morrison kann jetzt in den Eimer sehen, zumindest kann er den Rand erkennen; er ist voller Flecken, durchsetzt mit Streifen von etwas Weißem, doch will er nicht allzu neugierig wirken. «Als ich noch ein Kind war», beginnt er und schlägt absichtlich den Ton eines geladenen Gastredners an, «fuhr meine Mutter mit mir in den Urlaub. Mein Vater konnte nicht mitkommen, er musste arbeiten ...»

«Was war Ihr Vater von Beruf?»

«Er hat hier gearbeitet, in der Chemiefabrik», erklärt Morrison und schaut dem Mann in die Augen. «Ich nehme doch an, dass wir uns dort befinden, in der Chemiefabrik, nicht wahr?»

Der Mann ignoriert seine Frage. «Und das soll Ihre Erklärung sein?» Morrison nickt. «Na gut», sagt der Mann, «fahren Sie fort.»

Morrison wirft einen Blick in den Eimer. Der Inhalt ist weiß und feucht, und er kann ihn riechen, einen vertrauten Geruch, so wie Kreide, nur nicht ganz. «Wir haben meine Tante besucht», fuhr Morrison fort. Er ist traurig, fast resigniert und interessiert sich kaum noch für das, was er sagt. «Sie wohnte am Meer, aber das Meer war nicht so wie hier. Es war schön. Gleich am Haus gab es einen kleinen Strand mit sehr weißem Sand, und vom Strand führte ein Pier, ein kleiner Anlegesteg, ins blaue, klare Wasser. Ich kann gar nicht sagen, wie blau es war oder was für ein Geschenk dieser Steg für einen Jungen wie mich bedeutete. Einen Jungen aus dieser Gegend.» Er sieht den Mann an. Er muss auch ein Junge aus dieser Gegend sein, aber wer ist er?

Der Mann nickt. «Weiter», befiehlt er.

«Na ja», sagt Morrison, «ich war natürlich jeden Tag schwimmen. Man bekam mich kaum aus dem Wasser, selbst zum Essen oder Schlafen wäre ich am liebsten drin geblieben. Es war Sommer und sehr warm, aber das Wasser war kühl, sehr kühl. Ich habe das Wasser geliebt. Es war meine Heimat, mein Element, ein Freund.» Er sieht in den Eimer und weiß plötzlich, dass ihn etwas Schreckliches, etwas wirklich Schreckliches erwartet, und dieses Schreckliche hat mit dem kreidigen Nass zu tun, mit dem über den Eimerrand spritzenden, schwappenden Weiß. «Was ist in dem Eimer?», fragt er, und die Frage überrascht ihn selbst. Er hatte gar nicht vorgehabt, sie zu stellen.

«Erzählen Sie die Geschichte zu Ende», sagt der Mann. «Wir haben jede Menge Zeit.»

Morrison weiß, was er sagt, wird keinerlei Auswirkung haben, weshalb ihn so panische Angst erfasst, dass er kaum fortfahren kann. Ihm ist, als wäre seine Geschichte eine größere Folter als das, was dieser Mann und sein Komplize im Schatten für ihn vorbereitet haben. «Ich liebte das Wasser», hob er wieder an. «Für mich war es ein Gefährte, mein Freund. Wenn ich am Ende der dunklen Pier ins Wasser glitt, fühlte ich mich, als kehrte ich zu dem zurück, was immer schon gewesen und allem anderen in meinem Leben vorausgegangen war. Ich habe dem Wasser vollständig vertraut.» Er hält inne: Er ist außer Atem und wieder müde. «Dann, am letzten Tag der Ferien, kam aus dem Nichts eine Strömung auf. Eine wahre Macht der Natur, eine geheimnisvolle schwarze Strömung – kein Kräuseln auf dem Wasser, doch unter der Oberfläche eine schnelle, dunkle Kraft, die mich wie ein Tier packte und hinabzog, fort, immer weiter fort von der Pier hinaus in den Sund.» Er hält inne, atmet, sieht den Eimer. Gipsmörtel, denkt er, weiß aber nicht, wieso. Er erinnert sich an den Geruch, ein alter Geruch, ein Kindheitsgeruch. «Fast wäre ich ertrunken», sagt er. «Ich dachte, ich müsse sterben. Und im letzten Augenblick ist es wirklich passiert. Wissen Sie, es heißt doch, man würde sich an alles erinnern, das ganze Leben würde blitzartig vorüberziehen, jedes Detail. Nun, das stimmt, denn mir ist es passiert, und ich kann mich daran erinnern. Bloß war es nicht mein eigenes Leben. Es waren die Erinnerungen eines anderen Menschen, die an mir vorüberzogen.» Morrison verstummt. Ihn überrascht, was er gerade gesagt hat, das hatte er eigentlich nicht erzählen wollen, und doch klingt es seltsamerweise wahr. «Ich habe mich an das Leben von jemand anderem erinnert», sagt er. «Von jemandem, den ich nicht kannte.» Trotz allem ist Morrison mit seiner Erzählung nun beinahe zufrieden.

Einen Moment lang sagt der Mann kein Wort. Stattdessen kniet er sich hin und zieht etwas aus dem Eimer; wie eine lange, feuchte Bandage sieht es aus. Morrison weiß nicht, ob er ihm zuhört, ob er seine Geschichte überhaupt mitbekommen hat. Doch schließlich beginnt der Mann zu reden. «Und was ist dann passiert?», fragt er, während er zwei Streifen Bandagen voneinander löst.

Fasziniert schaut Morrison zu. «Ich bin gestorben», erklärt er dann fast beiläufig.

Der Mann lacht leise. «Aber Sie sind doch noch hier», sagt er, trägt eine feuchte Gipsbandage zum Stuhl und beginnt, Morrisons rechten Arm zu umwickeln. «Sie wissen, was das ist?», fragt er in sanftem Ton und klingt wie ein Arzt, der ein gutes Händchen für Patienten hat.

Morrison nickt. «Warum tun Sie mir das an?», fragt er.

Der Mann gibt keine Antwort und fährt fort, Morrison in feuchte Bandagen zu wickeln.

«Ich habe nichts Unrechtes getan», sagt Morrison.

«Nein?»

«Nein.» Was geschieht, lässt sich nicht länger leugnen. Morrison weiß, dass er sterben wird, aber das kümmert ihn nicht. Er will nur, dass es so bald wie möglich vorbei ist. «Ich habe Fehler gemacht, aber ich habe nichts Unrechtes getan …»

«Und was ist mit William Ash? Was mit …?»

«Ich habe niemanden umgebracht!»

«Aber Sie haben gewusst, was passiert.»

Da zögert Morrison einen Moment. Es geschieht unwillkürlich und bedeutet auch keineswegs, was der Mann sicherlich denken wird – ein berechnendes Zögern, der Versuch zu erraten, wie viel der Mann weiß und womit er durchkommen könnte –, doch Morrison zögert, und er weiß im selben Augenblick, dass er einen schrecklichen Fehler begangen hat. Er kann nicht sagen, wieso es dazu kam – tausendmal hat er alles durchdacht und so weit wie möglich für sich geklärt, aber nie hat er es jemanden laut aussprechen hören. Er ist nie *beschuldigt* worden.

«Nun?» Der Mann schaut ihm in die Augen.

«Ich habe es gewusst», sagt Morrison und spürt, wie ihn eine fast unerträgliche Trauer überkommt, eine Schwere, die ihm bis in die Knochen fährt. «Aber ich konnte nichts dagegen tun …»

Plötzlich hört er aus der Dunkelheit eine andere Stimme, die eines Jungen. «Sie hätten *irgendwas* tun können», sagt diese Jungenstimme, und Morrison dreht sich nach ihr um. Wie sein Gefährte trägt der Junge eine Maske, doch kommt er Morrison bekannt vor, ein Junge, den er beinahe einzuordnen weiß, ganz im Gegensatz zu dem Mann, der still und stetig weiterarbeitet und Morrison sowie den Stuhl, auf dem er sitzt, mit einer Hülle aus feuchten Bandagen umgibt.

«Ich konnte nichts tun», sagt Morrison leise zu dem Mann an seinem Stuhl. Und dann, nach einer Pause, die er diesmal absichtlich einlegt, spielt er seine letzte Karte aus und sagt noch leiser, beinahe vertraulich: «Ich habe eine Frau.»

«Wie war das?», fragt der Junge wütend, höhnisch. «Was haben Sie gesagt?»

«Ich sagte: ‹Ich habe eine Frau›», wiederholt Morrison, redet aber immer noch mit dem Mann, der sich zum Eimer umgedreht hat.

«Was hat Ihre Frau damit zu tun?», ruft der Junge. «Sie sind Polizist. Sie sollen die Leute beschützen.»

Der Junge hat natürlich recht. Das weiß Morrison. Trotzdem irrt er sich auch, da er Morrison für jemand anderen hält, für jemand viel schlimmeren. Morrison nickt und will gerade etwas sagen, als der Mann sich zu ihm umdreht und anfängt, sein Gesicht in feuchte Bandagen zu wickeln, in kalten, klebrigen, eisigen Gips; winzige Körner dringen ihm in den Mund.

«Keine Sorge», sagt der Mann, «ich lasse ein Loch, damit Sie atmen können.»

Morrison spürt Panik in sich aufsteigen, aber er kann sich nicht bewegen. Er kann nichts tun. Bald kann er nicht einmal mehr sprechen.

«Früher wurden Kranke so bandagiert», sagt der Mann. «Damals, in der guten alten Zeit, hat man Tuberkulose auf diese Weise behandelt. Wussten Sie das?» Wie ein überfreundlicher Friseur redet er mit Morrison, reckt sogar den Hals und schaut ihm in die Augen, nur um sicherzugehen, dass er auch wirklich zuhört. Sie bedeutet ihm offensichtlich viel, diese Geschichte. Er hat sein Vorgehen sorgfältig geplant, und mittendrin, wie die Spinne in ihrem Netz, lauert diese Geschichte. «Tuberkulose befällt nicht nur die Lunge», fährt der Mann fort, sobald er sich überzeugt hat, dass ihm Morrisons ganze Aufmerksamkeit gilt, «sondern auch die Knochen. Man wickelte die Kranken wochenlang in Gips, um Missbildungen zu verhindern und sie gleichsam wieder geradezubiegen.» Er schweigt – und Morrison spürt, dass der Mann diese Pause absichtlich einlegt, so als erinnerte er sich an etwas, das ihm früher einmal widerfahren ist. «Natürlich wurden sie verrückt», fährt er fort, tritt einen Schritt zurück und betrachtet sein Werk. «Hier noch ein bisschen, und dann sind wir auch bald fertig», sagt er, doch ist Morrison sich nicht sicher, ob er mit ihm oder mit dem Jungen im Schatten redet. Er kann spüren, wie die Bandagen um Arme und Beine hart werden. Er steckt jetzt in einem Gipskorsett: Bald wird alles trocken sein, und dann ergeht es ihm wie einem Tuberkulosepatienten in früherer Zeit. Ob er auch verrückt wird? Geht es darum?

Der Mann kehrt vom Eimer zurück. «Ja, es muss die Hölle auf Erden gewesen sein», sagt er. «Für die Patienten, meine ich.» Er arbeitet jetzt rasch, fügt weitere Schichten hinzu, verstärkt sein Werk. Schließlich hat er keine Bandagen mehr. Er beugt sich über Morrisons Gesicht. Nur Nase und Augen sind noch frei. «Gehen Sie nicht fort», sagt er.

Morrison will sich umsehen, will nach dem Jungen Ausschau halten, aber er kann sich schon nicht mehr bewegen. Er kann nur den Mann sehen, der mit dem Eimer davongeht, ins Dunkel geht, eine Weile fortbleibt und dann mit einem neuen Eimer zurückkehrt. Der Mann stellt den Eimer an genau derselben Stelle ab und macht sich wieder an die Arbeit. «‹Gehet ein durch die enge Pforte›», sagt er und fährt fort, Morrison zügig mit Bandagen zu umwickeln, das Korsett zu festigen, das er in den Grundzügen bereits angelegt hat. «‹Denn die Pforte ist weit, und der Weg ist breit, der zur Verdammnis abführt; und ihrer sind viele, die darauf wandeln. Und die Pforte ist eng, und der Weg ist schmal, der zum Leben führt; und wenige sind ihrer, die ihn finden.›» Er verstummt und tritt einen Schritt zurück. «Das hätten wir», sagt er. «Sie sind fertig.» Er schaut ihn an. Wie von weit her vernimmt Morrison einen Laut, einen leisen Laut, das Flattern eines Vogels, Wind, der durch ein zerbrochenes Fenster fährt; er weiß es nicht, doch ist es kein bedeutsamer Laut, kein Laut, der seine Rettung ankündigt. Trotzdem bleibt der Mann einen Augenblick stehen, den Kopf zur Seite geneigt. Jetzt ist es wieder still, eine Stille, die sich weiter und tiefer auszubreiten scheint, je länger der Mann lauscht, als schüfe er die Stille, indem er sich einfach darauf konzentrierte. Morrison lauscht ebenfalls, und einen Moment lang sind sie so in flüchtiger Komplizenschaft vereint, zwei Männer in einem Raum, die lauschen, warten, bis Morrison plötzlich, entsetzt darüber, es nicht längst bemerkt zu haben, begreift, dass dieser Mann, dieser Zitierer von Bibelsprüchen, derjenige ist, der Mark umgebracht und ihn in seiner Laube im Giftwald zurückgelassen hat. *Er* ist derjenige, der auch die übrigen Jungen verschwinden ließ, der sie alle tötete, und jetzt, da er nicht mehr reden kann, muss Morrison ihn unbedingt fragen, warum er es getan hat. Warum die Jungen und warum *dies* hier, wo er doch weiß, dass Morrison unschuldig ist. Nun begreift er, dass durch das Ritual der Bandagen und der Bibelsprüche für diesen Mann etwas erreicht wurde, so wie auch durch die Ermordung der Kinder etwas erreicht worden war. Er denkt an die Verse, die der Mann zitiert hat, und fügt für sich jenen einen Vers hinzu, der ihm im Augenblick der wichtigste zu sein scheint. Er will ihn laut aufsagen, kann es aber nicht, da der Gips um sein Gesicht schon trocken und hart geworden ist, der Mund verschlossen, sprachlos. Er kann diese Verse nur in seinem Kopf wiederholen und dabei dem Mann in die Augen schauen, um so durch reine Willenskraft vielleicht seine Gedanken zu übermitteln. «‹Richtet nicht, auf dass ihr nicht gerichtet werdet›», beginnt er und legt allen Nachdruck in diese Worte, all das Leben, das ihm noch geblieben ist. «‹Denn mit welcherlei Gericht ihr richtet, werdet ihr gerichtet werden; und mit welcherlei Maß ihr messet, wird euch gemessen werden.›» Morrison ist kein Kirchgänger im eigentlichen Sinn, doch kennt er die Verse aus dem Evangelium des Matthäus, er kennt sie gut. Sie sind ihm in Adern und Knochen eingeschrieben, in die Schale seines Schädels. «‹Was siehst du aber den Splitter in deines Bruders Auge und wirst nicht gewahr des Balkens in deinem Auge? Oder wie darfst du sagen zu deinem Bruder: Halt, ich will dir den Splitter aus deinem Auge ziehen, und siehe, ein Balken ist in deinem Auge? Du Heuchler, zieh am ersten den Balken aus deinem Auge; danach siehe zu, wie du den Splitter aus deines Bruders Auge ziehst!›»

Unterdessen hat ihn der Mann nicht aus dem Blick gelassen. Morrison glaubt sogar, zu ihm durchgedrungen zu sein, so dass der Mann tatsächlich die Verse hört, die er denkt, doch dann beugt der Mann sich vor und schaut ihm fest in die Augen. Sein Blick ist so fragend wie der Blick der Lehrer in der Schule, wenn sie Morrison bestraften, ein selbstgerechter Blick, den er nie auch nur einer Antwort würdigte. Nicht laut, doch so laut, dass Morrison ihn deutlich durch den Gips hindurchhören kann, sagt der Mann dann nach einer Weile: «Ich gebe Ihnen Zeit zur Reue, nutzen Sie sie gut.»

Mit diesen Worten verabschiedet er sich, geht ins Dunkel, verschwindet für einige Sekunden, taucht dann erneut in Morrisons Blickfeld auf und kehrt wieder ins Dunkel ein, begleitet von dem Jungen, der die ganze Zeit dabei gewesen sein muss, der beobachtet hat, zugehört hat. Die beiden verschwinden längere Zeit im Dunkeln, und Morrison glaubt, jetzt allein zu sein, reglos, steif und starr in Raum und Zeit, bis die Panik fast unerträglich wird – wie die Panik des Thomas von Kempen, als er lebendig begraben wurde, nur schlimmer noch, da Thomas immerhin kämpfen konnte; er konnte schreien, stöhnen, beten. Dann aber, als die Panik derart anschwillt, dass Morrison schon fürchtet, das Bewusstsein zu verlieren und in einen Zustand der Gnade zu versinken, sieht er direkt vor sich, dort, wo zuvor nur Dunkelheit war, einen leuchtend hellen Kreis, ein glühendes, strahlendes, gänzlich unerklärliches Licht. Einen Moment lang kann er nichts weiter erkennen, doch dann, als seine Augen sich an die plötzliche Helligkeit gewöhnt haben, sieht er zwei Gestalten, Mann und Junge, in dieses leuchtende Licht treten, sieht sie im Feuer und Strahlenglanz verschwinden, als wäre dies schon immer ihr natürliches Element gewesen, Funken, die ins Licht, Flammen, die ins Feuer zurückkehren. Es ist ein entsetzlicher Augenblick, und auch nach alldem, was sie ihm angetan haben, fürchtet er um sie wie um sich, denn sie wissen doch sicher, was sie tun, wissen doch sicher, dass sie in die feurigen Flammen der Hölle treten, um nie zurückzukehren und auf immer ausgelöscht zu werden.

Dann jedoch, so plötzlich wie das Licht aufloderte, verschwindet es wieder, und der große Raum liegt erneut im Dunkeln. Der Mann und der Junge sind fort, verloren in den Flammen, und Morrison ist allein.

Himmel

Warum ist der Himmel so hell? Warum blendet uns das Licht? In einer Geschichte habe ich einmal gelesen, eine Seele, die in den Himmel kommt, möchte sich als Erstes umdrehen und auf das Leben zurückschauen, das es hinter sich lässt – täte sie das, könnte sie das, würde sie sehen, dass alle ihr je bekannten Menschen noch im Fegefeuer stecken. Und dann wäre der Himmel kein Himmel mehr. Wie schön der Himmel auch sein mag – und auch wenn die Seele verstünde, wie schrecklich das alte Leben war –, sie will doch zurück. Nicht weil sie die anderen liebt oder weil sie ihr so wichtig sind, sondern weil sie nach ihr rufen und weil sie die Stimmen nicht ausblenden kann. Sie gehört zu ihnen. Sie gehört zur Erde.

Deshalb ist der Himmel so hell. Deshalb blendet er. Damit wir nicht zurückschauen können.

Der Mottenmann hat nichts gesagt, als er mir die Maschine zeigte, die mithilfe der Notizen und Zeichnungen seines Vaters gebaut worden war. Er erklärte nichts und sagte mir auch nicht, was geschähe, wenn ich durch das Portal schritte. Vielleicht hatte er etwas in Worte zu fassen versucht, als er mich in den Raum brachte, aber ich war noch trunken oder verwirrt vom Tee und begriff nicht, was er sagte. Doch was er auch sagte oder nicht sagte, er erklärte nichts. Diese Geschichte ist nicht von solcher Art. Er hat mich nicht am Arm genommen und wie Harrison Ford in einem Abenteuerfilm gesagt: «Rasch, komm mit. Ich bringe dich hier raus.» Er hat nicht «setz dich» gesagt, um mir dann das Geschehen zu erklären und meine Wissenslücken zu füllen, wie Hercule Poirot oder Sherlock Holmes, sobald das Rätsel gelöst und der Verbrecher fortgebracht wurde. Er hat das Rätsel nicht erklärt, weil er das Rätsel *war*, nur war er auch das Gegengewicht zum vorausgegangenen Rätsel, der erste Schritt zu einem neuen Anfang. Wie schon der verrückte Fotograf in *Apocalypse Now* sagte: Er war Yin und Yang, These, Gegenthese, Synthese; er war die Dialektik in Gestalt eines lebenden, atmenden Freundes. Und ich nenne ihn immer noch meinen Freund, denn das war er für mich. Anfangs meinte ich, ihn zu kennen, dann aber sah ich, dass einiges an ihm alt war und aus der Welt stammte, die ich gekannt habe, doch war er auch neu: ein unvorhersehbares neues Geschöpf, das, plötzlich aus seinem geheimem Versteck freigelassen, laufen, atmen und agieren konnte wie zum allerersten Mal. Wie Ariel in *Der Sturm*. Er war ein Freund, doch war er eine andere Art Freund, ähnlich dem Freund, den du dir in der Kindheit immer vorgestellt, aber nie gefunden hast. Ein Freund, der dir so nah ist, dass er beinahe du selbst sein könnte – und vielleicht ist er das gewissermaßen ja auch. Du bist teilweise er, er ist teilweise du. Er weiß, was du nicht weißt, und du siehst, was ihm fehlt.

Und doch kenne ich ihn eigentlich nicht. Er ist nicht der, für den ich ihn gehalten habe, er ist nicht einmal der, für den ich ihn nie gehalten hätte. Während all der Zeit kannte ich nicht einmal seinen richtigen Namen. Ich nannte ihn einfach nur «den Mottenmann», weil er das für mich war: der Mottenmann, der Mann, der zum Wald gehörte, der Teil der Landschaft war und von Ort zu Ort flatterte, um eine Weile zu rasten und schließlich weiterzuziehen. Ich wusste nie, wohin. Ich habe auch nie daran gedacht, ihn nach seinem Namen zu fragen, ihn zu fragen, wo er wohnte und ob er außer seinem Vater noch Familie besaß – denn wen kümmern schon Namen? Wen kümmert irgendeine Adresse irgendwo, die Steuerplakette am Lieferwagen oder ob er im Wählerverzeichnis steht? Er ist nicht aus Innertown, so viel steht fest, doch kam mir nie der Gedanke, dass er woanders als im Wald daheim sein könnte. Wenn ich nichts über ihn weiß, dann deshalb, weil ich nie etwas über ihn wissen wollte. Jedenfalls haben mich Namen, Adressen und dergleichen nicht interessiert. Und ich behaupte auch nicht, dass er nicht der Mensch war, den ich zu kennen glaubte, wenn wir draußen im Wald Pflanzen untersuchten oder am Lagerfeuer saßen und merkwürdigen Tee tranken, nur war er eben viel mehr, als ich je in ihm sah, doch gilt dies vermutlich für alle Menschen. Ich weiß noch, wie John mir von jener jungen Frau erzählte, die er einmal gekannt hat, damals, als er noch ein Teenager gewesen war: Sie arbeitete in einem Musikgeschäft, das er betrat, sooft er Geld hatte, um sich eine Platte zu kaufen; vielleicht war er in sie verliebt, nur war sie älter und wirklich sehr hübsch, weshalb John glaubte, bei ihr keine Chance zu haben. Folglich hat er auch nichts gesagt, ist nur immer wieder in den Laden gegangen und hat sich eine Platte gekauft oder etwas bestellt, was nicht vorrätig war, damit er es eine Woche später abholen konnte; stets war er sehr korrekt und zurückhaltend in allem, was er tat und sagte, damit sie nicht merkte, wie sehr er sie insgeheim anhimmelte. Dieser Junge. Ich weiß noch, dass ich, während er mir davon erzählte, in Gedanken zu einer möglichen Pointe vorauseilte, vielleicht wie in jener Geschichte von Romain Gary, in der ein Mann nicht den Mut aufbringt, die schöne Frau anzusprechen, die in der Wohnung über ihm lebt, obwohl er ihr jeden Tag auf der Treppe begegnet. Ihm fällt nichts ein, was er sagen könnte, also sagt er nichts und wird immer einsamer, bis er am Ende in seinem kleinen kalten Zimmer sitzt und hört, wie die Frau über ihm lauten Sex mit einem Fremden hat, woraufhin er so verzweifelt und traurig wird, dass er sich aus purer Einsamkeit erhängt. Man weiß das Folgende bereits – dass man es bereits weiß, gehört zur Absicht solcher Geschichten, denn derlei steht immer schon geschrieben, das macht es ja so trostlos, so gnadenlos – man weiß also bereits, was die Concierge erzählt, als die Polizei kommt, um ihrer Meldung nachzugehen, dass nämlich oben im Haus eine Frau qualvoll gestorben ist; sie hat Gift genommen, sich auf ihrem Bett gewälzt, gestöhnt und geschrien etc. etc. Nur war dies gar nicht Johns Geschichte, seine Geschichte war keine dieser Kleinmut-der-nichts-wagt-Geschichten, sie war auf ihre Weise sogar schlimmer, da sie eben nur eine von Johns Geschichten war, Teil des wahren Lebens, in dem nie etwas geschieht, da nichts je geschieht. In seiner Geschichte geht John also immer wieder in den Laden und steht Monat um Monat hilflos und wie mit gelähmter Zunge da, doch als er eines Tages wieder hingeht, ist das Mädchen fort. Um sich nicht zu verraten, mag er nicht nach ihr fragen, aber der Typ hinterm Tresen klärt ihn trotzdem darüber auf, dass sie auf rätselhafte Weise in der vorgestrigen Nacht gestorben sei, eine Zwanzigjährige, tot im Bett, verschieden an einer obskuren Krankheit, die sich so auf die Lunge auswirkte, als wäre die junge Frau ertrunken. Das ist es, was er John erzählt, und John begreift, warum er es ihm erzählen will, denn er kennt Johns Geheimnis, alle kennen es, da John so offenkundig und unübersehbar in sie verliebt ist, dass alle über ihn lachen, und dieser Typ, der Dave heißt, will jetzt sehen, wie John die Neuigkeit aufnimmt. John bricht in Tränen aus, da er wirklich sehr in sie verliebt war. So verliebt, dass er nichts wollte, so verliebt, dass er kein Wort gesagt hat. Als Dave ihn weinen sieht, tut er ihm leid, und er will John noch etwas mit auf den Weg geben, etwas Wissenswertes über diese junge Frau – sie hieß Kate, glaube ich, doch bin ich mir nicht sicher, ob John mir je ihren Namen genannt hat oder ob ich ihn mir nur ausgedacht habe, weil die Geschichte so sehr nach einer Kate klingt. Kate Thompson. Vielleicht auch Katie.

Jedenfalls erzählt ihm Dave, als man die Sachen der jungen Frau durchsah, hätte man einen Hammer gefunden, einen Hobel, eine Laubsäge, allerhand Werkzeug also, das meiste noch eingewickelt, in den Schrankschubladen versteckt unter Pullovern, Socken und BHs, einen vollständigen Werkzeugsatz für einen Tischler, nur war das Werkzeug unbenutzt, und es sah aus, als hätte Kate oder Katie über Monate oder Jahre ein Teil nach dem anderen gekauft, denn bei einigen fand man noch die Quittungen in den Tüten, und darauf stand immer ein anderes Datum. Das jedenfalls hat dieser Typ, dieser Dave, John erzählt, damit er sich besser fühlte – und daran musste John noch Jahre später denken, als er mir die Geschichte erzählte. Daran und an die Worte, die ihm dieser Typ in dem winzigen kleinen Plattenladen gesagt hat, in dem es vor all den Jahren nach Vinyl und warmem Staub gerochen hat. «Die Menschen sind seltsam», hatte Dave gesagt, und als John darauf nichts antwortete, weil ihm nicht einfiel, was er sagen könnte, hat er es noch einmal wiederholt. «Die Menschen sind seltsam, also wirklich.»

Während sich die Geschichte ihrem Ende nähert, denke ich an Morrison immer noch wie an ein Geschenk. Der Mottenmann weiß, unser Ortspolizist hat niemanden umgebracht, doch weiß er auch, dass das Vergehen des Polizisten auf eine sehr eigene, typische Innertown-Art zu schwerwiegend ist, um nicht bestraft zu werden, dass es zu jener extremsten Art eines Vergehens gehört, in dem die ganze Stadt wie in einem Sumpf versinkt: die Sünde der Unterlassung, die Sünde, unseren Blick abzuwenden und nicht zu sehen, was direkt vor unserer Nase geschieht. Die Sünde, nicht wissen zu wollen; die Sünde, alles zu wissen und nichts dagegen zu tun. Die Sünde, etwas auf Papier zu wissen, es aber nicht ins Herz vorlassen zu wollen. Jeder kennt *diese* Sünde. Dazu braucht man nur den Fernseher einzuschalten und Nachrichten zu sehen. Ich sage ja nicht, dass wir den Menschen in Somalia wirklich helfen oder der Vernichtung des Regenwalds Einhalt gebieten können, nur empfinden wir eben nichts als ein leichtes Gefühl des Unbehagens oder der Verlegenheit, wenn wir die abgeholzten Bäume und die Erdrutsche sehen, die Feldlazarettkinder mit amputierten Gliedmaßen – und es ist unverzeihlich, dass wir unsere Leben einfach weiterführen, wenn doch irgendwo auf der Welt derlei geschieht. Wirklich *unverzeihlich*. Wenn man das sieht, sollte sich alles ändern.

Deshalb erleidet der Mottenmann, was Morrison ihm zufügt. Weil Morrison nämlich weiß, dass es unverzeihlich ist, schuldlos zu sein, wenn überall um uns die verlorenen Jungen im Unterholz verschwinden. Es ist unverzeihlich, nicht zu wissen, wo sie sind, selbst wenn man es unmöglich wissen kann. Morrison weiß, für ein Kind ist es unverzeihlich, spurlos zu verschwinden, und dies ist zugleich seine schwerste Sünde, aber auch der Beginn seiner Erlösung. Denn es ist eine Erlösung oder doch der Beginn einer Erlösung, diese Tat, die der Mottenmann im Glisterraum so sorgsam in Szene gesetzt hat. Man konnte von mir nicht erwarten, dass ich dies verstand. Ich hielt es schlicht und einfach für eine Bestrafung. Ich weiß nicht, welch begrenzte Rolle Morrison im Zusammenhang mit den Morden gespielt hat, aber der Mottenmann weiß es. Er weiß es besser als jeder andere, dennoch bereitet er mir dieses schreckliche Geschenk. Hätte ich damals gewusst, was ich heute weiß, hätte ich es nicht angenommen – hätte ich allerdings gewusst, was ich heute weiß, hätte ich auch gewusst, dass das Geschenk nicht für mich bestimmt war. Es war für Morrison. Auch wenn es noch so grotesk klingen mag, es stimmt trotzdem – denn wie sonst sollte ein Mensch aus der Hölle erlöst werden, wenn nicht durch eine schreckliche, zum Glück aber zeitlich zugleich begrenzte Qual? Auf diese Weise schafft der Mottenmann für Morrison eine Zuflucht. Als er ihn so sorgsam und aufmerksam in seine Gipszelle hüllt, schafft er einen geheiligten Ort, an dem der schuldige Polizist außer Acht gelassen und daher letztlich von der Sünde der Welt befreit werden kann. So sieht es der Mottenmann, das weiß ich, doch begreife ich erst heute, welche Last dies für ihn gewesen sein muss.

Also macht er mir Morrison zum Geschenk, dabei ist er ihm gar nicht weiter wichtig. Von Beginn an denkt er gleich an den Glister, daran, wie er mir den Weg zeigen wird. Nicht, um mich *heraus*zuholen, sondern um mich weiter *hinein*zubringen. Ganz hinein. Er ist aber auch geduldig, und er kann sehen, dass etwas getan werden muss, dass das alte Leben abgeschlossen werden muss. Also nehmen wir Morrison und bringen ihn in diesen riesigen Raum, kaum fünfzig Schritte vom Glister entfernt. Was genau aber ist der Glister? Eine Tür? Ein Portal? Was liegt auf der anderen Seite? Ich weiß es nicht, und um die Wahrheit zu sagen, ich mag nicht einmal darüber nachdenken. Ich weiß nur, wenn die Zeit kommt, werde ich hindurchgehen, und dann werde ich ganz drinnen sein.

Zu Beginn zweifle ich, ob Morrison der Mörder ist, am Ende aber, als wir ihn in seinem Gipskorsett zurücklassen, weiß ich, er ist es nicht. Dennoch ist er darin verwickelt, hat geholfen, die Untaten zu ermöglichen, ein klein wenig Gerechtigkeit ist also ausgeübt worden. Jetzt liegt es an Innertown, das gute Werk fortzuführen. Man wird sich einen Engel besorgen und nach Outertown gehen müssen, um die weißen Markierungen von den Türstürzen zu wischen. Oder man hört einfach auf, den Mächtigen die Stange zu halten, und beginnt ein neues Spiel. Erfindet neue Regeln und vergisst diesen Unsinn mit *touche pas à la femme blanche*. Das liegt nun jedoch in der Hand der Leute von Innertown, mit mir hat das nichts mehr zu tun. Dad ist tot, sein Leben lang war er ein Kollaborateur mit dem eigenen Elend, ein Schlafwandler, den ich nie aufzuwecken vermochte. Jetzt bin ich müde und mir keineswegs mehr sicher, ob ich noch den Mut für etwas Neues aufbringe, also hat mein Freund die Sache mit Morrison arrangiert und mir so gezeigt, dass früher oder später Gerechtigkeit geschehen wird. Wir rütteln Morrison wach und geben ihm die nötigen Mittel an die Hand, um selbst zu erkennen, wie weit er noch vom Himmel entfernt ist. Dann gehen wir fort und überlassen ihn sich selbst.

Es heißt, wer überleben will, muss etwas lieben. Vielleicht ist «lieben» das falsche Wort. Vielleicht muss man etwas *sein.* Kein hohes Tier oder jemandes Darling oder sonst etwas dergleichen. Weder smart noch schön, noch reich. Nicht berühmt und nicht gefährlich. Man muss nur *sein.* Ich weiß nicht, ob das gerade jetzt einen Sinn ergibt, da wir vor dieser seltsamen Maschine stehen, doch habe ich das Gefühl, dass wir es bald herausfinden. Ich weiß nicht, was er anstellt, um das Ding zu öffnen: Zu Beginn ist es nur eine runde Tür in einer metallenen Wand, eine rostige Metalltür mit Buchstaben, die ich gerade noch erkennen kann, abgeblättert und unbestimmt unter Rost und Dreck

GLISTER &

Einen Moment lang ist alles leise und still. Ich starre die in Metall eingravierten Buchstaben an und versuche, sie zu entschlüsseln, doch da tritt der Mottenmann vor, um nach der Tür zu greifen – und ich merke, dass ich auf etwas lausche, ein Geräusch oben im Dachgebälk, vielleicht auch über dem Dach. Anfangs kann ich es nicht erkennen, dann aber wird mir klar, dass es von einem Schwarm Möwen herrühren muss, einem großen Schwarm, hundert, womöglich tausend Vögel, die über dem riesigen Raum kreisen. Abertausend Möwen, Millionen, von der Deponie aufgestiegen, den grauen Meeresarmen entlang der Küste, um sich über uns zu sammeln, zu kreischen und zu rufen, doch dahinter, irgendwo hinter all dem Lärm, verborgen wie die Nuss in der Schale, kann ich gerade noch ein anderes Geräusch ausmachen, die über nassen Strandkies spülende Flut, ein dunkler, ewiger Laut, der, wie ich weiß, niemals enden wird, da er nicht nur da draußen am Himmel über uns, also in der Welt ist, sondern auch in mir, mir in jeden Nerv eingeschrieben, in jeden Knochen meines Körpers. Dann streckt der Mottenmann die Hand aus und öffnet die Tür zum Portal.

Ich wende mich ab und schaue zurück. Nicht wegen Morrison, sondern weil ich sehen will, was ich hinter mir lasse. Vielleicht auch, um ein letztes Mal jenen Ort zu betrachten, zu dem ich einst gehörte, um einen letzten Blick auf die einzige Welt zu werfen, die ich je kannte, auch wenn sie nun auf diesen kalten Raum zusammengeschrumpft ist, kaum erhellt von der schwachen Glühbirne, die jener Generator speist, den der Mottenmann erst bauen musste, um den Glister überhaupt in Gang zu setzen – doch irgendwas weiter rechts lenkt meinen Blick ab, etwas oben im Gebälk, das ich vorher nicht gesehen habe, gleich rechts von der Glühbirne. Ich bin mir nicht sicher, warum ich es sehe, da ich da draußen am Lichtrand eigentlich nichts suche. Ich sollte vorausschauen zur Tür, die der Mottenmann gleich öffnen wird, zu jener Tür, die vielleicht in eine andere Welt führt – doch etwas hält meinen Blick auf, und ich sehe mich danach um. Ich verstehe nicht, wie es sich bewegen konnte; auch ist kein Laut zu hören, doch kommt es mir vor, als wäre etwas geschehen, als hätte das, was da draußen ist, aus eigenem Antrieb meine Aufmerksamkeit auf sich gelenkt. Selbst jetzt ist er nur schwer zu erkennen, dieser schattenhafte

Kloß, dunkler als der ihn umgebende Schatten, doch meine ich nach einer Weile, die Umrisse eines Körpers wahrzunehmen, eines Kadavers vielleicht, ähnlich den Fleischhälften, die man beim Schlachter hängen sieht, eine schwere, schrecklich reglose Masse, von der eine dunkle Flüssigkeit auf den Beton tropft. Es überrascht mich, dass sie mir nicht schon früher aufgefallen ist. Etwas derart Großes. Ich bin überrascht – und er merkt es, denn er greift nach meinem Arm, sanft, ohne die leiseste Andeutung von Gewalt. «Lass dich nicht ablenken», sagt er, die Stimme noch weicher als sonst, so dass er einen Moment lang fast unsicher klingt, als fürchtete er, ich könnte irgendwie im letzten Augenblick versagen. Ich drehe mich wieder zu ihm um.

Eine Sekunde lang sehe ich erneut den Leichnam, dann ist er fort, und der Mottenmann ist da, beobachtet mich, frei von aller Angst, nicht einmal besorgt, nur neugierig, und er merkt, dass mich etwas ablenkt, doch bleibt er wachsam für den Fall, dass mich der Mut verlassen sollte, und in dem Moment erkenne ich, dass ich dies hier nicht um meinetwillen mache, ich tue es für ihn und – zumindest in seinen Augen – auch für alle anderen. Für alle Menschen von Innertown, für jeden auf der Halbinsel, vielleicht für alle Menschen überall. Ich bin überrascht.

«Es ist Zeit», sagt er. «Du bist fast da.»

«Du kommst nicht mit», erwidere ich. Es ist keine Frage: Ich habe seinen Augen angesehen, dass er mich allein in den Glister schickt. Was ich natürlich hätte wissen können, da er bleiben und seine Arbeit fortsetzen muss. Er *ist* der unerlässliche Engel. Ich sehe ihn vor mir, wie er über die Halbinsel von Haus zu Haus zieht und sich nacheinander die Morrisons, die Jenners und die Smiths vorknöpft. Das ist er zu guter Letzt also für mich, ein Engel, der von Tür zu Tür geht. Der Engel des Todes. Der Engel der Absolution, der die Seelen der Bösen um sich schart – nicht zur Strafe, sondern weil Gott ihnen endlich vergibt und sie aus der Hölle erlöst, in die sie gestürzt sind. Bedächtig schüttelt der Mottenmann den Kopf, ein leises Lächeln auf den Lippen. «Ich muss bleiben», sagt er.

Noch während er redet, verblasst aufs Neue sein Gesicht, und ich schaue an ihm vorbei zum Rand des Lichtkegels – diesmal kann ich ihn deutlich erkennen, den Körper im Dämmerschein, die malträtierte Gestalt eines Jungen, der in der Luft schwebt wie ein fallender Ikarus auf einem alten Gemälde, ein Junge in meinem Alter, mehr oder weniger von meiner Statur, etwa so groß wie ich, soweit ich dies sehen kann, das Haar von meiner Farbe, soweit sich das bei diesem Licht sagen lässt. Ein Spiegelbild meiner selbst, ein Junge, der auf paralleler Spur reist wie jenes Ich/Nichtich, das ich im Wald gesehen habe, *mon semblable – mon frère*. Auf den ersten Blick hatte ich ihn für tot gehalten, doch jetzt sehe ich, dass er zwar schwer verletzt, aber noch am Leben ist; dunkles Blut tropft ihm von Händen und Gesicht; und in etwas Helles gewickelt schaukelt er sacht in der Luft, der Mund weit offen, als wollte er etwas sagen oder als hätte er doch einen Moment zuvor noch etwas sagen wollen – und jetzt begreife ich, warum ich all dies erinnern möchte, als wäre es in der Vergangenheit geschehen, obwohl ich weiß, dass es bis in die Gegenwart fortdauert, denn der Junge versucht nicht zu sprechen, er schreit, und der Junge bin ich, nur ist er mein Ich in einer parallelen Version der Geschichte, jetzt begreife ich es, aber kaum drehe ich mich um, sehe ich, dass der Mottenmann verschwunden ist. Auf immer verschwunden, obwohl ich schwören könnte, dass er einen Moment zuvor noch hier war. Der Mottenmann ist fort, und dann ist auch der Junge am Haken fort, und ich trete in dieses ungeheure, unfassbar strahlende Licht. Ich trete mit dem Gefühl vor, ich müsse fallen oder verschlungen werden, stattdessen aber stehe ich mitten in diesem unerträglichen

Licht – nur stehe ich nicht mehr *da*, ich bin nun irgendwo, und alles ist fort. Der Mottenmann, Glister, der Junge im Dachgebälk, Morrison in seiner Gipszelle – alles, was ich kannte, ist fort, und alles, was bleibt, ist das Geschrei der Möwen, ihr Kreischen über mir und um mich herum und das langsame, beharrliche Rollen der Flut; langsam, weit fort und kaum zu hören, waschen die Wellen ans Ufer und in meine Gedanken.

DANK

Meinen Dank an die Society of Authors für ihre Unterstützung bei der Recherche und bei der Arbeit an diesem Buch. Auch an den Conseil Général du Nord und an die Mitarbeiter von La Villa Mont-Noir, merci à tous.